AF833999

# কাঁচের দেওয়াল

চিরশ্রী বিশী চক্রবর্তী

BlueRoseONE.com
Stories Matter
NewDelhi • London

© **Chirasree Bishi Chakraborty 2023**

**All rights reserved**

All rights reserved by author. No part of this publication may be reproduced, stored in a retrieval system or transmitted in any form or by any means, electronic, mechanical, photocopying, recording or otherwise, without the prior permission of the author.

Although every precaution has been taken to verify the accuracy of the information contained herein, the author and publisher assume no responsibility for any errors or omissions. No liability is assumed for damages that may result from the use of information contained within.

First Published in April 2023

**ISBN: 978-93-5628-634-4**

**BLUEROSE PUBLISHERS**
www.BlueRoseONE.com
info@bluerosepublishers.com
+91 8882 898 898

**Cover Design:**
Millie Basu Roy (London)

**Typographic Design:**
Namrata Saini

**Distributed by:** BlueRose, Amazon, Flipkart

## উৎসর্গ --

"কন্যাসমা বান্ধবী, বিখ্যাত শিল্পী কল্যাণীয়া মিলি বসু রায়কে স্নেহাশিস সহ -- চিরশ্রীদি ।"

# Contents

# কাঁচের দেয়াল

চোখ বুঁজে একমনে নিজেকে বোঝাতে লাগলো অন্বেষা, 'কাঁচের দেয়াল গড়ে তোলা, কাঁচের দেয়াল...'। অবশ্য তার বলাটা ছিল নীরবে, তাই বাইরে কেউ শুনতে পেলো না। নিজের সাথে কথা বলাটা অন্বেষার বহুকাল থেকে অভ্যাসে পরিণত হয়েছে। যাদের কথা শোনার কেউ থাকে না, তারা নিজের সাথেই কথা বলে থাকে। নিজের সত্তাটা যেন দুইভাগে ভাগ হয়ে একজন বেদনা ভোগ করে, অন্যজন তাকে সান্ত্বনা দেয়।

অন্বেষা বড়ঘরের মেয়ে, বড়ঘরের বউ, লোকে তাকে ঘাড় উঁচু করে দেখে। আড়ালে তার অহংকারের নিন্দা করে, সামনে প্রশংসার বান ডাকায় অবশ্য। আড়ালে তার দামী সাজসজ্জার ত্রুটি বার করে, সামনে আহ্লাদে গলে পড়ে। অর্থাৎ এককথায় বেশীরভাগ মেয়েই তাকে ঈর্ষা করে। অন্বেষা তা জানেও। তবে এই-ই তার বেঁচে থাকার মূলধন। এর থেকেই সে জীবন-রস আহরণ করে। নাহলে তো কবেই-!

ডাক্তারের চেম্বারের সামনে পুরোনো দিনের চামড়া বাঁধানো কৌচের সারি। সব প্রায় ভরে এসেছে। এখানে ওখানে কেউ কেউ দাঁড়িয়েও আছে। সে চারপাশে একবার চোখ বুলিয়ে নিল। মুখোমুখি সামনে গোটা চারেক দরজা, যার একটা থেকে একটি ছোট বাচ্চার পরিত্রাহী কান্না শোনা যাচ্ছে। ওটা বোধ হয় পেডিয়াট্রিশিয়ানের ঘর। পরের ঘরটার দরজা বন্ধ, আলো জ্বলছে ভেতরে অস্পষ্ট কথাবার্তা শোনা যাচ্ছে। তারপরের ঘরটা অর্থোপিডিকের ঘর, মনে হচ্ছে খালি। রোজ রোজ তো আর কেউ হাত পা ভাঙ্গে না। শেষের ঘরটা ডাক্তার মণ্ডলের ঘর, সায়কিয়াট্রিস্ট। তার ঘরের সামনেই লাইন। একের পরে

এক ঢুকছে, যথেষ্ট সময় নিচ্ছে, তার নম্বর সাত। এখন কত নম্বর ঢুকেছে কে জানে!

অরুণেশ ভ্রু কুঞ্চিত করে হাত পেছনে দিয়ে বাইরের লবিতে পায়চারি করছে। এসব জায়গায় আসতে তার একদম ভাল লাগে না। তাছাড়া চেনা পরিচিত কেউ যদি দেখে ফেলে! আজকের দিনেও বিজ্ঞানের এত উন্নতি সত্ত্বেও মানসিক ডাক্তার সম্পর্কে লোকের একটা অহেতুক ভীতি, না বিতৃষ্ণা নাকি 'স্টিগ্‌মা' আছে বলাই ভাল। কেউ মানসিক ডাক্তারের কাছে গিয়ে 'ধরা পড়লে' যেন জাতে ঠেলা হয়ে যায়। অথচ আজকের দিনেই সমাজে মানসিক ভারসাম্য যেন ক্রমেই কমে আসছে। এদিকে জরুরী মিটিং ফেলে আসতে হয়েছে তাকে, তাই তার অস্বচ্ছন্দ মনে ভিক্ততা।

অন্বেষা ভাবছে, কেন সে এখানে? তার তো কোন দরকার নেই এখানে আসার! তবু কেন তাকে বারে বারে এখানে টেনে আনে! অরুণেশের মুখ দেখেই তার মনের কথা পড়তে পারছে অন্বেষা। প্রায় কুড়ি বছর তো হতে চললো, সে তো কেবল তার ভ্রুর ভাঁজ, ঠোঁটের বাঁকাভাব, নকল হাসির মুখোশ, এসব থেকেই তার মনের ভাব বুঝে এসেছে। সে জানে অরুণেশ কখনই এখানে তার সাথে আসতো না। কেবল রাশভারী ডাক্তারের কড়া নির্দেশ- স্বামীকে তো বটেই, প্রয়োজন ক্ষেত্রে ছেলেমেয়েদেরও সাথে আনতে হবে। অন্বেষার অবশ্য একটাই ছেলে আর সে থাকে দূর দেশে হোস্টেলে। তাই তার আর টানা হেঁচড়া করার দরকার হয়নি। তবে মাসে একবার কারে তাকে আসতেই হয় অরুণেশের সাথে। অন্বেষা নিজের মনে মিটমিট করে হাসতে লাগলো, 'কেমন জব্দ'! এখানে তার সঙ্গে না এসে তো উপায় নেই। তাছাড়া এতকাল তো অন্বেষাকে একাএকাই জীবন কাটাতে হয়েছে। জ্বর জ্বালা, চোখ দেখানো, কোমরে চোটলাগা, পা মচকানো, হাত পূড়ে যাওয়া, মায় কষের দাঁত তোলা পর্যন্ত- সবই তো তাকে একা ট্যাকল করতে হয়েছে। হ্যাঁ, তবে দাঁত তুলতে গিয়ে সেবারে তাকে বড় কষ্ট পেতে হয়েছিল। অনেক দিন ভুগে ভুগে যখন আর পার পাওয়া গেল না, তখন ডেন্টিস্ট দাঁতটাকে তলে ফেলবে বলেই স্থিও করলো। তবে কষের দাঁত, বেশ শক্ত, তাই অপারেশন

করে তুলতে হবে। দুদিন আগে থেকে এ্যান্টিবায়োটিকস্ খেতে দিল। দাঁত তুলতে গেলে সঙ্গে কারো যাওয়া ভাল। কিন্তু তার আর কে আছে? অরুনেশ তো শহরেই নেই। তার ফিরতে আরো তিন চারপাঁচ লাগবে। আর ফিরলেই বা কি? নিজের মনে হাসলো অন্বেষা। ডাক্তারের প্রেসক্রিপশন অনুসারে ওষুধপত্র খেয়ে যখন সে ডেন্টিস্টের চেম্বারে এসে বসলো তখন তার পায়ের তলা ঘেমে গেছে, হাতের তালু ঠান্ডা। পাশের ঘর থেকে ড্রিলিং মেশিনের একটানা আওয়াজ আসছে। সেটা শুনলেই ওর গা করকর করে। তবে আজ তো আর সেই চিন্তা নেই, তুলেই তো ফেলবে। কিন্তু তার আবার সহজে রক্ত বন্ধ হয় না, দেখা যাক। তাকে এক্স-রে মেশিনের তলায় বসিয়ে আর একটা এক্স-রে তুললো ডাক্তার। তারপর সেই ভয়াবহ চেয়ারে...! কম্পিউটারে তার দাঁত আর মাড়ির বর্তমান অবস্থা দেখে নিয়ে তাকে মস্ত করে হাঁ করালো ডাক্তার। সূক্ষ্ম সরু সূঁচ বিঁধে গেল নীচের বাঁদিকের মাড়িতে। মাথা ঝনঝন করে চোখে অন্ধকার দেখলো সে। তবে সূঁচটা বার করে আনতেই ক্রমে ক্রমে মুখের বাঁদিকটা যেন 'নেই' হয়ে যেতে লাগলো। এখন দশ মিনিটের বিরতি। তারপরে সাদা ওভারঅল পরা বড় ডাক্তার রবারের গ্লাভস্ পরা আঙ্গুল দিয়ে তার মুখের মধ্যে পরীক্ষা করলো। চোখে দেখলো অন্বেষা, কিন্তু সাড় পেলো না কোন। তার মুখের দিকে একঝলক তাকিয়ে সামনের ট্রেতে যন্ত্রপাতি সাজাতে সাজাতে ডাক্তার বললেন, 'ভয় লাগছে?' সে ঘাড় নেড়ে অস্বীকার করলো। তার জিভও অসাড় হয়ে গেছে।

'-ম্যাটার অব ফাইভ মিনিটস। সঙ্গে কে আছে, ডাকুন তাকে, আপনার হাতটা ধরে থাকুক। সাহস পাবেন।'

একমুখ সাঁড়াশী সত্বেও হাসি পেলো অন্বেষার, তার হাত ধরার জন্যে কোথাও কেউ নেই। আর সঙ্গে? গাড়ীতে ড্রাইভার আছে, বাড়ীতে আছে কুক। আর কি চাই? সে নিজের বাঁহাত দিয়ে ডানহাতটা শক্ত করে ধরে নিজেকেই বোঝালো, 'বোকা মেয়ে! ভয় কিসের. সবাই তো তুলছে। একটু লাগবে, কিন্তু এই একটানা যন্ত্রণাটা তো সারবে। কাঁদে না। কাঁদে না। 'তার চোখের কোণা দিয়ে টপটপ করে জলের ফোঁটা পড়তে লাগলো। ডাক্তার আড়চোখে চেয়ে

নার্সকে ইঙ্গিত করলেন। সে টিস্যু দিয়ে গাল মুছিয়ে দিয়ে মাথার ওপর হাত রাখলো। শক্ত কষের দাঁত সহজে উঠতে চায়নি। অনেক ধস্তাধস্তি করতে হয়েছিল।

-'নম্বর সেভেন। সাত নম্বর।' হাঁক এলো সামনে থেকে। চমকে ঘাড় ফেরালো অন্বেষা, দেখলো তার হাতের টিকিটে সাত নম্বর। অরুণেশের পেছনে পেছনে সে ডাক্তারের চেম্বাওে ঢুকলো।

****************************

বিয়ের বয়স, অন্ততঃ মানসিকভাবে, হয়নি তখন অন্বেষার। সদ্য বি.এ. পরীক্ষা তার শেষ হয়েছিল, মাত্র উনিশ কুড়ি বছর বয়স। কত স্বপ্ন ছিল তার চোখ। ছোটমামার বন্ধু পিকনিকে এই উচ্ছল তরুণীটিকে দেখে তাঁর ভাইপোর জন্যে দাবী করে বসলেন। একমাত্র মেয়ে বলে তার বাবা মা হয়ত তখন ততটা আগ্রহী ছিলেন না। কিন্তু ছেলের চেহারা, তার কেরিয়ার ইত্যাদি দেখে শেষ পর্যন্ত মত না দিয়ে পারেননি। তবে বাবার বোধহয় শেষপর্যন্ত একটু সংশয় ছিল, তাকে একলা ডেকে জিজ্ঞেস করেছিলেন, 'কিরে অনু, ছেলেটাকে তোর কেমন লাগলো?' সদ্যতরুণী অন্বেষার- সেই আত্মবিশ্বাসী, লব্ধপ্রতিষ্ঠ, সুদেহী, বিদেশবাসী ইঞ্জিনিয়ার পাত্রকে ভালোই লেগেছিল। যদিও তাদের বয়সের তফাৎ ছিল অনেকখানি। ভেবেছিল এই সুযোগে বন্ধুদের টেক্কা দিয়ে সে বিদেশবাসী হতে পারবে। তখনও বোধহয় বাবা মা, আত্মীয় বন্ধু আর দেশ ছাড়ার কথা তার মনে আসেনি। বিয়ের পরে তিন মাস সে শ্বশুরঘর করেছে। শ্বশুর অনেক আগেই মারা যান। শাশুড়ী ছিলেন, কিন্তু তাঁকে কেমন যেন মনমরা, হালছাড়া প্রকৃতির বলে মনে হয়েছিল।

শ্রাবণমাসে বিয়ে হয়, আশ্বিনে ছিল দুর্গাপূজা, তারপরে ভাইফোঁটা। পূজোর দেওয়া থোওয়াতে তার কোন হাত ছিল না। তার শাশুড়ীই সব করেছেন। কিন্তু ভাইফোঁটা তো তারই উৎসব। তার একমাত্র ভাই, বয়স মাত্র পনেরো বছর। তাদের পরিবারে ভাইফোঁটাতে বেশ ঘটা হয়। তাছাড়া আবার বিয়ের ঠিক পরেই। একদিন দুপুরে খাওয়ার পরে ভাবলো আজই সে ভাই-এর উপহারটা

কিনবে। নতুন বিয়ে, শাশুড়ীকে বলে যাওয়াই ভাল। শাশুড়ী তখন খোলা জানালার ধারে নরম রোদে পিঠ দিয়ে বসে বাংলা কাগজ পড়ছিলেন। অন্বেষা একা একা তার ভাই-এর উপহার কিনতে যাচ্ছে শুনে তো তিনি আকাশ থেকে পড়লেন।

-'তুমি যাচ্ছো, খোকা জানে?'

-'তাকে জানাবার দরকার কি? এতো আমার ভাই এর জন্যে যাচ্ছি।'

-'টাকা কোথায় পেলে?'

অনুর কান লাল হয়ে ওঠে। বলে, 'টাকা আমার কাছে আছে।'

কাগজ সরিয়ে চশমা খুলে শাশুড়ী বলেন, 'থাকলেও, খোকাকে না বলে কোন কাজ করা সে পছন্দ করে না। তার অনুমতি ছাড়া কোন কাজ কোরো না। এটাই এ বাড়ীর নিয়ম।'

ঠান্ডা শান্ত অনু হঠাৎ বিদ্রোহী হয়ে ওঠে, বলে, 'আমি আমার টাকায় আমার ভাই- এর উপহার কিনবো, তাতে ওর অনুমতির কি আছে?' সে আপসে ওঠে।

-'এ বাড়ীর এই-ই নিয়ম। তোমার শ্বশুরও খুব রাশভরী ছিলেন। আমিও বড়লোকের মেয়ে ছিলাম, কিন্তু তাঁর বিনা অনুমতিতে কিছু করার উপায় ছিল না আমার। খোকাও সেই ধাতই পেয়েছে। অন্বেষা, তোমার ভালোর জন্যেই বলছি, শুরু থেকেই একটা মন কষাকষি তৈরী কোরো না। তাহলে'-বাকিটা না শুনেই সে ঘর ছেড়ে চলে আসে। খানিকক্ষণ একা ঘরে বসে থেকে সে জামাকাপড় ছেড়ে বিছানায় শুয়ে পড়ে। শুরু হয় তা নতুন জীবন, কেবল মেনে নেবার।

পরদিন হাসিখুশী অরুণেশ বাড়ী ফিরে অনুকে ডেকে বলে, 'চল, তোমার ভাইফোঁটার শপিং করে আসি।' একই সাথে অনু খুশীও হল, অবাকও হল। কিন্তু দোকানে গিয়ে কেনাকাটা করতে গিয়ে সে বুঝেলো, তার বিস্ময়টা স্থায়ী হলেও খুশীটা হবে না। তার ছেলেমানুষ ভাই রংচেঙে জামাকাপড় ভালোবাসে। এতদিন অনু তার জমানো

টাকা দিয়ে ভাইকে সে তার পছন্দমত জামাকাপড় আর উ.ঠ.উ কিনে দিয়েছে। আজ দেখলো যে তার মতামতের কোন মূল্যই নেই। বিরাট একটা দামী দোকানে নিয়ে গিয়ে তুললো তাকে অরুণেশ। কিন্তু পছন্দ করতে লাগলো সব গ্রে কালার, শ্লেট কালার, অফ হোয়াউট সার্ট। অনু বারে বারে বাধা দেবার চেষ্টা করেও শেষে হার মানলো। শেষে সে বাড়ী ফিরলো ভাই-এর জন্যে একটা দামী এ্যাশ কালালের সার্ট আর নিজের জন্যে তার চক্ষুশূল মসগ্রীণ কালারের একটা সিল্কের শাড়ী নিয়ে। ভাইফোঁটার পরে বাক্স খুলে তার ভাই অবাক চোখে তার দিদির দিকে চাইলো, অনু অন্যদিকে চোখ ফিরিয়ে রাখলো।

শুরু হল তার জীবনের আশাভঙ্গের ইতিহাস। সে তার স্বামীর সঙ্গে বিদেশেও গিয়েছিল। কিন্তু ঐ অন্ধকার, ঠান্ডা, টিপটিপে-বৃষ্টিভেজা লন্ডন শহর তার ভাল লাগেনি। তবে ভাগ্যগুণে মাত্র তিনমাস বাদেই অরুণেশের বদলী হয়েছিল ইন্ডিয়াতে। এই বিশ বছরে চার জায়গায় ঘুরে শেষে এখানে এই কলকাতাতেই তাদের স্থিতি। এই বদলীর জন্যেই ছেলেকে কাছে রেখে সে পড়াতে পারেনি। তাহলে হয়ত তার জীবনের ইতিহাস কিছুটা অন্যরকম হলেও হতে পারতো। শুরুতে সে ভালো করে বিশ্লেষণ করে বোঝেনি, এটুকু বুঝেছিল যে, অরুণেশ বেশ ‘কনট্রোলিং নেচারের’। সে নিজে যা ভাল বুঝবে তাই মেনে নিতে হবে সংসারের বাকি লোকজনদের। তাদের নিজস্ব মতামতের কোন গুরুত্বই নেই। স্বাধীনচেতা, আদরে মানুষ অনু, এটা প্রথম প্রথম মেনে নিতে পারেনি। তাছাড়া তার বাবা ব্যক্তি স্বাধীনতায় বিশ্বাস করতেন। বিয়েটাও তিনি চাপিয়ে দেননি তার উপর। এটা তার নিজেরই ডিসিশান ছিল, আর এখন বুঝতে পারছে যে সে ডিসিশান ভুলই ছিল।

শাশুড়ী মারা গেছেন প্রায় বছর সাতেক হল। শেষের দিকে অনু বুঝতে শুরু করেছিল তাঁর জীবনের ট্রাজেডি। সে মনে মনে ভাবতো শেষে কি তারও অবস্থা হবে তার শাশুড়ীর মতন? একটা সচল দেহ, যার মনটা বাঁধা পড়ে আছে, একটা অস্তিত্বহীন কঠোর অনুশাসনের বেড়াজালে! যাঁর নিজস্ব চিন্তা ভাবনার কোন অবকাশই নেই, যাঁকে

পরিচালিত করেছে অতীতে তাঁর স্বামী, আর বর্তমানে তাঁর ছেলে। অনু এভাবে রোবটের মত বেঁচে থাকতে চায় না। কিন্তু বাঁচাটা অনেকটাই অভ্যাসের দায়। বাঁচতে না চাওয়া অনেকটা বিলাসের মত, কিন্তু না-বাঁচার জন্যে যে 'এফর্ট' দরকার, সেটা তার ছিল না। সে বেঁচে ছিল, বেঁচে থাকবে, যতদিন না তার আয়ু শেষ হয়। একটা নিঃশ্বাস পড়ে অন্বেষার।

হাসিখুশী প্রাণবন্ত অন্বেষা, যে নাটক করতে ভালবাসতো, আবৃত্তি করতো, সাঁতারে চ্যাম্পিয়ান ছিল- সে ক্রমে ক্রমে তার ছড়িয়ে দেওয়া প্রাণের উচ্ছ্বাসকে সংহত করে করে নিজের মধ্যে আবদ্ধ করে ফেলতে শিখলো। বাইরে সে অচল অটল ধীর স্থির, মনের মধ্যে তার উত্তাল প্রতিবাদ ফেনিয়ে ফেনিয়ে উঠেছে। যে বেদনা বাইরে প্রকাশ কারা যায় না, সে ভেতরে সুড়ঙ্গ খোঁড়ে। যার ভেতরে কোন আলোর আশ্বাস নেই, সে বাইরে আলোর সন্ধান তো করবেই। সঙ্গীহীন অন্বেষা মনে মনে কল্পনায় এক মনের মতন সঙ্গী গড়ে নেয়। যেন তার শিশুকালের এক সাথী ছিল, যে তাকে গাছে চড়তে শিখিয়েছে, সাঁতার কাটতে আর গান গাইতে শিখিয়েছে। সে এখন বোদহয় তার পথ চেয়ে বসে আছে, কেবল অনুর যাবার অপেক্ষামাত্র। শাশুড়ী মারা যাবার পরে, ছেলে যখন হোস্টেলে, তার স্বমী যখন সর্বদাই অফিসের কাজে মগ্ন, তখন তার বিরলসঙ্গী জীবনে তার কল্পনার সঙ্গী ক্রমে ক্রমে বাস্তব হয়ে উঠতে লাগলো। অনু সেই তার হতে গড়া মূর্তিটির প্রাণ দিল, তাকে কথা বলা শেখালো। ক্রমে সে আর কোথাও যায় না সর্বদাই অনুর সাথে থাকে, তার সুখে তার দুঃখে। অনু ডায়ারি লেখার বদলে তার সাথে কথা বলে। যে কথা সে আর কাউকে বলতে পারেনি, এখন সেকথা সে অক্লেশে তার কল্পনার সাথীকে বলে। তবে সে যে 'কল্পনার সাথী', এ বোধ তার তখন বোধহয় লুপ্ত হয়ে গেছে।

শুরুতে অরুণেশ কিছুই বোঝেনি। অন্বেষার বাধ্যতাতে সে খুশী হয়ে উঠেছিল। সেটাই তো সে চাইতো, নির্বিচার আনুগত্য। শুরুতে যখন ঝামেলা করতো, ঝগড়া করতো তখন সে একই সাথে বিব্রত আর বিরক্তি বোধ করতো। অরুণেশের কথাই যে 'ফাইনাল' এটা না

বোঝার কি আছে? কিন্তু না, শেষে বুনোপাখী পোষ মেনেছে। অরুণশ হাঁফ ছেড়ে বেঁচেছিল।

সে কেবল বোঝেনি যে এটা কেবল শেষেরই শুরু। প্রথম প্রথম অরুণেশ লক্ষ্যই করেনি যে অন্বেষা বড়ই চুপচাপ হয়ে গেছে। অত সময়ই বা তার কোথায়? তখন তারা হায়দ্রাবাদে। বন্ধুবান্ধব আর কোথায় সেখানে, প্রতিবেশী যারা আছে, তাদের কাথাও বোঝা যায় না। মাঝে মধ্যে কলকাতা এলে সে অনেকটা আগের মতই হাসিখুশী হয়ে উঠতো। মা মাসীদের সাথে নাটক দেখতে যেত, যখন সে বাপের বাড়ী গিয়ে থাকতো, তখন। ছেলেটা তখন বেশ ছোট, আর একটু বড় হলে আবার তাকে বদলী হয়ে যেতে হল ঔরঙ্গাবাদে। ফলে ছেলেকে হোস্টেলে দেওয়া ছাড়া আর উপায়ই বা কি ছিল? ছেলের ভবিষ্যতের কাছে সামান্য সেন্টিমেন্টের যে কোন স্থান নেই, এটা একটা শিক্ষিত মেয়ে হয়েও যে কেন বোঝেনি অনু কে জানে! অরুণেশের বিরক্তি লাগে।

একা থেকে থেকে ক্লান্ত হয়ে অন্বেষা স্থির করে যে সে পাড়ার নার্সারী স্কুলে একটা চাকরী নেবে। তার শ্বশুরবাড়ীতে বিশেষ কেউ নেই বললেই হয়। অন্ততঃ বাড়ীতে কেউ নেই। বাপের বাড়ীতে তার বাবা চলে গেছেন অনেক দিন হল, ভাই আমেরিকাতে স্থায়ীভাবে বাস করছে। তার মা তো জামাই-এর প্রতিটি বাক্যই বেদবাক্য বলে মনে করেন। কাজেই তার সঙ্গী বলে আর এখন কেউ নেই। তার সময় কাটে কিভাবে? ছেলেটাও যদি কাছে থাকতো!

একদিন সে একাই দুপুরে বেরিয়ে স্কুলের প্রিন্সিপ্যালের সঙ্গে কথা বলে এল। অতবড় অফিসারের গিন্নি যেচে এসে স্কুলে পড়াতে চায়, প্রিন্সিপ্যালও খুব খুশী। স্কুল ভরা রঙিন বাচ্চার দল দেখে অনুরও মন ভরে গেল, সে আবার বাঁচতে চায়, এদের ধরেই। বিকেলে অরুণেশ ফিরে এলে সে আগের মত উচ্ছাসে তার অভিযানের কথা জানালো তাকে। শুনেই গুম হয়ে গেল সে। তাকে না জানিয়ে, তার মত না নিয়ে, একা একা এমন একটা ডিসিশান কি করে নিতে পারে অনু? আর পাড়ার নার্সারী স্কুলে? তার মত

অফিসারের বউ হয়ে? নাঃ এতে অরুণেশ মত দিতে পারে না। ভারতেই বা কি করে পারলো অনু? অনুর সমস্ত উচ্ছ্বাস স্তব্ধ হয়ে গেল। সে আর কোন বাদ প্রতিবাদের মধ্যে গেল না। ধীরে ধীরে ঘর ছেড়ে চলে এল তার নিজের ঘরে। এখন সে নিজের একটা ঘর পেয়েছে। কাগজপত্র নিয়ে অনেক রাত জাগতে হয় অরুণেশকে, অনুর ঘুমের ব্যাঘাত হয়, এই ভেবেই এই ব্যবস্থা। অনুর কথা সে ভাবে না এমন নয়, কিন্তু সে নিজের মত করেই ভাবে-এই যা!

একদিন শপিংমলে একটা অল্পবয়সী মেয়ের সঙ্গে অনুর আলাপ হয়ে গেল, তার হাতে ধরা একটা ছোট মেয়ে কোলে একটা কাজল পরা ছেলে। কাঁধে একটা শপিং ব্যাগে অনেক জিনিষপত্র। বউটা হিমশিম খাচ্ছিল এতসব নিয়ে। মিষ্টি স্বভাবের অনু তাকে একটু সাহায্য করে। সে অটো খুঁজে পাচ্ছিল না বলে তার নিজের গাড়ীতে তাকে লিফ্‌ট দেয় পর্যন্ত। বউটা না না করেও শেষপর্যন্ত খুশী হয়ে রাজী হয়ে যায়। অনু দেখে যে তাদের বাড়ীর কাছেই যে এল.আই.জি ফ্ল্যাটগুলো আছে, তার একটায় নতুন এসেছে এই পরিবারটা। তাকে তাদের গেটের বাইরে নামিয়ে দিয়ে বারে বারে অনু বললে সে যেন তার ছেলেমেয়ে নিয়ে মাঝে মাঝে চলে আসে। এতবড় গাড়ীতে চড়ে কৃতার্থ মেয়েটি নিশ্চয়ই আসবে বলে কথা দিয়ে চলে গেল।

তারপর থেকে মাঝেমঝে মেয়েটা আসে, বেশীর ভাগই ছোট ছেলেটাকে কোলে নিয়ে পায়ে হেঁটে। মেয়েটা তখন স্কুল থাকে। অনুর সময় এখন বেশ ভালো কাটে। মেয়েটা নাম উমা, তার ছেলেকে ডাকে ডাব্বু বলে আর মেয়েকে সোমা। তার স্বামী কেথায় কাজ করে সে আর অনু জিজ্ঞাসা করেনি। দরকারই বা কি? তারা দুজনে সাধারণ ঘরসংসারের গল্প করে, বাচ্চাটা হামাগুড়ি দেয়, যাবার সময়ে তার হাতে ফ্রিজ খুলে ইমপোর্টেড চকোলেট তুলে দেয় অনু। তার ঘরে চকোলেট খাবার কেউ নেই। একসময়ে সে নিজেই খুব চকোলেট ভালোবাসতো, এখন আর খায়ে না। বউটার মুখটা আলো আলো হয়ে ওঠে। একটু লজ্জাভরে হাতে নিয়ে আবার সে গেট খুলে পায়ে হেঁটে বাচ্চা কোলে চলে যায়।

এইভাবে বেশ ভালোই কাটছিল ওদের দুজনের। উমা এমন সময়ে আসে তখন অরুণেশ বাড়ী থাকে না। অনুও চায় না যে সে জানে। সে জানে তার মতিগতি, যদি এই সামান্য জানালাটুকুও তার বন্ধ হয়ে যায়। কিন্তু একদিন উমা থাকাকালীনই অরুণেশ বাড়ী ফিরেছিল। হয়ত শরীর খারাপ লাগছিল কিংবা কোন কাজ ছিল বাড়ীতে। দরজার বাইরে একটা সস্তা ক্ষয়ে যাওয়া চটি দেখেই তার ভুরু কুঁচকে ওঠে। তারপর শোনে অনুর ঘর থেকে হাসি গল্পের আওয়াজ। অনু তার আসার খবর জানতে পারেনি। অরুণেশ শক্ত হয়ে নিজের ঘরে বসে থাকে। উমা তার ছেলেকে নিয়ে চলে গেল অরুণেশ ঘরের বাইরে আসে। তাকে দেখেই অনুর ঘাড় শক্ত হয়ে ওঠে। এই বাড়ীতে কি তার নিজের কোনই অধিকার নেই? সে কি নিজের পছন্দে কাউকে ডাকতেও পারবে না?

অরুণেশ অবশ্য তখন তাকে কিছু বলেনি, এমনকি মেয়েটা কে তাও জানতে চায়নি। অনুর কাছে সেটাও অশ্চর্য বলে মনে হয়েছিল। দুদিন বাদে অরুণেশ একটা পার্টিতে অনুকে নিয়ে গিয়েছিল। এসব ফর্মাল পার্টি অনুর ভালো লাগে না। নিজেকে এমন আড়ষ্ট আর আর্টফিসিয়াল বলে মনে হয়। তার ইচ্ছার বিরুদ্ধে একদিন অরুণেশও জোর করতো না। কিন্তু এবার কতকটা যেন জোরই করেছিল। হয়ত অরুণেশও বুঝেছিল অনুর একাকীত্ব, তার সঙ্গীর প্রয়োজনীয়তা।

রোগ ফর্সা, ধারালো মখের অনুকে সাজগোজ করলে দেখতে বেশ ভালোই লাগে। কিন্তু তার নিজেরই সাজগোজ করতে ভালো লাগে না। তাই এই সব পার্টি তার দু'চক্ষের বিষ। কিন্তু যেতে তো হবেই। আলমারী ভর্তি তার নানা জাতের শাড়ী, অবশ্য অধিকাংশই তার বরের কেনা, অর্থাৎ কোনটাই তার পছন্দ অনুসারী নয়। তবু তার থেকে তার বাবার শেষ উপহার পিঙ্ক ঢাকাই জামদানীটা খুঁজে বার করে। এটার রঙটা যেন তার গায়ের রঙের সাথে মিশে যায়। রুপোলী জরিতে বোনা নক্সা। অনু শাড়ীটাতে হাত বুলিয়ে যেন তার বাবার স্পর্শ পেতে চায়। সাজসজ্জা করে যখন সে অরুণেশের সঙ্গে বার হয়, তাখন তাকে বিচারকের দৃষ্টিকে দেখে অরুণেশ, ভালবাসার চোখে নয়।

বলে, 'কি একটা ম্যাড়মেড়ে শাড়ী পরলে! তোমাকে এত দামী দামী শাড়ী কিনে দিয়েছি, অথচ... আর এগুলো কিসের গয়না? টিনের নাকি?'

শাড়ীর নীচের কুঁচিগুলো ঠিক করতে করতে গম্ভীরভাবে বলে অন্বেষা, 'না রূপোর।'

-'ফু ঃ! রূপোর গয়না কেন পরতে যাবে? লোকে ভাববে যে তোমাবে কিছু কিনে দিই না। কিংবা আমার কোন টাকা নেই।' গজগজ করে অরুণেশ।

-'লোক কি ভাবলো সেটাই বড় কথা।' মনে মনে ভাবে অনু, 'আমাকে দেখতে কেমন লাগছে সেটা নয়।'

দেরী হয়ে যাচ্ছিল বলে আর সাজ বদল করতে হয়নি তাকে। পার্টিতে অবশ্য দেখা গেল যে অন্বেষার চয়েসই হিট! অন্যসময়ে যে মহিলারা অন্বেষাকে দেখলে ধেয়ে আসে, আর বোঝাবার চেষ্টা করে যে কি করলে তাকে আরো সুন্দর লাগবে, আরো স্মার্ট লাগবে, তারা দেখা গেল দূর থেকে আড়ে আড়ে চাইছে। বরং তার পাশে কোথা থেকে একদল স্তাবক পুরুষ গজিয়ে উঠলো। এসব দেখে অন্বেষার মনে মনে হাসি আসে। কেন যেন মহিলার তাকে পছন্দ করে না বলে তার মনে হয়। হয়ত তাকে নাক উঁচু বলে ভাবে, কিংবা আনস্মার্ট, কিংবা কি জানে কি - সে বদার করে না। তার উমাই ভাল, যার সঙ্গে মন খুলে কথা বলা যায়, যে আড়ালে বা শুনিয়ে কটুকাটব্য করে না। কিন্তু তাকে আবার অরুণেশ পছন্দ করবে না, তা সে জানে। পার্টি থেকে ক্লান্ত হয়ে সে ফিরলো। এ ক্লান্তি তার দেহের নয়, মনের। জামাকাপড়গুলো ছেড়ে সে আবর্জনার মত দূরে ছুঁড়ে ফেললো। এখন তার মনে হচ্ছে, কাল কখন উমা তার ছেলেকে নিয়ে আসবে।

উমা কিন্তু পরদিন আর এলো না। আর একেবারেই এল না। অনু তো তার বাড়ীও চেনে না যে খবর করবে। তার ক্রমে বিশ্বাস হল এটা অরুণেশেরই কারসাজি। কিন্তু সে কথা বলে আর সে ছোট হতে চায় না। সে কেবল মন গুমরে গুমরে কাটায়। ক্রমে অনুর কল্পনার সেই সঙ্গী যে উমা আসার পরে দূরে সরে গিয়েছিল, সে আবার ফিরে

আসে। অনু তার নাম দেয়, বাদল। সে নিজের হতাশ কল্পনা দিয়ে মনের মত করে বাদলকে গড়ে তোলে। এই বাদল, যে তাকে হতাশ করবে না কখনও, আঘাত করবে না কখনও দুঃখ দেবে না কখনও। ঘুম থেকে ওঠা থেকে ঘুমিয়ে পড়া পর্যন্ত এই বাদলই তার মনের একমাত্র সঙ্গী হয়ে থাকে। অরুণেশ সন্দেহ করে কিছু একটা গোলমাল চলছে। কারণ সে পার্টিতে, পিকনিকে, কারো বাড়ীতেই যেতে চায় না, কারণও বলে না। অথচ মেজাজটা বেশ ভালো বলেই মনে হয়। অরুণেশ চিন্তায় ছিল ঐ হাঘরে মেয়েটার আসা বন্ধ করায় তার হাত আছে বুঝতে পেরে আবার অনু না হাঙ্গামা করে! কিন্তু সে রকম কিছু হয়নি। ভালোই। তবে কোথাও বেরোবে না কেন? বাইরে থেকে আর কেউ তো আসেও না, তবে অনুর সময় কাটে কিভাবে? এতদিন চেপে থেকে থেকে হঠাৎ রেগে গেল অরুনেশ।

- কি ব্যপার বলতো? কোথাও যাবে না কেন?
- 'আমার আর বাইরে যেতে ভলো লাগে না। 'মিষ্টি করে হেসে বললো অনু।
- 'সে আবার কি? এভাবে দিনের পর দিন একা বাড়ীতে চুপচাপ বসে থাকলে তো পাগল হয়ে যাবে। আজ রম্যর ছেলে ইউ এস এ-তে পড়তে যাচ্ছে বলে পার্টি দিচ্ছে, আজ কিন্তু তোমাকে আমার সঙ্গে যেতেই হবে।'
- 'যেতেই হবে? আশ্চর্য! তোমার প্রেস্টিজের জন্যে আমাকে সব করতে হবে আর আমার মন রাখার জন্যে তোমার কিছু করার নেই?'
- 'কি? কি করার আছে?' অরুণেশ একটু থতিয়ে যায়।
- 'যাকগে,'আঁচল ঘুরিয়ে পেছন ফেরে অনু, 'আমার যাওয়া সম্ভব না।'
- 'কেন, সম্ভব না কেন? কি এমন রাজকার্য আছে তোমার এখানে?' অরুণেশ তার মুখোমুখি এসে দাঁড়ায়।

- 'বাদলকে একা রেখে আমি কোথাও যেতে পারবে না।'দৃঢ়ভাবে বলে অনু। এই প্রথম বাদল বাইরে আত্মপ্রকাশ করে।
- 'বাদল! বাদল কে?' অরুনেশের মুখ শুকিয়ে যায়। অনুকে হারাবার ভয়ের থেকে 'সোস্যাল স্কান্ডালে'র ভয় তার বেশী। সে অবশ্য অনুও জানে। এখানেই তার জিত। সে ওসব স্যোসাল স্ক্যান্ডালকে ভয় করে না, তার জগতে বিশেষ কিছু হারাবার আর নেইও, যে ভয় পাবে। কে কি বললো আর ভাবলো, তাতে তার থোড়াই কেয়ার! এ পর্যন্ত তার জন্যে কে কি করেছে, যে সে তার ঋণ শোধ করবে?

কিন্তু কেবল পার্টিতে গেলেই হয় না, পার্টি দিতেও হয়। অরুণেশের একটা মস্ত প্রমোশন হয়েছে, সবাই আশা করে আছে যে একটা বিশাল পার্টি হবে। এটা এমন কিছু বড় কথা নয়। কিন্তু অরুণেশ জানে যে বাড়ী তার বড় হলেও এখানে পার্টি দেবার কেউ নেই। তাই সে ব্যবস্থা করে ক্লাবে। তার জুনিয়রেরা নিমন্ত্রণ করা থেকে ড্রিংকসের ব্যবস্থা পর্যন্ত সবই করে রেখেছে। এখন সব থেকে কঠিন কাজ হল অন্বেষাকে হোস্টেস হতে রাজী করা। সে এইসব পার্টির মক্ষীরানীদের মনে মনে গভীরভাবে অপছন্দ করে তা তার স্বামী জানে।

তবে শুরুটা ভালভাবেই হয়ে গেল। অন্বেষা একা থাকলেও বাস্তবের সম্পর্ক রহিত নয়, তাই তো সে নিজের চারপাশে একটা কাঁচের দেয়াল গড়ে তুলতে চেষ্টা করে চলেছে। যার ভেতর থেকে সে সব কিছু স্পষ্টভাবে দেখতে পাবে, কিন্তু কেউ বা কিছু তাকে স্পর্শ করবে না। সে কারও ধরা ছোঁয়া এড়িয়ে চলতে শিখে গেছে। সে কাউকে দুঃখ দিতে চায় না; তেমনি তাকে দুঃখ দেবার অধিকারও কাউকে সে দিতে চায়না। সে যেমন একা ছিল এখন তো সে তা নেই। তার বাদল আছে। সর্বদা তারই সঙ্গে। সর্বদা সে মনে মনে তারই সঙ্গে কথা বলে চলে। বাদল তাকে কখনও কোন দুঃখ দেবে না, বরং সে অনুকে গাইড করে, কিভাবে, সে চলবে, বলবে। এই

পার্টির ব্যাপারে বাদলই তাকে উৎসাহ দিয়েছে, বলেছে, 'বাইরের লোকের সাথে মিশেই দেখ না। ক্ষতি কি? অনু আজ খুব ভাল করে সেজেছে, বাদলের কথায় সে কপালের টিপ বদল করেছে, চোখে কাজলের বদলে আই লাইনার টেনেছে সরু করে। বাদল অনেকক্ষণ ধরে তাকে দেখে বলেছে, 'কি সুন্দর তুমি', তারপর তার কপালে চুমু খেয়ে বলেছে, 'যাও, সবাইকে জয় করে এসো। কিন্তু চিরকাল আমারই থেকো তুমি।' অরুণেশ কখনও তাকে ভাল করে লক্ষ্যও করে না। আর যদি কখনও করে তাও যেন বিচারকের দৃষ্টিতে। সর্বদাই তার সামনে অনুকে যেন কুঁকড়ে থাকতে হয়। ভয় করে কখন তার অপছন্দকার কিছু সে বলে ফেললো, বা করে ফেললো। কোথাও কোন মেলামেশার পরে তার চালচলনের শবব্যবচ্ছেদ চলে, 'একথা ওখানে বলা উচিত হয়নি, ওভাবে ব্যবহার করাটা অসামাজিক।' সর্বদাই তার ভুল খুঁজে বার করার চেষ্টা অরুণেশের। প্রথম প্রথম নিজেকে সেইমত সংশোধন করার চেষ্টা করেছে অম্বেষা, তারপরে বিদ্রোহ করেছে, শেষে নিজের চারপাশে কাঁচের দেয়াল না তুললে সে বাঁচবে কি করে! এরপর থেকে অরুণেশ যাই বলুক না কেন তার মনের উপর দিয়ে জলের ওপর দিয়ে তেলের মত ভেসে যেত। কথার উত্তরও দিত না, প্রতিকারের চেষ্টাও করতো না। সে যাদ অল্পশিক্ষিত গাঁইয়াই হয়, ক্ষতি কি? তার তো বাদল আছে!

খুশীমনে গিয়েছিল অম্বেষা ক্লাবে। কিন্তু কিছুক্ষণের মধ্যেই তার মেজাজ বিগড়াতে লাগলো। বাব্বাঃ কি পরিমাণে মদ টানে লোকগুলো। পরের পয়সায় হলেই কি...। আর মদ খেয়ে অনেকেই ততক্ষণে 'হাই হয়ে গিয়েছিল। কে কার বউ বোধহয় মনেও থাকেনা। এতদিন দেখেও তার সহ্য হয় না এই সব বেলাল্লাপনা। সেদিন বোধহয় অনুকে সত্যিই সুন্দর লাগছিল। এতদিন অসহায় একা কুঁকড়ে থাকা অনু যেন জল পাওয়া লতার মত ঝলমলিয়ে উঠেছিল। এখন সে আর অসহায় নয়, তার বাদল আছে। অনেকে কৌতুক করে কানে কানে তার এই নবযৌবন প্রাপ্তির রহস্যের কারণ জানতে চাইছিল। সে অবশ্য গ্রাহ্যও করেনি। কিন্তু গোলমাল বাধলো নাচের ফ্লোরে। এসব সমাজে পার্টিতে নাচ একটা নিতান্ত অত্যাবশ্যকীয়

অঙ্গ। অনু নাচ শেখেওনি, পছন্দও করে না। তবু ভদ্রতাবশে অরুণশের কাঁধে হাত দিয়ে কখনও একপাক ঘুরেই কর্তব্য সমাধা করেছে। কিন্তু এদিন যে কোন কারণেই হোক তাকে নিয়ে কাড়াকাড়ি। অধিকাংশ পুরুষ অভ্যাগতই তার সঙ্গে একটা নাচ নাচতে চায়। হোস্টেস হিসেবে এটা তার কর্তব্যের মধ্যেই পড়ে। প্রথমটা সে অরুণেশের সঙ্গে নেচে সরে এলো। হিন্দী ফিল্মের মত চোখে চোখে চেয়ে মদির নৃত্য নয়। নিত্যন্ত কেঠো কর্তব্য সমাপণ। ডি.জে পুরানো হিন্দী ফিল্মের গান বাজাচ্ছে। শুনতে অনেক সময়ে তার ভালোই লাগে। গান সম্পর্কে তার ছুঁৎমার্গ নেই। কিন্তু তার সঙ্গে নাচ...! কিন্তু উপায় কি! এরপরে রোহিত বাজাজ, সুমন খোসলা, অরবিন্দ ঘোষ - আজ সবাই যেন তাকে একটু ছুঁয়ে দেখবার জন্যেই ব্যস্ত, নাচটা যেন তার উপায় মাত্র। অরবিন্দ একেই পান করার জন্যে খ্যাতনামা, তার উপরে রাতও বাড়ছে। আজ আবার তার বউও সঙ্গে নেই। একপাক নেচেই নেশার ঝোঁকে সে অম্বেষাকে বুকের সঙ্গে চেপে ধরে জম্পেস করে একটা চুমো খেয়ে ফেললো। আজকাল আর এসবে কেউ কিছু মনে করে না, হেসে উড়িয়ে দেওয়াই বিধি।

একচোট হাততালি পড়লো। অরুণেশও তাদের মধ্যে একজন। অম্বেষার কিন্তু মাথার মধ্যে আগুন জ্বলে গেল। চারিদিকে চেয়ে সবার হাসিমুখ দেখে সে আর নিজেকে সামলাতে পারলো না। সপাটে একটা চড় লাগালো অরবিন্দের মুখে। আচমকা তার এই ব্যবহার সবাই স্তম্ভিত। বিশেষ করে অরুণেশ। অরবিন্দ একজন সম্মানিত অতিথি, তাছাড়া সে সর্ব সমক্ষে ফ্লার্ট করতে অভ্যস্ত, এরমধ্যে চোরাগোপ্তা কিছু নেই এটা সবাই জানে। তাই সবাই এটাকে ঠাট্টা বলেই মেনে নিয়েছে। হয়ত অনুও তা জানে। কিন্তু তার করার কিছু ছিল না, বাদল তাকে বলেছিল, 'মার ব্যাটাকে, আরও মার।' কিন্তু অরুণেশ এসে তার হাত শক্ত করে ধরেছিল, বলেছিল, 'চল ওদিকে।' কিন্তু তার হাত একঝটকায় ছাড়িয়ে নিয়ে অনু তীব্র স্বরে চীৎকার করে বলেছিল। 'যতসব মাতালের দল। এখনই কি হয়েছে, বাদলের হাতে পড়লে, এদের ছাল ছাড়িয়ে নেবে।'

- 'বাদল?' মহিলাদের চোখে চোখে বিদ্যুৎ খেলে যায়।

অরুণেশ আবার হাত ধরে টানে তার। আবার হাত ছাড়িয়ে নিয়ে সেন্টার টেবিলে সাজানো বোতল আর গ্লাসগুলো হাতের এক সাপটার আছড়ে ফেলে দেয় অন্বেষা। সে একটা দক্ষযজ্ঞ কান্ড।

চারিদিক তীব্র গন্ধে ভরে যায়, শব্দে যত বেয়ারা ছুটে আসে। আশেপাশের ঘর থেকেও দু' একজন উকিঝুঁকি মারে। অরুণেশ অন্বেষাকে টানতে টানতে গাড়ীতে নিয়ে যাবার চেষ্টা করে। অন্বেষা কাতর কণ্ঠে চীৎকার করে, 'বাদল বাদল, সেভ মি' তার যত্ন করে বাঁধা চুল খুলে গেছে। জরির আঁচল মাটিতে লুটোচ্ছে। অরুণেশের সম্মানে রাখা এই পার্টিতে তার বন্ধু-বান্ধবেরা চোখভরে এই তামাশা দেখতে থাকে।

এরপর থেকে ঘরে প্রায় বন্দীই আছে অন্বেষা। সে যে অসুস্থ তা বুঝতে চায়নি অরুণেশ। অরবিন্দই বরং পরদিন এসে ক্ষমা চেয়ে দেখা করতে চেয়েছিল অন্বেষার সঙ্গে। বলেছিল যে এটা তারই দোষ। সবাই তো আর ইন্দিরা, রূপালী বা তন্দ্রা নয়। কিন্তু মানতে পারেনি অরুণেশ। সমাজে থাকতে গেলে সামাজিক হতে হবে বই কি! এটা এমন কিছু মারাত্মক ঘটনা নয় যে, এমনভাবে 'রিয়্যাক্ট' করতে হবে। তাছাড়া এই বাদলই বা কে? সবাই ঠারে ঠোরে জানতে চায়, দেখা হলে কিংবা ফোনে, কে এই বাদল? কি তার সম্পর্ক অন্বেষার সাথে? কি বলবে- জানে না অরুণেশ। সমাজে তার মাথা হেঁট করে দিয়েছে অন্বেষা চিরকালের মতই। অরবিন্দই তাকে দিনের পর দিন বোঝায়, তাদের পরিবারেও এমন কেস আছে। সে ডাক্তারের কাছে যাবার পরামর্শ দেয়, পরিবর্তে অরুণেশ অনুকে প্রায় ঘরবন্দী রেখেই ট্যুরে চলে যায়। অনু বলেছিল, 'আমাকে বাবার বাড়ী পাঠিয়ে দাও।' অরুণেশ শোনেনি। তার মনে হয়েছে যে একা থাকাই এখন অনুর শাস্তি।

কিন্তু কাজ শেষ করার আগেই অরুণেশকে ফিরে আসতে হল। তাদের পাশের বাড়ীর প্রতিবেশিনী মিসেস কাপুর ভালবাসেন এই সুরূপা নম্র বাঙালী মেয়েটিকে। যদিও অনুকে এখন তার মেয়ে না বলে মহিলা বলাই ভাল। তবে বয়স্কা মিসেস কাপুরের মেয়েদের

বয়সী বলে অনুকে তিনি মেয়ের মতই স্নেহ করেন। তিনি মোবাইলে ফোন করে জানান অরুণেশকে অনু বলে 'ভায়োলেন্ট' হয়ে উঠেছে। এখুনি তার আসা দরকার। কাজ ফেলে ছুটে আসে অরুণেশ। বসার ঘরে মিসেস কাপুর আরও দুএকজন পাড়ার মহিলা বসে। তাকে দেখে মিসেস কাপুর উঠে এসে তার হাত ধরে বাইরে টেনে নিয়ে গিয়ে পরিস্থিতি ব্যাখা করেন।

আজ সকালে এমন অবস্থা ছিল যে কাজের মেয়েটা খবর দেওয়াতে তাঁরা ছুটে আসেন। শেষে পাড়ার ডাক্তার ডেকে 'সিডেটিভ' ইনজেকশন দিয়ে অনুকে ঘুম পাড়ানো হয়েছে।

বাড়ীর ভেতরে পা দিয়ে স্তম্ভিত হয়ে যায় অরুণেশ। সারা বাড়ী ভাঙ্গা কাঁচ আর পের্সিলিনের টুকরোয় পা দেওয়া যায় না। টিসেট, ডাইনিং সেট, কাঁচের গ্লাস- কিছুই আর আস্ত নেই। মাটিতে পা ফেললেই চীর চীর শব্দে জুতোর তলায় সেগুলো আরো মিহিভাবে গুঁড়ো হয়ে যাচ্ছে। দূর থেকে মিসেস কাপুর ঠোঁটে আঙুল দিয়ে শব্দ না করার ইঙ্গিত দিলেন। শোবার ঘরের দরজা ভেজানো, আধো অন্ধকার, মৃদু শব্দে এ.সি চলছে। বিছানায় গালের নীচে হাত রেখে অগাধ ঘুমে মগ্ন অন্বেষা। বহুদিন পরে অরুণেশ তার মুখের দিকে ভাল করে চেয়ে দেখলো। কি অসীম ক্লান্তি সেই মুখে, চোখের নীচে গাঢ় কালি, ঠোঁটের কোণে অসন্তোষের রেখা, তবু কী অসহায়, হতাশাভরা তার মুখ। না, সে তার স্ত্রীকে এতকাল তার জেদ দিয়ে গায়ের জোর দিয়ে, বল প্রকাশের মধ্যে দিয়ে চিনে এসেছে। আসল অনু যে ভালবাসার কাঙাল, যে নিজের মত করে বাঁচতে চেয়েছিল, তাকে তো সে চিনতে চায়নি। এখন কি আর সময় আছে? খানিকক্ষণ দরজার কাছে দাঁড়িয়ে থেকে সে আবার ফিরে এলো ড্রইংরুমে।

মিসেস কাপুর ছাড়া আর সকলেই চলে গেছে। তিনি তাঁর মেডকে ডেকে ঘরগুলো ঝাঁটপোছ করাতে ব্যস্ত। অরুণেশ অরবিন্দকে ফোনে ডাকে। অরবিন্দ সব শুনে মাথা নীচু করে বলে, 'আমিই দায়ী এ সবের জন্যে'। তবে সে জানে না যে এর মূল আরো কত গভীরে আর আরো কত দিনের আগে থেকে। এ নিয়ে তর্কাতর্কির সময় এ

নয়। ভাল ডাক্তার দেখানো দরকার এ বিষয়ে এখন দুজনেই একমত। অরবিন্দের জানা সেই সায়কিয়াট্রিস্ট ডাক্তার মণ্ডলকে দেখানোই স্থির হল।

দু'বছরের বেশী কেটে গেছে। কখনও একটু ভাল, কখনও মারাত্মক খারাপ, এইভাবে চলে চলে এখন অনেকটা যেন নর্মাল। অরুণেশ ভাবে ডাক্তরের সব ভালো, কিন্তু যেন কেবল তাকে দোষারোপের চেষ্টাটাই তাকে আঘাত করে। তার কি দোষ? অরুণেশ এটাকে 'জেনেটিক' প্রমাণ করার চেষ্টাও করেছে। কিন্তু তার শ্বশুর পরিবারের দুইদিকে থেকে কোন সমর্থনসূচক প্রমাণ পায়নি। বরং তার তুতো শালী শালারা তার দিকে অভিযোগের দৃষ্টিতে চেয়ে থেকেছে। সে তার শাশুড়ীকে বারে বারে জানতে চায় 'বাদল' কে? শাশুড়ী অবাক মানেন, মেয়ে তাঁর মেয়ে স্কুলে আর মেয়ে-কলেজে পড়ে পাশ করেছে। তার বাবা বাইরে বড় ছাড়তে চাইতেন না। আর আত্মীয়স্বজন, বন্ধুবান্ধবের মধ্যে 'বাদল' নামে তো কাউকেই তিনি জানেন না। শাশুড়ীকে বিশ্বাস করে অরুণেশ, তিনি তাকে বড়ই স্নেহ করেন। তিনি মিথ্যা কথা বলবেন না। তবে? তবে কি তাহলে ডাক্তারের কথাই সত্যি যে, অরুণেশের অবহেলা, তার তীব্র একাধিপত্যের প্রচেষ্টার প্রতিদ্বন্দ্বী করে এই বাদলকে সৃষ্টি করেছে অনু! যে আজ অনুর কাছে অনেক সত্য, অনেক স্পষ্ট অরুণেশের থেকে!

অন্বেষার চিকিৎসা চলছে, চলবে, এ রোগ হয়ত সারবে না। এখন অরুণেশ চেষ্টা করেও আর অন্বেষাকে স্পর্শ করতে পারবে না। তার চারপাশে এখন কাঁচের দেয়াল। সে দেখে আর ভাবে সাতপাক আর সাতবচনে বাঁধা অরুণেশের থেকে অনুর কাছে এখন সত্য, এই বাদল। একদিন অরুণেশ অন্বেষাকে অগ্রাহ্য করেছে, আজ সে করছে অরুণেশকে। তাদের দুজনের মাঝখানে মাথা তুলে দাঁড়িয়ে আছে বাদল।

# চোর বাজার

চোরবাজার। নামটা কেন কে জানে ! লালকেল্লার পেছনের মাঠে প্রতি রবিবার বসে এই চোরবাজার। বহুকাল আগে এখান দিয়ে বয়ে যেত

যমুনা নদী। বেচা, কেনা, সবই এখানে হয় খোলাখুলি, তবে এই অপনাম কেন ? তবে, হ্যাঁ, অনেকে বলে তাদের মোটর গাড়ীর নানা চুরি যাওয়া পার্টস– যেমন –হাবকাব, স্টিরিও, দামী গাড়ীর নানা পার্টস,এমন কি লেবেল পর্যন্ত তারা নিজেরাই ফের পয়সা দিয়ে কিনে এনেছে। তবে এসবই শোনা কথা !

কিন্তু যখন আমাদের পড়শী বিন্দু আগরওয়াল যখন একজোড়া আসল ভিক্টোরিয়ান চেয়ার কিনে আনলো নামমাত্র মূল্যে, .. তখন আর লোভ সম্বরণ করা গেল না। চেয়ার দুটো একটু 'ড্যামেজড্', তাতো হবেই, কিন্তু একেবারে আসল মাল। সে নাকি একজন এ্যান্টিক ডিলারের মতও নিয়েছে। বিন্দু আমার মুদ্রাদোষের খবরও রাখে। কাজেই সে লোভ দেখিয়ে বললো, 'খুব পুরানো কয়েন' পাওয়া যায়, ভাবী, জানোতো ? জানতাম না অবশ্য, তবে জেনে উৎফুল্ল হ'লাম।

কত লোকের কত রকম হবি থাকে, কেউ বাগান করে, কেউ দেশবিদেশের টিকিট সংগ্রহ করে, আরো কত কী, আমি কেবল পয়সা জমাই। না না, এত কৃপণ আমি নই। যে পয়সা জমাই তা বাজারে চলে না। অনেকে দেশ বিদেশের পয়সা জমায়, যা কিনা আরো পয়সা খরচ করে সেই দেশে গেলে চালানো যায়।অবশ্য এমন 'প্রপোজিশান'টা কতটা লোভনীয় তা বলা কঠিন। কিন্তু আমার পয়সা চালাতে গেলে আগে 'টাইম মেশিন' আবিষ্কার করতে হবে এবং সে কেবল আমাদের দেশের জন্যেই। আমি বেচারা গর্ব করে বলি যে আমার স্পেশালাইজেশন হচ্ছে 'ওল্ড ইন্ডিয়ান কয়েন'। খৃষ্টপূর্ব থেকে শুরু করে আধুনিক কালে ইংরেজ আমলে গিয়ে যার শেষ। খৃষ্টপূর্ব শুনেই কেউ হাই তোলে, কেউ চোখঁবাঁকায়, কেউ বা অন্য প্রসঙ্গে চলে যেতে চায়। প্রকাশ্যে তো আর কোন মহিলাকে মিথ্যাবাদী বলা চলে না ! অন্ততঃ আমাদের এই সমাজে। তবে তাও বোধকরি হার মানতাম না, তবে আমাদের এক ঘনিষ্ট বন্ধু ক্লেম করলেন যে তিনি নিজের চোখে দেখে এসেছেন তাঁর বন্ধুর কয়েন কালেকশানে একটা কয়েনের পরে ছাপা আছে ৩৬ বি,সি. একথা শোনার পরে লোককে ডেকে বলার স্পৃহা চলে গেলেও সংগ্রহের কিন্তু যায়নি।

ফলে একটা রবিবারে ধাওয়া করলাম সেই চোরবাজারে। রেডফোর্ট থেকে বহুদূরে গাড়ী রেখে, প্রথমে সাইকেল রিক্সা করে, শেষে পদব্রজে চলতে হল অনেক দূরে। কিন্তু নেশা বলে কথা ! শেষে পাঁচমিশেলী ভীড় ঠেলে হাজির হলাম সেই চোর বাজারে। এখানে বলে প্রাচীন মুদ্রা অতি সস্তাদরে মেলে। কনটপ্লেসে একটা বিরাট এ্যান্টিক শপে একটা খিলজী মুদ্রা নিয়েছিল পুরো তিন হাজার টাকা। আবার তারা ভয় দেখিয়েছিল যে আজকাল বলে বাজার নকল মুদ্রায় ছেয়ে গেছে, কেবল তাদেরটাই আগমার্কা আসল। দেখা যাক এখানে কি বলে ? এ এক বিচিত্র বাজার। নিছক হযবরল ! সাজানো শোভন কোন দোকানই নেই। সবুজ ঘাস আর রুক্ষ মাঠের মাঝখানে স্তুপ করে রাখা আছে অসম্পৃক্ত কতকগুলি বস্তুর পুঞ্জ। কোথাও ফার্নিচার– কতক আস্ত, কতক আধভাঙ্গা, কতক ফাটা জোড়া লাগানো, তবে তার বেশীর ভাগ কাঠই মনে হল আসল 'টিক', হয়ত বার্মাটিকই হবে। কতকগুলো আবার কুচকুচে কালো, পালিশের গুণে নয়, হয়ত এগুলোকেই আবলুশ কাঠ বলে ! চেয়ারগুলোর হাতে, পায়াতে, পিঠে, পাকা হাতের সূক্ষ কারুকাজ করা। কতকগুলো আবার পালঙ্কের বিচ্ছিন্ন অঙ্গ প্রত্যঙ্গ হয়ত। একটা রোলটপ রাইটিং ব্যুরো, একদম নতুন যেন বেশী ব্যবহারও হয়নি। এপাশে একটা চওড়া বেঞ্চির উপরে বোন চায়নার বাসন। সেগুলো যে পরিত্যক্ত আর পুরানো, তা কারো বলার অপেক্ষা রাখে না। এছাড়া আছে সাধারণ কাঠের চৌকির ওপরে অসাধারণ জরদাজী কাজ করা জীর্ণ আলখাল্লা, নাগরা জুতো, কালচে জরির কাজ করা কোন বেনারসী জাতীয় কোন মূল্যবান শাড়ী– সেগুলি এত জীর্ণ যে আর কারো পক্ষে পরা সম্ভব নয়। তবে তার জরিগুলো সম্ভবতঃ আসল সোনা বা রূপোর সূতোয় বোনা ! দোরখা কাজ করা চওড়া পাড়ের আর আঁচল ওয়ালা কাশ্মীরী শাল, নক্সাকরা, কলঙ্কধরা তামার জলের গ্লাস, আর ঘটি জাতীয় বস্তু। আখরোট কাজের কাজ করা কিতাবদান, ভাঙা চটা ওঠা ফুলদানীই বা কত ! শ্বেত পাথরের উপরে মাদার অফ পার্লের কাজ করা টেবিল টপ, থালা, শৌখিন দাবার সেট, ঘর সাজানোর নানা জিনিষ, জরি দেওয়া নল সমেত গড়গড়া এছাড়া জয়পুরী মীণাকারী পেতলের জাগ, বাটি, ঘড়া কত কী ! আরো আছে নানা জাতের মূর্তি– কাঠের,

তামার, পেতলের, টেরাকোটার, দেখে দেখে যেন আর আশ মেটে না। কিন্তু কোনটাই যেন অক্ষত বা সুপরিষ্কৃত নয় । মনে হয় কেউ যেন ঝেঁটিয়ে ঘরের আবর্জনা বিদায় করার চেষ্টা করেছে। সাধে কি আর একে কাবাড়ি বাজারও বলে ! চারিদিকে ধূলো, ধোঁয়া, আবর্জনা, ঘোড়ার গাড়ীর ঘোড়ার গায়ের গন্ধ, ঠেলাওয়ালার চীৎকার, কর্কশ মিশ্রিত কোলাহল !

কিন্তু কোথায় আমার সেই পুরানো সিক্কা ? যার সন্ধনে এতদূর ধাওয়া করে আসা ? আনমনে হুঁচোট খাওয়া বাঁচিয়ে পথ চলতে চলতে দেখলাম একদম একটেরেতে একটা ছেলে কিছু জিনিষ নিয়ে বসে আছে। ছেলেটার চেহারাই টেনে নিয়ে গেল ওদিকে। টকটকে লালচে গৌরবর্ণ, কটা চুল, কটা চোখ, অনেকটা পাঠানের মত। পরণে পরিষ্কার কিন্তু মামুলি কুর্তা পাজামা পরা। চোখে একটা আহত বিস্ময়মাখা অভিমান যেন। সে বাজারে পশরা নিয়ে বসেছে, কিন্তু যেন সে জানে এ তার যোগ্য স্থান নয়। পায়েপায়ে পশরার সামনে গেলাম। একটা জাজিমের উপরে সামান্য কিছু জিনিষ,– এপাশে দুখানা শাল কমলা আর সবুজ, তাতে জরির কাজ করা। খানকতক হাতীর দাঁতের হাতল ওয়ালা ছোরা, যার ফলাগুলো মর্চে ধরা। কিন্তু তার খাপ ঝোলাবার কোমরবন্ধে অসাধারণ সূক্ষ্ম জরির কাজ করা। একটা তামার উপরে রূপোর কাজ করা ঘটি,এটা কলঙ্কধরা নয়, বোধহয় নিয়মিত ব্যবহার হতো। গোটাকতক জয়পুরী মীণার কাজ করা মোমবাতি দান আর একটা পেতলের বাটিতে বেশ কতকগুলো বাদশাহী সিক্কা।

পয়সাগুলো দেখে উৎসাহে নীচু হতেই ছেলেটা সটান উঠে দাঁড়িয়ে অভিবাদন করে বললো –'তসরীফ রাখিয়ে।' কাবাড়িবাজারে এমন অর্ভ্যথনা আশা করিনি। চমকে দেখলাম যে সে আমার জন্য প্রায়-আস্ত এক ফোল্ডিং চেয়ার পেতে দিচ্ছে। বিনা প্রতিবাদে অভিভূতভাবে বসে পড়ে বাটিটা টেনে নিলাম। পুঁথিগত বা শিক্ষাগত বিদ্যা না থাকলেও এতকালের অভিজ্ঞতা প্রসূত বিদ্যায় বুঝলাম যে এর অনেকগুলিই আজকাল বাজারে দুর্লভ, এবং এগুলি জাল বা নকল নয়, আসলই। লেখাগুলো তো পড়তে পারি না, কিন্তু নক্সা গড়ন আর

চেহারা দেখে বোধহল এরা যথেষ্ট দুষ্প্রাপ্যও বটে। এগুলো অন্ততঃ আমার সঞ্চয়ে নেই। আর দুটো মনে হল আলেকজান্ডারের সমকালীন গ্রীক কয়েন।

ছেলেটা মনে হল নেহাৎই ছেলে মানুষ, তাই আর 'ভাই সাব' না বলে বললাম,' বেটা'কোথা থেকে এগুলো সংগ্রহ করলে ? আর কত করে এক একটা ? ছেলেটা চুপ করে আমার দিকে চেয়ে থাকলো, তারপরে ও পয়সার বাটিটা আমার হাতে তুলে দিয়ে চোস্ত উর্দূতে বললো, তার বাংলা অর্থ, এগুলো তাদের ঘরেরই জিনিষ, বহু পুরুষ ধরে অছে। তোমার যা পছন্দ হয় নিতে পারো।' তাতো পারি, কিন্তু দাম কি? আমার ইচ্ছা হচ্ছিল বাটি সমতেই নিয়ে আসি, কিন্তু অত টাকা তো সঙ্গে নেই। ভরসা করে বেশী টাকা সঙ্গে আনতে পারিনি.শুনেছি এখানে নাকি অতি সহজেই নিজের পকেটের টাকা অপরের পকেটে গিয়ে উঠতে পারে। অবশ্যই মালিকের অজান্তে। তাই দু'খানা খিলজী কয়েন আর একটা 'ইষ্ট ইন্ডিয়া কোম্পানী'র ছাপমারা তামার পয়সা নেড়ে চেড়ে দ্বিধা ভরে জিজ্ঞেস করলাম, এই তিনটের দাম কত নেবে ? ওর উত্তর, 'যো মর্জি দিজিয়ে '। এটা কি একটা কথা হল? 'আরে, তোমার জিনিষ তো দাম তো তুমিই বলবে, আমি কেমন করে জানবো ? কিন্তু তার মুখের ভাব দেখে মনে হল যে সে তার জিনিষের দরদাম কিছুই জানে না। নেহাৎ টাকার প্রয়োজন, তাই পশরা নিয়ে বসা।

এ বাজারে ক্রেতার থেকে বিক্রেতাই বেশী, তাই আমাকে ওখানে গেড়ে বসতে দেখে আশেপাশের সব দোকান থেকেই ডাকাডাকি চলছিল। দু'একজন অতি উৎসাহী একবারে ঘাড়ের উপরে এসে পড়লো। আমি তো একেবারে' আড়ষ্ট হয়ে পড়েছি, ভাবছি কেন মরতে একা এলাম ! এখন একবারে ব্যাগ বা গয়না না ছিনতাই হয় ! সামনের ছেলেটা একবার বাঘের মত লাফ দিয়ে উঠে উর্দুতে বললো, 'তমিজ নেই তোদের ? মেয়েদের ঘাড়ে এসে পড়িস' ! উত্তরে লাফাঙ্গা টাইপের ছোঁড়া দুটো হ্যা হ্যা করে হাসতে লাগলো। 'তমিজ কিরে ! এযে দেখি তমিজ শিখলাচ্ছে ! নবাব জাদা হ্যাঃ '! তারা খ্যাক খ্যাক করে হাসতে লাগলো ! তাদের হাসি দেখে গৌরবর্ণ

ছেলেটার মুখ একেবারে সিঁদুরের মত লাল হয়ে উঠলো্ । সে আর কিছু বলার আগেই ঠিক পাশের দোকানের এক প্রৌঢ় দোকানী তাদের গরু খেদানোর মত করে তাড়িয়ে দিল। পরে সে আমাকে ডেকে বললো , 'বিবিজী আমার কাছেও কিছু পুরানা সিক্কা্ আছে, চাও তো দেখতে পারো।' এমন হঠাৎ হুল্লোড়ে চমকে গিয়েছিলাম, বলতে গেলে ঐ লোকটাই আমাকে বাঁচালো। ওরা আমার গলার চেন বা কানের দুল ছিঁড়ে নিলেই বা কি করতাম। তাই একে চটানো যায় না। বল্লাম, 'ভাইসাব, আগে এই গুলো দেখে নিই, তোমার জিনিষও দেখবো। তাছাড়া বেশী টাকাকড়ি আজ আমার সঙ্গে নেই, তাই আজ দেখেই যাই পরে একদিন এসে কিনে নিয়ে যাব'। পাশের দোকানদার চুপ করে গেল। পাশের ছেলেটি কাতর গলায় বললো, 'তুমি যাহোক কিছু নিয়ে যাও বহিনজী। আমার এখনও বউনি হয়নি। তুমি যা দাম দেবে তাই আমি নেবো। 'শুনে বলাবাহল্য খুশী হলাম। কিন্তু এই তিনটি রেয়ার কয়েনের দাম কত কমই বা দেওয়া যায় ? মনে হচ্ছে ছেলেটা এগুলোর দামটামও জানের না। তখন যা খুশী দাম দেওয়া মানে তো তাকে ঠকানো। এই সব ভাবনা নিয়ে কয়েনগুলো নাড়াচাড়া করছি, এমন সময়ে মোবাইল বাজলো। আমার বন্ধু মেঘনার কলকাকলী শোনা গেল, 'আজ দিল্লী হাটে যাব বলে তোর বাড়ী এলাম, আর তুইই গায়েব'!

–'ফোন করে তো আসবি। আমি এখন অনেক দূরে, আজ একেবারেই যাওয়া যাবে না।' মেঘনা মুডি মেয়ে, সে রেগে গেল, তাকে আবার খানিকক্ষণ তোষামোদ করে ঠান্ডা করতে হল। ফোন ছেড়ে দেখি ছেলেটা অপলক নয়নে আমার মুখের দিকে চেয়ে আছে। ঠান্ডা গলায় বললো, 'তুমি কি বঙ্গালীন ?'

–'সে কি কি করে জানলে, আমার খারাপ হিন্দী শুনে ?

–'না না, সে হাসলো, আমার চাচীজানও তো বঙ্গালীন ছিলেন'।

–'ছিলেন,মানে, এখন আর নেই ? '

–' না। বহু বছর তো আর দেশে যান না। ঐ ভাষাতে কথা বলার লোকও পান না। তবে তোমার কথা শুনে মনে পড়লো।

চাচীজানের এক নোকরানী ছিল বঙ্গালীন, যাকে সঙ্গে করে এনেছিলেন।'

আমাকে চুপ করে থাকতে দেখে সে বললো, 'তুমি কি ভাবছো এগুলো নকল ? তা কিন্তু নয়, এ সব আমার নিজের বাড়ীর জিনিষ, বহু পুস্ত্ ধরে আছে। তোমার শিউজী কি কসম, কিছু একটা নাও নাহলে ..' তার কসম শুনে বিরক্ত হয়ে বল্লাম, 'কসম দিলেই হল ? তুমি কি জানো আমাদের শিউজী কে ?' সে কিছুক্ষণ চুপ করে থেকে বললো, 'জানি বিবিজী, চাচীজীর কাছে কত কহানী শুনেছি। এই শিউজীর কৃপাতেই তো আমরা চাচীজীকে পেয়েছি। তাছাড়া চাচীজীর তো মন্দিরও আছে আমাদের হাভেলী তে।'

– 'তোমার চাচীজানের মন্দির্ '? আমার তো পড়ে যাবার মত অবস্থা।'তোমরা মুসলিম নও ?' মিষ্টি করে হাসলো ছেলেটি, পরে যার নাম জেনেছি আক্রম, বললো, 'মুসলিম তো বটেই, খানদানী মুসলিম। কিন্তু আমার চাচীজান হিন্দু। তিনিই তো আমাকে বড় করেছেন।'

বুঝলাম, এর পেছনে জটিল একটা কাহিনী আছে। রূপবান, মার্চিত রুচির কিশোর ব্যবসায়ী, যে কিনা এই পরিবেশে একেবারে বেমানান, যে 'চোর বাজারে' নিজের ঘরের খানদানী জিনিষ বেচে, যার নিজের বিক্রেয় বস্তুও দাম একেবারে জানা নেই, লোকে যাকে ব্যঙ্গভরে নবাবজাদা বললে একবারে ক্ষিপ্ত হয়ে ওঠে, এর মধ্যে আবার এক শিবভক্ত চাচীজানের উদয় ! নাঃ ! এতসব এখানে বসে শোনা বা বোঝা সম্ভব হবে না। এদিকে রোদ পড়ে আসছে, এখনই এখান থেকে ফেরা দরকার ! কিন্তু এই অসমাপ্ত কাহিনীর বিচ্ছিন্ন অংশগুলির ছেঁড়া সূত্রগুলি নিয়ে ঘরে ফিরে কি আর শান্তি পাবো ? অথচ এদিকে ক্রমে আলো কমে আসছে, এবারে বাড়ী না ফিরলেই নয় ! আবার এমন সাধের পয়সাগুলো ছেড়ে আমি উঠতেও পারছিনা। ছেলেটা বোধয় আমার অবস্থা বুঝলো, বললো, 'তমি সব সিক্কাগুলোই নিয়ে যাও বহেনজী, আমি তো জানি না ওগুলোর দাম কি ? আর কি ভাবে বিক্রী করতে হয়! তুমি আমার চাচীজানের

দেশের লোক, জানি তুমি আমায় ঠকাবে না, তোমার দাম যা মনে হয় তা দাও, আমার আজকে টাকার খুব দরকার।'

ওর মুখ দেখে মনে হল, সত্যিই ওর টাকার আজ খুব দরকার। তাছাড়া আমার নেবার ইচ্ছাটাইবা কম কিসে ? কিন্তু তাই বলে এই সরল ছেলেটিকে যাহোক কিছু দাম বলে ঠকাতে পারবো না। ব্যাগ ঘেঁটে দেখলাম, মাত্র হাজার দুই টাকা আছে। আমাকে দ্বিধা করতে দেখে সে বললো, তোমার কাছে যা আছে, তাই আজ দিয়ে যাও।আর তোমার ঠিকানা দিয়ে যাও, আমি নিজে গিয়ে তোমার কাছ থেকে বাকি টাকা নিয়ে আসবো। খুবই ভাল 'ডিল'! আমাদের বুটিকের ফোন নং দেওয়া ছাপানো কার্ড আর দু'হাজার টাকা ওর হাতে তুলে দিলাম। ও একগাল হেসে টাকাটা কপালে ছুঁইয়ে আমাকে অভিবাদন করলো। তারপর একটা বাদামী কাগজের আধময়লা লেফাফায় সমস্ত কয়েন গুলো মুড়ে আমার হাতে তুলে দিল। একজন সম্পুর্ণ অজানা লোকের পরে এত বিশ্বাস দেখে আমার খুব অবাক লাগলো। বল্লাম, তুমি এ সপ্তাহেই যেয়ো নিশ্চয়ই আর একবার ফোন করে যেয়ো । অনেক সময় তো আমি বাড়ী থাকি না। সে বললে, তুমি আমার অনেক উপকার করলে, এখন আমি বাড়ী যাব। চাচীজান অনেকক্ষণ একা আছেন, আর তাঁর ওষূধও কিনে নিয়ে যেতে হবে।

আমি পেছন ফিরতে গিয়েও ঘুরে দাঁড়ালাম। কি হয়েছে তোমার চাচীজানের? কি অসুখ ? সে ফ্যাকাশে ভাবে হাসলো, 'ক্যান্সার। অনেক ডাক্তার, বৈদ্, হাসপাতাল দেখানো হয়েছে। ইলাজের কোন কমি হয়নি। কিন্তু জান তো, এই রোগের কোন সত্যিই ইলাজ নেই। আর এখন আর আমাদের সামর্থই বা কি আছে ? তাই এই ঘরের জিনিষ বেচে বেচে'– তার কথাটা ক্রমে থেমে গেল।

বাড়ী ফিরে টেবিলের ওপরে কয়েনগুলো বিছিয়ে বসে দেখছি। সবশুদ্ধ আঠারোটা কয়েন আছে। প্রথমে গরম সাবান জলে ধুয়ে মুছে তারপর টেবিলে বিছিয়েছি। সামনে খোলা আমার কয়েন ক্যাটালগ গুলো। এর মধ্যে কতকগুলে মামুলি কয়েন আছে, যা আমার একাধিক আছে। যেমন, ইংরেজ আমলের পঞ্চম জর্জের মাথার

ছবিওয়ালা রূপোর একটাকার কয়েন। রাণী ভিক্টোরিয়ার সেই রকম অল্প বয়সের চেহারার সেই একটাকার কয়েন। এছাড়া পেতলের লাল দুআনা, ফুটো পয়সা ইতআদি। সেগুলোর আমার দরকার নেই। আসলে যে তিনটে আগে আমি বেছেছিলাম সে তিনটে বেশ 'রেয়ার কয়েন', আর আমার নেইও। এছাড়া আরো গোটা দুই যা আছে, তা আমার নেইও আর ক্যাটালগেও তার কোন উল্লেখ নেই। এগুলো কোন 'এরাতে' পড়বে, তা জানবার জন্য আমাকে বিশেষজ্ঞের সাহায্য নিতে হবে। তবে দুঃখের কথা এই যে তাঁদের সাহায্য নিতেও বড় ভরসা হয় না। এর আগেও দেখেছি, তাঁরা একবাক্যে বলেন যে, 'রেখে যাও, ভাল করে দেখে বলবো'। মনে কর, রেখে তো এলাম, আর যদি ফেরৎ না পাই ,তবে ? তাই এসব জিনিষ হাতছাড়া করাও মূর্খামি ! বাবা, আমার সাধের জিনিষ ! বারে বারে উল্টেপাল্টে দেখি। বেশীর ভাগই তামা বা রূপোর মুদ্রা। কলঙ্কধরা, জায়গায় জায়গায় সবুজ হয়ে আছে এখনও। লেবু ঘষলে হয়ত রঙ একটু ফিরতে পারে। এর মধ্যে সোনার নেই একটাও। সত্যি কথা বলতে কি, আমার কাছে একটা আকবরী সোনার মোহর ছাড়া আর কোন পুরানো সোনার মুদ্রাই নেই।

হঠাৎ নজরে পড়লো, একটা গনেশ অথবা অথবা হনুমানের মূর্তিওয়ালা মুদ্রা, এত ভাল করে ধোবার পরেও যাতে ক্ষীণ সিঁদূরের মত দাগ রয়ে গেছে। কাপড়ে ঘষতে হালকা লাল রঙ উঠে এলো। মনে পড়লো সেই অদেখা, রুগ্ন, মরনাপন্ন, মুসলমান ঘরের শিবভক্ত হিন্দু চাচীজানের কথা। একসঙ্গে এতগুলো কয়েন পাবার আনন্দে যার কথা একবারেই ভুলে গেছিলাম।

টেবিল থেকে চোখ তুলে সাদা দেয়ালের দিকে তাকালাম। আশ্চর্য ! কে এই যবনী হিন্দু নারী ? আর কেএই বা এই রূপবান কিশোর – যাকে তার জানা চেনারা 'নবাবজাদা' বলে ডাকে, আর যা শুনলেই সে ক্ষিপ্ত হয়ে ওঠে ! কেন ? দেখা যাক, টাকা নেবার জন্য তো তাকে আসতেই হবে। আজ হোক বা কাল হোক। হঠাৎ মনে হল , আমিই বা কেন তার ঠিকানা নিয়ে এলাম না ? এটা আমারই দায়িত্ব ছিল, জিনিষ নিয়ে তার দাম দেওয়া। এমন কিছু দূর বিদেশও নয়,

নিশ্চয়ই দিল্লী শহরের মধ্যেই। হয়ত হয়ত কেন, নিশ্চিতই পুরানা দিল্লী। কিন্তু তাই বা কি এমন কঠিন যাওয়া ? বিশেষ করে যখন সে বিশ্বাস করে এত মূল্যবান জিনিষগুলো আমার হাতে তুলে দিল। আমি যে ভুল ঠিকানাও দিতে পারি তা তার সরল মনে একবারও আসেনি। এখন চাইলেও আর তাকে কি ভাবে খুঁজে বার করি ? তাকে দেখে মনে হয়নি যে সে রোজ রোজ চোরবাজারে দোকান দেয়। তাছাড়া তার চাচীজান গুরুতর অসুস্থ, যদি গুরুতর কিছু হয় তো তার এতদূরে আসাও কঠিন হবে। টাকার তো তার নিশ্চয়ই দরকার। মনে মনে নিজেকে দোষী খাড়া করে অস্থির হয়ে পড়লাম।

তারপরেও এক সপ্তাহ কেটে গেছে। না কোন খবর, না কোন ফোন ! যখন মনস্থির করছি যে আসছে রবিবারে আবার নিজেই একবার যাব এবার সেই চোর বাজারে। ঠিক তখনই একদিন দুপুর বেলা তার ফোন এল। ফোন তুলতেই সেই ভারি, কিন্তু ছেলে মানুষী গলার স্বর শুনলাম, 'ম্যায় আক্রম বোল রহা হুঁ।' তখনই জানলাম তার নাম আক্রম। যাইহোক, তাড়াতাড়ি তার চাচীজানের খবর জিজ্ঞাসা করলোম। বল্লাম, সে এসে টাকা নিয়ে যাবে, না পাঠিয়ে দেবো ? অবশ্য তার ঠিকানাও তো আমার জানা নেই। একসঙ্গে অনেক গুলো কথা বলে গেলাম।

উত্তরে আক্রম ধীর গলা্য় বললো যে তার চাচীজানের শরীর খুবই খারাপ। তার পাশ থেকে সে উঠতে পারছে না, অথচ তার টাকারও খুবই দরকার। কাজেই যদি কাউকে দিয়ে টাকাটা পাঠিয়ে দিতে পারো তো খুব মেহেরবানী হবে। আমি তখনই তার ঠিকানাটা জেনে, বুঝে নিয়ে লিখে নিলাম। কিভাবে যেতে হবে তা মোটামুটি বুঝেও নিলাম। যদিও জানি যে পুরানা দিল্লীর ভুল ভুলাইয়াতে একবার ঢুকলে খুঁজে বেরোবার ক্ষমতা আমার নেই । তাই আমাদের ড্রাইভারকেই সঙ্গে নিতে হবে। কিন্তু তারও আগে টাকার ব্যবস্থা করতে হবে। আমার চেনা কনট্ প্লেসের সেই দোকানে ধাওয়া করলাম। সেই কাশ্মীরী বুড়ো তা না না না করে শেষ পর্যন্ত তিনহাজার টাকা দিল। যা পাওয়া যায়। আমার আগে দেওয়া ছিল দু' হাজার। বাকি দশটার দাম কত হবে আন্দাজে ছয় হাজার ধরলাম।

বিক্রীর তিন হাজার, মোট ন'হাজার আলাদা একটা খামে ভরে নিলাম। পরদিন সকাল সকাল রওনা হয়ে প্রথমে ফাউন্টেনের কাছে ঘন্টেওয়ালার দোকানে গেলাম। আমাদের ড্রাইভার ধ্যানসিং দিল্লীতে আছে বোধহয় সারা জীবন, তাও এসব অলি গলি তার জানা নেই। এদের জিজ্ঞাসাবাদ করে একটা মোটামুটি আন্দাজ পাওয়া গেল।

কিন্তু তা সত্ত্বেও প্রায় একঘন্টা এখানে ওখানে ধাক্কা খেতে খেতে শেষে একটা শতাব্দী জীর্ণ গলিতে গাড়ী ঢুকলো। দু'পাশে পাতলা হাতেগড়া উঁটের দাঁত বারকরা উঁচু পাঁচিল চলেছে। তার থেকে সতেজ বট, অশ্বত্থ গাছের চারা গজিয়েছে। ডানদিকের পাঁচীলটা কিছু নীচু, তার মধ্যে একটা ভাঙ্গা মসজিদ দেখা যায়। মনে হয়, তার আজকাল ব্যবহার নেই। ছাদের টালি খসে খসে পড়ছে। চারিপাশে কেমন একটা ছন্নছাড়া হতাশ পরিবেশ। শেষে একটা কানা গলিতে এসে গাড়ী থামলো। ধ্যানসিং জানালো যে গাড়ী আর যাবে না। সামনে গাড়ী ঘোরাবার মত জায়গাও নেই,কাজেই সারা গলিটা ব্যাক করে গাড়ীটা নিয়ে যেতে হবে। অগত্যা ঠিকানা লেখা কাগজটা হাতে করে নামলাম। বাঁদিকে একটা বিশাল বড় ও উঁচু অন্ধকার গেট। চারচৌকো হয়ে উপরটা ডোমের মত আকার নিয়েছে। কে জানে, হয়ত হাওদা সমেত হাতী ঢুকতো এইসব গেট দিয়ে।

ভেতরে অনেকটা বড় প্রাঙ্গন। এখানে যেন গত শতাব্দীটা থমকে থেমে আছে। পাথরে বাঁধানো প্রাঙ্গনটা প্রাচীন হলেও মেটামুটি পরিচ্ছন্ন। অনেকটা ভেতরে অর্ধচন্দ্রাকারে একসারি দোতলা আর একতলা বাড়ী, কিন্তু সেই সব দোতালাও যেন আজকের তেতলার সমান উঁচু। তবু সব যেন কেমন পরিত্যক্ত বলে মনে হয়। চারিদিকে ঝুপসী নিমগাছ আর জামগাছ। দিনের বেলাতেও এইসব গাছের পাতার ছায়ায় বাইরের হেমন্তের কোন রোদ ঢোকার কোন পথ নেই। কোন শব্দ নেই, কোন লোকজন নেই। মনে হয়না যে আমরা জনাকীর্ণ রাজধানী দিল্লীর কোন অংশে দাঁড়িয়ে আছি। চারিদিকে নিস্তব্ধতা আর পাখির ডাক, আর দূরে কোথাও ক্ষীণ ঠংঠং আওয়াজ। এতদূরে এসে তো আর ফেরা যায় না। পায়ে পায়ে আঙ্গিনা অতিক্রম করে মাঝের বাড়ীর চওড়া বারান্দার দিকে গেলাম। বারান্দার কুচকুচে

কালো কড়িবরগার মধ্যে থেকে কবুতরের বকম বকম্ আওয়াজ শোনা যাচ্ছে। বারান্দার সাদাকালো ছক কাটা মেঝে কবুতরের নোংরায় আচ্ছন্ন। সারি সারি সব দরজাই বন্ধ। তার নীচের রঙচটা দরজার উপরে লাল সবুজ নক্সাকাটা কাঁচের ঝিলিমিলি দেওয়া ।দেখলেই বোঝা যায় যে এখানে বহুদিন কোন লোকের পা পড়েনি। ডানদিকের বাড়ী গুলোর অবস্থা আরো খারাপ। ছাদের একটা অংশ ভেঙ্গে পড়ে কড়িকাঠ আর ইঁট পাথরের একটা দুর্ভেদ্য স্তূপ হয়ে পড়ে আছে। হতাশ হয়ে মুখ ফেরাতে গিয়ে দেখলাম, বাঁদিকের বাড়ীটার অবস্থা অনেকটা বাসযোগ্য। অন্ততঃ কিছু পরিষ্কার। বারান্দায় মনে হল ঝাঁট পড়ে, যদিও বাইরে কেউ নেই।

'মেমসাব', পেছন ফিরে দেখি,গাড়ী লক করে ড্রাইভার ধ্যান সিং আমাকে সাহায্যের জন্য এগিয়ে এসেছে। সে বললো, মোড়ের পানের দোকানের দোকানী বললো যে, 'এই কোঠীতে এক বুঢ়িয়া আর এক বান্দা রহতা হ্যায়। বুঢ়িয়াকি শক্ত্ বিমার'।

–' ঠিক, কি নাম বললো ছেলেটার আক্রম '?

–'তাতো জানিনা মেমসাব। তবে ওরা এটাকে বলে, নবাব সাহাব কা হাভেলী।'

হাভেলী তো দেখতেই পাচ্ছি। কিন্তু এই নবাব সাহাবটা আবার কে ? যাইহোক, দরজায় ধাক্কা দিয়ে তো দেখি, এতগুলো টাকা নিয়ে এলাম, যদি ওরাই হয় তো ওদের কত কাজে লাগবে। কোন মুখে এগুলো আবার ফেরৎ নিয়ে যাব। আমার আওয়াজ কারো কানে ঢুকলো বলে মনে হল না। শেষে ধ্যানসিং কড়া হাতে শব্দ করতেই দরজা খুললো একটা ছেলে। দেখেই চিনলাম আক্রম। কিন্তু এ কদিনেই তার চেহারায় যেন কালি পড়ে গেছে। পরণে ময়লা কুর্তা পাজামা। আমি তার নামরও ডাকতেই সে তড়িঘড়ি বেরিয়ে এসে সেলাম করলো। ওর মুখ দেখেই বুঝতে পারলাম যে সে আশাই করেনি যে আমি নিজে তার বাড়ীতে আসবো। আনন্দে তার মুখ উজ্জ্বল হয়ে উঠলো। বললো,' বিবিজী আপ, ? বলেই সে বললো, 'জান বিবিজী, তোমার কথা চাচীজানকে কত বলেছি, তিনি তো

তোমাকে দেখবার জন্য পাগল। কিন্তু তুমি কি আর এই বাড়ীতে আসবে ? তাই তো বলতে পারিনি। এখন তো তুমি এসেছো, এখন আপনা জবানে কথা বলতে পারলে তিনি ঠিক ভাল হয়ে যাবেন, তাই না' ?

'কেমন আছেন এখন' ?

'ভালো না'। ওর উজ্জ্বল মুখটা আবার কালো হয়ে গেল। হেকিম দবা দিচ্ছে, তাও দর্দ কম হচ্ছে না। তুমি ভেতরে আসবে '? অনেক আশা নিয়ে সে বললো। বারান্দা পার হয়ে একটা অন্ধকার গলিতে পা দিলাম। পেছন থেকে ভয় পেয়ে ধ্যানসিং বললে,' মেমসাব, আমিও সঙ্গে যাব?' বল্লাম,' দরকার নেই, তুমি গাড়ী পাহারা দাও। গাড়ীর চাকার হাওয়াও যদি কেউ খুলে দেয় তো ফেরা মুশকিল হবে।'

ভেতরে অনেক ঘোরপ্যাঁচ খেয়ে একটা উঠোনের মত অংশে এসে পড়লাম। এখানে বাইরের আলো আর আকাশ দেখা যাচ্ছে। এটা বোধহয় সাবেকি অন্দর মহল। এর পরে আরো একটা বারান্দা আর তারপরে বিশাল একটা ঘর। তার তিনদিকে সেই ঝিলমিল দেওয়া বড় বড় শার্শির জানালা। ময়লা স্যাঁতাপড়া দেয়াল। তবে মেঝেটা পরিষ্কার পরিচ্ছন্ন। ঘরের মধ্যিখানে বিশাল নক্সা করা একটা পালঙ্ক। তার উপরে বিছানার সঙ্গে মিশে যেন শুয়ে আছে কেউ।

আক্রম তার কানের কাছে মুখ নিয়ে যেন কিছু বললে, চেতনাহীন জড়পিন্ডে হঠাৎ যেন প্রাণ সঞ্চার হল। দূর থেকে ঠোঁটনড়া দেখতে পেলাম, কথা শোনা গেল না। আক্রম একটা কালো রঙের ইউ শেপের একটা কাঠের আসন বিছানার কাছে টেনে এনে রাখলো। আর ঠোঁট নড়লো, আবার সে মাথার কাছের বিরাট কালো কাঠের আলমারী খুলে একটা চাদর জাতীয় কিছু দিয়ে রোগিরীর দেহটা ঢেকে দিল। এত প্রায়ান্ধকার নিরানন্দ পরিবেশেও সেটা যেন ঝলমল করে উঠলো। তারপরে সে আমাকে বসতে অনুরোধ করলো। রোগীর ঘরে কি রকম একটা অস্বাস্থ্যকর গন্ধ। তাও বসলাম। ব্যাগ খুলে টাকার খামটা তার হাতে দিলাম।

খাম খুলে অতগুলো টাকা দেখে আক্রম তো দিশাহারা। বললো, তুমি তো দু'হাজার টাকা আগেই দিয়েছো, আবার এতো টাকা কেন ? আমি তাকে ধীরে ধীরে বোঝালাম যে তাদের ঘরে পড়ে থাকা পুরানো পয়সা বলেই যে মূল্যহীন তা নয়। বরং বাজারে তার ভালই দাম আছে। হয়ত আমি তাকে বাজারের দামের থেকে কিছু কম দাম দিয়েছি। কিন্তু ঠকাতে তাকে একেবারেই চাই নি। ছেলেটা মাথা নীচু করলো, বুঝলাম কৃতজ্ঞতায় তার চোখে জলে এসে গেছে।

আমি কথা বদলে জানতে চাইলাম, তার চাচীজান কি আমার সাথে কথা বলতে পারবেন ? না কষ্ট হবে। আক্রম তাড়াতাড়ি টাকার খামটা একটা পাশের টেবিলে রেখে লজ্জা পেয়ে তার চাচীর দিকে ঝুঁকে পড়ে কিছু বললো। মহিলা ইঙ্গিতে তাকে কিছু বললেন।

আক্রম কাকে যেন ডাকলো, 'তরন্নুম' বলে। একজন আধাবয়সী কাজের মেয়ে ঘরে ঢুকলো। আক্রমের ইঙ্গিতে সে ঘরের বড় বড় জানালা দুটোর খসখসের পর্দা গুটিয়ে তুলে দড়িটা একটা নক্সা করা পেতলের হুকে বেঁধে দিল। তারপর খড়খড়ি ওয়ালা জানালা দুটের পাল্লা খুলে দিতেই এতক্ষণের আবছায়া ঘরটা ঝলমলে দুপুরের তাজা আলো আর হাওয়ায় ভরে গেল। ঘরের সব কিছু এখন ভাল করে দেখা যাচ্ছে। এতবড় ঘরে কিন্তু আসবাব খুব একটা বেশী নেই। তবে যেগুলো আছে, তা খানদানি তা বোঝা গেল। পালঙ্কের উপরে শায়িতা পলিতকেশা এক কঙ্কালসার এক মহিলা। চোখ গর্তে, জীবিত কিনা বোঝা যায় না। বিছানায় তালি দেওয়া কিন্তু পরিষ্কার একটা চাদর পাতা। কিন্তু আশ্চর্য্যের বিষয় তাঁর গায়ে যে ঢাকাটা আক্রম দিল, সেটা বোধহয় খুবই দামী ঝলমলে খাঁটি সোনালী জরিতে বোনা ব্রোকেডের কাপড়। ঐ ঘরের অন্যান্য সবের সাথে একেবারেই বেমানান। আমার চোখের বিস্ময় একলহমাতে পড়ে নিল আক্রম। কিন্তু কথা ঘুরিয়ে বললে যে 'তুমি চাচীজানের মন্দির দেখবেনা' ? ভুলেই গিয়েছিলাম, শুনে আবারও কৌতূহল জেগে উঠলো। বল্লাম, 'দেখাও'। সে পাশের একটা ছোট্ট ঘরে নিয়ে গেল। একসময়ে হয়ত কাপড় বদলের ঘর ছিল, কোন দরজা নেই। বাড়ীতে হয়ত বিজলী নেই কিংবা লাইন কেটে দিয়েছে। জুতো খুলে ঢুকলাম, আক্রম

আমার হাতে একটা মোমবাতি জ্বেলে ধরিয়ে দিল। ঢুকে সামনেই দেখি ধবধবে শ্বেত পাথরের সুন্দর নক্সা করা ছাদ ওয়ালা সিংহাসন। তার মাঝখানে একটা কালো পাথরের একটা শিবলিঙ্গ। পাশে নাড়ু হাতে নাড়ুগোপাল। একটা কালীঘাটের কালীমূর্তির বাঁধানো পট। সামনে কালিপড়া তেলের প্রদীপ, ছোট ছোট পেতলের থালাবাসন। একটা বসার আসন। বোঝা গেল বহুদিন এদের ব্যবহার হয়নি। হাতজোর করে প্রণাম করে বেরিয়ে এলাম।

আক্রম দরজার বাইরেই দাঁড়িয়েছিল। বললো, 'কতদিন হয়ে গেল, চাচীজান আর পূজা করেনা। এখন খেতেও পারছেন না, কথা বলতেও কষ্ট হয়'। এমন সময়ে তরন্নুম একটা বড় পিতলের গ্লাসে করে রোগীর জন্য দুধ. আর একটা পরিষ্কার কাঁচের গ্লাসে করে আমার জন্য চা নিয়ে এল। 'আবার চা কেন আক্রম'? আমি অনুযোগ করি। সে ম্লান হেসে বলে, কি আমার ক্ষমতা আছে যে তোমার খাতিরদারী করি।' একটু থেমে যে বল্ল,' ছোটবেলার কথা মনে আছে, তখন আমরা চাঁদির বর্তনে খানা খেতাম।' আমি কথা বদলে বল্লাম, 'এখন তোমার চাচীজানকে দুধটা খাওয়াও'। সে বললে, 'তরন্নুম খাইয়ে দেবে। সে ছাড়া আর কেউ পারে না'। তবন্নুম ঘরে ঢুকলো একটা সরুগলা পিতলের ছোটমত বদনা নিয়ে। সে দুধটা তাতে ঢেলে মহিলার গলার নীচে হাত দিয়ে একটু তুলে ধীরে ধীরে তাঁর গলার মধ্যে ঢালতে লাগলো। আমি বসে বসে দেখতে লাগলাম। দুধটা শেষ হলে মুখটা মুছিয়ে তরন্নুম ঘর ছেড়ে বেরিয়ে গেল। মহিলা আক্রমকে ইশারা করতে সে আর একটা তাকিয়া এনে তার মাথাা আর একটু উঁচু করে দিল। আধশোয়া হয়ে মরা মাছের মত চোখ করে অনেকক্ষণ আমাকে দেখলেন তিনি।

শেষে ইঙ্গিতে আমাকে কাছে ডাকলেন, মুখের কাছে মুখ আনলে অস্পষ্টস্বরে বললেন, 'বাঙালী' ? চমকে উঠে ঘাড় নেড়ে সায় দিলাম।

–' আপনি' ?

– 'আমিও'। একটু থেমে বল্লেন,' কুমিল্লা'।

– 'এখানে কি করে এলেন' ?

–‘ অনেক কথা’, বলে গলায় হাত দিয়ে কথা বলার অসমর্থতার কথা বোঝালেন।

– ‘জোর করে ধরে এনেছিল’ ?

দূরের দিকে চেয়ে চুপ করে চেয়ে থাকেন। তারপর দৃঢ়ভাবে ঘাড় নেড়ে বলেন,‘ দেবতা’।

– ‘কে দেবতা’ ?

– ‘আমার স্বামী আসলাম’।

–‘ সেকি, আপনি কি শেষে মুসলমানকে বিয়ে করেছিলেন ? তাও দেশ থেকে এত দূরে’ ?

অনেকক্ষণের চেষ্টায়, আক্রমের সাহায্যে কাহিনীর অনেকটা উদ্ধার করা গেল। যার কতকাংশ আক্রমও আগে জানতো না।

দেশভাগের আগে যথারীতি পূব বাংলায় রায়ট লেগেছিল। নামী ব্রাহ্মণ বংশের সুন্দরী মেয়ে পুকুরে স্নান করতে নেমেছিল। সেখান থেকে তাকে তুলে নিয়ে যায় জনা চারপাঁচ জন লোক। সন্ধ্যেবেলা যখন ক্ষতবিক্ষত কন্যা কোনমতে পায়ে হেঁটে বাড়ীর খিড়কী দোরে উপস্থিত হয়। তখন তাকে হারিয়ে মা, বাবা,সব পরিজন পাগলের মত হয়ে পড়েছিল। কিন্তু তাকে এই অবস্থায় দেখে তাদের কাছে সব পরিষ্কার হয়ে গিয়েছিল। তাও তার মা, বাবা তাকে ঘরে তুলতে রাজি ছিলেন, কিন্তু তার কট্টর গোঁড়া জ্যাঠামশাই ম্লেচ্ছদ্বারা উচ্ছিষ্ট কন্যাকে ঘরে তুলতে রাজি হলেন না। কিভাবে এই পরিবার পরিত্যক্ত ধর্ষিতা কন্যা সেই শীতের রাতটি শারীরিক ও মানসিক যন্ত্রনায় কেটেছিল, তা কেবল জানেন তার ইষ্ট দেবতা। তখন তাঁর নাম ছিল সৌদামিনী। রূপও ছিল তার বিদ্যুতের মতই। পায়ে পায়ে সে গ্রামের শেষপ্রান্তে শিবমন্দিরের কাছে এসে জ্ঞান হারিয়ে ফেলে। পুরানোকালের পুরানো মন্দির, বড় কেউ সেখানে আসতো না। জ্ঞান হলে সে দেখলো লম্বা চওড়া এক উর্দিপরা জওয়ান তার মুখে জল ছিটিয়ে দিচ্ছে। সেই আসলাম। অবিভক্ত ভারতের এক সাধারণ সৈনিক। সব শুনে সে তাকে যত্ন করে আবারও তাকে বাড়ীতে ফিরিয়ে নিয়ে যায়। মুসলমান

জওয়ানের সঙ্গে তাকে দেখে এবারে তার বাবাও ক্ষেপে যান। আসলাম তাকে নিয়ে আবার সেই শিবমন্দিরে ফিরে যায়। সৌদামিনীর অবস্থা দেখে আর আসলামের অনুরোধে সেই মন্দিরের পুরোহিতই তার সেখানে হিন্দু মতে বিয়ে দেন।

সে যখন আসলামের আসল ঘর দিল্লীতে আসে, তখন সে বোঝে যে কি জহরত সে ধূলোয় কুড়িয়ে পেয়েছে। তাদের ভাষা আলাদা, ধর্ম আলাদা, খাদ্য, সংস্কার, পারিবারিক ঐতিহ্য সবই আলাদা। বন্ধন ছিল কেবল পারস্পরিক ভালবাসার। নাহলে একজন সমাজ পরিত্যক্তা,ধর্ষিতা মেয়েকে বিয়ে করে এই খানদানি ঘরে আনতে পারতো না।বিয়ের পরে তাকে তার ধর্মও বদলাতে দেয়নি সে। পুরোহিত ঠাকুর তার আঁচলে একটা ছোট কালো পাথরের শিবলিঙ্গ বেঁধে দিয়েছিলেন। তাঁর পূজার আসনে সেই একমাত্র তার ফেলে আসা গ্রামের চিহ্ন। প্রথম প্রথম সে ভাষা বুঝতে না পেরে খুব কষ্ট পেয়েছে। শেষে কোথা থেকে একটা বাঙালী কাজের মেয়ে খুঁজে এনেছিলেন তার স্বামী। সেই ছিল সর্বক্ষণের সঙ্গী। তা সেও মারা গেছে বহুকাল। দেশ ভাগের পরে তার পরিবারের কি অবস্থা হয়েছে, তাও সে জানেনা। আর জেনেই বা কি হবে, সে তো তাদের কাছে বহুকাল মৃত।

ভাঙ্গা ভাঙ্গা কথার মাঝে জিজ্ঞাসা করলাম, নবাব সাহেবের হাভেলী বলে একে, এই নবাব সাহেব কে ? এতক্ষণে একটু ফিকেহাসি দেখা গেল তাঁর মুখে। জানলাম দিল্লীর প্রাক্তন মুঘল বাদশাহদের বহু পুত্র কলত্রদের মধ্যে একটা শাখার ওয়ারিশ ছিল এই আক্রমদের পরিবার। কিন্তু আজ যার খাবার জোটে না, পরণে ভাল পোষাক জোটে না, তাদের কাছে নবাবজাদাটা তো ব্যঙ্গ বলেই মনে হবে। তাই আক্রমকে 'নবাবজাদা' বললে সে ভীষণ রেগে যায়। কিন্তু আসলে বাদশাহী রক্তই তার দেহে বইছে। প্রসঙ্গটা ওঠার সঙ্গে সঙ্গেই আক্রম রাগ করে ঘর ছেড়ে চলে যায়। ওর রাগ দেখে শুকনো ঠোঁটে হাসেন চাচীজান। নিজের গায়ের ওপরে বিছানো চাদরটা দেখিয়ে বলেন, 'চাদর কেনার পয়সা নেই, তাই এই কিমতি বারানসী শাড়ী দিয়ে কাজ চালাই। আমার তো সময় হয়ে গেছে মা, কিন্তু আক্রমের কি হবে তাই ভাবি। স্কুল পাশ করে তো আর পড়াশোনাও চালাতে

পারলো না। আমার দেখা শোনা করতেই ওর জীবন শেষ হয়ে গেল। বাপ মা হারা ছেলের কি হবে ভেবে, আমি মরেও শান্তি পাবো না'।

–"কিন্তু এতবড় সম্পত্তি আছে ওর, ওর কি চিন্তা ? এখন দিল্লীতে জমির কি সাংঘাতিক দাম। বিল্ডারকে দিলে বাকি জীবন কিছু না করলেও বসে খেতে পারবে'।

–"মুসলমানের সম্পত্তি তো জাননা ভাই, তাতে বোধহয় ঘরের মোরগটারও হিস্যা থাকে। ওদের বিশাল রিস্তাদারেরা সব ছড়ানো ছিটানো আছে। নেহাৎ ভাঙ্গাবাড়ী বলে কেউ থাকতে আসেনা। কিন্তু বিক্রীর গন্ধ পেলে যে যেখানে আছে ঝাঁকে ঝাঁকে এসে জুটবে। ও এত সরল আর দিলখোলা ছেলে, সকলেই ওকে ফাঁকি দেবে। এখন ভগবানই ভরসা।" একটা বুক ভাঙ্গা নিঃশ্বাস ফেলেন তিনি।

এদিকে সন্ধ্যা ঘনিয়ে আসছে, ধ্যান সিং দু'বার এসে ঘুরে গেছে। কিন্তু এই হানাবাড়ীতে এই এখনতখন রুগ্ন বুড়ি আর অসহায় কিশোরকে ফেলে যেতে মন চাইছিল না। কি আশ্চর্য মানুষের মন, যাদের ক'ক ঘন্টা আগেও দেখিনি, তাদেরকে এখন যেন কত আপরজন বলে মনে হচ্ছে। এরমধ্যে দু'বার তরন্নুম এসে বৈদের দাবা খাইয়ে এতকথা বলতে নিষেধ করে গেছে। আমার পানেও তিরস্খারের কটাক্ষ হেনেছে। কিন্তু নিশ্চিত মৃত্যু পথযাত্রীর অতিশীর্ণ হাতটা ছাড়িয়ে উঠে যেতে পারিনি। শেষে উঠতেই হল। আশ্বাস দিলাম, শিগগির আবারও একবার আসবো। মন বললো, হয়ত আর কখনও দেখা হবে না।

কনিবার দিন নানা কাজে বাড়ীর বাইরে ছিলাম। স্নান করে কাপড় ছেড়ে, দেখি গোটা তিনচার 'ভয়েস মেল'। তার মধ্যে ভাঙ্গা গলা্য় বলা আক্রমের কথাগুলো,"বিবিজী, তুমি আসার পরদিনই চাচীজানের এন্তেকাল হয়েছে। তোমার দেওয়া টাকায় তাঁর কফন দফন করেছি। এটাই তাঁর শেষ নির্দেশ ছিল। শিউজী আপকা ভালা করে।"

**************************

# এক রাতে

আলোয়ার আর সিরস্কা গেম–স্যাংচুয়ারীর মাঝে গাড়ীটা যখন হেঁচকি তুলে একেবারে থেমে গেল তখন আর করার কিছু ছিল না। সন্ধ্যা ঘনিয়েছে, অগাধ আকাশ,নিঃসীম অন্ধকার, আর গাঢ়তর কালিবর্ণে আঁকা দিগন্তের পাহাড় আর অরণ্য। ধীরে ধীরে অপুষ্ট চাঁদ উঠছে পাহাড়শ্রেণীকে ভেদ করে। ভৌতিক আবছা আলোর কুয়াশা অন্ধকারে আরো যেন বেশী অবাস্তবতা এনে দিল। গাড়ী তীক্ষ্ণ হেডলাইট জানিয়ে দিচ্ছে, পথটা গেছে সোজা, একটুও না বেঁকে। কিন্তু গাড়ীর ইঞ্জিন জানিয়ে দিচ্ছে যে ঐ পথের এক ভগ্নাংশ যাবার ক্ষমতাও আর নেই তার। দুপাশে জনবসতির ইঙ্গিতমাত্র নেই। শুধু অন্তহীন বিশাল অনুর্বর রুক্ষ প্রান্তরের পর প্রান্তর। টিট্টিহি, টিট্টিহি, কি যেন একটা অজানা পাখীর ডাক, কাছের থেকে দূরে অগাধ নৈঃশব্দ ভেদ করে মিলিয়ে গেল।

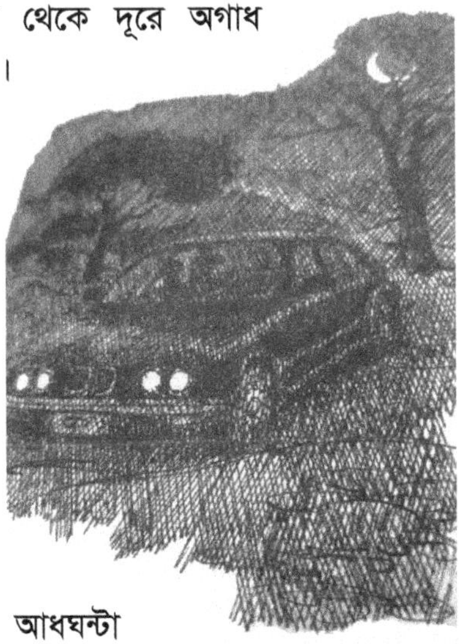

আরো একবার স্টার্ট দেবার চেষ্টা করলাম, ফল যথাপূর্বম। আলোয়ারেই কুড়ি লিটার পেট্রোল নেওয়া হয়েছে, কাজেই ট্যাঙ্ক ফুলই আছে। তবে কি কার্বুরেটারে ময়লা জমেছে ? অথবা পেট্রোল ওভারফ্লো করছে ! যাই হোক এখন কিছুক্ষণ অপেক্ষা করা ছাড়া অন্য কোন উপায় নেই। আরো আধঘন্টা

কাটলো,আবার স্টার্টের চেষ্টা, গাড়ীটা কেঁপে উঠে থেমে গেল। অগত্যা এখানেই অনিচ্ছাকৃত রাত্রিবাস।

দেখেছি, বিশেষ কোন গুরুতর একটা বিপদ এসে দাঁড়ালেই আমার মনটা হঠাৎ যেন শান্ত আর সতর্ক হয়ে ওঠে। যেন সতর্কতার দেয়ালে পিঠ দিয়ে অন্ধকার ফুঁড়ে চোখ দুটোকে সজাগ রেখে আত্মরক্ষার জন্যে প্রস্তুত হয়ে ওঠে। সুতরাং কাউকে মনে মনে দোষারোপও না করে গাড়ীর কাঁচগুলো ভাল করে তুলে দরজা গুলো 'লক' করে, শাল জড়িয়ে গুটিশুটি মেরে বসলাম। একেবারে সারারাতের জন্যে প্রস্তুতি। হেডলাইট নিভিয়ে ব্যাক লাইট জ্বালিয়ে দেওয়াই ভাল। কারণ মাঝরাতে যদি কোন উন্মত্তগতি লরি পেছন থেকে এসে মারে, তবে তাকে দোষ দেওয়া যাবে না। কেননা এই ভুতুড়ে অন্ধকারে এই জঙ্গুলে পথের ধারে কেউ একটা বিশ্রামরত গাড়ী প্রত্যাশা করবে না নিশ্চয়ই।

চোখবুঁজে বসে একটানা শব্দহীন প্রকৃতির নিজস্ব রিমিঝিমি সুর শুনছি। দেখেছি বে-জায়গাতেই যতসব আতঙ্ককর গল্পগুলো মনে পড়ে যায়। চম্বলের দস্যু কাহিনী থেকে অশরীরী আতঙ্ক পর্যন্ত কিছুই বাদ যায় না। অবশ্য রাজস্থানের এই অঞ্চলে এর আগেও বারে বারে এসেছি,তাই যতদূর শুনেছি এখানে দস্যু দূরের কথা চোরও বলে নেই। অন্ততঃ স্থানীয় লোকেরা তাই দাবী করে। পথে দামী জিনিষ ফেলে রাখলেও বলে দুদিন পরেও কুড়িয়ে নেওয়া যায়। তবে দলবদ্ধ বুনো কুকুর আর নেকড়ের বড় ভয় বলে এখানে। অবশ্য কাঁচ বন্ধ লককরা গাড়ীর আশেপাশে তারা এলেও খুব একটা সুবিধা তারা করতে পারবে না মনে হয়। কেননা এ গাড়ীর কাঁচভাঙ্গার মত শক্তি তাদের আছে বলে মনে হয় না। তবে এমন প্রাণীও জগতে আছে, অন্ততঃ লোকে বলে থাকে, যারা নাকি বন্ধ কাঁচ তো দূরের কথা ইঁট পাথরের বাধাও মানে না। শীতে সর্বাঙ্গ শিউরে উঠলো, না ভয়ে ? ঘন্টা কয়েক মাত্র আগে প্রচন্ড রোদে মাথা ধরে যাচ্ছিল। আর এখন– ! রাজস্থানের কারবারই আলাদা। নাঃ, ওসব কথা আর এখন ভাবা হবে না। বরং দেখি সারা রাত এখানে কি করে কাটানো যায়। এদিকে খিদের চোটে প্রাণ বেরিয়ে যাচ্ছে। সেই দুপুরে পথের পাশের

একটা ধাবায় রোটি,সবজী আর তরকা খেয়েছিলাম। এখন একগ্লাস আগুন গরম দুধে ফোটানো আদা এলাচি দেওয়া চা পেলে – আঃ, কি সব খোয়াব দেখছি এই ধুধু অন্ধকারে বসে ! সকাল হলেই বা কি ব্যবস্থা। আলোয়ার থেকে ঠিক কত মাইল এসেছি তাও জানা নেই। শহর ছাড়ার আগে কিলোমিটার রিডিংটা দেখে নিতে ভুলে গেছি। বরাবর ড্রাইভারই চালায়, ফলে এসব কোন অভ্যাসই গড়ে ওঠেনি। এবারে কেন যে ড্রাইভার হতভাগা ছুটিতে গেল, আর এই –। ভোরে যদি পথচলতি গাড়ী পাই, তাহলে তাদের সঙ্গে গিয়ে আলোয়ার থেকে মেকানিক ধরে আনতে হবে। ভাবতে সামান্য, কিন্তু সমস্তটায় কতটা সময় লাগবে কে জানে! তাছাড়া তারা যদি বলে গাড়ীটা মোটর গ্যারেজে না নিলে হবে না, তাহলেই বা কিভাবে এই 'জাঙ্ক'টা টেনে নেওয়া যাবে ? পথচলতি গাড়ী কি আর দড়ি বেঁধে এটাকে টেনে নিয়ে যাবে ? কার এত গরজ ? উঃ, কি ভুলই না করেছি ! এক তো মোটর মেকানিজম্ টা শিখিনি, তায় আবার নর্থ ইন্ডিয়া অটোমোবাইল অ্যাসোসিয়েশনের নম্বরটাও সঙ্গে নেই ! তা হলেও হয়ত – 'হুয়া.. হুয়া ..হুয়া.'! তীব্র আর সুতীক্ষ্ণ কোলাহল যেন ভেঙ্গে পড়লো মাথার সমস্ত কোষগুলোর উপরে ! মুহূর্তে অন্তরাত্মা যেন খাবি খেয়ে এক মুহূর্ত স্থির হয়ে উঠেই পরক্ষণেই দ্রুতবেগে চলতে শুরু করলো। উঃ ! এ কোথায় এলাম ? আর একটা শেয়ালের ডাকেই নার্ভের এই অবস্থা, তো বড় কিছু ঘটনা ঘটলে কি হবে ? হাতের উপরে মাথা রেখে আচ্ছন্নের মত বসে রইলাম। ভগবান, এ আমি কোথায় এলাম ! রেলগাড়ীর মত দ্রুত ধাবমান হৃদপিণ্ডকে সামলাতে একটু সময় লাগলো। মনকে শক্ত করলাম। একি ! আলো জ্বেলে ঘড়ি দেখলাম,মাত্র রাত আটটা কুড়ি।তার মানে এখনও সাড়ে নয় ঘন্টা আছে অন্ততঃ ভোর পাঁচটা বাজতে। কিন্তু পাঁচটা বাজলেই কি সূর্য উঠবে ? কোনদিন কি আর উঠবে ? সেই ক্ষীণ চাঁদের ফালি যেন গলে মিশে গেছে নিঃসীম আকাশের পটে। পড়ে আছে কেবল অন্ধকার আর তারার আলো । রাতের অন্ধকার কি এমন কালো হয় ? শহরে বাস করে কখনো তা ভাবিনি। ভাবতে হবে বলে মনেও করিনি। আর এই মনের অবস্থায় কোথা থেকে যত উদ্ভট যত খুন, রহস্য, অশরীরীর কাহিনী মনে পড়ে যাচ্ছে। ধন্যি আমার স্মরণ শক্তি ! স্কুলে পড়া

ছেলেমানুষী কল্পকাহিনীগুলো পর্যন্ত দেখি এখন মনে পড়ে যাচ্ছে। নাঃ, ওসব কথা ছেড়ে এখন ভাবা দরকার বাড়ীতে কি হচ্ছে। সেখানে তো সব ভাবছে যে হোটেলের ঘরে এখন আমার খাওয়া সেরে ঘুমের চেষ্টা চলেছে। তারা তো কেউ জানেনা যে এই বিদেশ বিভূঁয়ে অজানা মাঠের মাঝে একা একটা অচল গাড়ীতে আমি রাত কাটাচ্ছি।

আরেঃ, ওটা কি ? গাড়ীর বাইরে হাত দশেক দূরে ? একজোড়া নীল চোখ জ্বলজ্বল করছে না ? স্থির দৃষ্টিতে যেন চেয়ে আছে কোন অদৃশ্য মরণের করাল দৃষ্টি। বহুকাল আগে পড়া একটা কথা মনে পড়লো যে রাত্রে মাংসাশী প্রাণীর চোখেই নীল আলো জ্বলে। নিরীহ নিরামিষাসী প্রাণীর চোখে জ্বলে লালআলো। এ কি তবে হায়না ? নেকড়ে ? বুনো কুকুর ? কিংবা এই পৃথিবীর জীবিত কোন প্রাণী বটে তো ? তবে সে যাই হোক, আমার পালাবার কোন উপায় নেই। নিজের সীটে শক্ত হয়ে বসে চোখ বুঁজে পারিপার্শিক ভুলে থাকবার চেষ্টা করলাম। জোর করে চোখ বন্ধ করে থাকতে থাকতে কখন যেন চোখটা লেগে গেছিল।

হঠাৎ চটকাটা ভেঙ্গে গেল একটা সোরগোল আর হৈ হল্লায়। চোখ খুলে চমকে গেলাম, আরে, এ কোথায় এলাম ! বিশাল একটা দেহাতি মেলা বসেছে। মশাল, লন্ঠন,ধুনি আর আঙ্গেঠির আলোয় আলো হয়ে গেছে সেই অন্ধকার প্রান্তর। বনবন করে নাগরদোলা ঘুরছে। ছোটছোট কচিগলার সোরগোলে মশগুল হয়ে আছে বাতাস। পিঁপিঁ করে পাতার বাঁশী কারা বাজাচ্ছে। কাছেই কোথাও মিঠাইওয়ালা দোকান দিয়েছে, সেখান থেকে সামোসা, পকৌড়ি আর জিলাবির জিভে জল আনা খুসবু ভেসে আসছে। টংটং করে পেতলের ঘন্টা বাজার শব্দ আসছে, পাশ দিয়ে কালো পাহাড়ের মত একদল স্বাস্থ্যবান উটের দল চলেছে, গলায় তাদের ঘন্টার মালা, তাদের পিঠে নানান সূতোর নক্সা করা থোপনা ঝোলানো বসার গদি। তাদের গলার দড়ি ধরে চলেছে একদল মিশমিশে কালো রক্ষকদল, তাদের বিশালপাকানো গোঁফ, মাথায় তাদের ধামার মত নানা রঙের দড়ি পাকানো পাগড়ি।

একটু দূরে একটা বিশাল ধুনির আলো দিনের মত উজ্জ্বল করে রেখেছে। সেখানে মাঝখানে গোল করে একটা বাজিগরের আসর বসেছে। দুপাশে দূরে দূরে দুটো খুঁটি পুঁতে টান করে দড়ি বেঁধে তার ওপরে একটা বাঁশ দুহাতে নিয়ে বাজনার তালে তালে পা ফেলে তিনমানুষ উঁচু দিয়ে দড়ি পার হচ্ছে একটা রঙিন ঘাঘরা পরা ছোট মেয়ে। কিছুক্ষণ ছোট্ট এই মেয়েটির এই কীর্তি কলাপ দেখে, পেছন ফিরতেই দেখি কিছুদূরে আর একটা জটলা। একটা আলোআঁধারীর বৃত্তের মধ্যে বেশ কয়েক জন দুশমনের মত বয়স্ক মানুষ, হাতে বোধহয় গাঁজা ঐ জাতীয় কোন নেশার কলকে, বুঁদ হয়ে আছে তারা। তাদের দিক থেকে পেছন ফিরতেই শুনি তীব্র কণ্ঠে "তারা রা রা রা রা রা–" ! সঙ্গে ঝমঝমে বাদ্যরোল। একটি আপাত মস্তক কালো ঘাঘরা আর ওড়না পরা মেয়ে লম্বা বেণী শূন্যে উড়িয়ে ঘুরে ঘুরে নাচছে। তার সঙ্গে এই তীব্র তারা রা রা ধ্বনি। ধাতব করতালের তীক্ষ্ণ ধ্বনি শুনতে শুনতে অন্যদিকে গেলাম। এদিকে অপেক্ষাকৃত শান্ত। আধো অন্ধকারে ছোট্ট ছেলেমেয়ে কয়েকটা ছাগলছানা অথবা ভেড়ার ছানা নিয়ে হুড়োহুড়ি করে খেলছে। খানিকক্ষণ তাই দেখে শেষে আবার অন্যদিকে পা বাড়ালাম, এখানেও একটা আসর জমে উঠেছে। তবে অপেক্ষাকৃত শান্ত। চারপাশে সারি সারি গোল করে প্রদীপ জ্বালা, মাঝখানে একটি লাল নীল দেহাতি পোষাকপরা ঘোমটা টানা মেয়ে মাথায় তার সারিসারি মাটির ঘড়া একটার ওপরে আর একটা বসানো। গুনে দেখলাম প্রায় দশবারোটা, আর তারও ওপরে একটা জ্বলন্ত প্রদীপ বসানো আছে। মৃদু ঘুমপাড়ানি সুরে একদল মেয়ে একঘেয়ে গান গেয়ে যাচ্ছে। ঘড়া মাথায় মেয়েটা হাত নেড়ে নেড়ে সেই তালে নাচছে। তার পরে চোখের সামনে একজন একটা পিতলের ভারী থালা তার সামনে রেখে দিল, সে ঐ বিপুল ঘড়ার ভার মাথায় নিয়ে ব্যালান্স করে সেই থালার দুই কিনারে পা দিয়ে থালায় উঠে দাঁড়াল। সেই থালায় চড়া অবস্থাতেও তার গানের সুরের তালে তালে তখনও তার নাচ চলেছে।

হঠাৎ গাড়ীর কাঁচের উপরে দুম দুম করে কে যেন থাবড়া মারছে মনে হল। ধড়মড় করে উঠে দেখি দূরে পাহাড়ের মাথায় লালের আভা

লেগেছে। পাখীর কোলাহল শোনা যাচ্ছে। পাশে দাঁড়িয়ে একটা বিশাল দেহ সর্দারজী। সে-ই কাঁচের উপরে আঘাত করে আমার ঘুম ভাঙ্গিয়েছে। পাশে দাঁড়িয়ে একটা মাল বোঝাই ট্রাক। আমি চমকে উঠে জানালার কাঁচ খুলতেই সে ঠেঁট পাঞ্জাবীতে জানতে চাইলো, সারারাত এই 'শম্‌শানে' কেন কাটালাম ? শ্মশানে ? কথাটা বুঝলাম না। তবে আমার গাড়ীর সমস্যাটা তাকে খুলে বলে দিনের আলোয় এত সহজে সাহায্য পাওয়া যাবে ভেবে আর মাথা ঘামালাম না। সর্দাররা সাধারণতঃ লোক ভাল হয়। ইঞ্জিন নেড়ে ঘেঁটে শেষে ট্রাক চালক জানালেন যে এটাকে আলোয়ার পর্যন্ত টেনে নিয়ে যাওয়া ছাড়া আর কোন গতি নেই। বলে আর আমার অনুমতির অপেক্ষা না করে সে আর তার এ্যাসিস্টেন্ট মোটা কাছি টাছি টেনে এনে বাঁধবার জোগাড় করলো। প্রাকৃতিক কারণে ওদের থেকে একটু আড়ালে যাবার দরকার ছিল, পাথরে পা দিয়ে টপকে টপকে একটু দূরে গেলাম। এদিকটায় যেটা আমাকে অবাক করলো, সেটা ছড়ানো ভাঙ্গা পাথরের দেয়ালের অবশেষ, পুরানো পোড়া কাঠকাঠরা, অজস্র খোলামকুচি, যেন একটা উজাড় হয়ে যাওয়া বসতির চিহ্ন সর্বত্র। একদিন একটা জনবসতি ছিল এখানে, এখন আর নেই।

অন্যমনে ফিরে এলাম, ততক্ষণে তারা ট্রাকের সাথে আমার অকেজো গাড়ীটা বাঁধা শেষ করেছে। অনেক ধন্যবাদ দিয়ে গাড়ীর স্টিয়ারিং এ বসলাম, কানে বাজতে লাগলো রাতের সেই তীক্ষ্ণ সুর – "তারা রা রা রা রা রা !"

**************************

# নটরাজ

–'কে দিল রে এটা ?' প্রমার হাতে একটা সুন্দর মুক্তোর মালা আর কানের দুলের সেট। সেই ভেলভেটের বাক্স হাতে প্রমা জিজ্ঞাসা করে সামনের বড় হল ঘরে গোল হয়ে ঘিরে বসা তাদের নানাবয়সী আত্মীয় আর বন্ধুদের।

শ্রীজার বিয়ে সদ্য সম্পন্ন হয়েছে অরভিনের সাথে। তারা থাকে বেলফাষ্টে। আগামীকালই তারা নিজেদের ঘরে ফিরে যাবে। অথচ একটা আস্ত হলঘর ভর্তি উপহারের জঞ্জাল কাউকে উদ্ধার তো করতেই হবে। তাই সেগুলো নিয়ে বসেছে শ্রীজার বন্ধুরা আর অল্পবয়সী আত্মীয়রা। তাদের বাবা, মা, কাকা, কাকীরা সোজাসুজি বলে দিয়েছেন,যে এ তাঁদের সাধ্য নয়। যা শ্রীজারা সঙ্গে নিতে চায়, নিয়ে যাক, অন্যগুলো যে যা পারে করুক্ষক, তবে এ বাড়ীতে যেন গাদা করে রাখা না হয় ! তাদের মতলব ছিল অরভিনদের বাড়ী সব টেম্পো আর ভ্যানে করে পাঠিয়ে দেওয়া। কিন্তু তা আগে থেকেই অনুমান করে অরভিনের মা জানিয়ে দিয়েছের যে তাঁর এর আগে আরো দুই ছেলের বিয়ে হয়ে সারা বাড়ীতে আর কোনো জায়গা নেই। কেবল দামী জুয়েলারীগুলো যেন ব্যাঙ্কের লকারে রাখা হয়, বাদবাকি যা শ্রীজারা সঙ্গে নিতে চাইবে, তা দিয়ে দিয়ে অবশিষ্ট সব যেন কোন চ্যারিটিতে দিয়ে দেওয়া হয়।

এখন তাই শ্রীজারা বেরিয়ে যাবার আগেই ওরা বসেছে, যাতে কিছুটা ওদের সাথে গুঁজে দেওয়া যায়। তবে ওদেরও তো ওজনের সীমা আছে, বিজনেস ক্লাসে হলেও ৩০ কেজি মাথা পিছুর বেশী নেওয়া কঠিন, আর নিয়েই বা কি করবে, অত ঘর সাজাবার সময় আর ইচ্ছা শ্রীজার নেই। সময় নেই টা বলাই ভাল। সারাক্ষণ সে

দৌড়চ্ছে, একবার এ হসপিট্যাল আর একবার অন্যত্র। ফেরে নিতান্ত ক্লান্ত হয়ে, সময় কোথায় এই সব শখ শৌখিনতার ?

—'কেন যে এইসব রাবিশ দেয় লোকে বিয়েতে ?' একটা ঢাউস প্যাকেটের খোসা ছাড়াতে ছাড়াতে বলে শ্রীজার মাসতুতো বোন শ্রীলা। 'আমার বিয়ের কত গিফট্ এখনও মার স্টোররুমে তেমনিই পড়ে আছে।'

—'তা অন্য কোন বিয়েতে দিয়ে দিলেই তো পারিস বাপু। এভাবে নষ্ট না করে।' শ্রীজার সম্পর্কে কাকীমা, অথচ কমবয়সী আর আধুনিক মহিলা আর একটা গিফটের র‍্যাপিং পেপার কাঁচি দিয়েকাটতে কাটতে বলেন।

—'হ্যাঁ, দিয়ে দিই, আর দেখি যে বা যারা দিয়েছে, তাদের বাড়ীতেই পৌঁছে গেছে ! কে অত মনে করে রাখে ? আর হুড়োহুড়িতে ট্যাগট্যাগ কোথায় পড়ে যায়, তার ঠিক আছে ?' শ্রীলার কথায় সবাই হাসতে থাকে।

—'সেকথা ঠিক রে, আমার জানার মধ্যে এরকম একটা ঘটেছিল..' ঘটনাটা বলার আগেই তাদের পড়শী মমতা মেহরা বললো, "আমাদের কিন্তু ভাল ব্যবস্থা আছে। এত ঝঞ্ঝাট না করে আমরা দোকানের সাথে ব্যবস্থা করে রাখি। সব সেখানে চালান হয় যায়। অবশ্য আন্-ওয়ান্টেডগুলোই, ওরা তার বদলে হয় টাকা ধরে দেয়, কিংবা আমরা আমাদের দরকারী জিনিষ নিয়ে আসি।'

—'আরে, সব থেকে ভাল ক্যাশ দেওয়া। যে যার প্রয়োজনীয় জিনিষ কিনবে, আর মনেও রাখবে। তা না, এই সব হাবিজাবি।' এই বলতে বলতে মধুরা পাঁচ নম্বর প্রেসার কুকার খুললো। সবাই একসাথে হেসে উঠলো। এবারে ডাক্তারী না করে শ্রীজা একটা ডিপার্টমেন্টাল স্টোর খুলতে পারে। টিপ্পনি কাটলো পিউ। এরা সব তার স্কুল কলেজের বন্ধু। সবাই ছড়িয়ে গিয়েছে। শ্রীজার বিয়ে উপলক্ষে নানা জায়গা থেকে তারা আবার একত্র হয়েছে। আবার পরদিন সব যে যার মত ছিটকে সরে যাবে। এই দিনগুলো তাদের ফেলে আসা প্রথম কৈশোর আর যৌবনের মধুর দিনগুলিকে সর্বক্ষণ

মনে পড়িয়ে দিচ্ছে। শ্রীজা গেছে অরভিনের বাড়ীতে, তাই সে এই সব আড্ডায় যোগ দিতে পারছে না।

–'উঃ, আর পারি না। এবারে আর একবার চা হোক।' ঘোষণা করলেন মিঠু কাকী। কার্পেটের উপরে পা ছড়িয়ে বসছেন তিনি। দেয়াল ঘেঁষে সারি সারি সাজানো আছে তিনটে বাহারী টেবিল ল্যাম্প। দামী দামী রূপোর থালা, গেলাস, চায়ের সেট, ডেজার্ট সেট, ফ্রুট বোল, এছাড়া তাঞ্জোর পেনটিং, ডিনার সেট, আইসক্রীম সেট, কাটগ্লাসের ফুলদানি, বোনচায়নার ক্রকারী, বিদেশী কাটলারী, অন্ততঃ কুড়িখানা নানা রঙের দামী শাড়ী, গোটা পাঁচেক কাশ্মীরী শাল, নানা সাইজের ব্র্যান্ডেড হ্যান্ডব্যাগ, ঘর সাজানোর জন্য হরেকরকম সুন্দর সুন্দর ডেকোরেশন পিস। ছোটবড় গনেশর মূর্তিই গোটা দশবারো, এছাড়া দুর্গামূর্তি, জগদ্ধাত্রী মূর্তি, শিবঠাকুর, বুদ্ধমূর্তি – কি নেই ! বাব্বাঃ, আজকাল লোকে দেবদেবীর মূর্তি দেয়ও বটে !

অন্যপাশে যেগুলো শ্রীজা নিলেও নিতে পারে তার আলাদা সেকশান। তাতে গয়নাই কত রকম। জয়পুরী কুন্দন সেট, হায়দরাবাদী পার্ল, হোয়াইট গোল্ডের নানা কানের গয়না, রিষ্টলেট, গলার চেন, সৌরস্কির ছোট ছোট ডেকোরেশন পিস থেকে কানের, গলার হাতের গয়না, এছাড়া ডায়মন্ড রিং, পেনডেন্ট, ইয়াররিং, .. কত কী ! রূপোর একটা থ্রি পিস টি সার্ভিসও ওরা আলাদা করে রেখেছে।

যদি ওরা নিতে চায় ! কিন্তু এখনও ঘরের একটা দিক জুড়ে পাহাড় প্রমান উপহারের স্তূপ পড়ে আছে। করুণ চোখে সেদিকে সবাই তাকায়। সবারই মনে হয় 'উঃ, আর তো পারি না'! কিন্তু আজই শেষ না করলেই নয়। শ্রীজার বাবা আর্থারাইটিসে প্রায় ইনভ্যালিড, মায়েরও বয়স হয়েছে, চোখে সদ্য ক্যাটারাক্ট অপারেশান হয়েছে। এই ধুলো ঘাঁটা তাঁর পক্ষে অসাধ্য, উচিতও নয়। ইতিমধ্যে আবার চা কফি আসে। একটা ব্রেকের পরে আবার নতুন উৎসাহে যেন 'ট্রেজার হান্ট' শুরু হয়।

শ্রীজা বলে রেখেছে যে যে যার খুশী এর থেকে নিয়ে যেতে পারে। শ্রীজার মারও সেই মত। কিন্তু দেখা যাচ্ছে, কেউই কিছু নিতে চাইছে না। রূপোর জিনিষ দিয়ে ঘর সাজালে চোরকে ডেকে আনা হবে, নয়ত কালো হয়ে আরেকটা কাজ বাড়াবে। ওসব মূর্তি টুর্তিতে আজকালকার মেয়েদের কোন টান নেই। শালই বা কে কত পরে ? তাদের বিয়েরগুলোই এখনও তারা ব্যবহার করে উঠতে পারেনি। সোনার গয়না ওদের দু চক্ষের বিষ ! ঐ ইয়োলো মেটাল আজকাল আর কার কাজে লাগে ? এক হয়ত বিয়ের সময়ে, আর তার পরেই তো সব ঢুকে যায় ব্যাঙ্কের লকারে। কেবল হ্যান্ডব্যাগগুলো মন্দ নয়। আর যে কোন মেয়ের কাছে যতই থাকুক আরেকটা হ্যান্ডব্যাগ আর কি অতিরিক্ত বলে মনে হয় ? তাই অনেকেই আড়ে আড়ে ব্র্যান্ডেড ব্যাগগুলোর দিকে চাইছে। দেখা যাক কে কোনটা পায় ! আগে অবশ্য শ্রীজাকে বেছে নিতে বলতে হবে। যদি না নিতে চায়, তখন দেখা যাবে।

চা টা খাবার পরে গায়ে একটু জোর করে আবার তারা কোমর বেঁধে লাগলো। মোটামুটি চারটে উপহারের ডাঁই হল। একটা ছোট আর দামী যেগুলো শ্রীজাতা হয় সঙ্গে নেবে, নয়ত লকারে রাখবে।

দ্বিতীয়টা, উপস্থিত যারা নিজেরা পছন্দ করেছে – তাদের চয়েস। তৃতীয়টা, দামী কিন্তু কেউ নিতে রাজি নয় অথচ ফেলেও দেওয়া যায় না, সেগুলো কাকী, মামীদের পরামর্শে একটা আলমারী খালি

করে রাখা ঠিক হল, পরে হয়ত দরকারমত অপরকে উপহার দেওয়া যেতে পারে। চতুর্থটা একবারে ভূষিমাল, তখনই কাজের লোকেরা যারা এতদিন গায়ে খেটেছে, তাদের পারিতোষিক দেওয়া হল।

হলটা প্রায় খালি হতে দেখা গেল একেবারে দেয়াল ঘেঁষে ব্রাউন কাগজে মোড়া বিশাল একটা প্যাকেজ এখনও রয়ে গেছে। 'ওটা আবার কি রে ? এতক্ষণ তো নজরে পড়েনি ?' শ্রীজার কাকীমা অবাক হয়ে বললেন।

–'বুঝবো কি করে ? ওটা যে দেয়ালের ওয়াল পেপারের সাথে মিশে গেছিল।' বললো অপরা।

সত্যিই তাই পেছনের দেয়ালের সারাটা জুড়ে একটা বিশাল ঝরণার ছবি। তার নীচের দিকে সবুজ আগাছা, সাদা জলের ফেনা আর লালচে মাটির পাড় চলে গেছে। এই উপহারটা আবার কেবল একটা ব্রাউন পেপারে মোড়া, কাজেই সেই লালচে মাটির সাথে মিশে গেছিল। সবাই তখন উঠে দাঁড়িয়েছে। তারা একসঙ্গে হাত লাগালো এই বিশাল প্যাকেটা খুলতে।

–'আনলো কি করে রে এই ঢাঁই প্যাকেটা ? আমাদের কারো চোখে তো পড়েনি !'

–'সত্যিই রে এতো একজনের পক্ষে বয়ে আনা সম্ভব নয়। কারো নামও তো লেখা নেই।'

–'হয়ত ভেতরে কার্ড টার্ড থাকবে।' খোসা ছাড়াতে ছাড়াতে বললো ঈশা।

–'ইশ শ।' খোলা হলে, একটু পিছিয়ে সবাই স্তম্ভিত হয়ে দাঁড়িয়ে থাকলো। সবার মনেই একটা জিজ্ঞাসা 'কে দিল এটা ? কার এত টান আর টাকা ?'

জিনিষটা একটা ব্রোঞ্জের বিশাল নটরাজ মূর্তি। কি সূক্ষ্ম কারুকাজ ! সাধারণ ঢালাই মেটালের

বাজারি মাল নয়, তা দেখলেই বোঝা যায়। বহুকাল ধরে মনের সাধনা দিয়ে কেউ যেন গড়ে তুলেছে এই মূর্তিটি। বিদ্রোহী নটরাজ যেন নৃত্যের তালে বিশ্ব ধ্বংস করার সংকল্প নিয়েছেন। পায়ের তলে একটি শায়িত নরমূর্তি, পেছনে লকলকে অগ্নিশিখা। মুখে একটা নিরাসক্ত কাঠিন্য। দেখলে একই সাথে মনে সম্ভ্রম জাগে আর সেই সাথে একটা অজানা ভীতিও। কেউ কি বিয়ের আসরে এমনি মূর্তি নিয়ে আসে ? এতো একটা ধ্বংসের প্রতিমূর্তি ! আর বিয়ে তো একটা জীবনের শুভারম্ভ !

অনেকের মনেই যে কথাটা জেগেছিল, তা বোঝা গেল শ্রীজার দক্ষিণ ভারতীয় বন্ধু রূপমতীর কথায়। 'ওহ্ মাইঃ, ক্যায়সা সিলেকশান হ্যায় ইয়ার ! শাদীপে কোঈ নটরাজ গিফট্ দেতা হ্যায়, কেয়া ?'

—'কেন ? নটরাজ আবার কি দোষ করলো ?' দিশা অনেকটা দূরে ছিল সে অন্য জিনিষগুলো গুছোতে গুছোতে বললো।

-'নারে, মার কাছে আমিও শুনেছি নটরাজ উপহার দিলে বলে বাড়ীতে অশান্তি হয়।' মিঠু কাকীমা কিন্তু রূপমতীর কথাতেই সায় দিলেন।

—'সেতো এমনিতেই হতে পারে, আর হয়ও। বুদ্ধমূর্তি কেনা বলে আনলাকি ! তবে কেউ উপহার দিলে দোষ নেই।'

—'অর্থাৎ পরের পয়সা হলে দোষ কেটে যায়।' সবাই হো হো করে হেসে ওঠে।

এ্মন সময়ে রূপমতীর মা সুরেখা ঘরে ঢোকেন, বহুবছর তিনি দেশছাড়া, তবু হাবভাব আর কথায় এখনও দেশের টান যায়নি। অতবড় মূর্তিটা দেখে তাঁর তো চোখ ছানাবড়া। দুই কানে হাত দিয়ে তিনি বলেন, 'আই য়ো য়ো য়ো, এ নট্‌রাজ কাঁহাসে আয়া আম্মা !' তাঁর প্রতিক্রিয়া দেখে সবাই ঘিরে ধরে, অল্পবয়সী মেয়েরা হাতের একঘেয়ে কাজ ফেলে হৈহৈ করে জিজ্ঞাসা করতে থাকে কারণটা। কিছু বলার আগে গুরমিত বলে যে, 'ইয়ে তো অপশগুন হুয়া। শাদীপে কিয়া, ঘরমে ভি নট্‌রাজ রাখনা নেই চাহিয়ে।'

তখনি যা হয় কাজকর্ম সব পড়ে থাকলো, দুই পার্টি তর্কে মাতলো, একদল কুসংস্কারের স্বপক্ষে, একদল বিপক্ষে। শেষপর্যন্ত দেখা গেল দিনের শেষে প্রায় জিনিষেরই বিলিব্যবস্থা হয়ে গেল। যে যার পছন্দের উপহার বেছে নিল, বরকনে সামান্যই সঙ্গে নিল, ওজনের ব্যাপারও আছে। বাকি যা অপ্রয়োজনীয় তা মমতার পরামর্শ অনুসারে পাড়ার দোকানে অর্ধেক দামে বিক্রী করার সিদ্ধান্তই নেওয়া হল। এছাড়া আজকালকার দিনে আর উপায়ই বা কি ? গয়নাগাঁটি

তো ব্যাঙ্কের লকারে যাবে। যেতে যেতে সবাই নিজেরা আলোচনা করতে লাগলো যে এ যুগে টাকা দিয়ে দেওয়াই সব থেকে ভাল। সবাই তাই করে, কেবল বাঙালীদেরই চক্ষুলজ্জা !

এমন সময়ে বিদিশা এসে তাড়া দিলেন, 'কেবলি আড্ডা তোদের, এখনও এগুলো গোছানো হল না। এর পরে সিজুরা এসে পড়লে আর সময় পাবি ?'

বিদিশার ছোটজা মিঠু এগিয়ে এসে বলে, 'দিদি, আগে এসে তো দেখ, কি কান্ড ! কে দিল এই বিশাল নটরাজ মূর্তিটা ?'

–'নটরাজ ?' অবাক হন বিদিশা। কত মূর্তিই তো লোকে পায় বিয়েতে, তার জন্যে এত হল্লা কিসের ?' তাঁর হাত ধরে মিঠু তাঁকে নিয়ে যায় হলের একেবারে পেছনদিকে দেয়লের কাছে।

সেটা দেখে বিদিশাও হতবাক। কী বিশাল এবং কী ভয়ংকর ! কে দিল, কেন দিল ? হঠাৎ তাঁর ঘাড়ের কাছে একটা যেন শীতল স্রোত নেমে গেল। হাতের লোমগুলো শিরশির করে খাড়া হয়ে উঠলো। পরক্ষণেই মনে হল তিনিই বাড়ীর বড়। এভাবে তিনিও যদি অভিভূত হয়ে পড়েন, তাহলে ছোটরা তো ঘাবড়ে যাবেই। কাজেই তিনি বললেন যে, 'দামী জিনিষ,' হাত বুলিয়ে মনে হল পাথর নয়, লোহাও নয়, ঠান্ডা স্পর্শ, হয়ত কোন মিশ্রিত ধাতুর তৈরী। দেখতে অনেকটা গান মেটালের মতন, নীলচে কালো রঙ। কেবল দামীই নয়, এর বোধহয় কোন অর্থও আছে। হঠাৎ একথা মনে হল কেন কে জানে। জোর করে নিজেকে সংযত করে বল্লেন, 'ওটা ওখানেই থাকুক। অতবড় জিনিষটা তো আর সিজু বয়ে নিয়ে যাবে না। তোরা বরং হাতে হাতে অন্য কাজগুলো সেরে ফেল।'

***************************

মেয়েজামাই আর অন্যান্য আত্মীয় স্বজন বিদেয় হবার পরে একটু নিঃশ্বাস ফেললেন শ্রীজার মা বিদিশা। একে চোখের ঝঞ্ঝাট, তার ওপরে বিয়ের এই হুল্লোড়। আনন্দের থেকে অশান্তি আর দুশ্চিন্তাই বেশী ছিল। মনে মনে নিঃশ্বাস ফেলেন তিনি। কত সাধ ছিল

তাঁর এই একটিমাত্র মেয়ের বিয়ে নিয়ে, তা সেই বিয়ে করলোই চল্লিশ উতরে, যখন তাঁর আর সাধ মেটাবার ক্ষমতা নেই।

যাক, বিয়েটা ভালভাবে হয়েছে, সবাই মিলে কাজটা তুলে দিয়েছে। জামাই পাঞ্জাবী হলেও মেয়ে তাঁর সুখী হবে বলেই তো মনে হয়। সুখিয়া আর তার মরদ গাব্বুকে ডেকে সব ঘরগুলো ভাল করে জল দিয়ে ধুয়ে মুছে সাফ করতে বললেন। কত পায়ের ধুলো আর আবর্জনা জমে আছে এখনও কোণে কোণে। সব তো একদিনে সাফ হবার নয়। ধীরে ধীরে করাই ভাল। এত তাড়াই বা কিসের ? তবে এই মাসের মধ্যেই শেষ করতে হবে। বাড়ীতে এখন মাত্র তাঁরা দুজন, এত বড় বাড়ী আর কোন কাজে লাগবে ?

ভাই বোন আর আত্মীয় স্বজনে পরামর্শ দিয়ে গেছে যে একতলায় নিজেরা থেকে দোতলা আর তিনতলার অংশটা কোন ভাল কোম্পানী বা ফরেনারকে রেন্টএ দিয়ে দিতে। ফার্নিচার যা আছে, তাই থাকুক, ফার্নিস্ট বাড়ীর ভাড়াও বেশী হবে। আর যারা বিদেশ থেকে আসবে, তারা খামোকা অল্পদিনের জন্যে ফার্নিচার কিনে বা ভাড়া নিয়ে পয়সা নষ্ট না করে এই সব দামী আর মডার্ন ফার্নিচার ব্যবহার করতে পারবে। খুবই প্র্যাকটিক্যাল পরামর্শ, তাতে সন্দেহ নেই। তবে তাতেও একটা ক্যাচ আছে। তারা কেবল ফার্নিচারই ভাড়া খাটাবে। কিন্তু এর চেস্ট অব ড্রয়ার, আলমারী, কাবার্ড, – সব তো জিনিষে ভর্তি। সেগুলো কোথায় যাবে ?

তার সমাধানও করলো তার মেয়ে শ্রীজা, সে ফোনে বললে, ওর বেশীরভাগ জিনিষই তো তোমার কাজে লাগে না। আমারও কোন প্রয়োজন নেই। জমিয়ে না রেখে বরং চ্যারিটিতে দিয়ে দাও। তাদের কাজে লাগবে আর হয়ত সে মনে মনে ভাবলো, ভবিষ্যতে আমারও কাজ কিছুটা কমবে। কথাটা বিদিশার মনে ধরলো। এটাই ভাল। তার জানা একটা বাঙালী লেডিস এ্যাসোসিয়েশন আছে, যারা স্ট্রিট চিলড্রেনদের নিয়ে ভাল কাজ করছে। বছরে একটা দুটো 'ফেট' করে এমনিভাবে পাওয়া দামী জিনিষপত্র সামান্য দামে নিম্নমধ্যবিত্ত আর গরীব লোকদেও মধ্যে বিক্রী করে টাকা তোলে। সেই টাকা দিয়ে

তাদের স্কুল চলে, বাচচাদের মিডডে মিল তৈরী হয়। বছরে একবার দুবার করে তাদের দিয়ে নানা অনুষ্ঠান হয়। তাছাড়া ফ্রিতে বস্তির লোকেদের চিকিৎসাও হয়। অনেক বড় বড় ডাক্তারে এগিয়ে এসেছেন, সপ্তাহে একদিন করে বিনা খরচে চিকিৎসা করার জন্য।

ঠিক আছে, বিদিশা ভাবলো ওদেরই দিয়ে দেওয়া যেতে পারে। কিন্তু তাও কি সহজ ? সমিতির মেয়েরা নিজেরাই এসে প্যাকিং বাক্সে প্যাক করে নিয়ে যেতে পারে। কিন্তু একবাওে ছেড়ে দেবার আগে বিদিশা নিজে থেকে নেড়ে চেড়ে দেখতে চাইলো, কি ছিল, কেন ছিল, আর কি গেল ! কিন্তু পরক্ষণেই নিজের এই বোকা ইচ্ছাটাকে দমন করলো সে। অতীত সর্বদাই মোহময়, এবার খুলে দেখলে সে আর প্রাণে ধরেও কোন কিছুকেই বিদায় দিতে পারবে না, সে জানে। তা ছাড়া তার চোখের জন্যে এতবছরের ধুলো ঘাঁটাও অসমীচিন। কাজেই সে মনস্থির করে সমিতিতে ফোন করে দিল।

তারা এলো একটা টেম্পো আর একগোছা কাগজের প্যাকিং বাক্স নিয়ে। তিনজন ময়ের দল, একজন প্যাকিং বাক্সগুলোকে খুলে সাজাচ্ছে, অন্যজন ড্রয়ার আর আলমারী খুলে মেঝেতে জিনিষ ডাঁই করছে,তৃতীয়জন জামা কাপড়, জুতো চটি, কষ্টিউম জুয়েলারী,

প্রসাধন দ্রব্য,ছোটদের খেলনা, নানাজাতের কিউরিও, হালকা পলকা বইপত্র – কি নেই তার মধ্যে, সেগুলো আলাদা করে করে বাক্সে ঢোকাচ্ছে। এত জিনিষ দেখে ওদের তো মুখে হাসি আর ধরে না। বিদিশার মনে হল এর কটা জিনিষ আর শেষ পর্যন্ত পৌঁছবে সমিতিতে তা কে জানে ! তা হোক, তার নিজের তো বোঝা কমলো !

মাস দুয়েকের মধ্যে তারা দুজনে দক্ষিণ দিল্লীর একটা শান্ত পরিবেশের দোতালার লাক্সারী ফ্ল্যাটে নিজেদের সামান্য মালপত্র নিয়ে উঠে গেল। বাড়ীর একতলা আর ভাড়া

দিলেন না। মেয়ে যদি কখনও আসে তবে তাদের যেন আবার হোটেলে উঠতে না হয় !

দোতালা ভাড়া নিলো কোন একটা এমব্যাসীর অল্পবয়সী স্বামী স্ত্রী, তাদের ছোট্ট একটা দু'বছরের ছেলে আছে। অল্পভাড়ায় বলতে গেলে পুরো বাড়ীটাই পেয়ে তারা বড়ই খুশী।

একতলা খালি, সামনের লন আর পেছনের ছোট আরেকটা কিচেন গার্ডেন, সবই তারা ব্যবহার করতে পারবে। তাছাড়া দুটো গাড়ী রাখার ব্যবস্থা তো ছিলই। তবে বিদিশারা শ্রীজার গাড়ী বিক্রী করতে চায়নি। তাই সেটা সেখানেই থাকবে। প্যাটদের গাড়ী একটা রাখার কোন অসুবিধা হবে না। নতুন বাড়ীতে যাবার সঙ্গে সঙ্গে মেয়ের বায়না এলো, 'এখানে একবার এসে ঘুরে যাও।

এর পরে তো ভীষণ শীত পড়বে, তখন আর তোমার ভাল লাগবে না।' শ্রীজা জানে তার মা ভীষণ শীতকাতুরে। বিদিশা ভাবলেন, ঘুরে এলেই হয়। কেমন আছে মেয়েটা দেখাও হবে, তাছাড়া একটু মুখবদলও তো হবে। এখন নাহলে আবার একটা বছর বাদে –কে বলতে পারে, তখন কি অবস্থা হবে শরীরের, মনের ? শ্রীজার বাবা প্রায়ই অসুস্থ থাকেন, এখন ভগবানের দয়ায় ভালোই আছেন, কাজেই এখনই যাওয়া ভাল।

যাবার আগে একবার নিজের বাড়ীটা দেখতে ইচ্ছা হল, কে জানে আবার কবে আসা হবে না হবে ! পুরোনো বাড়ীতে নেমে মনটা একবারে টনটন করে উঠলো। সামনের এই লনে কত বিজয়া সম্মেলনী হয়েছে, দিওয়ালীর সময়ে বাজি পোড়ানো হয়েছে। মেয়ে যখন ছোট ছিল তখন তার বন্ধুদের নিয়ে কত খেলা, খাওয়া, হুড়োপাট্টি হয়েছে। অবশ্য লনের তখন এই শ্রী ছিল না। কেয়ারীতে ফুলের গাছ ছিল, তবে নিত্য বাচ্চাদের হাঙ্গামায় শোভা তেমন থাকতে পেতো না। লনের ঘাসও মাঝে মাঝে কেমন যেন টাকপড়া মত হয়ে যেত। তা তাতে তাদের কোন দুঃখ ছিল না।

এখন লন একেবারে ঝকঝক করছে। পুরোটা সমান সবুজ কচিঘাসে ঢাকা। (পওে শুনেছিল ওটা বলে আসল ঘাস নয় ) তবু নকল ঘাসের জেল্লায় আসলকে হার মানিয়েছে।

তার ওপরে ক্রীম কালারের গার্ডেন চেয়ার, টেবিলে টুকটুকে লাল টেবিলক্লথ। কি সুন্দও ক্লিপ দিয়ে আঁটা। যাতে বাতাসে উড়ে না যায়। রাস্তার ওপরে বাড়ী, তাই বোধহয় প্রাইভেসীর জন্যে রেলিংএ সবুজ রঙ করা বাঁশের জালি লাগিয়েছে। দেখে দেখে মুগ্ধ হয়ে যায় বিশাখা। গেটে গার্ড ছিল, ড্রাইভারের কাছ থেকে পরিচয় পেয়ে তঁকে সোজা ওপরে নিয়ে গেল।

তাঁর নিজের বাড়ীর দোতালাটা আর তিনি চিনতেই পারেন না। একেবার ইউরোপীয় ধাঁচে সাজানো। ঘরদোর এত সাজানো হলেও ঘরণী একবারে অগোছালো। একটা হালকা সূতীর ড্রেস পরা বাচ্চামেয়েটা, তাঁর শ্রীজার থেকে ছোটই হবে। নাম কেটি, সে তার টডলার ছেলের পেছনে ছুটছিল। ডায়াপার পরা বাচ্চাটা খালিগায়ে দৌড়চ্ছে। তাকে জামা কাপড় পরাতে তার মা হিমশিম খাচ্ছে। কি যে মিষ্টি বাচ্চাটা ! বিদিশার মনটা মুচড়ে উঠলো। এতদিনে তার মেয়েরও এর থেকে বড় বাচ্চা হয়ে যাবার কথা ছিল। তা সে গড়িমসি করে বিয়েই করলো এই এত বয়সে ! এখন আর তার আদৌ বাচ্চা হবে কি না আর হলেও তো নানারকম চিন্তা থাকে। যাক, যা হয়নি তার জন্যে চিন্তা করে আর কি হবে! কেটি মেয়েটা বেশ ঘরোয়া, সে ইতালীয়ান, বিয়ে করেছে আমেরিকানকে। জন এখনও অফিস থেকে ফেরেনি। তারা এই প্রথম ইন্ডিয়াতে এল। তাদের তো খুব ভালো লাগছে।

এখানে কাজের লোকের কোন অসুবিধা নেই। এ দেশের লোকেরাও বেশ বন্ধুভাবাপন্ন। তার এই একটিমাত্র ছেলে ডেনিস, ভীষণ জ্বালাতন করে ! নূতন মার গর্ব নিয়ে সে আদরের চোখে ছেলের দিকে চায়। ডায়াপারপরা ডেনিস চারপায়ে হামাগুড়ি দিয়ে বেড়ায় সারা মেঝেতে। তার নতুন করে সাজানো বাড়ীটা দেখতে দেখতে বিদিশা হঠাৎ অবাক হলো। সিটিংরুমের একটা দেওয়াল জুড়ে তাদের সেই বিকট নটরাজ মূর্তিটা বিরাজ করছে। এটা এখানে কেন ?

একটা অশুভ চিন্তা তাঁকে যেন ধাক্কা দিল। তার মুখ দিয়ে কথাটা ফস করে বেরিয়ে গেল। "তোমরা এটাকে সরাও নি ?" কেটি খুব অবাক হয়ে গেল, বললো, "সরাবো কেন ?" তার অতিথিরা অনেকে তো এই মূর্তিটা দেখতেই আসে। খুবই 'এ্যাট্রাকটিভ' মূর্তি ! তারপর হেসে বললো তার ছেলেরও খুব পছন্দ এই মূর্তিটা, সে বলে "এ্যাংরী গড'! বিশাখা কাছে গিয়ে দেখলো, একটা ছোট দেয়ালের ক্রীমকালার ব্যাক গ্রাউন্ডে সেই ভীষণ নটরাজ মূর্তিটি সাজানো আছে। সাধারণভাবে দেখলে সত্যিই বেশ 'এ্যাট্রাকটিভ' লাগছে, সন্দেহ নেই। তাই সে আর কথা বাড়ালো না। ওদের বাড়ী ওরা যেভাবে খুশী সাজাবে, তাতে তাঁর আপত্তি করার কি আছে ? তবু কেন যেন তাঁর মনের মধ্যে একটা 'না না' ভাবটা দূর করতে পারলেন না।

**************************

এরপর দিন সাতেকের মধ্যেই তাঁরা দুজনে মেয়েদের কাছে মাসখানেকের জন্যে বেড়াতে চলে গেলেন। তখন সেপ্টেম্বর মাস, অক্টোবরে পূজোর আগেই তাঁদের ফিরে আসার কথা। দেশের পূজোটা ফাঁকি পড়তে চান না। এখানে আবার এরা দুজনেই ডাক্তার, একজন আবার অবাঙালী, পূজো সম্বন্ধে এদের কোন ফিলিং বা সম্বন্ধ নেই। মিছিমিছি এখানে বসে বসে মন খারাপ করার কোন মানে হয় না। এই ছিল বিদিশার মনের ভাব।

কিন্তু দেখা গেল দুদিন যেতে না যেতেই শ্রীজার বাবা শ্রীদেবের 'বাড়ী যাই বাড়ী যাই' ভাব ফুটে উঠেছে। তাঁর আর এখানে ভাল লাগছে না। বিদিশারও ভাল লাগে না বিদেশে, সে বাওে বারে স্বামীর সাথে বহু দেশ ঘুবেছে, কিন্তু বাস করতে কোথাও রাজি হয়নি। হলে হয়ত পরে মন বসে যেত, কিন্তু দরকার হয়নি বলে আর ইচ্ছাও হয়নি। তবু এখানে তাঁর কিচেনে অনেক কাজ থাকে। মেয়েটা একা, সপ্তাহে দুদিন ঘর পরিষ্কারের লোক আসে, তবে রান্নাটা তারা নিজেরাই ভাগাভাগি করে করে নেয়। মা এসেছে, তাই মাঝে মাঝে আবদার করে এটা ওটা খাবার, বিদিশা

খুশী হয়েই কাজে নেমে পড়ে। তখন শ্রীদেব আরও একলা বোধ করে। কত আর নিউজ শোনা যায়, কতই বা টিভি দেখা যায়। বইও তেমন মনের মত এখানে তিনি পান না। তাছাড়া কথা বলার মত বন্ধুবান্ধব আর কোথায় এখানে ? কাজেই স্ত্রীকে বলেন, 'অনেক তো হল আর কেন, এবারে বাড়ী চল।' স্ত্রী অবাক হয়ে বলেন, 'সেকি, এই তো এলে ! এখনই যাই যাই করলে ওরা কি ভাববে ?

তাছাড়া ওরা কত প্ল্যান করছে আসছে উইক এন্ডে কোথাও বেড়াতে নিয়ে যাবার জন্যে। এখন যাব বললে ওদের মনের অবস্থা কেমন হবে বল দেখি'? তখনকার মত চুপ করে যান শ্রীদেব। কিন্তু বিদিশা বোঝে যে তাঁর মন উঠে গেছে এখান থেকে। তবু প্রাণে ধরে আর মেয়েকে বলতে পারেন না। বললে হয়ত ভালো হতো !

রাত্রে মাঝে মাঝে দেখেন যে তাঁর স্বামীর ভালো ঘুম হয় না, আনচান করেন। তাঁর নিজের ঘুম খুবই ভালো, এই বয়সেও। তাই অনেক সময়ে বুঝতেও পারেন না। দু একবার জিজ্ঞাসা করেওছেন, খুলে উত্তর দেননি শ্রীদেব। মেয়েকে বলতে ইচ্ছা করে না। তিনি দেখতেই পাচ্ছেন কাজের বোঝায় তার নাওয়া খাওয়ার সময় নেই। সেখানে এসব তুচ্ছ সেন্টিমেন্টালের কথা বলে তাকে আরো বিচলিত করাও অনুচিত। এছাড়া তারা চেষ্টা করছে একটু ছুটি নিয়ে তাঁদের কাছাকাছি কোথাও থেকে বেড়িয়ে আনবার জন্য। সে রাত্রে তিনি যদি ওদেও বলেন যে এখানে আর তার ভাল লাগছে না, আমাদের এবারে দেশে পাঠিয়ে দে, সেটা বড়ই নিষ্ঠুর শোনাবে ! মায়েদের একবাওে দুই নৌকায় পা – ! এই সব ভাবনার মধ্যে একদিন রাতে যথারীতি দুজনেই ঘুমোলেন। বিদিশার একটু দেরীতে ওঠার অভ্যাস। শ্রীদেব ভোরে ওঠেন। শ্রীজা তাঁকে দেখিয়ে দিয়েছে মাইক্রোওয়েভে কিভাবে অতি সহজে চা করা যায়, তিনি তো লিকার চাই খান। কাজেই বিদিশা রোজ উঠে দেখে যে তিনি বসার ঘরে চা আর কোন ম্যাগাজিন বা টাইমস নিয়ে গুছিয়ে বসে পড়ছেন। কিন্তু সেদিন দেখলেন, তখনও শ্রীদেব বিছানায়। তাঁর বুকটা ছ্যাঁৎ করে উঠলো। সত্যিই কি শরীর খারাপ হলো ? তড়িঘড়ি বিছানা থেকে নেমে হাউসকোটটা জড়িয়ে কাছে গিয়ে দেখেন যেন তখনও অঘোরে ঘুমোচ্ছে শ্রীদেব।

একটু নাড়া দিতেই বালিশের থেকে ঘাড়টা নেমে পড়লো। নাঃ, কোন সাড়া নেই। গা ঠান্ডা। 'সিজু' – গলা ফাটিয়ে চীৎকার করে ডাকেন তাঁর মেয়েকে।

মেয়ে তৈরী হতে হতে দৌড়ে নেমে আসে নীচে। জামাইও আসে। দুজনেই ডাক্তার, দুজনেই বোঝে তখন আর করার কিছু নেই। মার দিকে তাকায় অবুঝ চোখে। মা বিছানার এককোনে বোসে, মুখে কোন প্রতিক্রিয়া নেই। একেবারে ভাবলেশহীন মুখ। একফোঁটা জল নেই চোখে।

যন্ত্রের মত সব কাজ হল। দেশে এমন আর কেউ নেই যে তাদের জন্যে দেহটা দেশে পাঠানো দরকার। কাজেই শ্রীজারাই যা করবার করলো। কি করছে, তা বিদিশার মাথায় আর রেজিষ্টার করলো না। কেবল তার মাথার মধ্যে একটা কথাই ঘুরে ঘুরে বাজতে লাগলো যে শ্রীদেব দেশে যেতে চেয়েছিলেন। কিন্তু সে তো সুস্থ দেহে, কফিনে করে নয় ! শ্রীজা আড়ে আড়ে মার দিকে চায়, মা যেন একবারে স্বাভাবিক, তবে তারপর থেকে হ্যাঁ, না, ছাড়া আর কোন কথা বলেন নি। দিনকতক বাদে হঠাৎ যেন ঘুম ভেঙ্গে বিদিশা বল্লেন, 'এবারে তো আমাকে যেতে হয়।' শ্রীজা একমাত্র সন্তান, সে ভেবেছিল যে তার মা এখন থেকে তার কাছেই থাকবেন। কি দরকার দেশে ফিরে ? কিন্তু বিদিশা অনড়। তাকে এখুনি ফিরতেই হবে। নানা ভাবে বোঝাবার চেষ্টা করে শেষে সে হার মানলো। অনুরোধ জামাইও করেছিল, কিন্তু শ্রীজার মনে হল সে নিতান্ত কর্তব্যবোধে।

শ্রীজা এ অবস্থায় তার মাকে একা ছাড়তে চায় না। তাই কোন বন্ধুর সাথেই তাঁকে পাঠাতে চায়। তার নিজের এমন অবস্থা যে, যমে ডাকলেও যাবার উপায় নেই। শেষে তার এক বন্ধু কাজে যাচ্ছিল দেশে, তার সাথেই বাধ্য হয়ে মাকে পাঠাবার সিদ্ধান্ত নিল শ্রীজা। কিন্তু শেষমুহূর্তে হঠাৎ তার ট্যুর ক্যানসেল হল। শ্রীজা ভয় পাচ্ছিল তার মার কথা ভেবে, কিন্তু দেখা গেল যে তিনি যে পাথর হয়ে ছিলেন সেই পাথর হয়েই রইলেন। আর পাথরের কি কোন প্রতিক্রিয়া থাকে ? দিন কাটতে থাকে, পূজো, এলো গেলো, এখানেও অনেক পুজো

হয়, কিন্তু শ্রীজা চেষ্টা করেও মাকে একদিনও সেখানে নিয়ে যেতে পারলো না। কালীপূজো এলো, গেল। জমিয়ে শীত পড়লো। তবে বিদিশা তো আর বাইরে যান না, কাজেই বাইরের শীত বাইরেই থাকে। মনের মধ্যে যে জমাট বরফ তা আর গলে না। হোলিও এলো গেল। এমন সময়ে হঠাৎ একদিন শ্রীজা খুশী মুখে বাড়ী ঢুকে বলে তার মাকে আর দিন দুয়েকের মধ্যে তার এক বান্ধবী তার মাকে নিয়ে দেশে যাচ্ছে, তাদের সাথে তার মার দেশে ফেরার ব্যবস্থা সে করে ফেলেছে। সে ভেবেছিল যে মার হাসিমুখ সে দেখবে, কিন্তু সে মুখে একটা বিষন্ন উদাসীনতা ছাড়া আর কিছু নেই। এয়ারপোর্টে তাঁকে নিতে এসেছিল তাঁর ছোটজা মিঠু আর ছোট বোন তিয়া। তিনবোনের মধ্যে সে তৃতীয় তাই এই ডাকনাম। বিদিশা ওদের দেখে বাড়ী ফিরে খুশী হয়েছেন কিন্তু তা প্রকাশ করার যেন তাঁর কোন উপায় নেই। ওরাও ভেবেছিল যে মাঝে এতগুলো মাস কেটে গেছে, এখন হয়ত তিনি অনেকটা সামলে নিয়েছেন। কিন্তু তাঁকে দেখে বুঝলো যে সময় লাগবে।

জিনিষপত্র নামানো হলো তাদের নতুন ফ্ল্যাটে, যন্ত্রের মত ওদের অনুসরণ করে বিদিশাও নিজের পুরোনো ঘরে ঢুকলেন। তিয়া ও মিঠু চা খাবারের ব্যবস্থা করতে বাইরে গেল। বিদিশা নিজের বিছানার উপরে বসে চারিদিকে চেয়ে দেখতে লাগলেন। আটমাস আগে যেমন ছেড়ে গেছিলেন, তেমনি সব আছে। ওরা নিয়মিত ঝাড়ামোছা করিয়েছে অবশ্যই, কিন্তু কোন কিছু ওলটপালট করেনি। বিছানার চাদর ইত্যাদি বদল করেছে, বন্ধঘরে রুম ফ্রেসনার দিয়েছে। এই পর্যন্ত। সে তাকিয়ে তাকিয়ে দেখে, পুরোনো বাড়ীর আলনাটা এখনও আছে, তার নীচের থাকে অলকের পায়ের চটিটা এখনও তেমনি আছে, যেমন সে ছেড়ে দিয়ে গিয়েছিল। তখন কি সে বুঝতে পেরেছিল যে তার আর এ ঘরে আসা হবে না ? আলনায় উপরের থাকে তার ঘরে পরার পাঞ্জাবী, গেঞ্জি, গায়ের চাদর .. !

চা খাবার নিয়ে ঘরে ঢুকে তিয়া আর মিঠু দেখে বিছানার উপরে উপুড় হয়ে পড়ে আছে বিদিশা, তার মুখটা গোঁজা অলকের পাঞ্জাবীর মধ্যে আর তার পিঠটা কেঁপে কেঁপে উঠছে।

ট্রেটা টেবিলে রেখে দুজনে তার দুই পাশে বসে। তিয়া কিছু বলার চেষ্টা করতে মিঠু ইঙ্গিতে নিষেধ করে। সে জেনেছে শ্রীজার কাছে যে অলক যাবার পরে বিদিশার চোখ দিয়ে একফোঁটা জলও পড়েনি। সে যেন পাথর হয়ে পড়েছিল। এই কান্নাটা তার খুব দরকার ছিল।

******************************

নিজেদের সংসারের নানা ঝামেলা থাকলেও তিয়া আর মিঠু কেউ না কেউ বিদিশার সঙ্গে থাকে। অন্য আত্মীয় স্বজনও প্রায় রোজই আসা যাওয়া শুরু করেছে। দেশে থাকার এই সুবিধা যে সর্বদা কেউ না কেউ সঙ্গ দিতে আসে। বিদিশার ইচ্ছা না থাকলেও কথা বলতে হয়, প্রথম প্রথম তার বিরক্তি লাগতো। শেষে মনে হতে লাগলো যে তার সেই গভীর একাকীত্ব – যেটা তাকে যেন একটা চারদেয়ালের মত চারপাশ থেকে পিষে মারতে চাইছিল, ক্রমে ক্রমে সেটা যেন এখন হালকা হয়ে যাচ্ছে।

একা থাকলে তিয়া কিংবা মিঠু পাশের ঘরে রবীন্দ্রসংগীত চালিয়ে রাখে। যাতে তার কানে আসে কিন্তু বিরক্ত না লাগে। আগে আগে এই সব গানও তার অসহ্য মনে হতো। এখন ক্রমে ক্রমে গানের বানীগুলো তার অন্তরে প্রবেশ পথ পাচ্ছে। সত্যিই সে যেন ধীরে ধীরে 'আপন হতে বাহির হয়ে বাইরে' দাঁড়াচ্ছে। এখন তাঁকে নিয়ে ওরা এখানে ওখানে যেতে শুরু করেছে। কারো বাড়ী নয়, যতসব কৌতুহলী লোক ! মাঝেমধ্যে পার্কে, লেকের চারপাশে, তারপরে মার্কেটে। ক্রমে সহজ হয়ে আসছে সব। সকলেরই হয়। তাঁরও হবে জানা কথা। কারো বেশী সময় লাগে কারো কম, এই আরকি !

হঠাৎ বিদিশার মনে পড়লো তাদের পুরোনো বাড়ীর কথা। সেই ছোট্ট দুরন্ত শিশুটা আর তার হালছাড়া ছেলেমানুষ মা-টার কথা। কতদিন যাওয়া হয় না ওখানে। এই প্রথম সে কোন বাড়ীতে যাবার ইচ্ছা প্রকাশ করলো। মিঠু তিয়ার তো খুশী হবারই কথা, কিন্তু কথাটা শুনে তারা যেন একেবারে শিঁটকে উঠলো। শেষে মিঠু বললো, যে

উইকডেতে গাড়ী পাওয়া তো মুশকিল। উইক এন্ডে একবার যাওয়া যেতে পারে। কিন্তু তারপরেও দুটো উইকএন্ড এলো, চলে গেল। কখনও এখানে কখনও ওখানে করে আর পুরোনো বাড়ীতে যাওয়া হয়ে উঠছে না দেখা গেল। শেষে বিদিশা রেগে বল্লেন, 'কিরে, আমাকে এখানেও কি তোদের মর্জিতে চলতে হবে ? কতদিন থেকে বলছি যে ওখানে নিয়ে চল, নিয়ে চল, তা তোরা কানেই তুলছিস না।' গলাটা তার অনিচ্ছাসত্বেও রাগ রাগ হয়ে উঠলো।

সেদিন কেবল তিয়া ছিল তার সাথে, সে একটু থতমত খেয়ে বললো, 'সেটা তো এখন খালি বাড়ী। আর চাবি তো দেওয়া আছে ব্রোকারের কাছে, নতুন ভাড়াটের খোঁজ করার জন্যে।'

–'খালি বাড়ী ! সে কিরে ? ওদের সাথে এগারো মাসের কন্ট্রাক্ট করা হয়েছিল না ? এখনও তো দশমাসই হয়নি। তাছাড়া ভাব দেখে তো মনে হয়েছিল যে ওরা আবারও রিনিউ করবে।'

তিনি জিজ্ঞাসার সাথে তিয়ার মুখে চান। তিয়ার মুখটা সাদা দেখায়, ঠোঁট কাঁপে। তাকে দেখে মনে হয় যে সে ছাড়া পেলে বাঁচে। অবশেষে বললো, 'মিঠুদিদি এলে শুনো সব'। বলে ব্যস্ত পায়ে বেরিয়ে গেল।

একা বসে বিদিশা ভাবে, কি হতে পারে ? তিয়াটা একটু ভীতু আছে, তার অন্য বোনেদের মত নয়। কিন্তু তাই বলে – ! আসুক মিঠু, জানা যাবে। ওবাড়ীর একটা চাবি তো তাঁর কাছেও আছে। ইচ্ছা করলে তিনি নিজেও চলে যেতে পারেন, একাই। তাঁর গাড়ী ড্রাইভার তো বসেই থাকে। ঐ ছোট্ট বাচ্চাটাকে বড় দেখতে ইচ্ছা করছিল তাই ওদের এত সাধাসাধি। নাহলে কবেই চলে যেতেন একাই। কিন্তু যেহেতু মিঠুরা সর্বদা সঙ্গ দেয়, কাজেই তাদের ফেলে যাবার কথা ভাবতেই পারেন না তিনি।

বিকেলে মিঠু আসে, তারও তো ঘরসংসার আছে, সর্বদা এখানে বসে থাকা সম্ভব নয়। তবে তাও যতটা পারে সে এখানেই কাটায়। তার ইচ্ছা, বিদিশা আবার স্বাভাবিক না হওয়া পর্যন্ত সে বেশীরভাগ সময় এখানেই কাটাবে। তিয়ার ফোনে সব শুনে সে ব্যস্ত হয়ে ছুটে

আসে। সে জানে যে আজই হোক বা কালই হোক, বিদিশাকে সব জানাতেই হবে। হাজার হোক তারই তো বাড়ী। মিঠুকে দেখে আবার তেতে ওঠে বিদিশা, বলে, 'কিরে, তোদের মতলব কি ? দেশে এলাম, তাও ঘরবন্দী করে রাখবি ?'

–'সেকি কথা দিদি, আমরা তো চাই তুমি আবার আগের মত ঘুরে বেড়াও। আজকে আমাদের কিটি আছে, যাবে সেখানে?'

–'কিটি ? জানিস, ওসব আমার ভাল লাগে না।'

–'তবে চল, একটা ভাল সিনেমা রিলিজ করেছে। সেটা দেখে আসি।'

–'খবরদার। ওসব বাংলা বা হিন্দী সিনেমার নামও আনবি না মুখে।'

–'তবে চল, মধুসূদন মঞ্চে একটা নতুন থিয়েটার শুরু হয়েছে, বেশ নামও হয়েছে।'

এখানে একটু থামে বিদিশা, থিয়েটারে তার বেশ একটু দুর্বলতা আছে। কিন্তু না সে আজ থিয়েটারেও যাবে না। সে তার নিজের পুরোনো বাড়ী দেখতেই যাবে।

মিঠু অসহায়ভাবে তিয়ার দিকে তাকাল। মনে মনে বুঝলো যে এবারে বিদিশাকে সব খুলে না বলে উপায় নেই। সে বললো, 'বেশ। আজই আমরা যাব। কিন্তু ঐ একবছরের ফেলে রাখা ধুলোমাখা বাড়ীতে কী আছে যে তুমি এত জিদ করছো ওখানে যাবার জন্যে ? '

–'তোরা কি রে ? দোতালার ওদের ঐ ছোট্ট বাচ্চাটাকে দেখার জন্যে কবে থেকে আমার মনটা ব্যস্ত হয়ে আছে,' বিদিশা রাগের গলায় বললেন।

–'বললাম তো ওরা আর ওখানে থাকে না। বুঝছো না কেন ?' এবারে মিঠুও একটু গরম হয়।

তিয়া তার দিদিকে চেনে, সে এগিয়ে এসে বললো, 'মিঠুদি, কি লাভ ? এবারে বলেই দাও না দিদিকে সব। আজ হোক বা কাল, সে তো সব জানতেই পারবে।'

অবাক হয়ে বিদিশা ওদের মুখে চায়। কি গোপন করতে চাইছে ওরা তার কাছ থেকে আর কেনই বা ? মিঠু নিজের মনকে একটু প্রস্তুত করে। বলে, ' ঠিক আছে। সব বলছি, তোমার এখন শরীর মনের অবস্থা ভাল না বলেই দেরী করতে চাইছিলাম। তবে হাজার হোক, বাড়ী তো তোমার, তোমার তো জানার হক আছেই।' তার গলায় একটু অভিমানের সুর লাগে।

বিদিশা তাকে আদর করে জড়িয়ে ধরে, সে তো জানে ওদের দুজনের মত তাকে এখন আর কেউ ভালবাসে না।

একটু থেমে, একটু ঢোঁক গিলে দুজনেই জড়াজড়ি করে ঘটনাটা বলে, সংক্ষেপে যা দাঁড়ায় তা হল এই যে এবারেই ডেনিসের জন্মদিনে একটা পার্টি রেখেছিল ওরা। সন্ধ্যাবেলা জন ও তার বন্ধুরা বেলুন ফোলাচ্ছিল। ডেনিস সেই বেলুনের পেছনে পেছনে দৌড়ে বেড়াচ্ছিল। তখনও অতিথি সবাই আসেনি। ওর মা কেটি কিচেনে ব্যস্ত ছিল। ডেনিস একটা লাল বেলুনের পেছনে দৌড়ে বেড়াচ্ছিল, ওরা কেউ তত লক্ষ্য করেনি। সেই বেলুনটা বলে হাওয়ায় উড়ে সেই নটরাজের মাথার চূড়ায় আটকে গিয়েছিল। ছোট্ট ডেনিস বলে হাত বাড়িয়ে অনেক চেষ্টা করেও সেটাকে আয়ত্ব করতে না পেরে নটরাজের মূর্তিটাকে মইএর মত ধরে উপরে চড়তে চেষ্টা করে। একটা বিকট শব্দে সবাই চমকে দেখে ঐ বিশাল মূর্তিটা খানখান হয়ে ভেঙ্গে পড়ে আছে আর ডেনিসের ছোট্ট শরীরটা তার নীচে নিথর।

–তারপর ? বুকের মধ্যে নিঃশ্বাসটা আটকে প্রশ্ন করে বিদিশা।

– তারপর আর কি হতে পারে বল ? একটা তিনবছরের শিশু তার ওপরে ঐ তিনমন বোঝা পড়লে সেকি আর বাঁচে ? মিঠু বলে।

বিদিশা আর কোন প্রশ্ন করেন না। তাঁর চোখের সামনে কেবল ভেসে উঠতে থাকে সেই মা ছেলের খুনশুটিটা। অনেকক্ষণ পরে তিনি বলেন, আর কেটি ?

না কেটিও নেই। সে এই শকটা সহ্য না করতে পেরে হসপিটালাইসড্ হয়, সেখানেই তার মৃত্যু হয়। জন বাড়ী ছেড়ে দিয়ে দেশে ফিরে গেছে। এখন বাড়ীটা একদম খালি পড়ে আছে। কেউ ভাড়াও নিতে চায় না। বলে অপয়া বাড়ী।

তাঁর সাধের এতবছরের বাড়ী কিনা এতদিনে অপয়া হল ? বিদিশা আর কিছু চিন্তা করতে পারেন না। না। তারপরে আর তিনি ও বাড়ী দেখতে যাবার জন্যে বায়না করেন নি। কিন্তু অতবড় জমি সমেত বাড়ীটা শুধু শুধু ফেলে রাখাটা তো বিরাট লস। নানাভাবে চেষ্টা করেও কিন্তু কাউকে সস্তায় করেও ভাড়া দেওয়া যাচ্ছে না। কেবল লোকের মুখে মুখে নানা আজগুবি গল্প চাউর হতে থাকে। ও বাড়ীর চৌকিদারের উর্ব্বর মস্তিষ্ক প্রসূত নানান কাহিনী। লোকে এইসব শুনতে ভালবাসে, তাই মুখে মুখে আরো ছড়ায়।

অবশেষে একটা অফার এলো একজন বিল্ডারের কাছ থেকে। না, বাড়ীটা তারা আর রাখবেনা, কিন্তু জমিটাও তো অনেকখানি আর এমন প্রাইম এরিয়ায়। তাদের কাছে একটা ব্যাঙ্ক, কিংবা ছোট নার্সিং হোম কিংবা একটা ডিপার্টমেন্টাল ষ্টোর করার প্ল্যান আছে। যদি অবশ্য তাদের বাজেট আর মালিকের অনুমতি মিল খায়। তিয়া মিঠু ও তাদের স্বামীদেও নিয়ে একটা মিটিং বসলো। সকলেই বললো যে প্রথমে শ্রীজার মত চাওয়া হোক। এখানে বিদিশার শক্ত আপত্তি আছে। সে জানালো যে ওরা আর এদেশে এসে বাস করবে এমন সম্ভাবনা কম। যদি বা কখনও আসে, তাহলে এই ছোট ফ্ল্যাটটাই যথেষ্ট। মিছিমিছি তার অবর্তমানে ওদের কাজ বাড়িয়ে ফল কি ? কথাটা ওদেরও মনে হয়েছিল কিন্তু বাস্তবে ওরাই তো বাড়ীর ভবিষ্যৎ মালিক, কাজেই সে কথা মনে রেখেই এই প্রস্তাব।

তবে কিছু করার আগে বিদিশা তার প্রিয় বাড়ীটা দেখতে যেতে চাইলো। এবারে আর কেউ আপত্তি করলো না। একদিন বিকেল

বিকেল তিয়া আর মিঠুকে নিয়ে বিদিশা তাদের ছেড়ে যাওয়া পুরোনো বাড়ীতে এসে তালা খুলে ঢুকলো। চৌকিদার বাইরে বসে থাকলো।

দোতালাটা ভাড়া দেবার জন্যে খালি করা হয়েছিল, কিন্তু একতলাটা এখনও ঠিক সে রকমই আছে। তার ইচ্ছা ছিল যে মাঝে মাঝে সে আর অলক এখানে এসে থেকে যাবে। বিদিশার চোখটা ঝাপসা হয়ে ওঠে। কিন্তু মন শক্ত করে সে ড্রইংরুমে ঢোকে। সবই ঠিক তেমনি আছে, কেবল একটা হালকা ধূলোর আস্তরণ পড়েছে। এতদিন খোলা পড়ে থাকবে জানলে হয়ত সে ফার্নিচারগুলো ঢাকা দেবার ব্যবস্থা করতো।

একটা নিঃশ্বাস ফেলে সে চাবির গোছাটা টেবিলে রেখে একটা সোফায় বসে। হঠাৎ তিনজনেরই মনে পড়ে যে শেষ তারা এখানে মিলিত হয়েছিল শ্রীজার বিয়ের আসরে। আর এই ঘরেই সব উপহারের ছাঁটাই বাছাই হয়েছিল। কি সব আনন্দের দিন গিয়েছে ! কেউ মুখে না বললেও তিনজনেই যে এ কথাগুলো ভাবছে, তা তারা বুঝতে পারলো। তিয়াই বললো প্রথমে, "মনে পড়ে, এই কোনটাতে আমি আর শিলু বসেছিলাম। বাপরে কি উপহারের ডাঁই !

শেষপর্যন্ত সব ঠিকমত সর্ট আউট করা যাবে, তখন তা ভাবতেও পারিনি, বাবাঃ ! "

– আর পেয়েওছিল এত জিনিষ বাপরে, বিলিয়েও শেষ করা যাচ্ছিল না। বললো তাদের মিঠু কাকী। কোনের ঘরে এখনও বোধহয় কিছু কিছু পড়ে আছে।

– আর মনে আছে সেই বিকট নটরাজের মূর্তিটা ? রূপমতীর মা বোধহয় ঠিকই বলেছিল, তা সেদিন আমরা হাসলেও – ওরা সাউথের লোকেরা আমাদের থেকে অনেক বেশী বোঝে। তিয়া মাঝখানে বলে।

– কি বলেছিল রে ? মাঝখানে কথা কেটে হঠাৎ জিজ্ঞাসা করেন বিশাখা।

– আরে, ছাড়ো না ওসব। এখন যে কাজের জন্যে এসেছি, সেগুলো তো দেখতে হবে। বারেবারে কি আর আসা যাবে এতদূরে। মিঠু আড়চোখে তিয়ার দিকে কড়াভাবে চায়। থতমত খেয়ে থেমে যায় তিয়া। তবে বিশাখা থামতে দিতে চায় না। কি বলেছিল বল না।

– কি আর, সব সুপারস্টিশান, ওদের মতে কোন শুভকাজে নটরাজ দেওয়া খারাপ। নটরাজ বলে ধ্বংসের দেবতা – তাই। মিঠুকাকী কথাটা শেষ করে দিতে চায়।

– নটরাজ, ধ্বংসের দেবতা ! একটু শিউরে উঠে চুপ করে বিশাখা। ঠিক, ঠিক, তাই সব

শেষ হয়ে গেল, আমাদের জীবনে আর দোতালার দিকে ইঙ্গিত করে বলে ওদেরও জীবনের সবকিছু। কে দিয়েছিল, কেন দিয়েছিল ? কার এত রাগ ছিল আমাদের ওপরে, আমাদের জীবনটা ছাড়খার করে কার কি লাভ হল রে মিঠু ?

আবারও কটমট করে মিঠু চায় তিয়ার দিকে, কথাটা তোলার জন্যে। তিয়া খুব অপ্রস্তুত হয়, কিন্তু তখন আর করার কিছূ ছিল না।

বিদিশা ঘর দেখতে এসেছিল, কিন্তু মনে হচ্ছে এখন যেন আর কিছুতেই তার উৎসাহ নেই। সে চুপ করে বসে যেন ঘরটার মনের কথা শোনে, যা ঘটে গেছে এত বছর তার সামনে আর তার পেছনে – সব ! এত বছরের শব্দহীন গতিবেগ তার হৃদ্স্পন্দনকে বাড়িয়ে তোলে।

মিঠু আর তিয়াও অনেকটা বোঝে বিদিশার মনের কথা। ছিল তারা তিনজনের একটা সুখী সফল পরিবার, এখন ভাঙ্গতে ভাঙ্গতে বিদিশা একলা। এই বাড়ীতেই কত হুল্লোড়, কত পার্টি, কত সোরগোল আনন্দ – আর এখন এই শূণ্য শ্মশান ! তিয়া ঘর থেকে বেরিয়ে বারান্দায় দাঁড়িয়ে থাকে। মিঠু নীরব বিদিশার কাঁধে হাত রাখে, বলে, 'ওঠ দিদি, তোমার অন্য ঘরগুলো খুলবে না ?'

– নারে, এই থাক, কি হবে আর মায়া বাড়িয়ে !

–বাইরে অন্ধকারও হয়ে এসেছে, এবারে বোধহয় আমাদের ফেরৎ যাওয়াই ভালো। ঘরে ঢুকে তিয়া বলে।

– মেমসাব, দরজার কাছে চৌকিদার এসে দাঁড়ায়, ওরা ঘড়ি দেখে সাড়ে সাতটা বেজে গেছে। কি তাড়াতাড়ি সময় কাটলো, কতকিছু ভেবে এসেছিল ওরা। কিন্তু .. এই জন্যেই পেছন ফিরে চাইতে হয় না।

–আজ তো আর কোন কাজই হল না, এরপরে একবার সকালের দিকে এলে ভাল হবে। মিঠু মত দেয়।

শাড়ীর আঁচল গুছিয়ে চটিটা পায়ে পরে, বিদিশা নীরবে দরজার বাইরে এসে দাঁড়ায়। আজকাল শাড়ী পরেও আর সে সুখ নেই, সর্বদা খুলে খুলে আসতে চায়। চোখে পড়ে তাদের দোতালার সিঁড়ির মুখে একটা ফ্যান্সি স্টিলের জালি দরজা বসেছে। আগে ছিল না। বোধহয় ওরা নিজেদের সেফটির জন্যে দিয়েছিল। আর সেফটি, নিজের মনেই দুঃখের হাসি হাসে বিশাখা, যেখানে বিপদ ছিল তাদের ঘরের মাঝেই ! মিঠু তাদের একতলার দরজায় তালা লাগিয়ে পেছন ফিরতেই হঠাৎ শব্দটা শোনে, তালা দেওয়া অন্ধকার দোতালায় কার যেন ছোট ছোট পায়ের দুপ দুপ দৌড়ের শব্দ, আর তার পেছনে পেছনে কোন একটা বড় মানুষের পায়ের শব্দ .. আর কচি গলার একটা অস্পষ্ট খিলখিল হাসি। ওরা তিনজন যেন পাথর হয়ে জমে যায়। চৌকিদার বলতে গেলে তাদের ধাক্কা দিয়ে বাড়ীর বাইরে বার করে আনে।

লছমন গাড়ীর দরজা খোলে, বিদিশা কিন্তু ঘুরে দাঁড়িয়ে চৌকিদারের মুখে চায়। চৌকিদার প্রথমে কিছু ভাঙ্গতে চায় না। শেষে বলে যতটুকু তার অভিজ্ঞতা। এই কারণেই, কি শীত, কি গ্রীষ্ম – সে বাইরেই খাটিয়া পেতে বাড়ী পাহারা দেয়। বাড়ীর মালিক তো তাকে বাড়ীর যে কোন ঘরে শোবার কথা বলে গেছেন, সেখানে আলো, পাখা, ঠান্ডা গরম পানি, কিচেন –কি নেই ! কিন্তু তার থেকে এই গাড়ী বারান্দার নীচের কোনটুকু তার কাছে অনেক নিরাপদ বলে মনে হয়। এর বেশী আর কিছু সে বলতে চাইলো না। আর তেমন কিছু

শোনার মত মনের অবস্থাও ওদের তিনজনের ছিল না –তখন। অতখানি পথ তারা নীরবেই বাড়ী ফিরলো।

পরদিন থেকে ওরা দেখলো যে বিদিশা যেন আবার তার আগের খোলসের মধ্যে ঢুকে পড়েছে। সেই হ্যাঁ, না, উত্তর সেই চুপ করে বাইরে চেয়ে বসে থাকা। মাঝখানে যে ক্রমে স্বাভাবিক হয়ে উঠছিল তার আর চিহ্ন নেই। ওরা কি করবে ভেবে পায় না। মানসিক ডাক্তার দেখালে কেমন হয় – দুজনে গোপনে আলোচনা করে।

এমন সময়ে আরেক বিল্ডারদের কাছ থেকে তাড়া আসে। এবারে একটা সিদ্ধান্ত নিতেই হয়। কতদিন আর ঝুলিয়ে রাখা যায়। বিশাখা আজকাল ঘরেই ব্রেকফাস্ট খায়। তাই খাবার টেবিলে তিয়া আর মিঠু আলোচনা করছিল যে বরং একবার শ্রীজাকে সব জানালে হয়, যতই হোক তার নিজের মা তো, তাছাড়া এই সব সম্পত্তি হস্তান্তর করার মধ্যে মালিকদের একজনকে তো থাকতেই হবে। তারা বাইরে থেকে সাহায্য করতে পারে কিন্তু সইসাবুদ তো ওদের দুজনের একজনকেই করতে হবে। তাছাড়া একে একে চার পাঁচজন বিল্ডার জুটে গেছে, কাকে দেবে – সেই ডিসিশানও তো কাউকে নিতে হবে। ওরাই বা নিজেদের ঘর সংসার ফেলে কতদিন এখানে বসে থাকে ?

'শ্রীজাকে একদম না। আজই ডেকে পাঠাও সব ক'জন বিল্ডারকে' – কথাগুলো শুনে চমকে চায় দুজনেই। তাদের পেছনে এসে দাঁড়িয়েছে বিশাখা। 'আজই একটা হেস্তনেস্ত করে ফেলবো ঐ অপয়া বাড়ীটার।'

–'কিন্তু দিদি, মাঝখানে তো একজন পুরুষ মানুষ থাকা দরকার। জানো নাতো বিল্ডারদের মতিগতি। তোমার ভাই তো ট্যুরে আর তিয়ার হাসবেন্ড' –।

'কোন দরকার নেই।' শক্ত গলায় বলে বিশাখা, 'আমার বাড়ী, যা করবার আমিই করবো,

কাউকে মাথা ঘামাতে হবে না।' এই বলেই আবার ঘরে ঢুকে গেল বিশাখা। ওরা দুজনেই দুজনের মুখে চায়, এ বিশাখাকে ওরা চেনে না। এমন শক্ত, এমন উদাসীণ, এমন হৃদয়হীন !

তাদের এত ভালবাসা আর এত আত্মত্যাগের কোন মূল্য নেই আর বিশাখার কাছে ?

প্রথমটা দুজনই খুব ধাক্কা খেয়েছিল। পরে কিছুটা সামলে নিয়ে মিঠুই বোঝালো তিয়াকে, 'বুঝতেই তো পারছিস, কি সাংঘাতিক সময়ের মধ্যে দিয়ে যাচ্ছে তোর দিদি। প্রথমে একমাত্র মেয়ের বিয়ে, চিরকালের মত বিদেশ চলে যাওয়া, রুগ্ন স্বামীকে নিয়ে একা থাকার চিন্তা। তাও হয়ত সহ্য হয়ে যেত, কিন্তু মেয়ের কাছে আনন্দ করতে গিয়ে বিদেশে দাদার অমন মৃত্যু !

ফিরে এসে যখন মনের জোরে আবার সব সামলে উঠতে চেষ্টা করছিল তখন আবার এই অপঘাত আর তার সাথে ঐ রাতের অভিজ্ঞতা ! আমিই নিজেকে সামলে নিতে পারছিনা, তো দিদি কি করে পারবে বল ?' তিয়া বুঝলো। কিন্তু এই বোঝা তো যথেষ্ট নয়। বাড়ীটার একটা ব্যবস্থা করতেই হবে। নাহলে আজকের দিনে এই সব 'ল্যান্ড মাফিয়ারা' ঐ সোনার খনি বিশাল জমিটা অনায়াসে হাতিয়ে নেবে। সেটা তারা হতে দিতে পারে না।

পরদিন তিয়ার স্বামীকে সঙ্গে নিয়ে তারা তিনজন বিল্ডারকে ডাকলো। একসাথে নয়, একদিনে, তবে আগে পিছে সময় দিয়ে। সঙ্গে শক্ত মুখ করে বিপাশাও রইল। তিনজনই আগ্রহী। প্রাইম এরিয়াতে হাজার গজের প্লট। কে না চাইবে ? নানা বিচার বিবেচনা করে তারা একমত হয়ে দ্বিতীয় জনকে দিতে সম্মত হল। না, নার্সিং হোম নয়। যদিও তারা অনেক বেশী মূল্য দিতে চাইছিল। বিশাখার মতে ঐ জমিতে এমন জিনিষ হবে, যাতে রাতে বাস করার কোন দরকার হবে না। রোগী থাকার তো কোন প্রশ্নই নেই। তিয়ার বৈজ্ঞানিক স্বামী বিশাখাকে বোঝাতে গিয়ে ধমক খেলো। শেষে যারা একতলায় বড় ব্যাঙ্ক, ভল্ট ইত্যাদি আর দোতালা, তিনতলা ইত্যাদিতে সুপার মার্কেট করতে চায়, তাদের মতে মত দিল বিশাখা।

দিন দশেকের মধ্যে জমিবাড়ী হাতফের হয়ে প্রচুর সাদা আর কালো টাকা ঘরে এল।

বিশাখা ঐ টাকা নিজের কাজে লাগাবে না ঠিক করেইছিল। মনে মনে সে ছকে রেখেছিল একটা 'ট্রাস্ট' করে শহরের সীমানায় একটা 'ওল্ড এজ হোম' বানাবে। খুব গরীব বা খুব বড়লোকদের জন্য নয়, শিক্ষিত আত্মসম্মানজ্ঞান যুক্ত মধ্যবিত্তদের জন্য। তার মতে খুব গরীবেরা ছেলেদের লাথিঝাঁটা খেয়েও, তাদের সংসারের কাজ করে বেঁচে থাকতে পারে।

আর খুব বড়োলোকেদের কাছে টাকা দিয়ে ভালবাসা নাহলেও বাসস্থান ও চিকিৎসা পেতে কোন অসুবিধা হয় না। মাঝে থেকে মরে শিক্ষিত মধ্যবিত্ত বাবা মায়েরা। তারা জীবনের সব খুইয়ে ছেলে মানুষ করে যখন সর্বস্বান্ত, তখন তাদের 'হিউম্যান লাইফ ইনশিওরেন্স' ছেলে বৌ এক কথায় তাদের ধানের থেকে তুষের মত ঝেড়ে ফেলে দিতে চায়। তখন তারা যাবে কোথায় ? লোকের কাছে হাতপাততে পারে না, ছেলেদের অসম্মানও চায় না আবার জীবন ধারণের উপযোগী অর্থ সামর্থও মেলে না। কি করুণ তাদের জীবন !

বিশাখা আগেও এসব নিয়ে ভেবেছে, এখন হাতে পেলো অনেক টাকা আর অনেক সময়। এখন সে তার নতুন প্রোজেক্ট্‌এ মন দেবে। সে জানে তার কাজে সাহায্যের হাত বাড়িয়ে দিতে মিঠু আর তিয়াও এগিয়ে আসবে। সে তাদের সাথে হয়ত সব সময়ে ভালো ব্যবহার করেনি। কিন্তু সে জানে ওরা তাকে বুঝবে। ভালবাসাই জানা আর বোঝার অভিধান। এখন তার অর্থহীন ভবিষ্যৎচিন্তাহীন বোঝার মত জীবনে আসবে একটা নতুন আলোর কিরণ। সে আবার বাঁচবে -- এবারে তার এক নতুন স্বপ্নের জন্য।

***************************

# বনসাই

এতক্ষণ হৈ হল্লা করে একে একে সবাই চলে গেল। এখনও ড্রইংরুমের দরজা পুরো খোলা। বৃষ্টিভেজা লনের উপরে চাঁদের আলো আর রাস্তার বাতি পড়ে উজ্জ্বল দেখাচ্ছে। ঘরটা বিশৃঙ্খল। সোফা আর ডিভানের কুশন গুলো এলোমেলো। চেয়ারগুলো যত্রতত্র ছড়ানো। অ্যাশট্রেগুলো উপছে পড়ছে। কার্পেটে ছড়ানো বাদামকুচি আরি ওয়াফারের কুচি। এখানে ওখানে ড্রিঙ্কসের গ্লাস। বাইরের মৃদুমন্দ হাওয়ায় পর্দার রূপলো ঘন্টিগুলি টিং টিং করে বাজছে।

মাথার পিছনে হাত দিয়ে তাঁর প্রিয় রকিং চেয়ারে চোখ বুঁজে বসে ছিলেন মিসেস পত্রী। সারা সন্ধ্যা যে প্রসঙ্গ নিয়ে মাথা ফাটাফাটি আলোচনা করে, আবার যাবার মুহূর্তে সব ভুলে হালকা আলোচনা করে শুভরাত্রি জানিয়ে সব যে যার মতন চলে গেছে। হয়ত একক্ষণ নিজেদের বাড়ী পৌঁছে গেছেও। কিন্তু সেই বহু আলোচিত প্রসঙ্গটা যেন কিছুতেই মিসেস পত্রীর মাথা থেকে দূর হতে চাইছে না। প্রসঙ্গটা অবশ্য নতুন কিছু নয়। সেই বহু আলোচিত, বহু নিন্দিত, বহু প্রশংসিত, উইমেনস্ লিব, নারী বর্ষ, - ইত্যাকার ব্যাপার।

ব্যাপারটি ক্রমে, ছেলেদের কাছে একটা রসালো আলোচনার উপাদান আর উচ্চবিত্ত আর অতি আধুনিক মেয়েদের কাছে একটা যথেচ্ছাচারের অজুহাত হতে দেখে মনে মনে তিনি বারে বারে লজ্জিত হয়েছেন। আজ বয়স হয়েছে, ঝাণ্ডা নিয়ে পথে বেরোবার মত এনার্জি আর মানসিকতাও নেই। যখন ছিল, তখনও হয়ত বেরোতেন না। তবে এ নিয়ে তিনি আগেও ভেরেছেন। অনেক ভেবেছেন। কিন্তু খুব একটা সুসমাধান করে উঠতে পারেন নি। কিন্তু কি যেন উপমা মনে পড়ে তাঁর, কিন্তু খুব একটা বুঝে বা বুঝিয়ে উঠতে পারেন না তিনি। ভাবেন, আমাদের শিক্ষায় আর চিন্তায় কোথাও একটা গলদ আছে। একটা বিষম ফাঁকি ! এই যে মিসেস দীক্ষিত এতক্ষণ গলা খুলে স্বপক্ষে তর্ক করে গেলেন, কিন্তু তাঁর পারিবারিক জীবন কি ? তিনি একজন নাম করা ডাক্তার,গাইনি, তাঁর সারাজীবনটা একটা বেনিয়মের শিকার। মাঝরাতে লেবার পেনের খবর পেলে তাঁকে গরম বিছানা ফেলে হাসপাতালে ছুটতে হয়। মিঃ দীক্ষিত অফিসার মানুষ, তাঁর মোটামুটি নিয়ম মানা জীবন। কিন্তু তাঁদের ছেলেকে দেখবে কে ? তাই এমাত্র ছেলেকেও প্রথমে দিদিমার কাছে, তারপরে হোষ্টেলে মানুষ করতে হয়েছে।

আর ঐ নতুন বিয়ে হওয়া মিসেস সুদ, ভারী মিষ্টি মেয়েটা। সে আর তার স্বামী বিজয় একই সাথে আর্কিটেকচার পাশ করে শেষে বিয়ে করেছে। তিনি যতদূর জানেন যে বিজয়ের ও থেকে ইলার ফলই বেশি ভাল হয়েছিল। কিন্তু এত ভাল মেয়েরও বিয়ের পর চাকরী করার উপায় নেই। গোঁড়া একান্নবর্তী পাঞ্জাবী পরিবার। চাকরীর অজুহাতেও তারা বউকে বাড়ীর বাইরে পাঠাতে রাজি নয়। স্বামীও সম্ভবতঃ গররাজি। নাহলে এত হতাশা নিয়ে ইলা বাড়ীতে বসে কেন?

' মেমসাব।' চমকে উঠে চোখ খুলে দেখলেন লছমন বিনীতভাবে দরজার কাছে দাঁড়িয়ে। লজ্জা পেয়ে তিনি চেয়ার ছেড়ে উঠে পড়লেন। চিন্তায় বিভোর হয়ে খামকা তিনি এত রাত করলেন। বল্লেন,“এখন আর এতরাতে সাফাই করতে হবে না। ভোরে করলেই চলবে।” হয়ত অনেক্ষণ ধরেই গৃহকর্ত্রীর মনোযোগ আকর্ষণ করার

চেষ্টা করছিল। তিনি আত্মমগ্ন থাকায় বুঝে উঠতে পারেন নি। তা এখন ওকে ছুটি দেওয়াই ভাল।

চপ্পল পরে তিনি নিজের হাতে খোলা দরজা বন্ধ করতে গেলেন। সঙ্গে সঙ্গে তাঁর নজরে পড়লো দরজার পাশে লনের উপরে রাখা পাথরের জল চৌকির উপরে রাখা তাঁর আদরের বনসাইটির উপরে। আধহাত লম্বা একটা কাঠের টবে এতহাত উঁচু একটা বটগাছ, ঝিরঝিরি পাতায় আলো পড়ে চিকচিক করছে। ছোট ছোট ঝুরি নেমেছে। প্রায় বিশ বছরের বেশী আছে এই বামন গাছটা তাঁর সঙ্গে। কত সময়ে আত্মমগ্ন হয়ে তিান দেখেন এই বনসাই গাছটাকে। কি বিশাল মহীরুহের কি পরিণতি ! এই ঝুরি নামা বটগাছের পরিপ্রেক্ষিত হওয়ার কথা ছিল কী বিশাল ! হয়ত সেই শিবপুরের বিখ্যাত বটগাছের মতন। আর তাকে – ঝাঁ করে মাথাটা ঘুরে উঠলো তাঁর।

হ্যাঁ, এই উপমাটাই তিনি এতদিন ধরে খুঁজছেন। বনসাই। বনসাই কেবল উদ্ভিদ জগতের একচেটিয়া নয়। প্রাণী জগতেও কি কম ? পৃথিবীর সবথেকে বুদ্ধিমান, ক্ষমতাবান মানব জগতে ? একই বীজ থেকে গাছ হলো, পেলো একই রোদ আর হাওয়া, শিক্ষা, সভ্যতা, মাটি সার, – উচ্চশিক্ষার সমান অধিকার, বেড়ে ওঠার সমান প্রতিশ্রুতি ! কিন্তু কার্যতঃ হল  একজন শিবপুরের মহীরুহ, অন্য জন এই ছোট্ট টবের বনসাই। ইলা সুদের স্বপ্ন মাখা চোখের কারুণ্য মুছছে না মন থেকে। কিন্তু সেই একই সঙ্গে মনে জাগছে, মিসেস দীক্ষিতের সাফল্য ও কি খাঁটি ?

***************************

# উশ্রী

আজ উশ্রী ইউনিভার্সিটি থেকে রিটায়ার করলো। গাড়ী থেকে যখন নামলো, তখন বেশ একটা চনমনে হাঁফছাড়া ভাব। যেন ‘বাব্বাঃ, রোজকার এই ঝামেলা আর পোহাতে হবে না!’ পড়াতে উশ্রীর ভাল লাগে, আরো ভাল লাগে তার তরুণ ছাত্রছাত্রীদের সঙ্গ। অধ্যাপক হিসেবে সে বেশ জনপ্রিয়ও, তবু রোজকার এই রুটিনের মধ্যে এমন একটা একঘেয়েমি আছে, যা তাকে কাতর করতো। রোজ টাইম টেবিল দেখে ক্লাশে যাও, একই পড়া বারে বারে পড়াও। একই রসিকতায় তাদের হাসাও। মাঝে মাঝেই তার যখন ইচ্ছা করে সব কিছু ভুলে গিয়ে আপন মনে বই নিয়ে বসে থাকতে, কিন্তু তখনই মনে পড়ে ক্লাশ আছে, ছাত্রেরা বসে থাকবে তার অপেক্ষায়- তখন আবার বাড়ীর পোষাক ছেড়ে সেজেগুজে তৈরী হয়ে বেরোতে হতো। আঃ! আজ থেকে তার কেবলি ছুটি আর ছুটি! সারাজীবন ধরে এত যে বই সে জমিয়ে গিয়েছে, যখনই ভাল বই পেয়েছে, কিনেছে আর ভেবেছে, সময় হলেই আরাম করে পড়বো।

কিন্তু সে সময় আর হয়নি। এবার থেকে সে আর সময়ের দাস নয়, সময়ই তার কাছে নতজানু হয়ে বসে থাকবে!

উশ্রী তার পড়ার ঘরে ঢুকলো। তার গাড়ী ভর্তি ফুল আর উপহারগুলো ড্রাইভার এনে ড্রাইংরুমে রেখেছে, তার কাজের মেয়ে মনোরমা তার ব্যবস্থা করবে। উশ্রীর বড় বড় দুখানা ঘরের একখানা তার ড্রইংরুম আর একটা স্টাডি। তার বেডরুমটা মাপে বেশ ছোট, একজনের জন্য বড় বেডরুমের আর দরকারই বা কি? তাতেই তার বেশ চলে যায়। একটা সিঙ্গল বেড খাট, একটা বেড সাইড টেবিল, একটা ওযার্ডরোব, আর ড্রেসিং টেবিলেই ঘরটা ভরে থাকে। অবশ্য শোবার সময়ে ছাড়া সে আর এই ঘরে থাকেই বা কতক্ষণ? অনেকে ভালবাসে বিছানায় শুয়ে গড়াতে, তার ওসব ভাল লাগে না। কলেজের বাইরে সে যতক্ষণ বাড়ী থাকে তার সময় কেটে যায় এই স্টাডিতেই। মস্তবড় ঘরটার তিনদিকে দেয়ালজোড়া বই-এর আলমারী, বাকি একদিকে সমস্তটা কাঁচের জানালা। জানালামুখো তার পড়ার টেবিলে বসলে উশ্রীর মনে হয় যে পৃথিবীতে তার আর চাইবার কিছু নেই। তার একার এই জগতে সে একাই খুশী।

পাকেচক্রে বিয়েটা আর তার করা হয়ে ওঠেনি। তার রূপগুণের অভাব ছিল বলে নয়, বরং আধিক্য ছিল বলেই। 'অতিবড় সুন্দরীর' প্রবচনটা তার মধ্যে দিয়ে যেন আবার প্রমাণ হয়ে গেছে। তার অনুরাগীর সীমা সংখ্যা ছিল না। কিন্তু কেন যেন কেউই তাকে মুগ্ধ করতে পারেনি। এখন তার মাঝে মাঝে মনে হয়, সে কি একটা অবাস্তব কিছু আশা করে রেখেছিল? যা কেউ পুরাতে পারেনি? কে জানে! তবে এখন আর এই সব ভেবে ফল কি? যা চলে গেছে তাকে যেতে দেওয়াই ভাল। পেছনের কথা না ভেবে আগামী দিনের বিশ্রাম আর মৌজের কথা ভাবাই ভালো। এখন থেকে তার হাতে অঢেল সময়, এখন তার নানা 'হবি' গুলোকে 'কালটিভেট' করার সময়! আঃ কোথায় যেন পড়েছিল সে 10 things I want to do before I die. মৃত্যুও কথা এখনই সে ভাবতে চায় না, কিন্তু সে তো আসবেই, সে ভাবুক আর না ভাবুক। সে পুরোপুরি জীবনমুখী। কাজেই এখন কেবল জমিয়ে রাখা বই, তুলে রাখা ক্যানভাস আর রঙতুলি, আর

সুন্দর বাঁধানো খাতাগুলো, যাতে সে লিখবে বলে ভেবে রেখেছিল একদিন। এতদিন সে নিজের সাবজেক্ট নিয়ে লিখেছে। এখন একটা আত্মজীবনী লিখলে কেমন হয়? অবশ্য সে এমন কেউকেটা কেউ নয় যে তার আত্মজীবনী নিয়ে কারো উৎসাহ থাকবে। তবে সে মনে করে যে লেখা ভালো হলে যে কোনও জিনিষই পাঠকের মনে দাগ কাটতে পারে।

- ম্যাম... উশ্রীদি'! উশ্রী চমকে তাকায়, ওঃ, অনুরাধা এসেছে। অনুরাধা ওর কাছে এক সময়ে পি.এচ.ডি. স্টুডেন্ট ছিল। সে পাশও করে গেছে অনেকদিন আগেই। তবু কাছেই থাকে বলে যোগাযোগটা সে রেখে গেছে। একার জীবনে উশ্রীরও ভাল লাগে ওর শিক্ষিত সঙ্গ। অনুরাধা ওর এক ব্যাচমেটকে বিয়ে করেছে। থাকেও কাছাকাছি, তাই মাঝেমাঝেই দেখা করতে আসে। সে একগাল হেসে ঢুকে বলল, 'কনগ্রাটস দিদি, এবারে আপনার স্বপ্ন পুরা হবে।' সে ইউ.পি-র মেয়ে কিন্তু ভাঙ্গা ভাঙ্গা বাংলা বলতে পারে। 'এবারে দিনভোর বই কিতাব পড়বেন আর লিখবেন।' উশ্রী হেসে বলল, 'তার আগে এই লাইব্রেরিটাকে একটু ভালো করে গোছাতে হবে। দেখ না, এই বই-পত্রের হাল।'
- 'কোঈ বাত নেঈ, কালসেহি শুরু করে?'
- হ্যাঁ, আমিও তাই ভাবছিলাম, আর দেরী করে কি লাভ?'
- 'জরুর, আমিও কালসে আসবে। করিব দশবাজে?'
- 'কিন্তু তোমার আবার সংসারের কাজকর্ম তো আছে-' উশ্রী একটু কিন্তু কিন্তু করে। যদিও সে নিশ্চিত যে অনুরাধা এসে হাল ধরলে তার অনেকটা বোঝা হালকা হয়ে যাবে। নইলে এই এতদিনের ধুলোমাখা বই-এর ক্লাসিফাই করতেই এক মাস কেটে যাবে তার।
- 'আরে ও তো হররোজই আছে। ভাল লাগে না। দীপককে স্কুলে ছেড়ে দিয়ে সিধা চলে আসবো।'

- ‘ঠিক আছে, আজ তবে মনোরমা ধুলোটা ভাল করে ঝেড়েমুছে রাখুক, কাল থেকে আমরা সমরে নামবো, কেমন? উশ্রী হাসে।

দুজনে বসে চা খেতে খেতে অনেক গল্প হল, কাজের পরিকল্পনাও হল। অনুরাধার সঙ্গে একটা বই লেখার কথা অনেকদিন থেকে ভাবছে উশ্রী, সেটা নিয়েও আলোচনা হল। শেষে চা-টা খেয়ে সকালে আসবার কথা আর একবার বলে চলে গেল অনুরাধা। উশ্রী জামাকাপড় ছেড়ে হাইসকোট পরে আর একবার তার লাইব্রেরিতে গিয়ে ঢুকলো। ঘুরে ঘুরে দেখতে লাগলো বইগুলো দশা। একসময়ে কি ভাল করেই না সে সাজিয়েছিল, এখন আর তার চিহ্নমাত্র নেই। ইতিহাসের বই-এর সাথে দর্শনের বই, সাহিত্যের সাথে বিজ্ঞান, বায়োগ্রাফির সাথে কবিতা, কাজের সাথে নিতান্ত অকাজের, ফেলে দেবার মত বই- একেবারে জগাখিচুড়ী। বেশ সময় লাগবে এগুলোকে ফের ক্লাসিফাই করে সাজাতে। তবে অনুরাধা আছে, তাই ভরসা।

ভোর না হতেই বেশ উত্তেজনা নিয়ে ঘুম ভাঙ্গলো উশ্রীর। আজ থেকে তার স্বধীন জীবন, পায়ের শিকল তার ছিঁড়ে গেছে। ব্রেকফাস্ট করে সে আবার তার লাইব্রেরিতে ঢুকলো। মনোরমা কাল অনেকটা ধুলো ঝেড়ে পরিস্কার করেছে। এবারে তাদের সাজানোর পালা। প্রথমেই ফেলে দিয়ে হালকা করতে হবে আলমারীগুলোকে। গাদা গাদা অপ্রয়োজনীয় ম্যাগাজিন জমে আছে। বড় একটা বাস্কেট আনতে বলে কাজে নামে উশ্রী।

প্রথমেই টেবিলে জমে থাকা ক্লাশনোটসগুলো। এগুলোর আর কোনই দরকার নেই। অবশ্য ইচ্ছা করলে তার সাবজেক্টের প্রয়োজনীয় হেল্পবুক তৈরী করা যায়। তাই ফেলতে গিয়েও ফেলে না উশ্রী। সেগুলো একটা দেয়ালঘেঁসা সাইড টেবিলে গুছিয়ে রাখে, এখন তো থাক, পরে দেখা যাবে। তবে নানা অদরকারী কাগজপত্র, পুরোনো চিঠিপত্র, কবেকার বাতিল হওয়া পি.এইচ.ডি ছাত্রদের টাইপ করা থিসিস, কলেজের রেজিস্টার, কলেজ সংক্রান্ত কাগজপত্র ইত্যাদি সে নেড়েচেড়ে দেখে বাস্কেটে ফেলতে লাগলো। পড়ার টেবিল প্রায় সাফ হয়ে গেল। ভালো করে সে ডাস্টার ঘষে টেবিলটা মুছে

ফেললো। এখানে এরপরে তার নতুন করে লেখাপড়া হবে। টেবিলের হাতের কাছে যে বুক কেস, সেটা সবথেকে ভারাক্রান্ত। সবকিছু তাতে সে হাত বাড়িয়ে 'ডাম্প' করেছে। বেশীর ভাগই তার ইংরাজী আর বাংলা পত্রপত্রিকা। সে ম্যাগাজিন রাখে অনেকগুলো, কিন্তু বেশীরভাগ সময়েই আর পড়া হয়ে ওঠে না। কতকগুলো তো এখনও র‍্যাপারই ছেঁড়া হয়নি। উশ্রী নির্বিচাওে সবগুলো তুলে মাটিতে ফেলতে থাকে। বাস্কেটে আর জায়গা নেই।

এমন সময়ে হন্তদন্ত হয়ে অনুরাধা ঢোকে, দেরী হবার জন্যে সে সত্যিই লজ্জিত। -'স্যরি দিদি, দের হয়ে গেল। বাচ্চাটা ইতনা বদমাস হুয়া।' সে তার বাচ্চার বদমাসীর খবর হেসে বলতে লাগলো। তারপর মনোরমাকে ডেকে বললো, 'আরে মনো, ইয়ে সব উঠাও।' মনোরমা পাঁজা করে খাতা কাগজ তুলে নিয়ে গিয়ে সদর দরজার বাইরে গাদা করলো, এগুলো বিক্রিতে যাবে। উশ্রী হাতটা ধুয়ে বলল, 'আগে একটু চা খেয়ে নেওয়া যাক, বুঝলে, এত সহজে এ শেষ হবার নয়।' চা খেতে খেতে দুজনে বসে বসে বই সাজানোর প্ল্যান করতে লাগলো। অনুরাধা বেশ প্র্যাকটিক্যাল, সে বলে, 'দিদি, সাবজেক্ট ক্লাসিফাই করার আগে সব বই-এর হালত দেখে নাও। তোমার অনেক বইই 'ওভার ইউজ'-এ খারাপ হয়ে গেছে। সেগুলো আলাদা করে রাখো বাইন্ডিং-এর জন্যে। তারপর আমরা ক্লাসিফাই করে সাজাবো। যতদিনে আমাদের লাইব্রেরি সাজানো শেষ হবে, ততদিন বইগুলো বাইন্ডারদের কাছ থেকে ফিরেও আসবে।' ভেবে দেখলো উশ্রী যে এটা বেশ ভালো প্রস্তাব। সেই অনুসারে অনুরাধা এ্যালুমিনিয়মের মই-এ চড়ে জানালার পাশের সব থেকে পুরানো একটা বই-এর আলমারীকে প্রথম টার্গেট করলো। উশ্রী বলতে লাগলো, দেখিস বাবা, পড়েটড়ে যাস না। তাতে তোর হাত পা তো ভাঙবেই, আমারও দুর্নাম হবে।'

-'বাপরে কি ধূল মিট্টি, দিদি, দেখ হয়ত তোমার জনমপত্রীও এখানে জমে আছে। তারপরে হেসে বলে-'সধু নব ুঁড়ৎ ষড়াব যবঃঃবৎং ধষংড়্ন রাগতে গিয়েও হেসে ফেলে উশ্রী। সে বলে 'নাম, নাম তুই, কাজের নামে দেখা নেই তখন থেকে খালি ইয়ারকি হচ্ছে।'

বলে সে একটা বড় সাদা রুমাল তুলে দেয় অনুরাধার হাতে। সে সেটাকে নাকমুখ বেড় দিয়ে জড়ায়, তারপর মনোরমার তুলে ধরা বাস্কেটে এক কওে ছেঁড়া বই যত্ন কওে নামায়। বাস্কেট ভরে গেলে মনোরমা ঘরের কোণে নামিয়ে আর বাস্কট নামিয়ে আর একটা কোনও কিছুর খোঁজে ঘরের বাইরে গেল। উশ্রী এগিয়ে আসে বলে 'আমার হাতে একে একে দে, টেবিলে রাখি। একসাথে তিন-চারখানা বইখাতা উশ্রীর হাতে দিতে গেল অনুরাধা। কিন্তু অত ধুলো দেখে ভাল করে ধরতে পারেনি উশ্রী, ঝরঝর করে সবগুলো বই মাটিতে পড়ে আরও ছিঁড়ে ছড়িয়ে পড়লো।

-'দেখলে তো, দিদি, এ তোমার কাম না।' লাফ দিয়ে মই থেকে নেমে এলো অনু। 'মানোকে নিয়ে আমি বেটার করতে পারবো। খালি চেয়ারে বসে বসে পড়ে আর পড়িয়ে তোমার এসব ম্যানুয়্যাল লেবার করার আর কোনও ...' গজ গজ করতে করতে হাঁটু গেড়ে বসে বই-এর ছেঁড়া পাতাগুলো গুছিয়ে তুলতে থাকে। অনুরাধার ধমক চমকে অভ্যস্ত উশ্রী চেয়ারে বসে পড়ে কেবল হাসতে থাকে। বলে, 'বেশ, এসব নোংরা কাজটা তোরাই কর। পরে যখন সব পরিস্কার হয়ে যাবে, তখন...।' দুজনেই হাসে। এমন সময়ে মনোরমা ঢোকে মস্ত একটা বেতের ধামা নিয়ে, বোধ হয় পাশের বাড়ী থেকে ধার করে এনেছে। হাতের ছেঁড়া বইগুলো টেবিলে রেখে অনুরাধা মনোকে নিয়ে আবার কাজে লাগে। অন্যমনস্কভাবে একটা ডাস্টার দিয়ে বইগুলো ধুলো মোছে উশ্রী। প্রথমেই নজরে পড়ে মলাট-খোলা পাতা হলদে হয়ে যাওয়া 'গোল্ডেন ট্রেজারী খানা। এখানা তার বড় আদরের বই ছিল। সেই কলেজ-জীবনের সাথী। এখানা কোথায় হারিয়ে যাওয়ার পরে আর একখানা সে কিনে নিয়েছিল। এর সাথে একটা গল্প জড়িয়ে আছে। অনু শুনলে মজা পাবে। কিন্তু না, এ গল্প অনুকেও বলার মত নয়। কত কথাই থাকে মেয়েদের মনের অন্দর মহলে যা কারো সাথেই 'শেয়ার' করা যায় না। সব মেয়েদের মনের মধ্যেই বোধ হয় এমন এক একটা গোল্ডেন ট্রেজারী থাকে।

ছেঁড়া বই-এর পাতাগুলো ঘেঁটে গেছে। কোন বই-এর সাথে মিশে গেছে কোন বই এর পাতা। আমাদের স্মৃতিরই মত। হঠাৎ হাতঘড়ির দিকে তাকিয়ে লাফিয়ে নেমে আছে অনু, বলে, 'বাস্ আজ ইস তক। দীপককে আনতে যাবে।' যাবার আগে বারে বারে মনোরমাকে সে সাবধান করে যায় যে, এই সব আলমারীতে যেন দিদি একেবারেই হাত না দেয়। তাহলে কিন্তু ভাল হবে না। আবার কাল সকালে এসে সে কাজে লাগবে। বলে একবার চোখ পাকিয়ে উশ্রীকে দেখে নিয়ে সে ধুলোমাখা হাতেই দৌড় দেয়। পেছন থেকে বৃথাই ডাকে উশ্রী, 'ওরে, হাত দুটো ভাল করে ধুয়ে তো যা।'

সন্ধ্যা ঘনিয়ে এসেছে। ঢাকা বারান্দায় আধো অন্ধকারে চুপ করে বসে আছে উশ্রী। সকালের সেই হাসি আনন্দ আর আশেপাশেও নেই। কতকিছু ছেঁড়া ছেঁড়া মনে আসছে আকাশের ঐ ছেঁড়া ছেঁড়া মেঘের মত কিংবা সকালের ঐ ছেঁড়া বই-এর পাতাগুলোর মত। জীবনটা সে হেসে উড়িয়ে দিতে চেয়েছিল। কিন্তু পেরেছে কি?

ঘটনাটা ছিল মামুলি। তখন সে বি.এ.পড়ে। সমস্ত জগৎটা যেন তার পায়ের কাছে তারই মুখ চেয়ে পড়ে আছে। অসীম ঔদাস্যভরে সে যেন তাকে কটাক্ষে দেখছে। লেখাপড়ায় সে অসাধারণ ভালো, সুন্দরী হিসেবে পাড়াতে বা কলেজে তার সুখ্যাতি তো তার অজানা ছিল না। বাবা-মায়ের একমাত্র সন্তান, তাকে অদেয় তাঁদের কিছুই ছিল না। কেবল বাড়ীর বাইরে ঘোরাঘুরিতে তাঁদের আপত্তি ছিল। এখন বোঝে, তার বয়স আর রূপের কাথা মাথায় রেখেই তাঁদের এই বাধা ছিল। তবে বাড়ীর মধ্যে মেলামেশায় তার কোনও অসুবিধা ছিল না। অনার্সের পড়ায় তার সাথে পড়ার জন্য তার এক সহপাঠী প্রায়ই আসতো, অতি সাধারণ ঘরের সাধারণ চেহারার ছেলে, তবে 'স্টুডিয়াস' বলতে যা বোঝায় তাই। উশ্রীর ন্যাশনাল লাইব্রেরিতে যাবার অসুবিধা ছিল বলে সে খুঁজে খুঁজে তার প্রয়োজনীয় রেফারেন্স বই সব নিয়ে আসতো। অন্য কলেজের ভালো নোটস্ পেলে, তাও যেমন করে হোক সে সংগ্রহ করতো। এভাবে বেশ চলেছিল, গোল বাধলো এক অনুবাদ করিতায়। সেটা আবার ইংরাজী পাঠ্যক্রমের অন্তর্গতও ছিল না। তাদের ইংরাজীর প্রফেসার হালকাভবে তাদের

বলেছিলেন, কতকগুলো বিদেশী কবিতা বাংলায় অনুবাদ করে দেখাতে। তবে কেবল অনুবাদ করলেই হবে না, তার সঙ্গে পাশাপাশি মূল কবিতাগুলিও সংগ্রহ করতে হবে। কে কতগুলো পারে তারই যেন এক প্রতিযোগিতা।

সেই ছেলেটি, তার নামটাও এখন সে ভুলে গেছে। কিন্তু কি আশ্চর্য! কিন্তু তার মনোযোগটা এখনও মনে রয়ে গেছে। একদিন সে মাঝারি এক খাতা অনুবাদ কবিতা এনে তাকে দিল। পরিচ্ছন্ন হাতের লেখা, আরো চেষ্টাকৃত যত্ন তার মধ্যে আছে, বলাবাহুল্য। সেদিন সে তার বসেনি, তাড়া ছিল বলে সে চলে যায়। সময় করে পড়ার ঘরে বসে মূলের সাথে মিলিয়ে পড়তে থাকে উশ্রী। হঠাৎ একটা বিচ্ছিন্ন কাগজ খসে পড়ে মাটিতে। সে তুলে দেখে সেটাও একটা অনুবাদ কবিতা, শেলীর, তবে তাদের পাঠ্যক্রমের অর্ন্তগত নয়। সব থেকে বড় কথা তার একটা সম্বোধন আছে, 'দূরতমাসু।' হাতে নিয়ে বসে থাকে উশ্রী।

সপ্তাহখানেক সে এলো না। পরে যখন এলো, তখন কোনও তাপউত্তাপ সে বুঝতে পারলো না। টেক্সট-এর বিষয় নিয়ে আগের মতই তুমুল তর্কবিতর্ক চললো। তবে মনে হচ্ছিল যে তার মোটা কাঁচের চশমার আড়ালে তার চোখদুটো যেন একটু আনমনা, তা সে তার ভুলও হতে পারে। তার বিদায় নেবার সময়ে উশ্রী তাকে খাতাখানা ফেরৎ দিয়েছিল, অবশ্যই আলগা কাগজে লেখা করিতাটা সমেতই। ধন্যবাদ দিয়ে বলেছিলম 'নতুন অনুবাদটি কি আপনার করা, অনুবাদ খুব ভালো হয়েছে। মূল কবিতার স্পিরিটটা এখানে পুরোপুরি পাওয়া যাচ্ছে। আমার মনে হয় ভবিষ্যতে আপনি অনুবাদ কবিতায় খুব নাম করবেন। তবে এই কবিতাটির দ্বিতীয় স্ট্যান্জায় মিলের একটু ত্রুটি আছে মনে হল। দেখবেন। খাতাখানা হাতে করে যখন সে পেছন ফিরে চলে যাচ্ছিল, তখন সে তাকে ফিরে ডেকে বলেছিল, 'ভালো কথা দুটো বানান কিন্তু ভুল আছে, সংশোধন করে নেবেন, জানেন তো পরীক্ষায়...।'

তারপওে আর কখনও তার সঙ্গে দেখা হয়নি বললে ভুল হবে। পরীক্ষা হলে দু'একবার মুখোমুখি হয়েছে বইকি। তবে তখন তাদের দুজনেরই তূরীয় অবস্থা। পরে আর দেখা হয় নি।

সে ভুলেও গিয়েছিল। সেদিনের সেই ছেঁড়া গোল্ডেন ট্রেজারিটা হাতে এসে সেদিনের সেই উদ্ধত অহংকারী কিশোরীর ছবি তার মনে ঝলকে উঠলো। আজকের এই প্রৌঢ়া উশ্রী যেন সেই স্পর্ধিতা কিশোরীকে সস্নেহে বলল, 'ছিঃ' অন্ধকার বারান্দায় বসে দূরের আলোজ্বলা ফ্ল্যাটগুলোর দিকে চেয়ে আজকেও উশ্রীর হাসিই আসে। 'কি ছেলেমানুষী! বিশেষ করে ওই বানানগুলোর কথা- নাঃ!

সঙ্গে সঙ্গে মনে পড়ে আর একটা ঘটনা, যেটা কিন্তু এটার মত এতটা হালকা ছিল না। এমন সময়ে মনোরমা বারান্দার পর্দার ফাঁকে এসে জানায়, খাবার দেওয়া হয়েছে। উশ্রী 'রিচ' খাবার খেতে পারে না। তেলমশলাতে তার নিজেরই ভালো-না-লাগো আছে। ফলে তার খাবার বলতে হালকা ক্লিয়ার সুপ, কাঁচা স্যালাড, সেদ্ধ বা ডালের মধ্যে সেদ্ধ তরকারী আর মাছ। সবশেষে ঘরে-পাতা দই। এই খেয়েই আজ এত বছরে সে সম্পূর্ণ সুস্থ আর তাজা আছে। খাবার সময়ে সে টেলিভিশানটা খুলে দেয়, নানা রকম নিউজ হয় আর তার সাথে তার খাওয়া শেষ হয়। এরপরে সাধারণতঃ সে স্টাডিতে বসে পরের দিনের জন্য কিছু পড়াশোনা করে বা নোট নেয়। আজ আর তার কোনও দরকার নেই। তবু এতদিনের অভ্যাস, লাইব্রেরিটা তাকে টানতে থাকে। কিন্তু পর্দা সরিয়ে তার লন্ডভন্ড চেহারা দেখে আর ঢুকতে সাহস হয় না। থাক, আর দুটো দিন যাক না হয়। দুখানা বই তাকের ওপর থেকে তুলে নিয়ে বেডরুমে ঢোকে সে। বিছানায় শুয়ে ঘুম না আসা পর্যন্ত এখানেই বই পড়বে সে এই কদিন।

পরদিন একটু সকাল সকাল রণসাজে সজ্জিত হয়ে এলা অনু। একটা আধময়লা জিনস্ পরেছে, আর তেমনি একটা সার্ট। পকেটে একগোছা সার্জিক্যার মাস্ক, হাতে গোটা কতক ডাস্টার। সে এসেই রিচে একটা মাস্ক লাগায় আর উশ্রীকে জোর করে আর একটা পরায়। রান্নাঘর থেকে মনোরমা তাকে ডেকে বলে, রোজ রোজ আর সে

নিজের কাজ ফেলে এসব উটকো হাঙ্গামা পোহাতে পারবে না। মনোরমা উশ্রীর পাঁচ বছর বয়স থেকে সঙ্গে আছে, একরকম তার অবিভাবকই বলা চলে, উশ্রীর বাবা মা তিন মাসের আগে পরে চলে গেল তখন তাকে সামলেছিল মনোরমাই। উশ্রী তার গার্জেনগিরিতে মাঝেমাঝে ত্যক্ত হলেও ভীষণই ভালোবাসে তাকে। ফলে তার অতিথিরাও মনোকে একটু সমঝে চলে।

কাজেই আজ উশ্রীকেই অনুরাধার হেল্পার হতে হয়। ছেঁড়া বই-এর মামলা প্রায় কালই চুকেছিল। আজ ক্লাসিফাই করা শুরু হয়। দুজনেই একমত হয় যে, একেবারে সব টেনে নামিয়ে গোছাতে গেলে একমাসেও শেষ হবে না। তাই আগের গোছানো বই-এর মধ্যে যা ভূষিমাল ঢুকে পড়েছে, সেওলোকে বার করতে লাগলো প্রথমে। একটা আলমারীতে কেবল সাহিত্যের বই,- ইংরাজী আর বাংলা। একটাতে বিজ্ঞানের, অন্যটায় ইকোনমিক্স, আরেকটায় ইতিহাস, দেশী ও বিদেশী। এইভাবে করে প্রায় তিনটে আলমারী সাজানো হয়ে গেল সকালের তিনঘন্টার মধ্যেই। পুরোনো খাতা, ডায়ারি আর নোটবুকই বেরোলো প্রায় একপ্যাকিং বাক্স। যাবার সময়ে অনু বলে গেল, 'মনে হয় কালকের মধ্যেই আমরা বাকিটা শেষ করে ফেলতে পারবো। এখন এই কপি আর ডায়ারিগুলো তোমাকে দিয়ে গেলাম, তোমার বায়োগ্রাফির উপাদান। চাও তো আজ থেকেই শুরু করতে পারো।'

অনু শুনেছিল উশ্রীর আত্মজীবনীর কথা। উশ্রীই হালকা চালে বলেছিল বহুদিন আগে, কথাটা মনে রেখেছে অনুরাধা। 'তার আবার আত্মজীবনী!' মনে মনে হাসে উশ্রী। তবু পুরোনো ডায়ারিগুলো থেকে ঝেড়েমুছে বেছে কতকগুলো ঘরে আনে। এরই মধ্যে আছে তার জীবনের একটা বিচিত্র অধ্যায়। হয়ত তার জীবন অন্যরকম হতে পারতো। পারতো কি? দরকার কি? দরকার কি ছিল তার? সে সেত্যিই জানে না। কিন্তু মুছে ফেলাও তো যায়নি! এতদিন তো তার মনেও ছিল না, একেবারে ছিল না বলা চলে না। উড়ো মেঘের মত এসেছে গেছে। তবে তাই নিয়ে ভাবার অবাকাশ তেমন ছিল না। এখন অবকাশ এসেছে। তবে তাই নিয়ে মাথা ঘামাবার দরকারই কি? আনমনে সে ডায়ারিগুলোর পাতা উল্টায়। আসলে এগুলোকে ডায়ারি

বলা যায় কি? ডায়ারি যারা লেখে তাদের একটা ধারাবাহিকতা থাকে। এই বাঁধানো খাতাগুলোতে সে যখন যা মনে হয়েছে, তাই লিখেছে। হয়ত মাসে তিনদিন, আবার তিন মাসে একদিন। ফলে পুরোনো খাতাগুলো মোটা আর বাঁধানো হলে কি হবে ঝরঝরে হয়ে গেছে। সেই খাতাই কোথায়? একটা বিশেষ খাতাখানা সে খুঁজছে। সবার নীচে থেকে বেরোলো সেখানা, উপরে একতারা হাতে গেরুয়া পোষাকপরা বাউলের ছবি। এখন জীর্ণ, মাঝেমাঝে পোকায় কাটা। অন্যগুলো সরিয়ে রেখে সর্ন্তপণে পৃষ্ঠা ওল্টায় খাতাখানার। তাদের বন্ধুদের ছেলেমানুষীর কত কাহিনী এখানে অমর হয়ে আছে। কত হাসি, কত বিবাদ, কত বিচ্ছেদ! সে কখনো এক পৃষ্ঠা পড়ে, কখনও আধখানা, কখনও মুখে হাসি আসে, কখনও চোখে জল।

একটা পৃষ্ঠায় এসে থেমে যায় উশ্রী। এইখানে আটকে গেছে তার জীবনের একটা অধ্যায়। এমন তো কতই হয়। কলেজে নিত্যদিন দেখেছে মিলনবিচ্ছেদ তার ছাত্রছাত্রীদের মধ্যে। আজকাল বোধ হয় নিত্য মেলামেশার জন্যে এসব এনক সহজ আর সহনীয় হয়ে গেছে। তাদের সময়ে এমনটা ছিল না। হয়ত তাদের পরিবারের রক্ষণশীলতার জন্যেও বটে। একটা কথা প্রচলিত আছে, 'যে মারে সে ভুলে যায়, কিন্তু যে মার খায় সে ভোলে না'। কথাটা কিন্তু সর্বাংশে সত্য নয়। নিজেকে দিয়ে বুঝেছে উশ্রী। যে মারে বা মারতে বাধ্য হয়, সেও ভোলে না। কে জানে যে মারটা খেয়েছিল, সে হয়ত ভুলেই গেছে। উশ্রী সেই বিশেষ পাতাগুলো খুঁজে বার করে। লালচে হয়ে যাওয়া পাতাগুলোর ওপরে সে হাত বুলায়। যেন সেই দিনের তরুণী, সবার মনোমোহিনী, মেধাবিনী, গরবিনী উশ্রী এখানে এখনও লুকিয়ে বসে আছে। সে নিজের হাতে লেখা প্রায় চার দশকের আগের কথাগুলো যেন একটা ছোট গল্পের মত করে পড়তে শুরু করে।

**২৫শে জুলাই, বুধবার,**

'এবারে ছুটির পরে ক্লাশে এসে যেন মনে হচ্ছে অনেক কিছু বদলে গেছে। সারাজীবনের মধ্যে এই প্রথম বছরের শেষে পরীক্ষা নেই। তাই সবার মনেই ফূর্তি। আর একটা মজার কথা, যেন সবাই

নিজের জুটি খুঁজে নিতে ব্যস্ত। তারপর কেউ কফিহাউসে, কেউ ভিক্টোরিয়ায়...! আমরা তিনবন্ধু সেদিন ক্লাশের শেষে (সেদিন শেষ ক্লাশটা হল না) চুপিচুপি বাস থেকে ভিক্টোরিয়ায় নেমেছিলাম। রিয়ার কি ভয়- 'যদি কেউ দেখে ফেলে!' আরে, তাও তো আমরা কেবল তিনজন মেয়েবন্ধুই ছিলাম। আশ্চর্য, আমাদের আজ পর্যন্ত কোনও ছেলেবন্ধু হয়নি। আমাকে তো সবাই নাক উঁচু বলেই থাকে, কিন্তু রিয়া বা দিশারও কেউ নেই। অন্ততঃ এখনও জানি না। তবে সেখানে আমাদের ক্লাশেরই তিনটে জুটিকে দেখা গেল। আর মজার কথা আমাদের থেকে দেখলাম তারাই কেমন যেন ভয় পেয়ে গেল। আমরা তিনজনে যা হেসেছিলাম... ওরা বেশ লজ্জা পেয়ে গেছে মনে হল। পরদিন থেকে ক্লাশের মেয়ে তিনটে, (একজন তো জবা, অন্য দুজনের নাম জানি না, অন্য সেকশনের) কেমন যেন আড়ে আড়ে তাকায়। দিশাটা একটু ডাকাবুকো আছে, শুনিয়ে শুনিয়ে বলেছিল, 'দাঁড়াও, বাড়ীতে বলে দেব'। আমরা কেবল হাসি।'

**১৪ই আগষ্ট-**

'মদের নশা কেমন জানি না, কিন্তু সুনাম আর প্রশংসার নেশা বোধ হয় আরো মারাত্মক, সেটা মর্মে মর্মে অনুভব করতে শুরু করেছি। সবার অনিচ্ছুক মন থেকে 'ভালো মেয়ে' এই স্বীকৃতিটুকু কেড়ে নেবার জন্য মন তখন অধীর আর একমুখীন। অর্জুনের লক্ষ্যভেদের মত অনন্যদৃষ্টি। শুধু চাই সবার থেকে ভালো ফল। সব ছেলে সব মেয়ে যেন ঈর্ষাকাতর দৃষ্টিতে চেয়ে থাকে। তাদের অসূয়া তরঙ্গের উপর দিয়ে পরম অবহেলায় ভেসে যাবো- এই যেন ইচ্ছে। এই অহংকারী গরবিনী উশ্রী অত সহজে তার প্রাপ্য স্থান ছাড়বে না। সাধারণ ছেলেমেয়েদের মত প্রেম করার সময় আমার কোথায়?'

**১৮ই আগস্ট-**

'রিয়া একটা মজার কথা বলল। কিন্তু আমার বিশ্বাস হয় না। আমার সাথে কথা বলতে গেলেই দেখেছি, ছেলেগুলোর জিভ জড়িয়ে যায়। তাও অবশ্য চেষ্টার ঘাটতি নেই। অন্ততঃ এতদিন ছিল না। নানা ছুতোয় ক্লাশনোট চাওয়া, রেফারেন্স বই-এর নাম জানতে

চাওয়া। কিন্তু আমাদের উদাসীন অবজ্ঞায় তারা ক্রমে হতাশ হয়ে সরে পড়েছে। আজকাল আর কেউ বিশেষ জ্বালাতন করে না। এসব ছেলেগুলোকে দেখলেই এত ন্যাকান্যাকা মনে হয় যে বলার নয়। যেন জীবনে প্রেম করার থেকে আর জরুরী কিছু নেই। পড়াশোনা করে কেরিয়ার বানানোর থেকে কি সেটা বেশী দরকার? এদের 'প্রায়োরিটি' টাই যেন কেমন!

**২০শে আগষ্ট-**

'রিয়া বোধ হয় ভুল বলেনি। দিশারও এই মত। আমারও যেন কেমন কেমন মনে হচ্ছে। আমাদের এই দেড়শো জনের ক্লাশে একজনই আছে, যাকে পড়াশোনা সম্বন্ধে সিরিয়াস বলে মনে হয়। এ ফালতু হ্যা হ্যা করার মত নয়। বরং মেয়েগুলোই দেখেছি তার চারপাশে মধুর পাশে মাছির মত গুরপাক খায়। দেখতেও- যাকগে- আমার কি তাতে? কিন্তু...

**২৫শে.........**

'এতো মহা মুশকিল হল দেখছি। আমরা বসি ফার্স্ট বেঞ্চে। পেছন ফিরলেই একটা দৃষ্টিবান যেন বিদ্ধ করে। পেছন ফিরলেই তার সাথে চোখাচোখি হয়ে যেত। অন্যমনস্ক বা উদাস দৃষ্টি নয়, রীতিমত আগ্রহী, উৎসুক, প্রাণচঞ্চল দৃষ্টি। মেয়েদের মাথার পেছনেও একজোড়া চোখ থাকে। কাজেই না দেখলেও অনুভব করি যে কেউ একদৃষ্টে লক্ষ্য করছে। হয়ত কৌতুক বোধ হবার কথা, কিন্তু কেন জানি না তা মনে হতো না। হয়ত তার দীর্ঘ, সবল দেহগঠনের জন্যই। সারা শরীরে শক্তি যেন ফেটে পড়ছে। প্রথম দর্শনেই কেমন যেন গুন্ডা বলে মনে হয়েছিল। অবশ্য বেশবাসে কিংবা আচরণে তার কোনও সমর্থন পাইনি। এখন কেউ তাকাচ্ছে কেন, বলে তো আর তার সাথে ঝগড়া করা যায় না। আমরা এম. এ ক্লাশের ছাত্রী, নাবালিকাও নই, পর্দানসীন হারেমের বেগমও নই। অথচ আমি অগ্রাহ্য করলেও আমার বান্ধবীরা তো করছে না! তাছাড়া ক্লাশের বাকি ছেলেমেয়েরা তো আর অন্ধ নয়, তারাও হয়ত মজা পাচ্ছে। আমরা পড়ংঃ এ কেউ হাসুক এ আমার সহ্য হবে না। কিন্তু যতক্ষণ

না সে তার সেকেন্ড মুভটা না নিচ্ছে, ততক্ষণ কিছু করা যাবে না। পরে অবশ্য তাকে মজাটা টের পাইয়ে দেব।

**২৬শে........,**

'মজা দেখি আমাকেই টের পাওয়াচ্ছে। নামটা পর্যন্ত জানি না। এমনকি আমার কৌতুহল রিয়া বা দিশাকে পর্যন্ত বলতে পারছি না। কোনও অশোভন আচরণ করেনি আজ পর্যন্ত। কিন্তু তার সেই একনিষ্ঠ মুগ্ধ চাউনি যেন সর্বশরীরকে পাথর করে দেয়। ওর চোখ দুটো যেন সাপুড়ের বাঁশী। কতভাবে এড়িয়ে যেতে চাই। কিন্তু দুর্ভাগ্য আমার, কিভাবে যেন পথেই এসে পড়ে। ক্লাশ, করিডোর, গ্যালারি, লাইব্রেরি, ক্যান্টিন, সিঁড়ি, বাসস্টপ- সর্বভুতে যেন বিরাজ করছে। কিভাবে এড়াবো?

বাধ্য হয়ে কেবলি নিজেকে গুটিয়ে নিচ্ছি। লোকে আমাকে যথেষ্টই সংযত বলে। অন্ততঃ কলেজে আমার প্রগল্‌ভতা কেউ দেখেনি। তা সত্ত্বেও আজ বাধ্য হয়েছি, মাটির দিকে চেয়ে চলতে, মেপে হাসি, মেপে কথা বলা। হায়রে, মানুষ আর কত নিজেকে গুটিয়ে নিতে পারে? মানুষ তো আর শামুক নয়......!

**১লা......, সোমবার-**

উঃ! হার্টের অসুখ হয়ে যাবে আমার। কতদিন নার্ভ সইতে পারে এই নিরবচ্ছিন্ন উপদ্রব! আর কতদিন? প্রতিদিনের ঐ নীরব স্তুতিভরা দৃষ্টিবান যেন শুষে নিচ্ছে রক্ত কণিকাকে। তিলে তিলে যেন পিষে মারছে মনকে। 'ছাড়ালে না ছাড়ে, কি করিব তারে' কি পেয়েছে সে, এত ধিক্কার, নীরব গঞ্জনা, অবহেলা, উপেক্ষা- কিছুই কি বুঝতে পারে না? এত সয়েও কোন আত্মসম্মান জ্ঞানসম্পন্ন ব্যক্তি কিভাবে এমন দৃষ্টিকটুভাবে চেয়ে থাকতে পারে! আর অন্যরা যারা দেখছে, যারা শুনছে, হায় ভগবান, কি শুনছে তাই কে জানে! ভাবছেই বা কি? আর আমি ভাবতে পারছি না, ভীষণ ক্লান্ত! তবে হেস্তনেস্ত একটা করতেই হবে।

২৭ শে......

'একি শুধু চোখে দেখে ভালো লাগে? কিন্তু আয়নায় নিজেকে দেখে তেমন সুন্দর তো মনে হয় না। একি আমার সুনামের মোহ? কিন্তু তাতে ওর কি? রিয়া ওকে শেষের কবিতার শোভন লালের সাথে তুলনা করছিল। রাগে গা জ্বলে গেল। কোথায় শেষের করিতার শোভনলাল আর কোথায়- এঃ হে, নামটাও তো জানি না। ওর সড়ঃড় টা কি- 'আমি নিশিদিন তব পথ চেয়ে আছি, তুমি অবসরমত আসিও'। ঐ আশাতেই থাকুক। এখন পরীক্ষাটা দিয়ে পালাতে পারলে বাঁচি।

.....সেদিনের সেই কথাগুলো লিখে রাখি। অনেকদিন লেখা হয়নি। সেটা আমার বিজয় কি পরাজয়ের কথা, তা বোঝা যায়নি। ক্লাশে সর্বদা আমরা তিনবন্ধু মিলে একসাথে থাকি, আবার একই সাথে বাসে করে বাড়ী যাই। আমাদের বাড়ীও একই দিকে। বাসস্টপে অনেক সময়েই তাকে দেখি, যার নাম আমি আজও জানি না। মনে হয় বাস ছেড়ে ছেড়ে দিয়ে শেষে আমাদের একই বাসে এসে ওঠে। কিন্তু কথাবার্তা কখনও হয়নি।

সেদিন দিশার অসুখ, রিয়ার একটা একস্ট্রা ক্লাস ছিল, তাই একাই বাসে উঠেছিলাম। কোনদিকে লক্ষ্য করার কথা মাথাতেই আসেনি। আমার স্টপে নেমে রাস্তায় পা দিতেই শুনি পেছনে কার কণ্ঠস্বর। চমকে দেখি সেই সে। খুব অপ্রাসঙ্গিকভাবে আর বিনা ভূমিকায় সে বলে উঠলো, 'আমরা বি বন্ধু হতে পারি না?'

-বন্ধু? বিস্ময়ে আমার খাবি খাওয়ার অবস্থা। বাইরে যতই অহংকারী বলে মনে হোক না কেন, প্রকাশ্য রাস্তায়, বিশেষ করে নিজেদের পাড়ার কাছে সহপাঠীর সাথে বিশ্রম্ভালাপে কোনও রুচি ছিল না। আর এতো বেশ রহস্যজনক প্রস্তাব। অবশ্য বাহ্যতঃ, এ প্রস্তাবে দূষণীয় কিছু ছিল না। কাজেই বাধ্য হয়ে বললাম, 'না, মানে আপত্তি আর কি!' অবশ্য তারপরেই কেমন যেন গোয়েন্দার মত তাকে প্রশ্ন করা শুরু করলাম।

-'আপনি কি এখানেই থাকেন?'

-'না।'

-তবে কি এখানে কোনও কাজে এসেছেন?'

-'না। মানে-'

-'তবে কি এই কথাটা বলবার জন্যেই এত কষ্ট করে এতদূরে...!

প্রকাশ্যেই আমি অবাক হই। সে অবশ্য অপ্রস্তুত হয়েও হয় না। আমার সাথে কথা বলতে বলতে রাস্তা পার হয়ে চলতে থাকে। তার কথায় বোঝা গেল আমি তার সম্বন্ধে কিছু না জানলেও (আর জানবার কোনও কৌতুহল না থাকলেও) সে আমার সম্বন্ধে জ্ঞাতব্য প্রায় সবই তার জানা আছে। নামধাম তো বটেই, কোথায় থাকি, কখন কি করি, কে কে বন্ধু- সব খবরই দেখি তার জানা। আমি পা চালাতেই সেও সঙ্গে সঙ্গে হাঁটা শুরু করে। কি জ্বালা, এ ঝঞ্ঝাট বাড়ী থেকে যতদূরে সম্ভব মিটিয়ে ফেলাই দরকার। কাজেই থেমে গিয়ে দুচারটে ভদ্রতার বাণী বলে তাকে বিদায় করি। যাবার সময়ে তার বলা গতানুগতিক কথা 'আবার দেখা হবে'- এই নিতান্ত মামুলি বিদায়বাক্যেও শঙ্কা জাগে।

বাড়ী ফিরে পড়ায় আর মন বসে না। ভালো জ্বালায় পড়া গেল। বাবার সব থেকে ছোট ভাই আমাদের ছোট কাকা আমাদের বন্ধুর মত। সেদিন তিনি বেড়াতে এসেছিলেন। তাঁকে দেখে যেন হালে পানি পেলাম। এঁকে সব বলা যায়। এ পর্যন্ত যা যা ঘটেছে বলে কাঁদো কাঁদো হয়ে গেলাম। তিনি অবশ্য তেমন গুরুত্ব দিলেন বলে মনে হল না। বললেন, বাড়াবাড়ি করলে জানাতে। দিন যায়, দিশা আর রিয়া ছাড়া আর কেউ জানে না ঘটনাটা, তারাও অতি সংবৃতমন্ত্র, কাজেই আর কারো জানার সম্ভাবনাও নেই। তবু কেউ যদি পথে বা ক্লাশে বা করিডোরে দেখা হলে হাসে, তাহলে মনটা দুরুদুরু করে ওঠে, 'হাসলো কেন? তবে কি?'

সত্যি কথা যে মেয়েদের চলিত ভাষায় 'প্রেম করার আকাঙ্ক্ষা' মাজ্জাগত। কিন্তু আমার সময় কোথায়? মাত্র কয়েকমাস বাদেই

জীবনের শেষ পরীক্ষা। বই- এর বাইরে কোনও কিছুর ভাবার অধিকারও যেন আমার নেই। পরীক্ষাদেবীর বেদীমূলে ছাগশিশুর মতই যেন আমি উৎসর্গীকৃত। এখন কেবল বই আর খাতা, ক্লাশনোট আর রেফারেন্স...।

শেষ দিনটার কথা বলি। সেদিনও কোনও কারণে আমাকে একাই বাসে উঠতে হয়েছিল। লক্ষ্য করেছিলাম যে বাস ছেড়ে ছেড়ে দিয়ে সেও আমার বাসে এসেই উঠলো। আবার আমাদের স্টপেজেই নামলো আমার সাথে। নেমেই খুর অন্ত রঙ্গভাবে বহু পরিচিত বন্ধুর মত কথা বলল। রোজ রোজ কলেজে এই মানসিক নিপীড়ন এতদিন অসহ্য মনে হচ্ছিল। বিশেষ করে যার সম্বন্ধে আমার মনে তিলমাত্র দূর্বলতা কোথাও খুঁজে পাইনি। এছাড়া বান্ধবীদের কৌতুকের খোরাক জোগানোটাও অসহ্য মনে হচ্ছিল। তাই যখন সে বন্ধুত্বের অধিকারে কোথাও বেড়াতে যার প্রস্তাব দিল, তখন আকস্মিক প্রচন্ড রাগে এতকালের অর্জিত সংযম যেন ছিঁড়ে গেল। দাঁতে দাঁত পিষে বাসস্টপের অন্য যাত্রীদের অগোচরে এমন কতকগুলো তিক্তকষায় কথা বলেছিলাম যা মনে করে এখন অনুতাপ হয়।

অনভ্যস্ত উত্তেজনায় এলোমেলো পায়ে সোজা একটা ঢাকা রিকসায় বসে ঝরঝর করে কেঁদে ফেলেছিলাম। হয়ত স্বভাবটা শান্ত ছিল, বাবা-মার আওতায় বেড়ে ওঠা আমার, তখনও লোককে কটু কথা বলার কোনও প্রয়োজন হয়নি। তাই তার আত্মাগ্রানিতেও হতে পারে। যাকে বললাম, তার কি হল তা পেছন ফিরে তাকিয়ে দেখতেও পারিনি। বাড়ী ফিরে দেখি কাকা বসে। আমার মুখ দেখে তিনি কিছু অনুমান করে থাকবেন, অন্যঘরে নিয়ে গিয়ে সব খুঁটিয়ে খুঁটিয়ে জানলেন। টাটকা টাটকা ব্যাপারটা, তাই সবই বলে ফেললাম। এবার দেখি তিনি তেতে উঠেছেন। বললেন, তাঁর জানা শোনা আছে পুলিশে, এবারে একটা স্টেপ নেওয়া দরকার। বিশেষ কিছু করতে হবে না, কেবল নিজে প্রচ্ছন্ন থেকে দূর থেকে ছেলেটাকে দেখিয়ে দিলেই তারা তুলে নিয়ে গিয়ে-! এটুকু শুনেই এতক্ষণের তীব্র রাগ বিরক্তি- ভীতিতে পরিণত হল। পুলিশে দেওয়া মানে তো তার কেরিয়ারে একটা দাগ পড়ে যাবে! যতই যা হোক কেবল একটা

মেয়েকে নিরীহ ভালোলাগার অপরাধে একটা ছেলেকে পুলিশে দিতে পাররো না। কাকা অনেক বোঝালেন, ভবিষ্যতে বি হতে পারে না পারে, তার সম্ভাবনার ইঙ্গিতও দিলেন, কিন্তু আমাকে টলাতে পারলেন না। শেষে রাগ করে তিনি চলে গেলেন মনে আতঙ্কের সাথে জেদের সংমিশ্রণে একটা বিচিত্র অবস্থা নিয়ে দিন কাটতে লাগলো। আশ্চর্য, তার পরে প্রায় মাস খানেক আর তাকে কলেজে দেখিনি। স্বস্তি পেতে গিয়ে মনটা খচখচ করে - কথাগুলো কি বড় বেশী বিষাক্ত হয়ে গিয়েছিল?

বহুদিন বাদে আবার যখন এলো, তখন যেন অনেক বদলে গেছে। কথায় কথায় আর তার সাথে চোখাচোখি হয় না। কারণ পেছন ফিরলেই সে চোখ সরিয়ে নেয়। ক্লাশ বদলের সময়ে আর পাশেপাশে হাঁটবার চেষ্টা করে না, কিন্তু সিঁড়ির ল্যান্ডিং-এ দাঁড়িয়ে থাকে। এক বাসে ওঠবার আর কখনও চেষ্টা করে না, কিন্তু বাসে ওঠার সময়ে প্রচন্ড ভীড়ে হিমশিম খেতে দেখলে কোনমতে বাসে ওঠার পথটুকু করে দিতে পারলে খুশী হয়। বন্ধুরা হেসে বলে, 'তোর গার্জেন এঞ্জেল!'

১৪/৭...

'ও কেন এখনও অমন করে চেয়ে থাকে! কত অপমান করেছি, বিদ্রূপ হেনেছি, সেও কত। তবু সে কি ভাবে. কি দেখে? ঐ মুগ্ধ ব্যাকুল দৃষ্টিতে আগের সে উত্তাপ যেন আর নেই। নেই সেই দাহ, এখন যেন শান্ত আত্মসমর্পণ। মূর্খ, মহামূর্খ সে! আমি যদি সে হতাম তাহলে এমন অপমানের প্রতিশোধ নিতাম দেখিয়ে দেখিয়ে নিত্য নূতন বান্ধাবী সংগ্রহ করে। তেমন মেয়ের তো সত্যিই অভাব নেই আমাদের এই ক্লাশে বিশেষ কওে তার জন্যে। কতখানি বোকা হলে, (না একনিষ্ঠতা?) এখনও এমন দৃষ্টিকটুভাবে বিহ্বলভাবে চেয়ে থাকতে পারো! দিশা বলে, 'বৈষ্ণব প্রেম,' আমার রাগে গা জ্বলে যায়। যেন- "শুনেছি আমাও ভালোই লাগে না, নাইবা লাগিল তোর...!'

...শেষ ক্লাশের আর একটা দিন। দিনগুলো যেন হাসিতে চোখের জলে চুনি পান্নায় গাঁথা। ধীরেধীরে দিনগুলো ফুরিয়ে আসছে, কলেজ-ফেরৎ ছাদে বসে আছি আকাশে মেঘ উঠেছে। ধূসর রঙ। তার সজল অশ্রুমন্থর ছায়ার পৃথিবীর শেষ আলাতে বিদায়ের বিষণ্নতা। দূরে কোথায় শাঁখ বাজছে, কার বাড়ীতে কোন মেয়ে হারমোনিয়ামের সাথে গলা সাধছে। আজ পরিমলবাবু আর ব্রজেনবাবুর ক্লাশ শেষ হয়ে গেল। মাঝখানে অফ পিরিয়ডে দিশা, রিয়া, তুলিকা, কবিতা মিলে খোলা গলায় গান করলো। পেছন থেকে ছেলের দল নানাভাবে ডিস্টার্ব করছিল, টেবিল চাপড়ে, পাখা নিভিয়ে, মোটা বেসুরো গলায় গান গেয়ে- কিন্তু তাও ওদের দমাতে পারেনি। শেষ হাল ছেড়ে দিয়েছিল। বড় ভালো গান গায় দিশা আর তেমনি দরাজ গলা। গেয়েছিল, 'নদী আপনবেগে পাগলপারা...।' আহা পাড়ায় ভালো না হয়ে যদি ওর মত গাইতে পারতাম! যাক, যা হবার নয়। শেষে ক্যান্টিনে খেয়ে, লাইব্রেরিতে বই বদল কওে বাসে চড়ে বাড়ী।

আমাদেও এই হাসি-গান এই আলো-অন্ধকার, এই ব্যর্থতা-সার্থকতা, এই তুচ্ছ-বৃহৎ অনুভূতিগুলোর এই বিশাল বিশ্বে কি এর কোনই মূল্য নেই? অসীম সাগর তরঙ্গে একবিন্দু বালিকণার মত কি এ হারিয়ে যাবে চিরকালের মত?

'এ শুধু আপন মনে মালা গেঁথে ছিঁড়ে ফেলা, নিমেষের হাসি কান্না গান গেয়ে সমাপন।'

... পরীক্ষার প্রস্তুতি সারা। আত্মপ্রত্যেয়ে মনটা ঝলমলে আর খুশী। ক্লাশ শেষ হবার মখে। এর পরে আর কারো সাথে কারো দেখা হবার সম্ভাবনা থাকবে না। ভাবলাম 'এতই কি অহংকার!' এর মধ্যে একদিন ভালো করে কথা বলে সেদিনের গ্লানিটা মিটিয়ে দেব। আর কিছু নয়, এই তিক্ততার স্মৃতি নিয়ে যেন চলে যেতে না হয়। কিন্তু ভাগ্যই প্রতিকূল। হঠাৎ অসুস্থ হয়ে পড়লাম। জীবনের শেষ ক্লাশগুলো আর করাই হল না। দেখাও হল না তার পরে আর তার সাথে।

পরীক্ষার হলেও কিন্তু আর তাকে দেখিনি। কেন, তাও আজও জানি না। নামটাও জানি না। তাই খোঁজ নেবার পথও তাই ছিল না।

... দুঃখে আমি দিতে চাইনি। তবু তো দিয়েছি, দিতে বাধ্য হয়েছি। হয়ত ঘটনাচক্রে, হয়ত মনের বাধায়, হয়ত চপল কৌতুকে। গভীরভাবে তখন ভেবে দেখিনি যে যাকে বা যাদের আঘাত করেছি, একদিন তা ফিরে এসে বাজবে আমাকেই। অহংকারে মত্ত হয়ে নয়, মানসিক অপরিণতিতে। আজ শুধু সহজভাবে বিনা প্রত্যাশায় কেবল ক্ষমাটুকু চাইবার পথও রাখিনি। তবু আমি ক্ষমা চইছি, তা মনে মনে হলেও। বিশ্বরাজের দরবারে সে চাওযার কি কোনও মূল্য নেই?

...একটা দূর্বাক্যের সূত্রে একজন গাঁথা হয়ে রইলো মনে, চিরদিনের মত। অন্ততঃ সংশোধনের পথ তো আর রইলো না। নদী যে পথে একদিন বয়ে আসে, সেই উচানে আর তো কখনও ফিরতে পারে না। যে অপমান করেছি, তা কি ফিরে আমাকেই লাগেনি? জগতে সুবিচার কি নেই? প্রেমের দেবতা নিঃস্বার্থ ভালবাসার আপমান কি ক্ষমা করবেন? কিন্তু এছাড়া আর আমার উপায়ই বা কি ছিল? হয়ত সবটা আমার ব্যক্তিগত দোষ নয়, হয়ত পরিবেশত। কিন্তু...! সে যাই হোক, আমি আজ বেশ কয়েক বছর পেরিয়ে এসে পেছন ফিরে তার কাছে ক্ষমা চাই। মহাকাল অন্যায় রূঢ়তার গ্লানি মছে দিক!

...বৃষ্টি নামুক। নামুক আমার সমস্ত চেতনা আচ্ছন্ন করে । নামুক এই তৃষ্ণাপ্রখর রসহীন উষর মরুভুমিতে, ভাসিয়ে নিয়ে যাব বন্যায়। বৃষ্টি নামুক আমার মনে। নিজেকে কেবল গুটিয়ে রাখা, কেবলি সংবৃত করে রাখা, সব জলকে বরফ করে রাখা। তৃষ্ণার দিনে পাণীয়ও তো মেলে না। তুষারে পায়ের চিহ্ন পড়ে, কিন্তু ধরে রাখতে পারে না। কত নীচে মাটি আছে, যেখানে জীবনের স্পন্দন, যেখানে ফুল ফোটে, ঘাস গজায়, যেখানে প্রাণ দেখা দেয় নানা ছন্দে। বন্দী হয়ে পড়েছি মৃত্যর কারাগারে। পলে পলে নিজে মরছি আর মারছি জীবনের আকিঞ্চনকে। ভুলিয়ে দিক সব। বৃষ্টি নামুক আমার চেতনাকে আচ্ছন্ন করে শতধারে। বৃষ্টি নামুক।’

উশ্রী খাতাটা বন্ধ করে। প্রায় চার দশক আগের ঝুরঝুরে পাতাগুলো। অগোছলোভাবে লেখা, কোনটায় তারিখ আছে কোনটায় নেই, ইমোশানের তারতম্য অনুসারে। ঘটনাটা তার মনে এখনও টাটকা। হয়ত বিয়ের বাঁধনে আর পাঁচটা সম্পর্কেও জালে জড়িয়ে পড়েনি বলে। নিঃশ্বাস ফেলে সে খাতাটা বেডসাইড টেবিলে রেখে উঠে দাঁড়ায়। বাইরে গভীর রাত। জানালার পাশে এসে দাঁড়ালো, অবছা চাঁদের আলো। হালকা হাসি তার মুখে ফুটে উঠলো, যে মারে সেও ভোলে না। বরং যাকে মেরেছিল, যে নিশ্চয়ই কবেই তা ভুলে গেছে, যদি সে এখনও ধরাধামে থেকে থাকে। তবে এটা ঠিকই যে, সে তার আত্মজীবনীতে এ সব কথা লিখতে পারবে না। হাজার হোক তার একটা 'ইমেজ' আজ তো!

# নিজের জন্যে বাঁচা

চায়ের পেয়ালায় তুফান ! চন্দ্রাবলী নিজের বড়ভাইকে ডেকে এনেছিল অন্তরার সমস্যাটা আলোচনা করবার জন্য। অবশ্য অন্তরার কাছে এটা কোন সমস্যাই নয়।এদের জেনারেশানের কাছে কিছুই অবশ্য সমস্যা নয়। সবই 'নো প্রবলেম' জাতীয়। চন্দ্রার কাছে নয়। তার স্বামী মারা গেছেন আট বছর আগে। তখন অন্তরার বয়স ছিল ষোলো, এখন চব্বিশ।ভালো স্কুল,কলেজে পড়েছে,ভালো রেজাল্ট করেছে। এর বাইরে ভাবার কোন কারণও ছিল না। চন্দ্রাদের কালে মেয়েদের কেরিয়ারটাকে তেমন গুরুত্ব দেওয়া হতো না। বরং বিয়েটা অনেক বেশী জরুরী ছিল। এখন সবই কেমন যেন উল্টে পাল্টে গেছে। এরা আবার বিয়ের কথা ভাবতেই চায় না। বরং কেরিয়ারটাই এদের কাছে সর্বস্ব। ঠিক আছে, যে যুগের যা। কেরিয়ার কর, কিন্তু তাই বলে বিয়ের কথা ভাববি না ? চন্দ্রার হার্টের রোগ, কবে আছেন, কবে নেই! মেয়েকে সেটল্ড্ দেখে যেতে পারলে তার শান্তি হতো। তা সেকথা মেয়ে বুঝলে তো ! তাই সে তার দাদাকে ডেকে এনেছিল একটু পরামর্শ করার জন্যে।

মেয়ে তো এদিকে একটা ভালো স্কলারশিপ জোগাড় করে ফেলেছে, নিজেরই চেষ্টায়, আমেরিকায় যাবে আরো পড়তে। পি.এচ্.ডি করবে। কিন্তু অভীকদের ফ্যামেলি আর অপেক্ষা করতে রাজি নয়। সত্যিই তো পি.এচ.ডি তো লম্বা রাস্তা, সে শেষ করে আসতে আসতে তো মেয়ে বুড়ো হয়ে যাবে। অথচ অভীককে তো আর চন্দ্রা পছন্দ করেনি, সে তো অন্তরারই পছন্দ। নাহলে কি আর বে-জাতে বিয়ে দিত চন্দ্রা ! কিন্তু হলে কি হবে, ছেলে পছন্দ করলি, কিন্তু এখন এনগেজমেন্টএর পরেও বলছিস যে 'এখন বিয়ে সম্ভব

নয়, আগে পড়া শেষ করে ফিরে আসি, তবে–'। তা তারা তো নারাজ হবেই। অথচ অভীকের গর্ভমেন্টের চাকরী, তার পক্ষে বিদেশ গিয়ে বসে থাকা সম্ভব নয়, আর চাকরী ছাড়তে বা বদলাতেও সে রাজী নয়। তবে ? নিজের মেয়েকে হাড়ে হাড়ে চেনে চন্দ্রা, সে অসম্ভব জেদী। যা ধরবে, তা সে করবেই। একেবারে নিজের বাবার দিকে গেছে। তার মত বদলানো অন্ততঃ নরম সরম চন্দ্রার কাজ নয়। এই সব বিদেশে পড়াশোনার ব্যাপারটাও সে তেমন বোঝে না। নিতান্ত পাসকোর্সে পাশ সাধারণ স্টুডেন্ট ছিল সে নিজে। আর বি.এ.পাশের পরেই তার বিয়ে হয়ে যায়। ফলে ওদিকে তার কোন ভাবনা চিন্তুর ক্ষেত্র গড়েও ওঠেনি। এই জন্যেই তো চন্দ্রা তার বড় দাদাকে সে ডেকে এনেছে।অন্তরা তাঁকে বেশ শ্রদ্ধা করে, যদি তাঁর কথাটা অন্ততঃ মেনে নেয়!

দাদা থাকেন যোধপুর পার্কে, তাঁদের সাবেক বাড়ীতে। চন্দ্রাদের বাড়ী সল্টলেকে। তার স্বামী মারা যাবার আগে বাড়ীটা করে রেখে যান। তিনতলা বাড়ী, বাকি দুটো ফ্ল্যাটে ভাড়া দেওয়া আছে। অন্তরা না থাকলেও চন্দ্রার ভালভাবেই চলে যাবে। টাকাটা ভাগ্যগুণে তার কোন সমস্যা নয়। সমস্যা তার একমাত্র মেয়ের মতিগতির। দাদাকে সব চন্দ্রা খুলে বলেছিল, বলেছিল যে এই পড়া আর বিয়ের গাঁটটা খুলতে। তা সকালে ব্রেকফাস্ট টেবিলে কথাটা উঠতেই চন্দ্রাকে নস্যাৎ করে, তার মামাকে অগ্রাহ্য করে, অসভ্য মেয়ে নিজের প্লেটটা এক ঝটকায় ঠেলে ফেলে টেবিল ছেড়ে উঠে গেল ! তার প্লেটের ধাক্কায় যে দুধের গ্লাসটা উল্টে পড়ে সারা টেবিলে ছড়িয়ে পড়লো তা লক্ষ্যও করলো না। চন্দ্রা চুপ করে বসে চেয়ে আছে, মালতীকে ডেকে টেবিলটা মোছার কথা বলতেও মনে নেই। টেবিলের কানা গড়িয়ে টপটপ্ করে দুধ ঝরে পড়ছে মার্বেলের মেঝের ওপরে। তার মনটা চিন্তাশূন্য ধূসর। সে কেবল সারাটা জীবন সংসারের অন্য সকলের কথাই ভেবে গেল। তার কথা কেউ ভাবলো না ! সবাইকে সুখী করতে গিয়ে কখন যে তার নিজের জীবনের দিনগুলো হাত পিছলে পেছনে সরে সরে কোথায় হারিয়ে গেল ! মাঝের থেকে সে নিজেও সুখী হলোনা, আর অপর কাউকে সুখীও করতে পারলো না। সে

নিজে যদি এমনি জেদ করে আর্ট স্কুলে ভর্তি হতে পারতো, কিংবা শান্তিনিকেতনে ? তাহলে অন্ততঃ সে নিজে তো সুখী হতে পারতো ! তার স্বপ্নগুলো ডানা মেলতে পারতো। এখন আর কিছু হবার নয়। নিঃশ্বাস ফেলে সে সামনে চেয়ে দেখলে দাদা তার দিকে একদৃষ্টে চেয়ে আছেন। সে অপ্রস্তুত হয়ে পড়লো। নিজেকে সামলে নিয়ে সে বললো, 'দেখলে তো দাদা, এই জন্যেই তোমাকে ডেকেছিলাম। তা অসভ্য মেয়ে তোমাকেও রেয়াত করলো না।' মাথা নেড়ে সে হাতের ন্যাপকিন দিয়ে টেবিলের ওপরের দুধ মুছতে থাকলো।

চন্দ্রকান্ত কোন কথা বললো না। তাঁর মনে চিন্তা থাকলেও মুখে তার কোন ছাপ সাধারণতঃ পড়ে না। তিনি টেবিলে টকটক করে আঙুল দিয়ে তবলার বোল তুলতে লাগলেন। চন্দ্রা তার দাদাকে জানে, তাই আঙুলের দিকে চেয়ে স্বাভাবিক গলায় বললো, 'আর একটু চা দেবো তোমাকে'?

–'দে।'

–'দেখলে তো দাদা, আমি এখন কি করি বল দেখি ?' চন্দ্রার গলা এখানে একটু কেঁপে গেল। ইশারায় তাকে চুপ করতে বললো চন্দ্রকান্ত। পেছনের দরজা ঠেলে ব্যাগ কাঁধে ঝড়ের মত বেরিয়ে গেল অন্তরা। একটু পরেই গাড়ী স্টার্টের আওয়াজ পাওয়া গেল।

চায়ের ট্রে হাতে মালতী ঢাকা বারান্দায় ঢুকেই হৈচৈ করে উঠলো, 'মাগো, এ যে দুধগঙ্গা বইয়ে দিয়ে গেচে গো দিদ্‌মনি। তাইতো বলি মুকখানা অমন ধারা বস্‌সার মেগের মত করে চললো কোতায় ?'

এবারে চন্দ্রকান্তের ভুরুটা একটু কুঁচকে উঠলো। মালতী এদের বাড়ীর বহু পুরোনো কাজের লোক, হয়ত চন্দ্রার বিয়ের আগে থেকেই আছে, কিন্তু তাই বলে অন্তরাকে নিয়ে এমন সোরগোল তার পছন্দ নয়। চন্দ্রা বুঝে নিয়ে মালতীকে বললো, 'পড়ে গেছে, তা আর কি করবে ? এখন যা, পরে মুছে দিস মেঝেটা।' চন্দ্রার মুখের দিকে চেয়ে অনিচ্ছাসত্ত্বেও মাথা নেড়ে চলে গেল মালতী। 'দিদ্‌মনি'র আজ

কালকার ‘ব্যাভার’ সম্পর্কে তার আরো কিছু বক্তব্য ছিল, কিন্তু রাশভারী মামাবাবুর সামনে সে আর বলতে সাহস পেলো না।

চায়ের কাপ শেষ করে চন্দ্রার দিকে সোজা তাকিয়ে জিজ্ঞেস করলো চন্দ্রকান্ত, ‘তোর সমস্যাটা ঠিক কি বলতো ? বিয়ে ঠিক হবার আগে তো জাতের অমিল বলে কান্নাকাটি করলি। এখন সেটা যখন মেনেই নিয়েছিস, এনগেজমেন্টও হয়ে গেছে, তখন আবার বিদেশ যাওয়া না যাওয়া নিয়ে মাথা ঘামাচ্ছিস কেন ? এখন ওসব ওদের মাথাব্যথা, ওদেরই ভাবতে দে।’

–‘ওদের মাথাব্যথা ? মেয়েটা আমার নয় ? এই যে বলছে পি.এচ.ডি. শেষ হতে চারবছরও হতে পারে, পাঁচ বছর হওয়াও বিচিত্র নয়। তাহলে বিয়েটা করবে কবে ? আর বিয়ে করে এতদিন ছাড়াছাড়ি কেউ কখনও থাকে ? অভীকের মা তো সেদিন একঝুড়ি কথা শোনালো আমাকে।’

–‘শুনলি কেন তুই ? বিয়ে কি তুই ঠিক করেছিস, যারা করেছে, তারা বুঝবে।’ এখানে চন্দ্রা একটু থতমত খায়। সত্যিই তো – একথাটা তো তার মনে আসে নি। তার তো সত্যিই এ বিয়েতে একদম মতই ছিল না। অন্তরার গোঁয়ার্তুমী আর অভীকের নরম ভদ্র অনুরোধে সে ঢেঁকি গিলেছিল। এই পর্যন্তই তার যোগাযোগ এই বিয়ের সাথে। সে কেবল মেনে নিয়েছিল। খুব ঘনিষ্ঠ বন্ধু আর আত্মীয় ক'জনকে ডেকে একটা আংটি বদলের অনুষ্ঠান করেছিল–ব্যাস। এরপরে যা করবে তা ওদের ইচ্ছায়। খামোকা কেন সে মাথা ঘামাবে ? আর অভীকের মা-এরই বা আক্কেল কি, কেন তিনিই বা কেন কথা শোনাতে চেষ্টা করেন চন্দ্রাকে ! এবার থেকে চন্দ্রা সাফ বলে দেবে যে যারা নিজেদের বিয়ে নিজেরা স্থির করেছে, তারা নিজেরা বুঝুক। চন্দ্রার শান্তি যেন তারা ভঙ্গ না করে !

চিন্তিত মনে চন্দ্রকান্ত নিজের বাড়ী পৌঁছলেন, এখন করনীয় কি তা নিজেই ভেবে পাচ্ছেন না। যতই তিনি চন্দ্রাকে ধমকান, তিনিও বুঝতে পারছেন যে অন্তরা একটু বাড়াবাড়িই করছে। তার যদি বাইরে পড়তে যাবার এতই যদি শখ, এই ‘এনগেজমেন্ট’ করে তাহলে

অভীককে আটকে ফেলা কেন ? অভীক আছে গর্ভন্টমেন্ট সার্ভিসে, তার পক্ষে এককথায় চাকরী ছেড়ে বিদেশে চাকরী নেওয়াটা সহজ নয়। তাহলে চন্দ্রার কথামত অভীককে দেশে বসে বসে পাঁচ বছর অপেক্ষা করতে হবে, নয়ত 'এনগেজমেন্ট'টা ভেঙ্গে দিতে হবে। কোনটাই সহজ নয়্। অভীকের মার রাগ তো হতেই পারে ! বাড়ী ফিরে তিনি অন্তরার মোবাইলে ফোন করলেন। সে তখনও ইউনিভার্সিটিতে। তিনি বললেন, 'যদি সময় হয়, কাল একবার এসে দেখা করিস। জরুরী কথা আছে।'

অন্তরা কারণটা সহজেই বুঝলো, বললো, 'কাল মুশকিল আছে। আজ সন্ধ্যেবেলা গড়িয়াহাটের দিকে যাবার কথা আছে, তুমি যদি বাড়ী থাকো তো, আজই যেতে পারি।'

—'তাহলে তো ভালই হয়, তাহলে আজই আয়।'

সন্ধ্যে নাগাদ অন্তরা এলো। তার মুখ দেখেও বোঝা যাচ্ছে যে সে নিজেও খুব একটা স্বস্তিতে নেই। সেও একটা দোটানায় পড়েছে। হাজার হোক ছেলেমানুষ ! চন্দ্রকান্তের মায়া হ'ল।

চা খাবার কোনটাই সে খাবে না বলাতে, সোজাসুজি চন্দ্রকান্ত কাজের কথায় এলেন। বললেন,'তা, তুই কি ভেবেছিস এ ব্যাপারে ? কেবল তোর মা নয়, আমিও বেশ চিন্তায় পড়ে গিয়েছি। ভালমত একটা জট পাকিয়ে ফেলেছিস, এটাকে তো ছাড়াতে হবে !'

—'কি বলবো বড়মামা, আমিও তো ভেবে পাচ্ছি না। গত মাসেও তো ভাবতে পারিনি যে এমন একটা সাংঘাতিক ভালো অফার আসতে পারে। প্যাসেজ মানি, বছরে একবার করে দেশে আসা, সবই ফ্রি। এছাড়া বাড়তি গ্রান্ট তো যা দেবে তা আমার একার পক্ষে 'মোর দ্যান এনাফ্'। এ তো আমার কাছে 'ড্রিম কামস্ ট্রু'। তুমিই বল বড়মামা, এ সবই ছেড়ে দিয়ে আমি বিয়ে করে ..! নাঃ, আমি তো ভাবতেই পারছি না।' অন্তরার মুখটা উজ্জ্বল হয়েই কালো হয়ে গেল।

—'তা তুই অভীকের কথাটা ভেবেছিস ? ও এখন কি করবে ? ওরও তো বাবা মা আছেন, ওরও তো একটা ড্রিম আছে। ও তো এক

কথায় না তোকে ছাড়তে পারবে, না আমেরিকায় চাকরী জোটাতে পারবে, বিশেষ করে এই রিসেশনের বাজারে ? তোর আমেরিকা যাবার প্ল্যানের ব্যাপারে তুই আগে থেকে ওর সঙ্গে আলোচনা করেছিলি ?'

—'হ্যাঁ.. না..। ও জানতো ঠিকই, কিন্তু আমরা দুজনের কেউই ভাবিনি যে এটা শেষ পর্যন্ত মেটিরিয়ালাইজড করবে। এই রিসেশেনের কথাটাই আমাদের মনে ছিল যে এটা হবারই নয়। এখন ..'

—'এখন ও কি বলছে ?'

—'আমরা দুজনেই কনফিউসড্ বড়মামা। তুমিই বল, আমরা কি করি ?' আগের ছোট্ট মেয়ের মতই সে তার বড়মামার মুখের দিকে চেয়ে থাকলো অন্তরা।

তার ধারালো, কাটাকাটা, জেদী অথচ সরল মুখের দিকে চেয়ে বড় মায়া হল চন্দ্রকান্তর। সত্যিই তো মেয়েটার বাবা নেই, মা এইসব জটিল ব্যাপার মোটে বোঝেই না, ওকে কে এই সমস্যায় সাহায্য করবে ?

দুজনেই কিছুক্ষণ চুপ। শেষে চন্দ্রকান্ত জিজ্ঞেস করলেন, 'অভীক কি বলছে ?'

—' ও আর কি বলবে বড়মামা, ওও আমার মতই কনফিউসড্, একবার বলছে 'চলে যাও, এমন সুযোগ বারেবারে পাবে না' আর পরক্ষণেই বলছে, 'তুমি আমাকে এমন করে একা ফেলে দিয়ে চলে যাবে ?' তাছাড়া স্যোসাল প্রেসার তো আছেই। ওর মা তো রেগে একবারে আগুন। আমার খালি ভয় হচ্ছে যে শেষে মাকে না কিছু বলে বসে !'

মাকে যে বলেইছে, তা আর বললেন না বড়মামা। তিনি বললেন যে, 'তোর কি করা উচিত বলে মনে হয়, বল।'

–'আমার .. আমি কিছুই বুঝতে পারছি না বড়মামা, তুমি বল না !' আমেরিকায় পি.এচ্.ডি করতে চাওয়া পোস্ট গ্র্যাজুয়েট, চব্বিশ বছরের মেয়ে, বাচ্চা মেয়ের মত তার বড়মামার মুখের দিকে অসহায় ভাবে চেয়ে থাকলো।

–'তোর আর ওর তো একই সাবজেক্ট, ও কি তোর মতনই আর একটা ফারদার এডুকেশনের জন্য চেষ্টা করতে পারে না ?'

–'সেকথা আমিও ভেবেছিলাম, কিন্তু জানতো ওর মা ওকে ছাড়তে চাইবেনই না। তাছাড়া ওর এই চাকরীটা অতি কষ্টে পেয়েছে। ওদের ফ্যামিলির তো টাকারও দরকার, ওর বাবা তো বেডরিডন্,..! আমি আর ভাবতে পারছি না বড় মামা।' ক্লান্ত হয়ে সোফার পিঠে হেলান দিল অন্তরা।

অন্তরাকে আশ্বাস দিয়ে অভীকের ফোন নম্বর নিয়ে তাকে ছেড়ে দিলেন চন্দ্রকান্ত। তিনি যতটা ভেবেছিলেন, জট তার থেকেও বেশী জটিল ! পরপর দু'দিন তিনি অভীকের সাথে বসলেন। তিনি ভেবেছিলেন যে যদি অভীকের দিক থেকে আগ্রহের খামতি থাকে, তাহলে তিনি অন্তরাকে বলবেন যে এনগেজমেন্টটা 'কল অফ্' করতে। কিন্তু দুদিন কথা বলে বুঝলেন যে অভীকের ভালবাসাটা কেবল মুখের অথবা অন্তরার স্যোসাল স্ট্যাটাসের জন্য নয়। সত্যিই সে মনেপ্রাণে ভালবাসে অন্তরাকে। তাকে আমেরিকায় পড়তে পাঠাতে তার কোন আপত্তি নেই, কিন্তু তার পক্ষে বিদেশ যাবার অনেক ঝামেলা আছে। প্রধান সমস্যা তার বাড়ীর। বাড়ীতে সেই একমাত্র রোজগেরে। এই স্থায়ী ভালো চাকরী ছেড়ে সে যদি অন্তরার সঙ্গে বুনো হাঁসের পেছনে ভেসে পড়ে তাহলে সে তার পরিবারকে ভাসিয়ে দিয়েই যাবে। তা সে একেবারেই চায় না। কথাটা শুনে ভালো লাগলো চন্দ্রকান্তর। ছেলেটার মধ্যে পদার্থ আছে। আজকালকার ছেলেদের মত স্বার্থ সর্বস্ব নয়। এই দুদিনের অন্তরঙ্গ আলাপে অভীককে ভালো লেগে গেছে তাঁর। নাঃ, মেয়েটার পছন্দ ঠিক আছে। কিন্তু এই সমস্যার সমাধান কোথায়?

অনেক ভেবেচিন্তে শেষে তিনি অন্তরাকে আবার ডাকলেন। জিজ্ঞেস করলেন যে সে নিজে কি চায় ? অন্তরাও অভীককে ছাড়তে চায় না। আবার বিদেশে পড়তে যাবার এই দুর্লভ সুযোগটাও সে হাতছাড়া করতে রাজি নয়। কাজেই ব্যাপারটা সেই একই জায়গায় আটকে রইল।

এদিকে চন্দ্রার মানসিক আর শারীরিক অবস্থা দিন দিন খারাপ হচ্ছে। কোন ফোন এলেও সে আর নিজে ধরতে চায় না। তার ধারণা অভীকের বাড়ী থেকে তাকে লোকে কথা শোনাবার জন্য তৈরী হয়ে আছে। মেয়ের সঙ্গে তার কথা বলতে গেলে বন্ধ। দুজনেই দুজনের নিজের নিজের জেদে অটল। মাঝখানে চন্দ্রকান্ত বৃথা চেষ্টা করছেন দুজনকেই বোঝাতে। কিন্তু তিনি তো নিজেই বুঝতে পারছেন না, তা অপরকে কি বোঝাবেন!

এরমধ্যে অভীক নিজেই একদিন চন্দ্রকান্তকে ফোনে দেখা করতে চাইলো। সে একটু হাসিমুখে এল দেখে চন্দ্রকান্ত অবাক হলেন। অভীক বললো যে তার বাবার সাথে কথা হয়েছে। অভীকের ছোটভাই চাকরী পেয়েছে, যদিও সেটা তেমন কিছু নয়, অন্ততঃ অভীকের তুলনায়, তবু তার বাবা বলছেন তাকেও জি.আর.ই.টা দিয়ে দিতে। অন্তরা যেমন যেতে চাইছে, তেমনই চলে যাক, এই পরীক্ষাগুলো দিয়ে একটা ভালো এডমিশান পেতে পেতে বছরখানেক তো লেগেই যাবে। বিয়েটা তার পরে হলেই চলবে।

বহু বিনিদ্র রজনী কাটাচ্ছে চন্দ্রা। এখন পৃথিবীতে অন্তরাই তার একমাত্র বন্ধন। তার একমাত্র বন্ধু। বাড়ীর বাইরে চন্দ্রার তেমন গতিবিধি নেই, অপরেশের অকালমৃত্যুর পরে সে সাধারণত বাড়ীর মধ্যেই থাকতে সে ভালোবাসে। খুব একটা বন্ধুবান্ধবও তার নেই। কাজেই বাইরের পৃথিবীর সাথে অন্তরাই একমাত্র যোগসূত্র। সে বাইরে থেকে নানা খবর মুখে করে আনে, মাকে শোনায়। নতুন ফিল্মের ডি.ভি.ডি আনে, দুজনে বসে দেখে। মাঝেমাঝে চটপটা খাবার আনে– দুজনে বসে গল্প করতে করতে খায়। এখন সব গেছে, চন্দ্রা নিজের ঘর থেকে প্রায় বেরোয়ই না। আর অন্তরা কখন ঢোকে,

কখন বেরোয়, তা কে জানে ! কেবল মালতী এই টেনশনের খবর রাখে। সে মাঝেমাঝে নিজের মত করে অন্তরাকে বোঝাতে চেষ্টা করে আর ধমক খায়। সঙ্গীহীন, কিছুটা প্রাচীনপন্থী চন্দ্রা নিজের মত করে জীবনটাকে দেখেন। তাঁর মনে হয়,মেয়ে যেখানেই যাক, সে তার জীবনসঙ্গী নিয়ে যাক। এটা কি খুব বেশী চাওয়া? তিনি কি এর থেকে অনেক বেশী আত্মত্যাগ করেন নি ? নাচে, গানে, শিল্পকলায় তাঁর জীবনের অনেক চাওয়াকে কি তিনি বাবা মার মুখ চেয়ে বিসর্জন দেননি ? অবশ্য তার জন্যে তাঁর মনে এখনও বেদনাবোধ আছে,হতাশা আছে, তবে তার জন্যে তিনি কাউকে দায়ী করেননি। ধরে নিয়েছিলেন যে এটাই তাঁর কর্তব্য। আর এই আত্মসার মেয়ে শুধু তার নিজের কথাই ভাবলো ? ঠিক আছে, তার মার কথা ভাবার দরকার নেই, তবে, নিজের ভবিষ্যৎ আর সমাজের কথাটা তো ভাববি !

অনেক বোঝাতে চেষ্টা করে দেখেছে চন্দ্রা, উত্তরে মেয়ে বলেছে, 'তোমার মতামত তোমারই থাক,আমার জীবনটা আমার মতই চলতে দাও। তোমরা বেঁচেছো দুনিয়ার লোকের মুখ চেয়ে,– ঠাম্মা, বাপী,কাকামনি, দিদুন, সবার কথাই তোমার কাছে বেদবাক্য ছিল। এখন যখন সবাই গেছে, তখন আমার ওপরে ডান্ডা চালাতে চাও। কেন, তখন তো নিজের কোন মতামত প্রকাশ করতে পারো নি !'

চন্দ্রা অবাক হয়ে ভাবে, এ কি সেই আগেরই মেয়ে ? না এ নতুন আরেকজন ?

মেয়েটা বরাবরই তেজী ছিল, কিন্তু দাম্ভিক ছিল না। এ কি যুগধর্ম, বা পরিস্থিতিই তাকে এমন স্বার্থপর করে তুলেছ ! সারা রাত তার জানালার ধারে বসে কেটে যায়। অন্ধকার কেটে আলো ফুটতে দেখেন তিনি। শেষরাতের ঠান্ডা হাওয়ায় গা শিরশির করে ওঠে। হঠাৎ তার মনে হয়, অন্তরা যা বলেছে, তাতে তো কোন ভুল নেই। বরং অক্ষরে অক্ষরে সত্যি ! আশ্চর্য ! তারই মেয়ে, যাকে সে অবোধ বলে ভেবে এসেছে, যার ভবিষ্যৎ চিন্তায় তার চোখে আক্ষরিক অর্থে ঘুম নেই, সে কোথা থেকে পেলো এই অলোক-দৃষ্টি ! তবে কি যাদের

তারা শিশু বলে মনে করে, তারা সত্যিই শিশু নয় ? নাকি এও যুগধর্ম ! চন্দ্রাদের মত পরনির্ভর নয় তারা, মনে হয়, দশ বছর হাতে নিয়ে তারা জন্মাচ্ছে। হায়রে কবে কেটে গেছে তাদের মেনে নেবার কাল, ছোট্টবেলায় রাতে দিদিমার কাছে শুতো সে। তিনি গল্পচ্ছলে পুরাণের গল্প, স্বামী সেবা, শাশুড়ীর মনরাখা, স্বামীর যত্ন, ছেলেমেয়েদের শিক্ষা – সব বিষয়ে জ্ঞান দিয়ে তাকে ভবিষ্যৎ জীবনের জন্যে তৈরী করতে চেষ্টা করতেন। আদর্শ বউ, আদর্শ গৃহিনী –এসবই ছিল তাদের কালে জীবনের একমাত্র লক্ষ্য। একটু অহেতুক চাপল্য, একটু অনাকাঙ্ক্ষিত রুক্ষতায়, একটু স্বাধীন মতামতে – সবাই একবাক্যে বলতো, 'শ্বশুরবাড়ীতে এমন করলে বাপের বাড়ীর নিন্দা হবে।' পিসি তো রেগে গেলেই বলতেন, 'এমন দজ্জাল মেয়েকে শাশুড়ী শিলপাটায় ছেঁচবে'! কিন্তু সত্যিই কি সে দজ্জাল ছিল ? অন্ততঃ আজকের মেয়েদের তুলনায় তো নয় বটেই। নিজস্ব মতামত প্রকাশ কিংবা প্রচলিত প্রথা সম্বন্ধে সংশয়পূর্ণ প্রশ্নই ছিল বিদ্রোহ নাম দেবার পক্ষেই যথেষ্ট।

আজ এই তিরিশ বছরের ওপার হতে সেই লতার মত নমনীয়, লাবণ্যময়ী, পরনির্ভরশীল কিশোরীর প্রতি সত্যিই তার কর ণা হয়।মেয়ে তো ঠিকই বলেছে, কোন সাধই তো আর তার পূর্ণ হলনা এ জীবনে। তার শিল্পীসত্তাকে কবর দিয়ে তার ওপরে গড়ে উঠেছে এই সংসার। খেয়ালী শাশুড়ী, মেজাজী স্বামী, দুরন্ড় দেওর, ..! মেয়ে তো ঠিকই বলেছে, তার মধ্যে তো বিদ্রোহ করার শক্তিই কেউ জাগতে দেয়নি। সেটা ছিল সমাজ আর সংসারের পক্ষে বড়ই অসুবিধাজনক। এখন একা বসে পেছন ফিরে দেখেন, যে কত অন্যায়, কত অবিচার, কত অপমান তাকে সহ্য করতে হয়েছে। তার বিগত জীবনটা যেন বিশাল একটা বাঁধানো রাজপথের মত বুক পেতে নিরুপায় পড়ে আছে। তার ওপর দিয়ে জয়রথ চলেছে –প্রথমে বাবা, মা, বাপের বাড়ীর গুরুজনের। তারপরে স্বামী,শাশুড়ী, শ্বশুরবাড়ীর গুরুজনদের। আর এখন এই মেয়ের। কিন্তু সর্বত্রই কেবল এই নির্বিকার পড়ে থাকা,মেনে নেওয়া, যাতে এই জয়রথের কোন বিঘ্ন না হয়। নিজের জন্যে সত্যিই তো তাঁর বাঁচা হয়নি, আর হল না! দিন

কেটেছে সংসারের সেবায়, রাত কেটেছে স্বামী আর সন্তানদের পরিচর্যায়। তবে তার নিজের জীবন বলতে কী ছিল ?

বাইরে দরজায় ঠকঠক শব্দ, বোধহয় দুধওয়ালা এল। মালতী কি এখনও ওঠেনি ? আশ্চর্য, জেগে জেগেই কেটে গেল রাতটা। পর্দা সরিয়ে দেখলেন সত্যিই ভোর হয়ে গেছে। দরজা খুলে পায়ে চটি গলিয়ে সংসারের অভ্যস্থ খাঁজটিতে তিনি আবার ফিট হয়ে গেলেন। তাঁর মনহীন কর্মতৎপর সচল দেহ দেখে কেউ বুঝবে না তাঁর ভেতরের কথা।

ব্রেকফাস্টের টেবিল সাজাতে সাজাতে তাঁর মনটা কেমন করে উঠলো মেয়েটার জন্যে। ততক্ষণে গত দিনের রূঢ় আচরনের গ্লানি তাঁর মনে ফিকে হয়ে এসেছে। মনে হচ্ছে, আহা তারই তো মেয়ে, তাকে ছাড়া আর কাকেই বা বকবে ! বাবাও তো নেই তার, তিনি একাধারে মেয়ের বাবা, মা সবই। তার মনের কথা যদি তাঁকে না বলে তো আর কাকে বলবে ? নিঃশ্বাস ফেলে ভাবলেন, নাঃ, তিনি আর ওর ওপরে আর কোন অনুশাসন চাপাবেন না। ওরা এ যুগের মেয়ে, এ যুগের মত বাঁচুক। তাঁদের কাল তো দীর্ঘদিন পার হয়ে গেছে, মাঝখানে যেন এক যুগান্তর ঘটে গেছে। তাঁদের ওপরে যে অবিচার হয়ে গেছে, এরা যেন তার ভাগীদার না হয় ! বরং হয়ত অপরের প্রতি ওরাই কিছু অবিচার করবে, তবু তো নিজের জীবনে নিজের ইচ্ছামত বাঁচবে ! চন্দ্রার মুখে ফিকে হাসি ফুটে ওঠে, দুই যুগের মাঝখানে তাঁরা আছেন স্যান্ডুইচ হয়ে। শিশুকালে গুরুজনের শাসন, আর এখন লঘুজনের ! তাহোক, তবু নতুন যুগের দাবীকে তিনি অগ্রাহ্য করবেন না।

হঠাৎ খেয়াল হল, এতবেলা হল, এখনও তো অন্তরা এল না। চেয়ার ছেড়ে উঠে তার দরজায় আওয়াজ করে ডাকলেন, 'খুকু, খুকু'! বাথরুম থেকে জলের শব্দ পেলেন। বুঝলেন মেয়েরও উঠতে দেরী হয়েছে। হয়ত সেও তার মায়ের মত রাত জেগে কাটিয়েছে।

চায়ের টেবিলে অন্তরা যখন এসে বসলো, তখন তার চেহারা স্নানের পরেও তেমন তাজা দেখাচ্ছিল না। ফরসা পাতলা ধারালো মুখে বিষাদ, চোখের নীচে কালি, চোখদুটো লালচে। মার মনটা দেখে মুচড়ে উঠলো। তার সামনে কর্ণফ্লেকসের বোলটা এগিয়ে দিয়ে ঈষৎ ইতস্ততঃ করে চন্দ্রা জিজ্ঞেস করলেন, 'তোর কি রাতে ভালো ঘুম হয়নি রে ?'

কি ছিল তার কণ্ঠস্বরে, অন্তরার চোখ দিয়ে ঝরঝর করে জল ঝরে পড়ে প্লেটের ওপরে। চন্দ্রা চেয়ার থেকে উঠে এসে জড়িয়ে ধরে মেয়েকে। দুজনেরই কণ্ঠস্বর বুঁজে গেছে। অনেকক্ষণ বাদে মেয়ের মাথায় হাত বুলিয়ে চন্দ্রা বললো, 'অনেক ভেবে দেখলাম রে খুকু, তোর কথাই ঠিক, আমিই এতকাল ভুল করে এসেছি। আমি আর তোকে কোন বিষয়ে বাধা দেব না মা। তুই যা ভাল বুঝিস কর। আমি সত্যিই এত কাল পরের ইচ্ছার বোঝা টেনে টেনে বেরিয়েছি। তোরা যেন নিজের মত চলতে পারিস,আমার মত পরের ইচ্ছার বোঝা বয়ে যেন তোকে বাকি জীবন যাপন করতে না হয়। যেন স্বাধীন হয়ে নিজের জন্যে বাঁচতে পারিস, মা।' চন্দ্রার গলা কাঁপতে থাকে।

'না, মাম্মা, না। আমি অনেক ভেবে দেখলাম, গতকাল বড়মামার সাথেও কথা বলেছি। বড়মামা আমাকে বলেছেন যে কেমন করে তোমার জীবনটা অন্যের হাতে, অন্যের ইচ্ছায় গড়ে উঠেছে। তোমার কোন সাধই তো মেটেনি মা। বারে বারে তুমিই কেন বা হেরে যাবে মা ! এটা তো আমার একটা জেদই। ঠিক আছে, আমি এ জেদ ছেড়ে দিচ্ছি,মা। তুমি যা চাও তাই হবে।' অন্তরা আকুল হয়ে তার মার মুখে চায়।

'নারে, মা'। মিষ্টি করে হাসে চন্দ্রা।'এতকাল আমি হেরেই এসেছি, এবারে তো আমাকে জিততেই হবে। তুইই আমাতে জিতিয়ে দিবি। কেমন ? তবে এমনি করে নিজের জেদ ছেড়ে বড়দের ইচ্ছার সামনে হেরে গিয়ে নয়। নিজের ক্ষমতায় বিশ্বাস নিয়ে মাথা উঁচু করে দাঁড়িয়ে। সেটাই আমার সবথেকে বড় জিতরে পাগলী।' চন্দ্রা নিঃশ্বাস ফেলে বলে,'তুইও যদি অভিমান করে, বড়দের অবিচারের কাছে মাথা

হেঁট করিস, তাহলে – আমার আর কোনদিনও জেতা হবে নারে ! এখন তো তোর মাঝেই তো আমার অস্তিত্ব, এযুগের তোরা নিজেদের জন্যেই বাঁচিস মা, যা আমরা কোনও দিনও ভাবতে পারলাম না।' চন্দ্রা আর অন্তরা দুজনেই দুজনকে জড়িয়ে ধরলো।

***

# নটি

হিয়ার বাড়ীতে ঢুকে দেখি সে বাইরের বসার ঘরে নিজে শাল মুড়ি দিয়ে মাথার ওপরে পাখা খুলে তার নতুন ল্যাপডগকে বরফ খাওয়াচ্ছে। কি দৃশ্য !! হিয়া এমনিতে শীতকাতুরে, তার ওপরে বাইরের তাপমান ওপরেরটাই ১৫ ডিগ্রীর নীচে। তার এমত দশা কেন?

–'কিরে হিয়া ? একি দৃশ্য ?'

–'আর বলিস নারে' হিয়া যেন কেঁদে ওঠে, 'এটাকে নিয়ে এখন যে কি করি ?'

–'হলটা কি, আর এই সাতসকালে শীতের ভোরে পাখাই বা চালিয়েছিস কেন আর ওটাকে বরফই বা খাওয়াচ্ছিস কেন ? গলা খারাপ হলে ?' আমি ডিমান্ড করি।

–'গলা খারাপ হবে ! ওর ? আমার মাথাই তো খারাপ করে দিচ্ছে !'

–'আমার তো মনে আছে যে ডোনা আর পপিকে তুই সেপ্টেম্বর পড়তেই ঠান্ডা জিনিষ খাওয়া ব্যান করে দিতিস, আর –'

–'থাম।' ধমকে ওঠে হিয়া, 'আমার ছেলেমেয়ে আর এই দুষ্টু ! এর গলা খারাপ হবে কি, আমার জীবনটাই খারাপ করে দিল যে।'

–'বুঝিয়ে বল।' বলে আমি পাখা থেকে দূরে একটা সোফাতে জমিয়ে বসি।

হাতের বরফ সামনের স্টিলের বাটিতে রেখে গায়ের শালে হাত মুছতে মুছতে হিয়া আমার পাশে এসে বসে। বলে, ‘উঃ হাতটা জমে গেছে রে ! তাও কি খেতে চায় !’

–“তা দরকার কি এই শীতে ওকে বরফ খাওয়াবার ? কে দিয়েছে এই উদ্‌ভট প্রেসক্রিপশান ?’

–‘আর বলিস কেন ! কেন যে মরতে মেয়েকে বলেছিলাম, সারাদিন একা একা মন খারাপ লাগে, তোমরা সব কত দূরে চলে গেছ, ইত্যাদি। বল, এটাও বলতে পারবো না ?’

–’তা পারবিনা কেন ? তার সাথে এই সাইবেরিয়ান কুকুরের কি সম্বন্ধ’?

– ‘আরে, এ আমাকে এনগেজ করে রাখার ফন্দী বলতে পারিস।’ প্রায় কেঁদে ফেলে হিয়া। ‘কি যে পায়ের বেড়ি হয়েছে। বাড়ীর বাইরে নিয়েও যেতে পারি না। নতুন লোক দেখলে ভয় পায়, তাছাড়া কখন বা পটি, পিপি করে ফেলে তার ঠিক নেই। এখনও কন্ট্রোলটা ঠিকমত হয়নি কি না, বড্ড ছোট তো ! মাত্র ছ’সপ্তাহ বয়েস। আবার বাড়ীতে রেখে গেলেও চিন্তা, কে দেখবে, অবশ্য আমাদেও চিন্তামনি আছে, সে ভালোওবাসে কুকুর, কিন্তু বুঝতেই তো পারছিস..!’

বুঝতে পারলাম যে হিয়ার নিজেরই এখনই খুব টান পড়ে গেছে ওর ওপরে, মুখে যাই বলুক না কেন। ‘এত লোমওয়ালা কুকুর, এখন শীতের সময়েই এই অবস্থা, আর যখন গরম পড়বে, তখন কি করবি রে ?’ না বলে পারলাম না।

-‘তাহলেই বোঝ !’ কাতরে ওঠে হিয়া। ‘এদিকে বাতের ব্যথা, শীত সয় না। কিন্তু এটার জন্যে আবার ..কি যে করি ?’ সেই একই কথা সে ঘ্যানঘ্যান করে বলতে লাগলো হিয়া। রাগও হয় আবার হাসিও পায়। এদিকে নিজের ছেলে মেয়ে যখন ছোট ছিল, তখন হিয়া তাদের কঠোরভাবে মানুষ করেছিল। তাদের খাওয়া শোয়া, চালচলন সব শৃঙ্খলাবদ্ধ করার জন্যে তার নিজের জীবনটাই তছনছ হয়ে গিয়েছিল। আমরা দলবেঁধে কোথাও বেড়াতে গেলে বা সিনেমা গেলে

প্রথমেই হিয়ার সমস্যা ছিল তার ছেলেমেয়েদের পড়া, খাওয়া, স্কুল, নানারকম শিক্ষাঘটিত এ্যাক্টিভিটি। সে সবের বেড়া টপকে বেচারার আর নিজের জন্যে সময় বার করাই কঠিন হয়ে পড়তো। ওর হাসবেন্ড দীপনও মাঝে মাঝে রাগ করতো, ‘অত কি ? তোমার বন্ধুদেরও তো ছেলেমেয়ে আছে, কই তারা তো এমন ঘরে বন্ধ হয়ে থাকে না !’ কিন্তু বললে কি হবে, হিয়ার জেদকে পার করাও কঠিন হয়ে পড়তো। শেষে আমরাও হাল ছেড়ে দিয়ে আমাদের মত আনন্দ করতাম। শুনে মনে মনে হয়তো হিয়া দুঃখ পেতো, কিন্তু তাও নিজের অভ্যাস ছাড়তে পারতো না।

অবশ্য স্বীকার করতেই হবে যে আমাদের ছেলেমেয়েদের আল্লার নামে সমর্পন করে দেবার ফলে তাদের পরীক্ষার ফলও হিয়ার ছেলেমেয়েদের থেকে অনেক খারাপ হতো। তা হোকগে, আর পারি না, ঢের করা হয়েছে। মনে মনে দমে গেলেও নিজেদের তাই বোঝাতাম। তা এখন হিয়ার সেই ছেলে মেয়েরা বড় হয়ে, বিয়ে হয়ে বিদেশবাসী হয়েছে। হিয়া আবার সেইই একা ! তবে তার ছেলেমেয়েরা বুঝমান। তাদের মায়ের একাকীত্ব ঘোচাবার জন্যে একটি রেয়ার বিদেশী ভালো পেডিগ্রীর কুকুর ছানা মাকে পাঠিয়ে দিয়েছে। তারা জানে যে ছোট বাচ্চাদের দেখাশোনা আর যত্ন করতে তাদের মা ওস্তাদ। কাজেই তার খালি সময় ভরতে হলে দরকার কেবল একটি অসহায় শিশুর,তা মানুষের শিশু না হলেও চলবে। তাদের নিজেদের সময় নেই সন্তান পালনের ! তাদের কাছে এখন ‘কেরিয়ার’ই এখন আরাধ্য দেবতা ! অন্য কোন দিকে মন দেবার তাদের সময়ও নেই ইচ্ছাও নেই।

সেই হল কাল, এখন হিয়া আর তার কুকুরছানা, যার নাম রেখেছে ’নটি’, তাকে নিয়ে কি করা যায় ! শীতকালটা তবু যাহোক মোটামুটি কেটে গেল, কিন্তু দিল্লীর গ্রীষ্মকাল, বাপরে, আমরা যারা দিল্লীবাসী, তাদের কাছেই আতঙ্কজনক। হিয়া কি করবে তখন এই লোমস কুকুর নিয়ে ?

আমরা, বন্ধুরা, তাই ভেবে ভেবেই দিশাহারা হয়ে পড়ছিলাম। কেউ সমাধান দিল যে ভেড়ার মত ওর লোমগুলো একেবারে শেভ করে দাও। আরেকজন শিউরে উঠে বলে, খবরদার, তাতে ওদের ন্যাচারাল ইনসুলেশান চলে যাবে। তাতে আরো বেশী ক্ষতি হবে। কেউ বললে ঘনঘন স্নান করাও, কিন্তু 'ভেট' আবার বলেছে, মাসে মাত্র একবার স্নান করানো উচিত, তবে তেমন দরকার হলে বড় জোর দশদিন বাদে বাদে করাতে পারো। কেউ বলে ভিজে তোয়ালে জড়াও। অন্যজন বলে তাতে বুকে সর্দি বসবে ! যত মুনি তত মত ! কুকুরছানা হিয়ার, আমরা বন্ধুরা চিন্তায় দিশাহারা।

শশিকলার মত সেই নটি তো বাড়ে দিনে দিনে। সে আবার মাতৃগতপ্রাণ ! বাড়ীতে যেই থাকুক, যতই ভালবাসুক, খেতে দিতে বা যত্ন করুক, – কিভাবে যেন সে হিয়াকেই চিনে রেখেছে। হিয়া একপা এদিক হলে সে ল্যাংবোটের মত তার সাথে সাথে চললো। এদিকে আবার বড় হচ্ছে, ডাক্তারের মতে তার রাস্তায় বা পার্কে হাঁটানো দরকার। অথচ রাস্তাগুলো তো ভীষণ নোংরা আর কোন পার্কেই ওর মত বেড়ালমার্কা কুকুরছানাকেও ঢুকতে দিতে রাজি নয় পার্কের লাঠিধারী দারোয়ানরা। আবার 'ভেটে'র মতে সে শারীরিক পরিশ্রম না করলে বলে মোটা হয়ে যাবে ফলে হার্টের অসুখ হবার সম্ভাবনা আছে। অগত্যা রাস্তাতেই তাকে হাঁটাতে পাঠাতে হয়। সে সোফা আর বিছানাতে উঠবে জেনেও। নিজের রোগের ভয়ের থেকেও নটির ক্ষতির আশঙ্কায় এটা মেনে নিতে হয়েছে হিয়াকে। বেশীর ভাগ ক্ষেত্রে হিয়া নিজেই হাঁটাতে নিয়ে যেত, কিন্তু দেখা গেল যে পাড়ার যত লাফাঙ্গা কুকুরেরা তাকে কেবলই তাড়া করে। বন্ধুদের কথায় হিয়া একটা ছোটখাট ছড়ি নিয়ে যেত সঙ্গে, কিন্তু একহাতে কুকুরের চেন, অন্যহাতে ছড়ি – এমনভাবে দেখা গেল যে হিয়া নিজেকেই সামলাতে পারে না – তা পাড়ার কুকুরের অত্যাচারকে ! মাঝেমাঝে দুষ্টু এমন টান মারে চেনে যে হিয়া নিজেই যেন উল্টে পড়বে মনে হয়।

অজানা কুকুরে তার বড় ভয় ! শেষে পাশের বাড়ীর মিসেস ওবেরয় বললো, যে 'সঙ্গে তোমার একজন লোক নাও, নাহলে যদি

কোন এ্যাকসিডেন্ট হয় –তাহলে কে তোমাকে দেখবে আর কে তোমার ডগিকে ?'

কথাটা ভাল না লাগলেও হিয়ার মনে ধরলো। 'নটি' এখন বড় হচ্ছে, তাউত করে করে তার গায়েও জোর বেড়েছে। আগের মত ভীতুও আর নেই। ওরা ঘেউ ঘেউ করলে সেও তেড়ে যেতে চায়। কাজেই পরদিন থেকে সে নিজের বাড়ীর গার্ডকে সঙ্গে নেওয়া শুরু করলো। সে এক দৃশ্য–সবার আগে নটি, তার চেন হিয়ার হাতে, তার পেছনে গার্ড, তার হাতে মোটা একটা লাঠি ! কি না যেন জমিদারবাবু সফরে বেরিয়েছেন। সবাই মুখ টিপে হাসে, তাতে অবশ্য হিয়ার কিছু এসে যায় না।

এইভাবে নটি বড় হতে লাগলো। তার স্পেশাল খাবার, তার দামী 'ভেট', অজস্র খেলনা, আর ট্রিটি, তাছাড়া দরকার না হলেও শীতকালের জন্য নানা ফ্যান্সি ব্রান্ডেড জামাকাপড় ! ওর বন্ধুরা বলতো, বড়লোকের 'বিগড়া হুয়া বাচ্চা'! তবে নটি ঠিক 'বিগড়া হুয়া' নয়, সে যেই আসুক তাকে পরখ কওে নিতে চায়।

তবে সারা বাড়ীতে সে একমাত্র আদরের ধন, তাই তার একাধিপত্যটা যেন ভাল করে মাথায় বসে গেল। আর সব ঠিক আছে, কিন্তু হিয়াকে তার একার জন্য চাই। এমন কি তার চেনা লোক কি বন্ধুরা বসে হিয়ার পাশে বসলেও সে একেবারে লাফিয়ে এসে তাদের মাঝখানে হিয়ার কোল ঘেঁষে বসে পড়ে। সবাই দেখে মজা পায় আর হাসে। তবে হিয়ার মাথায় একটাই কথা ঘোরে, যদি তার কিছু হয়, তাহলে নটি কি করে থাকবে ? সে কি না খেয়ে মরেই যাবে ? নিজের ছেলেমেয়েদের কথা তখন আর তত মনে হয় না। এমনিই হয় মানুষের স্নেহ !

এদিকে নিজের ছেলে মেয়েদের কথাও ভাবতে হয়, বয়স হয়ে যাচ্ছে, কিন্তু 'কেরিয়ারের'র দাপটে আর কেউ নিজের ভবিষ্যৎ প্রজন্মের কথা ভাবে না। বিয়ে একটা করতে হয়, বলে কওে রেখেছে। কিন্তু সফল কেরিয়ারিস্টরা কেউ ঐ ঝামেলায় পড়তে চায় না। এখানে শেষমেষ হিয়াকে হার মানতে হল। কাছে থাকলে

ঘ্যানঘ্যান করে একটা ফয়শালা করতে পারতো, কিন্তু এ যে বহুদূরের রাস্তা, বেশী গোলমাল করলে তারা একটা অজুহাত করে ফোন রেখে দেয়। দীপনও বিরক্ত হয়, বলে 'ওদের একটু শান্তিতে থাকতে দাও। এরপরে দেখবে যে ওরা তোমার ফোন বাজলে তুলবেই না।' অগত্যা হিয়া আরও জড়িয়ে ধরে তার নটিকে।

আকস্মিকভাবে একটা অপ্রত্যাশিত খবর পেলো হিয়া, তার মেয়ে ডোনা তার প্রত্যাশা পূরণ করতে চলেছে। আহ্লাদে আটখানা হয়ে তার মনটা মেয়ের কাছে উড়ে যেতে চাইল, কিন্তু পরক্ষণেই সামনে এসে পড়লো একটা বিরাট বাধা – নটি ! নটিকে সে ফেলে কোথাও যেতে পারবে না, নিজের মেয়ের বিশাল প্রয়োজনেও না। আবার তাকে নিয়ে যাওয়াও অ-সম্ভব। তাহলে ? সে তো দুশ্চিন্তায় পাগলের মত হয়ে উঠলো,একদিকে তার এতদিনের স্বপ্ন, অন্যদিকে নটি ? সে যে তাকে ছাড়া আর কাউকেই চেনে না।

মেয়ে নিশ্চয়ই বুঝতে পেরেছিল তার দোটানা, সে ফোনে বলে দিল যে 'চিন্তা কোরোনা, মা, আমার শাশুড়ী তার বোনের বাড়ী এসেছিলেন, তিনি খুশী হয়ে এসে এখানে মাসখানেক থাকবেন।

তাছাড়া তো 'ফেসটাইমে' কথাও হবে, দেখতেও পারবে। একদম চিন্তা কোরো না।' হিয়ার চিন্তা কমলেও মন খারাপ গেল না। সে নিজের মা থাকতেও শেষে শাশুড়ীর সেবা নিতে হবে তার মেয়েকে ! 'এই ছেলেটাই হল আমার পায়ের বেড়ি। ও না থাকলে আমি কবেই ডোনার কাছে চলে যেতাম।' নটি লাফিয়ে সোফায় তার পাশে এসে বসাতে তার পিঠে একটা চাপড় মেরে সদুঃখে হিয়া বলেছিল। 'যাক মেয়েটাকে তো ফাঁদে ফেলা গেছে, হয়ত তার শ্বশুরবাড়ীর চাপও ছিল। কিন্তু তার ছেলে পপির কোন হেলদোল নেই -কেন' ? হিয়া দুঃখ করে। এই উৎসবের পরিবেশ থেকেই আমাদের বছর দুয়েকের জন্য দেশের বাইরে চলে যেতে হলো।

***

ফিরে এসে একটু গুছিয়ে বসতেই হিয়ার কথা মনে হল। এতদিনে তার নাতি বা নাতনী কত বড় হল তার গল্প শুনতে হবে

আর তার পেয়ারের নটির দৌড়াত্বের কাহিনীও। তখন প্রায় সন্ধ্যা ঘনিয়ে এসেছে। কিন্তু হিয়াদের বাড়ীতে তখনও কোন আলো জ্বলে নি। তবে কি কেউ বাড়ীতে নেই ? দোনামোনা করে দরজার ঘন্টি টিপতেই বাহাদুর দরজা খুললো। সে অল্পকথার মানুষ, আমাকে দেখেই বললো যে মেমসাহেব নিজের ঘরে আছেন। একটু অবাক হলাম। হিয়া একটু বেশী আলো আর লোকজন ভালোবাসে, তবে তার ঘরে ভর সন্ধ্যাতেও আলো নেই কেন ?

দোতালাতে উঠে দেখলাম যে হিয়ার বেডরুমে একটা মিটমিটে আলো জ্বলছে। তবে কি ওর শরীর খারাপ ? চিন্তিতভাবে ঘরে ঢুকলাম। জানালার পাশে একটা চেয়ার টেনে হিয়া একা বসে আছে। কাছে গিয়ে ওর কাঁধে হাত রাখতেই চমকে উঠলো হিয়া, তারপর আঁচল দিয়ে মুখ মুছে বললো, 'কবে এলি ? জানিনা তো ?'

– 'জানবি কি করে ? একটা সারপ্রাইজ দিতে চেয়েছিলাম'। হিয়া উঠে বিছানার কোনে বসলো আর চেয়ারটা আমাকে এগিয়ে দিল। কিন্তু আর কোন আলো জ্বাললো না্।

– 'কিরে, তোর শরীর ভালো আছে তো ? এমন ঘর অন্ধকার করে বসে আছিস যে ?'

– 'আমার মাথা ব্যথা – তাই।'

–' মাথাব্যথা ? কোন ওষুধ খেয়েছিস'?

– ' নারে। ঠিক আছে। কবে এলি ?' যেন জোর করে হিয়া সহজ হতে চেষ্টা করলো।

আমি তখন তার সহজ হবার সরল পন্থা বার করার রাস্তা ধরলাম – নটি।

– 'হ্যাঁরে, তোর আদরের দুলালটি কই ? মায়ের এত মাথা ধরা আর সে তার কোলে বসে চেটে কমিয়ে দিতে পারছে না ?'

হঠাৎ একটা বুকফাটা কান্না তার বুক চিরে বেরিয়ে এলো। তার মাঝে কোন কথা নেই কেবল ফোঁফানি আর আর্তনাদ ! ভয় পেয়ে তাড়াতাড়ি ঘরের বড় আলোটা জ্বেলে দিলাম।

ঘরটা এলোমেলো। গোছানি মেয়ে হিয়ার কাছে এটা যেন আশা করা যায় না। প্রথমেই মনে হল যে দীপনের কিছু হল নাতো ? কিন্তু তেমন হলে অন্য বন্ধুদের কাছ থেকে নিশ্চয়ই শুনতাম। ব্যস্ত হয়ে হিয়ার কাছে গিয়ে বসতেই হিয়া একেবারে বাচ্চা মেয়ের মত আমাকে জড়িয়ে ধরলো। আমার কাঁধে মাথা রেখে অনেকক্ষণ সে কাঁদলো। আমিও তাকে কাঁদতে দিলাম। বুঝলাম যে, তার মনে এমন কিছু অনেকদিন থেকে জমে আছে যা সে কারো কাছে প্রকাশ করতে পারছেনা। কিন্তু কি সে ? তার ছেলেমেয়েরা ভাল আছে। দীপনের সাথে তার আন্ডারস্ট্যান্ডিং ও বেশ ভালো, কাজেই সেদিক থেকে এমন কিছু হবার নয়। তবে কি হতে পারে?

অনেকক্ষণ পরে যখন সে সরে বসে টেবিল থেকে টিসুর বাক্স নিযে চোখ আর নাক মুছতে লাগলো, তখন বুঝলাম এর পরে সম্ভবতঃ না জিজ্ঞাসা করলেও সে বলবে। আমি তার দিকে অবাক হয়ে চেয়ে আছি দেখে সে বেশ একটু অপ্রস্তুত হল। বললো, 'স্যরিরে, কন্তু আমি যে আর সইতে পারছি না।" আমি কিছু বললাম না। কিন্তু সে আমার প্রশ্নভরা চোখ দেখে বললো, 'তোকে কেউ কিছু বলেনি ?'

– 'কি বলবে ? কি বিষয়ে ? ঠিক করে বল তো, তোর হয়েছেটা কি ? দীপন কোথায় ?'

– 'ও ট্যুরে গেছে। কাল ফিরবে।' ও পিছন ফিরে বসে আবার চোখ মুছতে লাগলো।

–'কি হয়েছে, আমাকে বলবি না ? এই কদিনেই আমি এতটা পর হয়ে গেলাম ?' আমি ইচ্ছা করে ওর সেন্টিমেন্টে আঘাত করে ওর বন্ধ মনের দরজাটা খুলতে চাইলাম।

হিয়া জানালা দিয়ে বাইরের অন্ধকারে চেয়ে থাকলো অনেকক্ষণ। তারপর নিজের মনে বললো, ‘আমি বড় ভুল করেছি রে।’

– ‘কি বিষয়ে ?’

–‘ এই দুনিয়ায় কে যে আপন আর কে যে পর তা তখনই বোঝা যায়, যখন অনেকটা সময় পেরিয়ে যায়।’ ওর চোখ দুটো আবার ডবডবে জলে ভরে ওঠে। আমি ওকে বলতে দিলাম, কোন বাধা বা প্রশ্ন না করে। একটু থেমে ও আবার বললে, ‘তুই নটির কথা জিজ্ঞেস করছিলি, ওকে আমি নিজে হাতে মেরে ফেলেছিরে ! নটি আর আমার কাছে নেই।’

–‘সেকি রে ? কি বলছিস তুই ?’

–‘হ্যাঁ রে, তিলে তিলে দগ্ধে দগ্ধ মেরেছি’ .. .. ওর মুখটা অপ্রকৃতিস্থের মত হয়ে ওঠে। আমি বুঝলাম যে জটিল কিছু, তাই ওর কাছে বসে ওর নানান আশকথা পাশ কথার জাল থেকে আসল কথাটা আবিষ্কার করলাম। আমাদের অনুপস্থিতির সময়ে ওর ছেলে পপির বৌ টুলিও প্রেগন্যান্ট হয়। পপির শ্বশুর বাড়ীতে শাশুড়ী নেই, অন্য কোন দায়িত্বশীল মহিলাও নেই। তাই পপি তার বৌকে তার বিশেষ আপত্তি সত্বেও হিয়ার কাছে রেখেছিল। তখন হিয়া তো সুখের সপ্তম স্বর্গে ! তার ওপরে যমজ বাচ্চা হবে, সে মনে মনে ভেবে রেখেছিল যে একজনকে সে নিজে হাতে মানুষ করবে। বাচ্চা হল, একজন বেশ বড়সড় আর তাগড়া, অন্যজন খুবই রুগ্ন আর ওজন কম। সে অনেকদিন হসপিট্যালের কিউবেটারে থেকে যখন বাড়ীতে এল, তখন তাকে নিয়েই সবাই ব্যস্ত। এদিকে পপিকে তার কাজের জায়গায় ফিরে যেতে হবে। টুলিও চাকরী করে। যদিও তার এখন অনেকদিন ছুটি কিন্তু নতুন বাচ্চা আবার একজন এত রুগ্ন, সে মহা সমস্যায় পড়ে গেল। পপির তার মায়ের ওপরে বিরাট ভরসা, তাই যখন হিয়া বললে যে ‘আমার কাছে ওকে রেখে যা না, একটু বড় করে আমি পাঠিয়ে দেব।” শুনে তো পপি বেজায় খুশী। একে বিয়ের এতদিন বাদে এই ঝঞ্ঝাট, তা ওপরে যমজ, আবার তার একজন রুগ্ন ..

তাদের এতদিনের পরিচিত লাইফ স্টাইল একেবারে পাল্টে যাচ্ছে। তা তা মা যদি একজনের ভার নেয়, তাহলে পপি নিশ্চিন্ত থাকে !

তবে সে তো আর টুলির মা নয়, তাই তার ওপরে টুলির তেমন কোন আস্থা নেই। প্রথমেই বলে যে বাড়ীতে কুকুর আছে, সে সর্বদা বিছানায় ওঠে, সব জায়গায় ঘুরঘুর করে, ওর তার সর্বত্র গতি, তাকে চেনে বেঁধে রাখতে হবে। নটিকে চেনে বেঁধে রাখার কথা মাথাতেও আসে না হিয়ার। প্রথমেই তার মনটা বেঁকে ওঠে, বলে না, তার নটিকে সে কখনও বেঁধে রাখবে না। তবে টুলিকে বলতে পারে না, সে বলে তার ছেলে পপিকে। কিন্তু পপিরও ধারণা তার থেকে তার নিউবর্ণ বাচ্চার অসুখ করতে পারে। হিয়া তো শুনে হাঁ, তার নটির থেকে অসুখ ? যে কোন বেবির থেকে তার বেবি নটি অনেক বেশী সুস্থ, তাকে সর্বদা সবরকম 'ইনোকুলেশন' দেওয়া হয়ে গেছে। কিন্তু টুলি, নতুন মা, তার ভয় আর যায় না। রোজ এই নিয়ে তর্কাতর্কি আর মন কষাকষি চলেছে। হিয়া আর পারে না। পপি বিরক্ত হয়, তার স্বামী দীপনও বিরক্ত হয়। শেষে পপি বোঝায় তার স্ত্রীকে, দীপন বোঝায় হিয়াকে। কিন্তু তারা যে যার কোটে আটকে থাকে। শেষে হার মানতে হয় হিয়াকে নটির জন্য তো আর নিজের ছেলে আর নাতিকে হারাতে চায়না তারা। একবুক অভিমান নিয়ে হার মানে হিয়া, বলে বেশ, বাচ্চার ঘরে নটি আর কখনও ঢুকবে না। কাল থেকে একজন বাড়তি লোক রাখবে, যে নটির পাহারাদারী করবে। বলতে হিয়ার বুক ভেঙ্গে যাচ্ছিল, কিন্তু আর কোন উপায় তার হাতে ছিল না।

আমি অবাক হয়ে এই অসম্ভব কাহিনী শুনি। যে নটির জন্যে শীতকাতুরে হিয়ার জীবনটাই বদলে গিয়েছিল, তার জীবনটার এই অবাস্তব বাঁক আমার কাছে নিতান্ত অপ্রয়োজনীয় মনে হতে লাগলো। অমন জিদ্দি হিয়া কিভাবে এমন সিদ্ধান্তে হ্যাঁ করলো ?

'তার পর ?' না বলে পারলাম না।

'হিয়ার গলার স্বর কেমন যেন মেকানিক্যাল – সে বলে চললো, 'ওরা চলে গেল বড় ছেলেটাকে নিয়ে, ছোটটাকে আমার ভরসায়

ছেড়ে। ছেলের সেই ভরসা কিভাবে ভাঙ্গি বল ? আয়া তো ছিলই, কিন্তু বারে বারে কুশ নানা অসুখে ভোগে। তার বাবা মা, 'ফেস টাইমে' তাদের ছোট ছেলেকে দেখেই সন্তুষ্ট থাকে, বড় নাতি লবকে দেখায়, সে বেশ ডাগর ডোগর হয়ে উঠেছে। দেখে মন খারাপ লাগে। মনে হয় আমার যত্নে বোধহয় কোন ত্রুটি হচ্ছে। এদিকে মাঝে মাঝে আমাদের পুরোনো কাজের লোক চিন্তামণি অভিযোগ করে যে নটির ভাল যত্ন হচ্ছে না, তার চিকেন মাঝেমাঝেই বলে তার নতুন রাখোয়ালা গোবিন্দ খেয়ে বসে থাকে, সময় মত তার প্যাকেটের দানা বা জল দিতে ভুলে যায়। জানিস, একবার সারা দিন জল খেতে না পেয়ে নটি আমার কাছে কুশের ঘরে ঢুকে পড়েছিল, আমি তাকে দূর দূর করে বার করে দিয়েছিলাম !' হু হু করে কাঁদে হিয়া, শেষে চিন্তামণি তাকে আদর করে কোলে করে বাইরে নিয়ে যায়, দেখে তার জলের বাটি খটখটে শুকনো। 'সময়মত তার তেষ্টা জলটাও আমি তাকে দিই নি। এমন পাষানী আমিরে ...! নাতির মোহে অন্ধ হয়ে,সমাজের কথা ভেবে আমার ওপরে যে একান্ত নির্ভরশীল প্রাণী – যাকে কচিবেলা থেকে মানুষ করেছি, তাকে অবহেলা করেছি।'

'আমি ঘরের বাইরে গেলে নটি ঝাঁপিয়ে আমার কোলে উঠতে চায়। কিন্তু আগের মত তার সেই উজ্জ্বল চোখদুটো কেমন যেন প্রাণহীন মনে হয়। যারা তাকে নিয়মিত দেখেছে, তারা বলতো, নটি আগের মত কেন দৌড়ে আসেনা ? কেমন যেন ভীতু ভীতু হয়ে গেছে।

ডাকলে সোফার পেছনে কিংবা দরজার আড়ালে বসে থাকে। ওর কি হয়েছে- সবাই জানতে চায়। ওর কী হয়েছে ? তখনও যদি ভাল করে ভেবে দেখতাম ! এখন ভেবে দেখি সত্যিই দিনে দিনে সে কেমন যেন ভরসাহারা অসহায় হয়ে পড়ছিল। চিন্তামণির কথায় নতুন লোক গোবিন্দকে ছাড়িয়ে চিন্তামণিকেই নটির ভার দিয়েছিলাম। সে নটিকে ভালই যত্ন করতো কিন্তু নটি চাইত আমাকে। তার খাওয়ার সময়ে না বসলে তার খাওয়া হতো না। এখন আমার আর সময় কোথায়, কুশের দেখাশোনা করতে করতে আমার নিজের নাওয়া

খাওয়া ভুলে যেতাম। কাজের ফাঁকে দেখতাম দরজার পর্দার বাইরে সে বসে আমার মুখে চেয়ে আছে।

কেমন যেন শুকিয়ে যাচ্ছিল, ভেটের কাছে তাকে পাঠালাম, ভেট ডাঃ কুনাল ফোনে আমাকে জিজ্ঞাসা করলো যে নটির কোন প্রবলেম হয়েছে নাকি ? শারীরিক কোন সমস্যা নেই, কিন্তু মুড চেঞ্জ হয়ে গেছে, হঠাৎ যেন বয়স বেড়ে গেছে। অনেকটা সাইকোলজিক্যাল প্রবলেম মনে হচ্ছে। কি আর করবো বললাম বাড়ীতে নতুন শিশু এসেছে, সে অসুস্থ, তাই তাকেই বেশী সময় দিতে হচ্ছে। নটিকে আমি নিজে বেশী সময় দিতে পারছি না –এই আরকি ! ভেট অনেক জ্ঞান দিল বললো যে এদের চট করে হার্টের অসুখ হয় – কাজেই আগের মত ওকেও সময় দিতে। এদিকে আমার বয়সও তো বাড়ছে রে, কতদিক আর সামলাই বল ?' হিয়ার চোখ দিয়ে ঝরঝর করে স্রোতের মত জল পড়তে লাগলো। এমন সময়ে একদিন কুশের খুব জ্বর হল – চারদিকে ভাইরাল আর চিকেনগুনিয়া হচ্ছে, ভয়ে প্রাণ উড়ে গেল, দীপন মাঝে মাঝে রাগ করে, এমনি করে তুমিই রোগে পড়বে, তখন কেউ দেখতে আসবে না। তার মধ্যে চিন্তামণি এসে বললো যে দুদিন ধরে নটি কিছু খাচ্ছে না। তার প্রিয় খাবার, চিকেন ভাত পর্যন্ত ছুঁয়ে দেখেনি, পটি পর্যন্ত করেনি, নেতিয়ে পড়েছে। তখন আমি জ্বরে প্রায় অচৈতন্য কুশকে নিয়ে গাড়ীতে উঠছি, বললাম যে গ্লুকোজ জল খাওয়াতে, ফিরে এসে আমি দেখছি। কিন্তু ফেরা হল না, কুশকে এ্যাডমিট করে নিল, ফলে আমাকেও সেখানে থাকতে হল।

দীপন রেগে গিয়ে পপিকে ফোন করে আসতে বললো। এখানেও আমার দোষ আছে রে, – কেন আমি কুশের ভার নিতে রাজি হলাম ! কুশ ধীরে ধীরে ড্রিপ আর ওষুধে ক্রমে ভাল

হতে লাগলো। নটির জন্যে মন ছটফট করলেও তার খবর কেবল ফোনেই নিতাম। সে বলে কেবল আমাকে খুঁজতো। আবার ভেঙ্গে পড়ে হিয়া। শেষে পপি একাই এলো, তখন কুশ বেশ ভালো হয়ে উঠে বাড়ী ফিরেছে। দীপনের কড়া নির্দেশে সে একাই কুশকে নিয়ে যেতে রাজি হল। কুশ তখন আর রুগ্ন শিশু নেই প্রায় দেড়বছর

পুরে গেছে, টুলির এক কাজিন বোন ওখানে থাকে, সে তখন ওখানে ফিরবে, তার সাথে বন্দ্যোবস্ত করে তো ওদের রওনা করে দেওয়া হল।

কিন্তু এতদিন মানুষ করা নাতি চলে যেতে মন খারাপের থেকে স্বস্তি পেলাম যেন।নিজের ছেলেকে বড় স্বার্থপর আর মতলবী বলে মনে হচ্ছিল। নিজের প্রয়োজনে সে তার মাকে 'ইয়ুজ' করেছে। আমাদের সময়, স্বাস্থ্য, বয়স আর নটির কথা একেবারেই ভাবে নি। এই বোধহয় এই জেনারেশানের স্বভাব।

আমি আমার নটিকে কোলে তুলে নিলাম। কিন্তু বড্ড দেরী করে ফেলেছিলাম রে। না খেয়ে, অনাদরের দুঃখে, সে শুকিয়ে গেছে। এমন হাল্কা তো সে কখনও ছিল না। হাতে করে খাবার দিলেও মুখ ফিরিয়ে নিত। যেন পণ করেছে আর আমার হাতে খাবে না। আদরে আদরে ভরিয়ে দিলে একটু চেটে দিত, তাও তার জিভ কেমন যেন শুকনো মত। তখনই তার ভেটের কাছে ছুটলাম, কিন্তু শুনলাম যে সে গেছে কোন কনফারেন্সে, তার এ্যাসিসটেন্ট দেখলো। দু'তিন রকম ওষুধ দিল। কিন্তু সে আর ভাল করে খেলো নারে। কেবল আমার কোলে শুয়ে একদৃষ্টে আমার মুখে চেয়ে থাকতো। ঘুমোতো আমার বিছানায় আমার পাশে।

আমি তাকে জড়িয়ে ধরে আমার পাপের প্রায়শ্চিত্ত করতে চাইতাম। কিন্তু যখনই আমার ঘুম ভাঙতো দেখতাম সে আমার দিকে একদৃষ্টে চেয়ে আছে। অবোলা প্রাণী, কিছু বলতে পারেনি, আমিও তাকে কিছু বোঝাতে পারিনি !

সাধারণতঃ আমি আর ওকে ছেড়ে কখনও বার হতাম না। কিন্তু আমাদের এক প্রতিবেশীর মারা যাবার খবরে যেতেই হলো। চিন্তামণিকে বারে বারে সতর্ক করে একঘন্টার জন্যে গিয়েছিলাম, ফিরে দেখি বাড়ীর সামনে বিরাট ভীড়। দোতালার খোলা বারান্দায় নটি আমার জন্য অপেক্ষা করেছিল। যতবার গাড়ী থেমেছে, ততবারই বলে সে রেলিং এ উঁকি ঝুঁকি দিয়েছে। শেষে একবার দুর্বল শরীরে সে আর তাল সামলাতে না পেরে উপর থেকে নীচে ...' হিয়া আর

শেষ করতে পারে না। আমি হিয়াকে জড়িয়ে ধরি। থাক থাক হিয়া। দুর্ঘটনা কি আর আটকানো যায় ?'

– 'নারে, দুর্ঘটনা নয়, আমারই কর্মের ফল। এখন বুঝতে পারছি যে আমার ছেলেমেয়ের থেকে আমার নটি অনেক আমার কাছের ছিল। তারা আমার কাছ থেকে শুধু প্রয়োজনের ধান্ধায় থাকতো। নটি কেবল চাইত আমার ভালবাসা, আর কিচ্ছু নয়। কাজের ধান্ধায় আমি তাও পারিনি রে। আমার অবহেলার শোধ নিতে সে আমাকে ছেড়ে চলে গেল। .. ..

আমি হিয়াকে জড়িয়ে ধরে পাথর হয়ে বসে থাকলাম।

***************************

# শকুন্তলার পতিগৃহে যাত্রা

শেষপর্যন্ত শকুন্তলার বিয়ে হ'ল। তাই কেবল নয়, তার আত্মীয় স্বজন, বন্ধুবান্ধবেরাও সবাই শেষ পর্যন্ত হাল ছেড়ে দিয়েছিল। মেয়ের আর বর পছন্দ হয় না। যত ভাল ছেলেই আসুক, সে তার কোন না কোন খুঁত বার করতেই থাকে। সে নিজে স্বাবলম্বী, নামী কোম্পানীর ম্যানেজারীয়াল পোষ্টে আছে। তার মতামতের তো মূল্য থাকবেই। কিন্তু তাই বলে ছেলেগুলোও তো ফ্যালনা নয়, তারাও তার সমকক্ষ। তারাও কোন না কোন ভাল ভাল কোম্পানীতে দামী পোষ্টে আছে। তাছাড়া তাদের ফ্যামেলি ব্যাকগ্রাইন্ড, শিক্ষাদীক্ষা – সবই বিবেচনা করেই না তার বাবা মা ছেলেগুলোকে বেছেছিলেন। কিন্তু বললে হবে কি, একবার 'মিট' করেই সে নাক উঁচু করে তাদের নাকচ করতে থাকে। মাঝের থেকে ছেলেগুলো তাদেখে আর তার চ্যাটাং চ্যাটাং কথাবার্তা শুনে, 'আহা, কি হারালাম, কি হারালাম' বলে 'হায় হায়' করতেথাকে !

বিয়ে তো হল, এখন মেয়ে বিদায়ের পালা। হিলজুতোর টকটক্ শব্দ তুলে সিঁড়ি দিয়ে দ্রুতবেগে নামছে শকুন্তলা, হাতে তার একজোড়া বাথরুম শ্লিপার। এর আগেও তার দু'দফা নীচে নামা হয়ে গেছে। সুটকেসগুলো গাড়ীর ডিকিতে, ভারি ব্যগগুলো সামনের সিটে আর ল্যাপটপটা পেছনের সীটে তার পাশে। দমাস করে গাড়ীর দরজা বন্ধ করে সে প্রথমে ব্যাগগুলো নেড়েচেড়ে দেখলো সব ঠিক আছে কিনা। তারপরে জানালার কাঁচ নামিয়ে গাড়ীর পাশে দাঁড়ানো হাউসকোটপরা তার বিধ্বস্ত ও ক্লান্ত মাকে হাত নেড়ে বললো, 'চিন্তা কোরো না, কালকেই তো আসছি।' জিনস আর জ্যাকেটপরা শকুন্তলা তার না আঁচড়নো চুল আর খালি কান গলা, খালি হাত নেড়ে নিজের

বাপের বাড়ী থেকে বিদায় নিল। কেবল তার বাঁহাতের অনামিকায় মস্ত হীরের আংটিটা রোদে ঝলমল করে উঠলো। ড্রাইভার গাড়ী স্টার্ট দিল। বাড়ীর অন্য সদস্য যারা বিয়েতে এনজয় করতে এসেছিল, তারা এই ক'দিনের উৎসবের লাগাতার ধকলেই ক্লান্ত হয়ে বাড়ীর বিভিন্ন ঘরে বিশ্রাম করছে। তারা জানতেও পারলো না যে তাদের শকুন্তলা শেষমেষ পতিগৃহে যাত্রা করতে চলেছে। শকুন্তলার মার তখন আর চিন্তা করারও বিশেষ ক্ষমতা বাকি নেই, তিনি হাত নেড়ে সদ্যবিবাহিতা মেয়েকে বিদায় দিয়ে ভাবতে ভাবতে চললেন যে আরো কি কি কাজ বাকি থাকলো !

শকুন্তলার গাড়ী মোড় ঘোরার আগেই অনসূয়ার সঙ্গে দেখা। প্রেফেশনে জার্নালিস্ট, ভট্‌ভট্‌ করে নিজের মোটর বাইকে শব্দ করে নাইট শিফট থেকে বাড়ী ফিরছিল। তাকে দেখে চটিশুদ্ধ হাত তুলে শকুন্তলা তাকে ডাকে,"আরে, আনসু ইয়ার, শুন তো সাহি'..! বাইক থামিয়ে হেলমেটের ঢাকা তুলে অবাক হয়ে আনসু বলে, 'হেই শাক্‌কু, তু স্টিল হিয়ার ?'

–' কেয়া করে ইয়ার, লিভিং নাউ। বহোত হো গিয়া।

–' চললি কোথায় ? ব্যাঙ্গালোর ?'

–' আরে সেখানে গিয়ে কি করবো, ডেভ তো এখন জোহানেসবার্গ।'

–' তো তুই একলা চললি কোথায়, তোর গুড়গাঁওএর বাড়ী তো খালি।'

–' খালি আর কোথায় ? তত্ব না কি সব হাবি জাবিতে আস্ত একটা ঘরভরে রেখে গেছে। হানড্রেড এন্ড থার্টিফাইভ প্যাকেটস্‌, জাষ্ট ইমাজিন !'

–' আরে সে তো সবই তোরই গিফট্‌স, তোকে পাঠাবে না তো কাকে পাঠাবে ?'

–‘ না রে বাবা, সে দু’হাজার র‍্যাপট্ গিফ্‌ট্‌স্ যা বিয়েতে পেয়েছি, সবই তো এখনও এখানেই। মমকে বলেছি,‘খবরদার ওগুলো এখন আর পাঠাবে না’। ঐ তত্ব না কি তাই নিয়েই যে কি করি তাই ভাবছি।

হু ইজ গোয়িঙ টু আনপ্যাক এন্ড্… . জাস্ট এ মিনিট, আনসু, প্লীজ.. মেরী দোস্ত ..’ তার গলায় ভালবাসা উথলে পড়ে।

–‘ নো। নো নো নো মাই ডিয়ার ! আই আন্ডার স্ট্যান্ড, হোয়াট ইউ মিন, বাট আই ডোন্ট হ্যাভ এনি টাইম ফর দ্যাট, স্যরি টু সে। সি ইউ” .. ’ সোঁ করে আনসুর বাইক বেরিয়ে যায়। সেদিকে চেয়ে মুখভঙ্গী করে জানালার কাঁচ তুলে দেয় শকুন্তলা। এমনি না হলে বন্ধু ! সব দেখা আছে ! গাড়ী আবার স্টার্ট নেয়।

শকুন্তলার মা মেনকা প্রতি পদক্ষেপে তাঁর সম্ভাব্য কাজের হিসেব করতে করতে এগোন। এতদিনে তবু যাহোক মেয়ে তো বিদায় হ’ল। কিন্তু হ’ল কি ? বলে তো গেল যে আবার কাল সে আসছে ! যাকগে, এবারে আজকের ঝঞ্ঝাটগুলো এখন মেটাতে হবে। সাতদিন ধরে সামিয়ানা পড়ে আছে, ফুলগুলো শুকনো, রঙ্গোলি ছড়িয়ে ধূলো হয়ে আছে। গেটের কলাগাছ দুটো মরা মরা, চিত্তির করা ঘট সব উল্টে পড়ে গেছে, ডাব গড়াচ্ছে। একটা প্রতিমা বিসর্জনের পরে মন্ডপের ছবি যেন ! বাড়ীর ভেতরে ঢুকতেই মেনকার মাসী খপ করে মেনকাকে ধরলেন।

–‘কি যে তোদের আচার ব্যাভার তা তো বুঝলাম না বাছা। মেয়ে প্রেম করে সমুদ্দুর পার থেকে বর আনলো, তাও না হয় বোঝা গেল। এদ্দিন অবাঙালী বর হচ্ছিল, এবারে নয় সায়েব বর ! তবু বর তো ! বিয়ের পরে মেয়েজামাইকে জোড়ে তো বিদায় করবি ! না বাসীবিয়ের ভোরেই বর গেল ভেগে…’

–‘ না, না, ভাগবে কেন ? তার যে একটা জরুরী এ্যাসাইনমেন্ট ছিল জোহানেসবার্গে, সেতো আগেই বলে রেখেছিল।’

–' চুক্কর তো ! আমাদের জামাই, নাতজামাইরা আর কাজকম্ম করেনি ! এই তো বিনিদির জামাই ওয়ার্ল্ড ব্যাঙ্কে কত বড় পোষ্টে কাজ করছে, হ'লই না হয় তামিল, কিন্তু সব বাঙালী আচার বিধি তো মানলোই, এমন কি হাতে মাকু দিতে সে বেচারা ভ্যাঁও করলো। তা লোকে হাসুক আর যাই করুক। আর তোর জামাইএর চামড়া সাদা বলেই তার সাত খুন মাপ..' গজগজ করে চলেন অনিলা দেবী। এমন সময়ে ডেকোরেটরের লোক এসে পড়াতে মুক্তি পেলেন মেনকা।

–'মাসী, মাসী, মাসী, প্রিয়া কোথায় ? দেখলাম না তো ?' কুন্তী ছুটে এসে তাকে জড়িয়ে ধরে।

–' ছাড় কুন্তী, এখন অনেক কাজ পড়ে আছে আমার। তোরা তো কেউ আমাকে একটু সাহায্য করবি না, কেবল, স্ফূর্তি '.. !

–' বেশ, তুমি আমাকে এমন করে বললে ! কি কাজ আছে বল, করে দিচ্ছি দেখ এক্‌খুনি।'

মুখভার করে এক কথায় প্রিয়া রাজি। এইরে ! মনে মনে ভাবে মেনকা, না বললেই হতো,এরা তো কাজের নামে কাজ নষ্টই করবে। এর থেকে নিজে যা পারি করে নিলেই সহজ হবে। মুখে সে বললে, 'নারে, এমনি ঠাট্টা করছিলাম। সর দেখি,বাইরে লোক দাঁড়িয়ে আছে।'

–' কিন্তু প্রিয়া কোথায় বললে নাতো ! কতদিন প্রিয়াকে দেখিনি ভেবেছিলাম এখানেই দেখা হবে। তা সবাই তো এলো প্রিয়াকে তো দেখলাম না।' কুন্তী আর প্রিয়া কাছাকাছি বয়সী, দুটিতে বড় ভাব ছিল।

কুন্তী পুনাতে ইনজিনিয়ারীং পড়ছে, প্রিয়া তখন ফ্যাশান ডিজাইনিং করছিল দিল্লীতে, তাই কুন্তীর আশা ছিল এখানে এলে প্রিয়াকে দেখবে। কিন্তু প্রিয়ার কোর্স তো ছোট,তাই সে পড়া শেষ করে, চটপট চাকরী পেয়ে প্রথমে বম্বে যায় তার পরে আরো ভাল অফার পেয়ে দুবাই চলে গেছে। শকুন্তলার বিয়েতে আর তার আসা

হয়নি। কুন্তী অভিমানে মুখ গোমড়া করে সরে যায়। নিঃশ্বাস ফেলে এখন মেনকা কোমর বেঁধে কাজে নামে।

প্রথমেই সে ডেকোরেটরদের পেছনে লাগে। পাড়ায় বিয়ের হিড়িক চলেছেই, এখানকার টাকাওয়ালা ডেকোরেটরদের মেজাজ আছে, কিন্তু কাজের শেষে বাড়ীর ম্যারাপ ভাঙ্গার সময় নেই। প্রচুর তাদের সোর্স, তাই তারা একটা কাজ শেষ হবার আগেই অন্য কাজ হাতে নিয়ে তাতেই ব্যস্ত হয়ে পড়ে। তাই তাদের বকাঝকা না করলে উপায় নেই। এদিকে ম্যারাপ না খুললে বাড়ী পরিষ্কার করা যায় না। তার ওপরে নিত্য হিজরেদের ঝক্কি। একদলকে কোনমতে বিদায় কর তো পরদিন আরেক দল এসে হাতে তালি বাজাতে শুরু করে দেয়। কণাদের তো কিছুতেই কিছু এসে যায় না। সে যেন সত্য যুগের মুনিঋষি। তার ইউনিভারসিটির বই পত্রের মধ্যেই তার জীবন শুরু আর শেষ। মেয়ের বিয়ের সাতশো ঝঞ্ঝাট সামলাতে এই মেনকাই সব। আগে আগে রাগারাগি অনেক করেছে মেনকা, কিন্তু এখন বুঝে গেছে তাতে তার এনার্জিই শেষ হয়ে যায়। থাকতে দাও তাকে নিজের মতই। এই যে মেয়ে বিয়ের পরে প্রথম শ্বশুর ঘরে গেল, তাতে কি তার বাবার কোন চিন্তা বা মাথাব্যথা আছে ! লোককে যাই বলুক না কেন, বর যে কেমন হল কে জানে !

মনের গোপনে একটা নিঃশ্বাস পড়ে মেনকার। এই বিয়ের পরদিনই নতুন বরের একা একা বিদেশ যাওয়াটা তারও ভাল লাগে নি। তবুও লোকের সামনে তাকে ডিফেন্ড তো করতেই হয়, কে জানে এ শকুন্তলার ভাগ্যে কি আছে ! বিয়ে মাত্রই তো একটা জুয়ো খেলা, তা সে নিজের জাতে বাপমায়ের পছন্দ করা ছেলের সাথে হলেও ! আর প্রেমের বিয়ের উপরে তো সন্দেহের দৃষ্টি আছেই দুনিয়াশুদ্ধ লোকের। তবে আজকালকার শকুন্তলারা নিজের পায়ে দাঁড়িয়েছে, দুষ্মন্তদের বড় একটা পরোয়া করে না, এই যা সান্ত্বনা। মেনকা কোমর বেঁধে এবারে কাজে লাগে। বসে বসে ব্রুড করার সময় আর তার কোথায়। তারও তো কত কাজ পেনডিং পড়ে আছে।

***

# সেই চেয়ারটা

পরীক্ষার হলে মাত্র দুজন টিচার, তিনঘন্টার পেপার। আবার 'ফিলজফি'। এখনই কুড়িজন বাড়তি কাগজ নিয়ে ফেলেছে - সামনে যে কি আছে তা বুঝতেই পারছে মণিদীপা! এইজন্যেই শুরু থেকেই সে আরো একজন টিচারের জন্য জোর দিচ্ছিল কিন্তু কপালই খারাপ, আজ আবার বিনা নোটিশে দুজন এ্যাবসেন্ট, অথচ আজই আবার তার নেমতন্ন আছে, ভেবেছিল একটা দুঘন্টার ডিউটি বাগাবে, তাতো হলইনা, এখন এই পঞ্চাশজনের দুশো ঝামেলা পোহাও!

নিতান্ত আত্মধিক্কারের সাথে ভাবলো- শিক্ষক জীবনের এটাই সবথেকে বিরক্তিকর অধ্যায়। এই পরীক্ষার হলে গার্ড দেওয়া! অবশ্য 'গার্ড' কথাটা উঠে গেছে, বলে 'ইনভিজিলেটর'। চল, তাই হোক। কিন্তু তাতে পরিশ্রম কি কিছু কমে? পঞ্চাশজনের ঘরে অন্ততঃ তিনজন থাকা উচিত ছিল। আপনমনে গজগজ করে মণিদীপা - কিন্তু বিনা নোটিশে কস্তুরী আজ এল না। হুকুম হল - তোমরা দুজনে ম্যানেজ কর। সেই থেকে ম্যানেজই করছে।

লাল কুর্তা, নীল সার্ট, সবুজ প্রিন্ট সালোয়ার, গোলাপী টি সার্ট - এক রো থেকে অন্য রোতে তোলা হাতের নিশানা লক্ষ্য করে ছুটছে সে। প্রথম দুটো রো বারো বারো চব্বিশ জনের- তার তত্ত্বাবধানে। বাকি তিনটে রো তে ছাব্বিশজন কল্পনা প্রধানের মাথাব্যথা। তা এই চব্বিশেই যা ঘোল খাওয়াচ্ছে! পারেও বাবা লিখতে ওরা, এক এক জন তো কাগজের গাদি বানাচ্ছে। ওদের কি ধারণা - পরীক্ষক এই বস্তা বস্তা কাগজ খুঁটিয়ে পড়বে? আর যা সব হাতের লেখার ছিরি!

এইসব ভাবতে ভাবতে সইকরা বাড়তি কাগজ হাতে করে প্রথম দুটো রোর মধ্যে পাইচারি করছিল সে। কারণ সে দেখেছে ডায়াসে উঠে একটু আরাম করে বসলেই সঙ্গে সঙ্গে হাততোলা, জল খাওয়া, প্রশ্নবলা, ইত্যাদি হঠাৎ বেড়ে ওঠে। ফলে ঐ উঁচু ডায়াস থেকে ওঠা নামা এক ঝামেলা হয়ে পড়ে। তার থেকে - এমন সময়ে একেবারে পেছন থেকে একজন ব্যস্ত হয়ে হাত নাড়তে লাগলো। সময় বাঁচাবার জন্যে মণিদীপা প্রায় ছুটে কাগজ দিয়ে ফিরতে যেতেই শেষ-রোর একটা আধভাঙ্গা পুরোনো চেয়ারে আঁচলটা জড়িয়ে গিয়ে চড়চড় করে ছিঁড়ে গেল।

ইসস্! এই নতুন শিফনটা! আঁচলটা হাতে করে বিহ্বল হয়ে চেয়ে থাকে সে। এটা কলেজে সে কখনই পরে আসতো না, কেবল বিকেলের নেমন্তন্নটার জন্যে। গেল সুন্দর, নতুন, দামী শাড়ীটা! রাগে আর আত্মধিক্কারে মন ভরে গেল তার। রাগে গরগর করতে করতে অপরাধী চেয়ারটার দিকে চেয়ে কেমন যেন ধাঁধাঁ লেগে গেল। আগেও সে কোথায় যেন দেখেছে এই চেয়ারটাকে। কোথায়? এটা কলেজের গতানুগতিক পিঠ খাড়া বাদামী রঙা চেয়ার নয়। চেয়ারটা এক কালে বেশ বাহারী ছিল বোঝা যায়। কুচকুচে কালো দামী ভারী কোন কাঠ কুঁদে নক্সা করা, উঁচু ঢালু পিঠেও কারুকাজ, হাতলের শেষ দুটো থাবার মতো মুঠো করা। পায়া চারটেতেই ঐ একই নক্সা। কিন্তু অযত্নে, অত্যাচারে আর কালের প্রকোপে চেয়ারটার সব শোভা শেষ। চুনকামের সাদা আর বাইরের দেয়ালের লাল রঙ, ধূলোর নোংরা সব মিলে প্রথম দর্শনেই মনে হয় এটা এখানে কেন? এই পরিচ্ছন্ন

সাজানো নতুন একই ধাঁচের মডার্ন চেয়ারের পেছনে হঠাৎ বেমানান এটা কেন?

আরো দুটো চক্কর লাগালো সে, আরো পাঁচখানা কাগজ সই করে বিলি করতে হল। মাথার মধ্যে কিন্তু ঐ চেয়ারটাই ঘুরছে। কেন? কেন এত চেনা চেনা লাগছে! কোথায় দেখেছে সে তাকে? এমন সময় ঘন্টা পড়ে গেল। খাতা কালেক্ট করতে করতে হঠাৎ বিদ্যুৎচমকের মত মনে পড়ে গেল সব, স-ব!

আজ থেকে প্রায় কুড়ি বছর আগে, প্রথম সে 'জয়েন' করেছিল এই কলেজে। প্রথমদিনটাই ছিল বিচিত্র। সদ্য পাশকরা, অবিবাহিতা, ঘর-থেকে-উপড়ে-আনা প্রায় কিশোরী তরুণী ছিল তখন সে। বয়স ছিল মাত্র তেইশ বছর। বিশাল কলেজ বিল্ডিংটাতে ঢুকে যেন গা ছমছম করছিল। অতবড় বাড়ীটাতে কেউ যেন নেই। কোথায় গেল সবাই?

আজ কি ছুটি? কিন্তু তার "এ্যাপয়ন্টমেন্ট লেটারে" তো আজকের তারিখই আছে! ভয়ে ভয়ে ভাঙ্গা হিন্দীতে একজন বেয়ারাকে দেখতে পেয়ে জানতে চাইল। সে হেসে বাঁদিকের পায়েচলা পথটা দেখিয়ে বললে, পেছনের কলেজ গ্রাউন্ডে আজ ফাংশান আছে। সবাই আজ ওখানে। লজ্জিত মণিদীপার মনে পড়ে সেদিন ১৪ই আগষ্ট, পরদিন ছুটি, তাই সেদিন স্বাধীনতা উৎসবের ফ্ল্যাগ তোলা হচ্ছে। পেছনে বিশাল সবুজ মাঠ, এখানে ওখানে ছোটবড় গাছপালা, মাঝখানে একটা বাঁধানো ফ্ল্যাগপোষ্ট। সেখানে পতপত করে উড়ছে ত্রিবর্ণ পতাকা। মঞ্চে মোটা, কালো, বয়স্কা এক মহিলা- সে চিনলো প্রিন্সিপ্যাল। ইন্টারভিয়্যুর দিন তিনি উপস্থিত ছিলেন। তাছাড়া সামনের চেয়ারে সারিবদ্ধ নানাবয়সী শিক্ষিকা। মেয়েরা কেউ গান গাইছে, কেউ পেছনে বসে বা দাঁড়িয়ে। দ্বিধাশঙ্কিত পায়ে সে শিক্ষিকাদের কাছে পৌঁছে নিজের পরিচয় দেবে- কি, কি করবে যখন ভাবছে, তখন একজন সরে বসে তাকে বসার জায়গা করে দিলেন।

ফাংশান প্রায় শেষ হয়ে এসেছিল, “জনগণ” গাইবার সঙ্গে সঙ্গে আবার সবাই উঠে দাঁড়াল। এবার সবাই যে যার ক্লাসে যাবে। মেয়েরা যারা এতক্ষণ চুপচুপ ছিল, ঘন্টা পড়ার সঙ্গে সঙ্গে হুড়মুড় করে দৌড় লাগালো। এতক্ষণে তার নজরে পড়লো, পেছনদিকে আর একটা বাড়ী উঠছে। তার মালপত্র স্থানে স্থানে গাদা করা আছে। পথের একপাশে আস্ত ও ভাঙ্গা চেয়ার, টেবিল, ডেস্কের স্তূপ। হয়ত পরে মেরামতের উদ্দেশ্যে রাখা হয়েছে।

বয়স্কা প্রিন্সিপ্যাল একজন শিক্ষিকার সঙ্গে ধীর পায়ে কথা বলতে বলতে ঐ সরু গলি পথে সবে পা দিয়েছেন - এমন সময় সম্ভবতঃ মেয়েদও ধাক্কা লেগে ঐ ফার্নিচারের স্তুপ থেকে একটা চেয়ারা ছিটকে এসে পড়লো মহিলার পায়ের উপর। সবাই চীৎকার করে উঠলো। পাশের মহিলা ধরে না ফেললে প্রিন্সিপ্যাল ঐ ধাক্কাতে একেবারে শুয়েই পড়তেন। হুড়মুড় করে আরো দুচারটে চেয়ার পড়লো কিন্তু সতর্ক থাকায় আর কারো লাগেনি।

প্রিন্সিপ্যাল মিসেস লার কিন্তু আর পা সোজা করতে পারলেন না। বোঝা গেল না চোটটা কোথায় লেগেছে। অসহ্য ব্যথায় কালো মুখ একেবারে নীল হয়ে গিয়েছিল। তক্ষুনি এ্যাম্বুলেন্স ডেকে তাঁকে হসপিটালে নিয়ে যাওয়া হয়েছিল, পায়ের হাড় বলে দুই জায়গা ভেঙ্গেছিল অপারেশন করে প্লেট লাগানো হয়েছিল। কিন্তু তিনি আর কখনও হাঁটতে পারেননি। তিনমাসের মাথায় ‘কার্ডিয়াক এ্যারেষ্ট’ হয়ে তিনি মারা যান।

সেইদিনই প্রথম সে এই চেয়ারটা দেখেছিল মনিদীপা। মনে আছে, তার কারণ, কলেজের সাদামাঠা জ্যামিতিক ডিজাইনের চেয়ারগুলোর মধ্যে এটা একটা আশ্চর্য ব্যতিক্রম ছিল। কোন একটা দামী এ্যান্টিক পিস যেন। কোথা থেকে এল এই চেয়ারটা? মনে আছে-এই আলোচনা উঠেছিল। কেউ বলেছিল, কোন গুদাম থেকে সস্তাদরে কিনে মেরামত করে কাজ চালাবার জন্যে রাখা হয়েছিল। মেয়েদের সংখ্যা বাড়ছে, বসার টেবিল চেয়ারের টানাটানি। কিন্তু এটা

তো সস্তার মাল বলে মনে হচ্ছে না, অপরজন মন্তব্য করে। হবে হয়ত কোন ভাবে মিলে মিশে বিক্রী হয়ে গেছে।

ধারাবাহিক ভাবে মনে পড়ছেনা মনির, কিন্তু পেছন ফিরে দেখে যেন মৃত্যুর মিছিল - এই চেয়ার খানির হাত ধরে। দেখতে সুন্দর বলে চেয়ারটা বোধহয় হষ্টেলে নিয়ে গিয়েছিল মেয়েরা। ঠিকঠাক মাস বছর মনে নেই, দিনের প্রথম ক্লাসেই হৈচৈ আর চাপা কোলাহল। হষ্টেলে একটি মেয়ে আত্মহত্যা করেছে। অন্য সবার সাথে মানিদীপাও দৌড়েছিল। দোতালায় ছোট একজনের মত হষ্টেলের ঘর, যেমন হয় আরকি। মোটামুটি গোছানো। দরজা সদ্য ভাঙ্গা হয়েছে, পুলিশ তখনও এসে পৌঁছয়নি, খবর গেছে। ওড়না দিয়ে সিলিংফ্যানের সাথে ঝুলছে একটি অপরূপ রূপসী তরুণী। পায়ের কাছে উল্টে পড়ে আছে ঐ ভরী কালো কাঠের চেয়ারটা। পরে সবাই আলোচনা করেছিল ঐ ভারী চেয়ারটা পায়ের ধাক্কায় কিভাবে ফেলেছিল কে জানে! সেদিন কলেজে আর ক্লাস হলনা।

গ্রীষ্মের ছুটি এসে গেল, যথারীতি পরীক্ষা, অন্যদিতে কলেজবিল্ডিংএ চুনকাম শুরু হয়েছে। পরীক্ষার জন্য বেশী ঘরের প্রয়োজন হয়না বলে আগে বাইরে থেকে রঙ করা শুরু হয়। যতদিন যায়, পরীক্ষার সংখ্যা ও ঘরের প্রয়োজন কমতে থাকে, তখন ভেতরেও কাজ চলে। সেদিনও বিকেলে ডিউটি ছিল মনিদীপার, তবে পরীক্ষার হলে নয়, পরীক্ষার বোর্ড। সে বসে বসে সেদিনের দু'ঘন্টার পেপারগুলো, যেগুলোর পরীক্ষা শেষ হয়েছে, সেগুলোর গোনাগাঁথা সিল করা দেখছিল।

তখনও প্রায় একঘন্টা সময় বাকি ছিল, দুতিনখানা ঘর বাকি আছে। তাহলে তারও ছুটি হয়। এমন সময় হুড়মুড়, দুমদাম শব্দ, চীৎকার হাহাকার- যে যেখানে ছিল ছুটে গেল শব্দ লক্ষ্য করে। পরীক্ষার হলে মেয়েরা সুযোগ পেয়ে এ ওর সাথে কাথা বলা শুরু করলো। মনিদীপা ছিল একতলার একদম শেষের ঘরে, যেটাকে বোর্ডরুম হিসাবে ব্যবহার করা হয়। দৌড়ে বারান্দা থেকে লনে নেমে তার মাথা ঘুরে গেল মনির, সামনের সিমেন্ট বাঁধানো চাতালে ছেতরে

পড়ে আছে একটা রক্তাক্ত দেহ। হাতে তখনও শক্ত করে ধরা একটা রঙের বুরুশ। তাকে জড়িয়ে ধরে অঝোরে কাঁদছে - একজন লাল সাদা রঙমাখা মজুর। সে ওর বড় ভাই। শোনা গেল দোতালার বারান্দার চওড়া কার্নিসে এক পা আর একটা চেয়ারে অন্য পা দিয়ে কার্নিশের ওপরটা রঙ করছিল রঙমজুর কৈলাশ যার নাম। হঠাৎ চেয়ারটা কি করে উল্টে যায়। ফলে - অত উঁচু দোতালা থেকে পড়লে কি কেউ বাঁচে? স্বর ফিরে পেলে কেউ কেউ বললো, চেয়ারে পা দিয়ে কেউ অত ওপরে রঙ করতে চেষ্টা করে?

কৈলাশের দাদা নোংরা কাপড়ে চোখ মুছতে মুছতে বললো, 'আমরা তো দশতলায় বাঁশের ওপরে দাঁড়িয়েও কাজ করি মেমসাব। এই তো আমাদের জীবন। তাছাড়া সবথেকে ভারী আর পাক্কা কুর্সী খুঁজে এনেছিল কৈলাশ, ও কুর্সীর অমন উল্টে যাবার কথার নয়।'

মনির পিঠ বয়ে কিসের যেন একটা ঠান্ডা স্রোত বেয়ে গেল। নিজের অজান্তে সিঁড়ি বয়ে উপরে উঠে গিয়ে দেখলো রঙের স্রোতের মাঝে সেই কালো পাথরের মত ভারী চেয়ারটা কাত হয়ে পড়ে আছে। কেবল তার হাতলের হাতলের আধখানা ভেঙ্গে টুকরো হয়ে পাশে পড়ে আছে।

নিজের চোখের সামনে তিন তিনটে অপমৃত্যুও সাথে জড়িতে হতে দেখলো এই চেয়ারটাকে - প্রত্যক্ষে, কিংবা পরোক্ষে। কিন্তু একথা কাউকে বলার নয়। যাকে বলবে, সেই তার কুসংস্কারে হাসবে। কাজেই ঢোঁক গিলে চুপ করে থাকাই ভাল। ছ'মাসও যায়নি। মনির ক্লাসের একটি মেয়ে ক্লাসে এল একটু দেরীতে। দেরীর জন্য একটু কড়া চোখে তাকাতে মেয়েটা লজ্জিত ভাবে বললো, "ম্যাম, একটা খোঁচায় হতটা একটু কেটে গেছে, তাই ওষুধ লাগিয়ে আসতে দেরী হল।" স্পষ্টতঃ তার হাতে ব্যান্ডেড লাগানো। কাজেই সে ভদ্রতা করে জিজ্ঞেস করলো, কাটলো কি করে? সে বললো পেছনের লনে বসে তারা টিফিন খচ্ছিল, এমন সময় বেল বাজাতে, দৌড়ে আসতে গিয়ে চেয়ারের একটা খোঁচায় রক্ত বেরিয়ে গেল - তাই।

ক্লাশ চললো, কিন্তু আবার দুদিন বাদে সেই মেয়েটা এ্যাবসেন্ট। পরপর দুদিন দেখে শেষে মনিমালা রেগে বললো - "অনার্স ক্লাসেই এমন গাফিলতি, তাহলে বুঝতে পারছি অন্য ক্লাসগুলো কি করছো তোমরা। জানতো এই কলেজে 'এ্যাটেনডেন্সে'র কি কড়াকড়ি!" এ ওর মুখে চাওয়া চাওয়ি করলো। কেউ জানেনা ওর খবর। কেবল ফার্ষ্ট ইয়ার এরা। ভাব এখনও তেমন জমেনি। শেষে একজন বললো তাদের পাড়তেই থাকে মেয়েটি, বাড়ী দেখেছে, কিন্তু ফোন নং ইত্যাদি জানে না। পরদিন খবর নিতে বলে সে ক্লাশ শেষ করলো। পরদিন ক্লাসে আসতে তার নিজেরই একটু দেরী হয়েছিল। কিন্তু ঢুকে দেখে কেউ তার নিজের সীটে নেই। একটা চাপা জটলা চলছে। মনিদীপা শান্ত ভালো মানুষ আর বয়সে ছেলেমানুষ হলেও সে ব্যক্তিত্ববান কড়া টিচার। সে নিজের টেবিলে কলমের ঠকঠক শব্দ করে শক্তমুখে সবাইকে বাসতে আদেশ দিল।

সবাই পেছন ফিরে তাকে দেখে যে যার নিজের চেয়ারে ফিরে যেতে লাগলো। তখন সে আবিস্কার করলো যে জটলার মধ্যিখানে একটা লালচোখের ক্রন্দরতা মেয়েকে ঘিরে তখনও দুচারজন বসে ও দাঁড়িয়ে। খুবই অস্বাভাবিক ঘটনা, অন্ততঃ তাদের মত একটা নামী শৃঙ্খলাপরায়ণ কলেজে। জানা গেল মেয়েটির ঘনিষ্ট এক বন্ধু গতকাল মারা গেছে। কিভাবে? দুর্ঘটনা? আত্মহত্যা? তাছাড়া কোনজন? ফার্ষ্ট ইয়ারের মেয়ে তখনও তাদের সাথে ভালো করে মুখচেনা, নামজানা হয়ে ওঠেনি। কাজেই নাম বললেও সে বুঝবেনা হয়ত।

জেরা করে জানা গেল যে, মেয়েটির 'টিটেনাস' হয়েছিল। 'টিটেনাস'? ইঞ্জেকশান নেয়নি? "না ম্যাম, সামান্য ছড়ে গেছিল একটা চেয়ারের পেরেকে। কেউ গ্রাহ্যও করেনা অমন ছেঁড়া কাটাকে। অন্ততঃ এই রয়সে।"

"কিসে বললে, চেয়ারে, চেয়ারে কাঁটা থাকবে কোথেকে? কোন চেয়ার?"

"এখানে নয় ম্যাম, বাইরের লনে। ভাঙ্গাচোরা চেয়ার, তাতে রোদে বসে পড়তে সুবিধা হয়।"

তক্ষুনি দীপার মাথা আবার ঝাঁঝা করে উঠলো। আবার চেয়ার, একি সেই? হঠাৎ সে অপ্রাসঙ্গিক ভাবে বললো, "কই চল তো দেখি কোন চেয়ার!" মেয়েরা পরস্পরের মুখে চাইল। এমন এক ট্রাজিক মৃত্যু সম্পর্কে কোন কথা না বলে কেবল চেয়ার দেখতে চাওয়া। ওদের মতে "মেক্স নো সেন্স"! কিন্তু বয়স কম হলেও রাশভারী টিচারের কথা কেউ অমান্য পারেনি। মনিদীপার অনুমান অভ্রান্ত, একটা নিমগাছের ছায়ায় দুতিনখানা আধভাঙ্গা ও নড়বড়ে চেয়ারের সাথে সেই বহু পরিচিত আর ভয়াবহ বর্তমান আর অজ্ঞাত-অতীতের সেই অ্যবলুশ কাঠের ভারী এ্যান্টিক চেয়ার, যার হাতলের কিছুটা ভাঙ্গা, একটা পেরেকের খোঁচা বেরিয়ে আছে।

পাশ দিয়ে একজন মালী আর দুজন দারোয়ান যাচ্ছিল, তাদের কোয়ার্টারে। হঠাৎ হুকুমের সুরে ডাকলো মনিদীপা, "বদরি, এই কুর্সীটাকে এক্ষুনি নিয়ে গুদামে ভরে ফেল। দেখো, আর কখনও যেন বাইরে বার না হয়"। তারা একটু অবাক হলেও "জী মেমসাব" বলে নিয়ে গেল। মনি তাদের সতর্ক করে দিল সাবধানে নিয়ে যাবে, ভাঙ্গা চেয়ার কাঁটা বার হয়ে আছে, আবার তোমাদের হাতে না লাগে। সাবধান"।

তারই চোখের সামনে দিয়ে চেয়ারটা পেছনের ষ্টোর রুমের দিকে চলে গেল। অনেকটা নিশ্চিন্ত হয়ে সেদিন ক্লাশরুমে ফিরেছিল মনি। তবে ক্লাশ আর হয়নি। মেয়রা শোকার্ত, আর সে ভীত আর ক্লান্ত।

তারপরে বেশ কিছুদিন চলে গেছে। অনেক পরীক্ষা এল গেল। বেশ কবার কলেজে চুনকাম হল। মেয়েদের হষ্টেল থেকেও আর কোন দুর্ঘটনার খবর আসেনি। মনিদীপার মন শান্ত হয়েছিল। ক্রমে সে ভুলেও গিয়েছিল। কিন্তু হঠাৎ আবার আজকে এই ! কিভাবে এতদিন বাদে বাইরে এল চেয়ারটা? কিভাবে ঢুকলো এসে এই ক্লাশরুমে?

কোন প্রয়োজন তো ছিল না। আর তারই শাড়ী ছিড়লো! কিন্তু না, এত নিরামিষাশী তো সে নয়। তার বলি চাই রক্তমাংসের দেহধারী জীবন্ত মানুষ। তবে কি এবারে তাকেই "সে" নির্ধারিত করেছে? মনিদীপা জানেনা। কিন্তু তার মন বলছে, ষষ্ঠ ইন্দ্রিয় বলছে - এবারে তার পালা। বহুদিন তাকে তৃষ্ণার্ত রাখা হয়েছে, তাই কি? কিন্তু কিভাবে কখন? কেন?

# "বোঝা গেল না ।"

উত্তরা সেদিন চলেছিল এয়ার পোর্টে, আর.কে.পুরমের পাশ দিয়ে। তার এক বান্ধবী আসছে বিদেশ থেকে – কৈশোরের অনেক স্মৃতি জড়িত তার সাথে। মন তার মগ্ন সেই সব স্মৃতিতে। বাইরে অন্ধকার। কিছুদূরে অজস্র ফ্ল্যাটবাড়ীর আলোকিত জানালা। কোন জানালায় কটকটে সাদা আলো, কোথাও স্তিমিত নীলাভ, আবার কোথাও দেওয়ালের রঙের প্রভায় লালচে। চোখ ছিল তার বাইরে, মন ছিলনা ।

হঠাৎ চকিতে পেছনে চলে যাওয়া এক জানালার আলোর দিকে মনটা যেন তার ছুটে যেতে চাইল। কেন যেন তার অকারণে মনে হল –"আহা, এই বাড়ীটায় বড় শান্তি !" নিজের অজ্ঞাতসারে সে ঘাড় ঘুরিয়ে সেই অগণ্য জানালার মাঝে সেই বিশেষ জানালাটা ভাল করে দেখতে চাইল। পরক্ষণে নিজের মনেই তার হাসি এল – সেকি পাগল নাকি ? জানালার আলো দেখে শান্তির পরিমাপ ! কিন্তু এমন কথা তার মনেই বা হবে কেন?

কোন কিছু না জেনে ! এমন নয় যে তার মনে কোনও অশান্তি আছে – তাই সে শান্তির খোঁজ করছে। যাকগে হাস্যকর ।

এয়ারপোর্টের ভীড়ে, কলরবে মন থেকে এই ছোট্ট ভাবনাটুকু মুছে যেতে তার সময় লাগলো না ।

দিন কাটছে। উত্তরার অতিব্যস্ত দিনে রাতে কেবল বর্তমানেরই প্রাধান্য,পুরোনো কথা মনে করার সময় কোথায় ? তবে হঠাৎ কখনও সন্ধ্যাবেলায় আর.কে.পুরমের পাশ দিয়ে গেলে বড়জোর তার মুখে মৃদু কৌতুকের হাসি দেখা দিয়েছে ।

এর কিছুদিন পরে – এবারে দিনের আলোয়,পড়ন্ত শীতের দুপুর বেলায় এক বন্ধুর নতুন বাড়ীর খোঁজে চলেছিল। অচেনা কলোনী, নম্বর খুঁজতে খুঁজতে গোলকধাঁধাঁয় ঘুরপাক খেতে খেতে হঠাৎ একটা বাগানওয়ালা বাড়ীর পাশে এসেই তার মনে একটা চিন্তার ঢেউ যেন ঝলকে উঠলো যেন তার প্রশান্ত মন যেন এক স্বচ্ছ, পরিষ্কার আয়না, তার ওপরে স্পষ্ট প্রতিচ্ছবির মত ফুটে উঠলো কথাগুলো – "এ বাড়ীতে বড় সুখ আছে !" উত্তরা আজ চকিত হল,আজ তার নিজের হাতেই ষ্টিয়ারিং– তাই আর সে হারিয়ে যেতে দিলনা বাড়ীটাকে। গাড়ীটাকে ধীরে ধীরে ব্যাক করে এনে বাড়ীটার পাশে পার্ক করলো। মস্ত বড় হাতাওয়ালা আধপুরোনো বাড়ী। রাস্তার ধারে লনের মধ্যে বড় বড় ঝুপসি নিমগাছ আর গুল্মোর গাছের ছায়া। নীচু ইঁটের প্রাচীর। ঘনঘাসে ঢাকা লন। ঘাস অনেকদিন ছাঁটাই হয়নি বোঝা যায় । বাড়ীটার যে খুব দেখাশোনা হয় তাও মনে হয়না। আশেপাশের বাড়ীগুলোর মত ঝকমকে ভাবও নেই। সেই পা-ডোবা ঘাসের ওপর ঝুপসি গাছের আলো ছায়ার নীচে রঙচটা একটা বেতের টেবিল, গোটাদুই চেয়ার। টেবিলের ওপর একটা বই উপুড় করে রাখা– কেউ যেন পড়তে পড়তে উঠে গেছে, একটা বাদামী শাল। ঝিরঝিরে ঠান্ডা হাওয়ায় নিমগাছের শুকনো পাতা ঝরে পড়ছে। দূরে কোথাও একটা ক্লান্ত ঘুঘু থেকে থেকে ডাকছে আশেপাশে কেউ কোথাও নেই । বাড়ীটার কাঁচের দরজা জানালা বন্ধ। সব অতি আধুনিক বহুতল

ফ্ল্যাটের অরণ্যে এ বাড়ীটা যেন খাপছাড়া। মস্ত একটা জমি অধিকার করে বসে আছে যেন এক বনেদী অহংকার !

কয়েকমিনিট পর্যবেক্ষণ করেই তাকে আবার গাড়ীতে স্টার্ট দিতে হল। যদিও এই সব অভিজাত পাড়ায় পায়ে চলা লোক বেশী থাকেনা, তবু কি জানি, কে কি ভাববে !

এবারে কথাটা কিন্তু তার মন থেকে মুছে গেলনা। বন্ধুর বাড়ীর হাসি গল্পের মাঝেও ঘুরে ফিরে ঐ আচমকা দেখা বাড়ীটার স্মৃতি ভেসে উঠতে লাগলো। আশ্চর্য, পরপর দু দুবার এমন কথা তার মনে কেনই বা এল ? বাস্তবের বাইরে চেতনের অতিরিক্ত কখনও সে কিছুর খোঁজ করেনি। দরকারও হয়নি । আজ যেন তার অবচেতনের গভীরে সংগুপ্ত কোন এক ধূসর জগৎ তার সংস্কারমনস্ক জাগতিক জীবনকে নাড়া দেবার চেষ্টা করছে। কিন্তু কেন? সত্যিই কি ও বাড়ীতে সুখ ছিল ? সে সুখের প্রকাশ কি? সমৃদ্ধি ছিলনা, এটা তো ঠিক। কি দেখে, কি সংস্কারবশে এমন কথা তার মনে আসছে ?

এই দুটো বিচ্ছিন্ন ঘটনা দিয়েই যদি শেষ হতো, তাহলে হয়ত উত্তরা আবারও ভুলে যেত তার মনের এই সাময়িক সংশয় আর জিজ্ঞাসাকে। কিন্তু তার আর ভোলা হলনা।

উত্তরার এক বান্ধবী বিয়ের বহুকাল বাদে যখন হাল ছেড়ে দিয়েছে – তখন পুত্রলাভ করলো। উওরা ফুলের গোছা নিয়ে দেখা করতে গেল নার্সিং হোমে। সাদা ধবধবে বিছানায় নতুন মায়ের গর্বিত হাসিমুখ। শিশুটি তখন ছিল নার্সারীতে। তার বাবা মার অনুরোধে উত্তরা গেল তিনতলায় বাচ্চা দেখতে।

নার্সারীর কাঁচের আড়াল থেকে নার্স মাত্র আঠারো ঘন্টার শিশুটিকে বুকে তুলে দেখালো। টুকটুকে ফর্সা, গোলগাল,শিশুটির হাতদুটো মুঠো করা, চোখে একটা আলো লাগা পিটপিটে ভাব। দেখলেই হাত বাড়িয়ে কোলে নিতে ইচ্ছা করে। কিন্তু একবার ফুটফুটে শিশুটির দিকে তাকিয়েই দেওয়াল ধরে টাল খেলো উত্তরা। মনে হল একটা দ্বিমুখী ঘূর্ণীর মাঝখানে পড়ে গেছে সে। সেই আবর্তে কয়েক মুহূর্ত যেন তার শ্বাস বন্ধ হয়ে এল। যখন সে বড় করে

নিঃশ্বাস নিল,তখন পাশের এক ভদ্রলোক তার ভাবান্তর লক্ষ্য করে জানতে চাইলেন যে তার শরীর ঠিক আছে কিনা, কোনও সহায়তার প্রয়োজন আছে কিনা ! সংক্ষেপে ধন্যবাদ জানিয়ে ধীরে ধীরে সিঁড়ি দিয়ে নামতে নামতে লাগলো উত্তরা। এ তার কি হল? এ কি অভিশাপ দেখা দিল তার জীবনে? কেন এই বহুকাঙ্ক্ষিত শিশুর ললাটে মুদ্রিত এক অশুভবার্তা সে পড়তে পারলো ?

নার্সারী থেকে বাচ্চা দেখে বাবা মাকে অভিনন্দন জানাবার প্রচলিত রীতিকে অগ্রাহ্য করে উত্তরা সোজা বাড়ী ফিরে এসে শুয়ে পড়লো বিছানায়। নিজেকে সে বোঝাতে চেষ্টা করলো এই হঠাৎ মাথা ঘোরা. ঝাপসা দেখা নিশ্চয়ই কোন রোগের লক্ষণ। হয়ত স্পন্ডিলাইটিস, হয়ত প্রেসারটা বেড়েছে কিংবা অন্যকিছু। সে ঠিক করলে কালকেই ডাক্তার দেখাবে । বিকেল থেকেই শরীরটা ঝরঝরে হয়ে গেল, তবু মনটা কেন তার বশে আসছে না।

পরদিন ভোরে তার কাজের মেয়ে গৌরী দুদিনের ছুটি চাইল, তার 'মিতিনের' ছেলের বিয়ে সে দেশে যাবে। হঠাৎ অনিচ্ছাসত্ত্বেও উত্তরার মুখ দিয়ে বেরিয়ে গেল –"মত যা গোরী'। মালকিনের ছুটি দেবার অনিচ্ছা মনে করে গৌরী ফোঁস করে ফণা তুললো –'কিউ' ? অসহায় কণ্ঠে আন্তরিকভাবেই উত্তরা বললো ' পতা নেই'" ! সত্যি সে নিজেও জানেনা, কেন সে আচমকা গৌরীকে যেতে নিষেধ করলো ! গৌরী যে ছুটি নেবে সে তো সে সাতদিন আগে থেকেই জানে। বিয়েবাড়ী যাবে বলে সে উত্তরার জগমগে আধপুরোনো সিল্কের শাড়ী সে আগে থেকেই আদায় করে রেখেছিল। তবু হঠাৎ কেন তার এই আপত্তি ? উত্তরার মনে প্রশ্নতরঙ্গ উঠতে থাকে । যখন খেয়াল হয় তখন সে দেখে রাগ করে গৌরী পুরো কাজ শেষ না করেই চলে গেছে।

তৃতীয়দিন ভোরে গৌরীর স্বামী এল হাতে মাথায় ব্যান্ডেজ বেঁধে। এসে খালি হাউ হাউ করে কাঁদে। অতিকষ্টে উদ্ধার হল যে বরাতপার্টি চলেছিল এক খোলা ট্রাকে। গ্রামের পাশে গেটছাড়া এক লেভেল ক্রসিং পার হতে গিয়ে চলতি ইঞ্জিনের ধাক্কায় পুরো ট্রাক

উল্টে পাশের খাদে গিয়ে পড়ে। পাঁচজন তখুনি শেষ, তার মধ্যে ছিল নতুন বর আর গৌরী। অন্যরা এখনও হাসপাতালে পড়ে। আরো কত কি বলে যায় শিউশরণ, গৌরীর গুণপনা, তার ছোট ছোট ছেলে মেয়ের দুর্গতি ! বেশীরভাগ কানেই ঢোকেনা উত্তরার। তার কানে ভাসে তার নিজেরই অনিচ্ছাকৃত আকুতি–"মৎ যা গোরী"! একথা সে আর গৌরী ছাড়া আর কেউ জানতো না। এখন থেকে সে কেবল একাই জানবে। সম্বিত ফিরলে সে শিউশরণকে কিছু টাকা আর সান্ত্বনা দিয়ে বিদায় করে।

তখনি তার মনে দুশ্চিন্তার ঢেউ ওঠে মিসেস দুবের ছেলের কথা ভেবে । নিজের মনে সে সর্বশক্তিমান ঈশ্বরের কাছে শিশুটির দীর্ঘজীবন প্রার্থনা করে। একবার ভাবে ফোন করে খবর নেয়- কিন্তু কেন যেন সাহসে কুলায় না। কেমন একটা গুমোট মনখারাপ নিয়ে দিনগুলো গড়িয়ে চলেছে। একটা সর্বাত্মক ভালো না লাগা, কিছু করতে না চাওয়া ক্লান্ত আলস্যপূর্ণ দিন।

সেদিন ছিল শনিবার, দুপুরে বই পড়তে পড়তে ঘুম এসে গিয়েছিল উত্তরার। হঠাৎ শোনে কেউ যেন একটানা দরজার ঘন্টি বাজিয়ে চলেছে। আচমকা ঘুম ভাঙ্গলে তার 'মাইগ্রেনের' আক্রমণ হয়, তাই রাগের চোটে দুমদাম করে দরজা খুলে সে বলতে যাচ্ছিল যে 'এটা কি মন্দিরের দরজা, যে যে কেউ এসে ঘন্টা বাজিয়ে যাবে ?' কিন্তু তা আর বলা হলনা, সামনে দেখে রশ্মি দাঁড়িয়ে। তার ফ্যাকাশে মুখে অসহায় আতঙ্ক। রশ্মি দুবেদের প্রতিবেশীর মেয়ে – তাকে দেখেই উত্তরার বুকটা ধড়াস করে ওঠে– তবে কি–! দুজনেই দরজার দুপাশে দুজনেই বাক্যহীন। শেষে রশ্মিই কেঁদে বলে "আপ চলিয়ে আন্টিজী,"! যেমন ছিল তেমনি বেশে পায়ে চপ্পল গলিয়ে বাড়ীর চাবি হাতে নিয়ে রশ্মির গাড়ীতে উঠে বসে উত্তরা। গাড়ী কিন্তু দুবেদের বাড়ীর দিকে যায়না, অন্যপথ ধরে। উত্তরার সন্দেহই ঠিক। ঊর্মিলা দুবের দু'মাস বয়সের ছেলে আবার নার্সিং হোমে। অবস্থা খারাপ। কী যেন ওষুধের এলার্জি না যেন কি – রশ্মি ভাল করে বোঝাতে পারে না। তবে উর্মিলাকে সামলাবার জন্যে উওরার ওখানে থাকা প্রয়োজন।

ততক্ষণে নার্সিং হোমে অনেক লোক জমে গেছে। মুখ্যতঃ ওদের আত্মীয়স্বজন। এখানেই ঊর্মিলার ছেলের জন্ম, এখানেই নবজাতককে দেখে উত্তরার নঞর্থক অনুভূতি ! আবার সে এখানে এল তার মাকে সামলাবার জন্য। অবশ্য সামলাবার কিছু ছিলনা। ঊর্মিলা ধীর স্থির, ডাক্তারও আশা দিচ্ছে তত ভয়ের কিছু নেই। তবু কেন যেন যুক্তিহীনভাবে উত্তরার মনের মধ্যে ধ্বনিত হতে লাগলো –' লাভ নেই, কোনো লাভ নেই !'

আটচল্লিশ ঘন্টা কেটে গেছে, স্নান করে ,কাপড় বদলে, নিজের বিছানায় আচ্ছন্নের মত বসেছিল উত্তরা। সমস্ত মন জুড়ে এক বিক্ষুব্ধ অপরাধবোধ। কেউ জানেনা, কিন্তু তার মনে হচ্ছিল যে ওই ফুটফুটে মাখনের দলার মত শিশুটির অকালমৃত্যুর জন্যে যেন সে নিজেই দায়ী। শত চেষ্টাতেও ঊর্মিলাকে কাঁদানো যায়নি। কেবল সে শক্তভাবে আঁকড়ে ছিল উত্তরার হাতদুটি, চোখের দৃষ্টি স্থির অচঞ্চল । বিয়ের ন'বছর বাদে প্রথম সন্তান, তাও আবার ছেলে – ওদের একান্ত সাধনার ধন। উত্তরার সহজ সরল একমুখীন জীবনে কেন এই অভিশাপ এল ?

এই ভবিষ্যৎ জানতে পারার অভিশাপ ! লোকে হাত দেখায়, কোষ্ঠী বিচার করে, নিজের ভবিষ্যৎ জানতে কে না আগ্রহী ! কেউ স্বীকার করে, কেউ স্বীকার করেনা, এই যা ! কিন্তু সে তো কখনও এইসব অতিপ্রাকৃত ও অজানিত নিয়ে মাথা ঘামায়নি কখনও। তবে কেন তার জীবনের সরল আনন্দ – প্রিয়জনদের দুর্ভাগ্যের ইঙ্গিতে মলিন হয়ে যাচ্ছে !

চকিতভাবে উত্তরার মনে হয় অবশ্য – ঘটনার ইঙ্গিত অবশ্য দুঃখ দিয়ে শুরু হয়নি। প্রথমে চলতিপথে আকস্মিকভাবে পেয়েছিল সুখী আর শান্তিময় বাড়ীর ঠিকানা। তবে এটাও ঠিক যে তা প্রমান করার মত কোনও উপকরণ তার হাতে ছিলনা।

দিন কাটছে, উত্তরার মনে একটা অস্বাচ্ছন্দ্য,দেহে ক্লান্তি। একটা আচ্ছন্নতার ঘোরে তার দিন কাটছে। তার সন্তানহীন জীবনে কোনো সমস্যা ছিলনা। চাকরি আর একটা শিশুদের অনাথালয় আর

অবসরমত বাগান ও বন্ধুবান্ধব নিয়ে দুদর্মবেগে তার জীবন ছুটে চলেছিল। ঝড়ের বেগে তার জীবনের ক্যালেন্ডারে দিন, মাস, বছর বদলে যেত।

আজ দিন আর কাটেনা। এক অপরিচিত আলস্য আজ তাকে ঘিরে ধরেছে। "হোমে" যাবার ইচ্ছাও কমেছে, নতুন লোকও রাখতে হয়েছে। বই না হলে দিন কাটতোনা। এখন বই হাতে সোফায় শুয়ে জানালা দিয়ে আকাশের পানে চেয়ে থাকে। হয়ত কিছুই দেখেনা ভাবেনা, অসীম এক শূন্যতা !

তার স্বামী বাসুদেব কম কথার মানুষ, কিছুদিন ধরেই সে উত্তরার এই পরিবর্তন লক্ষ্য করেছে। প্রথমে ভেবেছিল যে বান্ধবীর জন্য সাময়িক শোক। কিন্তু এখন যখন দীর্ঘদিন বাদেও কোন পরিবর্তন এলনা, তখন সে এক ডাক্তারের কাছে 'এ্যাপয়েন্টমেন্ট' করে নিয়ে গেল। উত্তরা বাধা দিলনা। বোধহয় প্রতিবাদ করার মত উদ্যমও তার ছিলনা।

বড়ো ডাক্তার আগাগোড়া পরীক্ষা করলেন দুদিন ধরে। প্রেসার কিছু লো, সুগার কিছু কম। এছাড়া আর তেমন কিছু পাওয়া গেলনা। শরীরে তার কোনও কষ্ট নেই, কেবল তার নিজেকে 'একটা ফুরিয়ে আসা মোম বাতির মত মনে হচ্ছিল'। কিন্তু এমন একটা কাব্যিক উপমা ডাক্তারের কাছে প্রকাশ করতে না পারায় – তার প্রকৃত মনোভাবটা ডাক্তারের জানা হলনা। শেষে ভাল খাদ্য, বিশ্রাম, টনিক ও মনকে আনন্দে রাখার উপদেশ দিয়ে ডাক্তার তাদের বিদায় করলেন। বাসুদেব সপ্তাহ খানেক তাকে সঙ্গ দিয়ে , টনিক খাইয়ে সত্যিই তাকে অনেকটা সুস্থ করে তুললো।

সেদিন হালকা গরম পড়তে শুরু করেছে, তীব্র শীতে সারা শহরটা যেন কুঁকড়ে সাপের মত গহ্বরে লুকিয়ে থাকে। গরমের আমেজ মাত্রেই গরমকাপড়ের আস্তরণ ঝেড়ে ফেলে সবাই যেন কোলাহল করে বেরিয়ে পড়েছে বাইরে। শীতকালটা এখানে অসহনীয় উত্তরার গ্রীষ্মকালও সহনীয় নয়। তবে শীত গ্রীষ্মের মাঝের খাদটুকু

বড় মনোরম। কিন্তু দিল্লীতে সে অবকাশ আর কতটুকু? এরপরেই তো আবার তাপের পারা চড়বে পাগলা গতিতে !

স্বাস্থ্যোদ্ধারের নূতন আনন্দে চনমনে উত্তরা, এতদিনের পড়ে থাকা সংসারের কাজের পেছনে লাগে। প্রথমেই ড্রইংরুম, তার ঔদাসীন্যে কি হালই হয়েছে সুন্দর ঘরটার ! কাজের লোকগুলো পুরোনো –তাই ঝেড়ে মুছে গেছে ওপর ওপর রোজ। কিন্তু রাশি রাশি পত্রপত্রিকা, খবরের কাগজ সব এলোমেলো ছড়ানো। সেগুলো সংগ্রহ করে সে প্রথমেই বিদায় করলো। তারপর বিশৃঙ্খল কিউরিও আর ধূলো মলিন কাটগ্লাসগুলো ধুয়ে মুছে নিজের হাতে পরিষ্কার করে, মনের মত করে সাজাতে একবেলা গেল ।

পরদিন লাগলো শোবার ঘরে। লেপ,কম্বল রোদে দেওয়া, চাদর, ওয়াড় কাচানো – সব এলাহী কান্ড। সাধে কি আর তার শীতকাল অপছন্দ ! রাশি রাশি গরমজামা, শাল সবই অন্যান্য বছর শীতের শেষেই লন্ড্রী ফেরৎ এসে আলমারী বন্দী হয়। এবারে গরমের শুরুতেও চারদিকে ছড়িয়ে আছে । কাজ করতে করতে ' জোস' এসে গেল উওরার। হাত কাজ করে, মন চিন্তা করে। 'ওল্ড হোমের ' মিটিংটা নিয়ে আবার বসতে হবে। খবর দিতে হবে অন্য সব সদস্যদের। উৎসাহ সবারই আছে, কিন্তু এমন একজন চাই যে বিভিন্ন বয়সের, বিভিন্ন মুডের, বিভিন্ন রুচির একদল মহিলা কর্মীকে দলবদ্ধভাবে এগিয়ে নিয়ে যেতে পারে। সে কাজ উত্তরা ভিন্ন আর কে পারে ? একথা সে নিজেও জানে, অন্যরাও স্বীকার করে হয়ত অনিচ্ছাসত্বেও ।

অভিজাত বৃদ্ধাবাসের পরিকল্পনা বহুদিন ধরে উত্তরার মাথায় ঘুরছে। আজকের জগতে শিক্ষিতা মহিলারা সর্বসমক্ষে দুঃখ করতে লজ্জা পাননা যে ' কুকুর রাখার কেনেল পাওয়া যায়, কিন্তু বৃদ্ধা শাশুড়ীকে রাখার জায়গা নেই'। একদিন তো তারাও সেই অবস্থায় পড়বে, কাজেই সময় থাকতেই ভাল ব্যবস্থা করে রাখলে মনে বল পাওয়া যাবে ! তার তো আবার ছেলে মেয়েও নেই। অবশ্য থাকলেই

বা কি তারা দেখছে ও তাদের নিজের ব্যবস্থা নিজেদেরই করে রাখা ভাল।

উত্তরা ভাবে আর পাশাপাশি দুটোঘরে ছুটে ছুটে কাজ করে চলে। এখন চলেছে শীতগ্রীষ্মের অবধারিত পরিধেয় বদলের পালা। শীতের ভারী সিল্কের শাড়ী আর উলের জামাগুলো ন্যাপথালিন আর নিমপাতা ইত্যাদি অনুপান দিয়ে ষ্টিলের আলমারীতে সাজিয়ে ফেলে সে। গরম কালের তাঁত, শিফন আর কোটাগুলো আগেই তোলা হয়ে গিয়েছিল রোজকার আলমারীতে। সারি সারি কোমল উজ্জ্বল রঙের প্রভায় আলো করা শাড়ী আর গরম কাপড়ের গুচ্ছের ওপর তৃপ্তদৃষ্টি ফেলে সে ভাবে ‘ যাক, এবারে কাজ শেষ, আর আগামী ছ'মাসের মধ্যে এই আলমারী খোলার দরকার হবেনা।’ এই ভেবে সে ষ্টীলের আলমারীতে চাবি লাগাতে যায়। হঠাৎ উত্তরার দৃষ্টি ঝাপসা হয়ে আসে –তার চর্তুদিকে একটা অদ্ভুত ঘূর্ণী। সে যেন শুকনো পাতার মতো আবর্তিত হচ্ছে সেই ঘূর্ণীতে। তার পাদুখানা আর মাটিতে নেই– শূন্যতা নিঃসীম শূন্যতা !

কতক্ষণ পরে কে জানে, তবে খুব একটা বেশী সময় যায়নি– উত্তরার হুঁশ ফিরলো। দেখলো সে দুহাতে আলমারীর পাল্লা দুখানা শক্ত করে ধরে পাথর হয়ে দাঁড়িয়ে আছে। সামনে খোলা আলমারীর কন্দরে্ তার সারাদিনের, বলতে গেলে সারা সপ্তাহের সাফল্য। সেই দিকে চেয়ে অত্যন্ত যুক্তিহীনভাবে উত্তরার নিরাবিল চিন্তাপটে কথাগুলো ভেসে উঠলো –“আগামী ছ'মাস বাদে কেন,আর কী কখনও এই আলমারী তার খোলার প্রয়োজন হবে ? কখনও কি ? কে খুলবে এই আলমারী তার পরে ?”

**************************

# নেড়ী

–'আর মাথায় তুলিস নারে, এর পরে আর চাইলেও নামাতে পারবি না।' বললেন বড় মেয়ে কমলা।

–'হাজার হোক ঝিয়েরই তো মেয়ে। অত আহ্লাদ কিসের ?' এখনও বিয়ে না হওয়া ছোট মেয়ে চৈতী নাক কুঁচকে বললে।

–'আহা, কেন এত বলিসরে সবাই, মেয়েটা তো একবারে এ বাড়ীর মতই হয়ে উঠেছে। চালচলনে আচার ব্যবহারে কেউ কি বলবে যে ও ঝিয়ের মেয়ে ?' মেজবৌ সুনন্দা নীচু গলায় প্রতিবাদ করলে।

–'ঐ তো আবার একটা কথা। চাল চলন দেখলে কি হবে, চেহারা দেখলে যে কেউ বুঝবে যে ও

কে !' এটা আবার চৈতীর মত।

–'সে কথা কিন্তু সত্যি, কি দেখে যে মেজদির মায়া পড়লো ঐ কালো কুটকুটে, বেঁটে, খর্পুরে উকুলউলি ছেমরিটার জন্যে তা মেজদিই জানে'! নাক শিটকায় ছোটবউ শিউলী। 'তাও যদি মেজদির ফুলের মত সুন্দর দুটো ছেলেমেয়ে না থাকতো !'

–'তাই তো বলছি আর মাথায় তুলিস না।' বঁটিতে ঝিরিঝিরি করে আলু কুচোতে কুচোতে বললেন বাড়ীর বড়মেয়ে কমলা। তিনি থাকেন গোরখপুরে, দুদিনের জন্যে এসেছেন বাপের বাড়ী। অতদূর থেকে রোজ রোজ তো আর আসা হয় না, তাই তিনি এলে বাড়ীতে বেশ হৈচৈ পড়ে যায় আর জমাটি মেয়ে মজলিশ বসে। বয়সে আর সম্মানে বড় বলে তিনি সবাইকে যেমন শাসন করেন তেমনি তাঁর স্নেহও অপ্রকাশ থাকে না। অর্থাৎ শাশুড়ী নেই, তাঁর জায়গাটা নিয়েছেন এই প্রবাসী ননদ। ছোট ভাইরা তাঁকে খুবই মান্য করে, তাই বউরাও তাঁর অনেক কথা পছন্দ না হলেও মানতে বাধ্য হয়।

শাক বাছতে বাছতে মাথা নীচু করে সুনন্দা বললো, 'মাথায় তুলবো কেন বড়দি, সংসারের কত কাজ তো হাত থেকে কেড়ে নিয়ে করে দেয়। কুটনো, বাটনা, ছোটখাটো কাচাকুচি – জানো তো সংসারে কত কাজ থাকে। ছোটর অত সময় নেই, কোলে কচি খোকা, সেই বাচ্চা ধরার কাজও

তো করে। নইলে ছোট খেতে নেতে সময় কোথায় পেতো –বল ?'

কথাটা সত্যি, ছোটবৌ শিউলী মনে মনে স্বীকার না করে পারে না। তবু এই কুদর্শন ঝিয়ের মেয়ের সপক্ষে কথা বলতে তার মন চায় না।

–'সে তো বেশ কথা, বাচ্চা ধরার জন্যে একটা ছোট মেয়ে তো সংসারে থাকাই চাই। তবে সেই সঙ্গে অন্য বাচ্চাদের স্বাস্থ্যটাও তো দেখতে হবে। দেখতে অত নোংরা কেন ? তাছাড়া উলোঝুলো চুলে উকুন তো থাকতেই পারে। ঘরে যদি ওকে রাখতেই হয় তো আগে ওকে সাবান সোডা দিয়ে সাফ করা আর চুল ..'একটু থেমে কমলা বলেন, 'বরং নাপিত ডেকে মাথাটা মুড়িয়ে দে। নাহলে আবার ওর

উকুন বাছার সময় বা ইচ্ছা কার হবে ? শেষে ওর থেকে থেকে বাড়ীর ছোটদের মধ্যেও ছড়িয়ে পড়বে।'

শেষে কমলার কথাই মানতে হলো। এমন কি পুঁটির মাও একটা মেয়ের দায় থেকে নিস্কৃতি পেয়ে যেন হাঁফ ছেড়ে বাঁচলো। তার এদিকে আরো পাঁচটা ছেলে মেয়ে, একটা খাবার মুখ তো কমলো। কমলা শুরুতেই বলে দিলেন যে একবার এ বাড়ীর কাজে লাগলে আর রোজ রোজ আর ওর বাড়ী যাওয়া চলবে না। তাতেও পুঁটির মার আপত্তি নেই। সে তো রোজই এ বাড়ীর কাজে আসছেই, তাছাড়া তার ছেলেমেয়ের প্রতি এমন টান নেই যে না দেখলে প্রাণে মরবে।

এবারে পাকাপাকি ভাবে পুঁটি কাজে লাগলো। তবে মাথা নেড়া করার পরে ছোটদের মধ্যে

নাম পড়ে গেল নেড়ী। পরে ক্রমে ক্রমে বড়রাও সেই নামে ডাকা শুরু করলো। তা সেই নেড়ী

নামে আপত্তি করার কি আছে তা এই ছোট্ট মেয়েটা মাথায় ঢোকে না। আর তার মায়ের দেওয়াক্ষ

পুঁটি নামটারই বা কি এমন মাহাত্ম্য ছিল যে সে নামেই তাকে ডাকতে হবে, তা তার মাও বোঝে

না। কাজেই সে এ বাড়ীতে পাকাপাকি ভাবে নেড়ী নামেই অধিষ্ঠিত হল।

এই হ'ল নেড়ীর কাহিনীর শুরু। এতদিন নেড়ী বাড়ী যেতো আবার ফিরে আসতো, তাই তার ঘাড়ে পাকাপাকি কোন কাজের বোঝা কেউ চাপাতে চায়নি। কিন্তু এখন নেড়ী এ বাড়ীরই বাসিন্দা, সাফ সাফাই হবার পরে, চুল কামিয়েও তাকে আগের থেকে সুশ্রী বলে সবার মনে হতে লাগলো । অন্ততঃ বস্তির মেয়ের ভাবটা যেন কম হয়েছিল। তাছাড়া সবার স্নেহের সাথে ভালো ভালো খাবারের গুণও তো কিছুটা থাকবে। একদিন ছোটবৌ না বলে আর পারলো না, 'দেখ দিদি, এ বাড়ীর বাচ্চারা তো খাবার দেখলেই অন্য দিকে

পালায়, তাই সব অমনি হাড় বারকরা চেহারা। আর এই ঝিয়ের মেয়েটাই সেই খাবারই খেয়ে কেমন গোলগাল হয়ে উঠছে দেখ !'

কথাটা সত্যি, তাই মেজবৌ সুনন্দার মনে লাগে ! আহা, বস্তির মেয়ে খেতে পায়নি কোন

দিন, আজ যখন সুযোগ পেয়েছে, তা সে ছেড়ে দেবেই বা কেন ? আর তাই নিয়ে এত কথা বল্বই বা কি আছে ? আর খাবারই বা কি, ছোটরা যা কিছুতেই খেল না, সেগুলো একত্র করে তাকে ধরে দেওয়া হয় নেড়ীকে। যেমন আধকাপ এঁটো হরলিকস, কামড়ানো পেয়ারা কিংবা আপেলের টুকরো,

একদলা সুজির হালুয়া – এগুলো নেড়ী না থাকলে তো ফেলেই দিতে হতো। ওর কোন আপত্তি নেই বলে আহ্লাদে আটখানা হয়ে খেয়ে নেয়। তাতেও এদের আপত্তি ! বাড়ন্ত বয়স, সর্বদা একটা ক্ষিদে ক্ষিদে ভাব তো থাকেই। এ বাড়ীর ছেলেমেয়েদের যেমন স্কুলের পড়া, বন্ধুদের সাথে টেলিফোনে আড্ডা, বড়গুলা তো কম্পউটারে 'চ্যাট' করাও ধরেছে। ওদের অত খাবার কথা ভাববার দরকার

বা সময় কোথায়। তাছাড়া তারা তো জানে, তারা চাক বা না চাক, তাদের মা-রা খাবার থালা নিয়ে

তেড়ে আসবেই ! কাজেই তাদের খাবার দিকে চাড় কম।

আর এদিকে নেড়ীর তো চিরকাল আধপেটা খেয়ে থাকার অবস্থাই ছিল। তাছাড়া এখানে ফাইফরমাস খাটা ছাড়া তার আর কোন কাজই নেই। সুনন্দা তাকে মাঝে মাঝে জোর করে প্রথম

ভাগ নিয়ে পড়াতে বসিয়ে শেষে হাল ছেড়েছে। এমন মাথামোটা বাচ্চা সে জীবনেও দেখেনি।

ফাঁকিবাজ হলেও অন্যকথা ছিল, কিন্তু এর আই. কিউ. ভীষণই কম ! মন বসাতেই পারে না।

পড়তে বসিয়ে সুনন্দা পাশের বাথরুমে স্নান করতে গিয়ে শুনতে পায় – সে চীৎকার করে পড়ে চলেছে – "বয়েকার বয়েকার কাকা।" একে কি করে সুনন্দা লেখাপড়া শেখাবে ? গত সাতদিন

ধরে এই চলেছে। শেষে তাকে হাল ছাড়তেই হয়েছে। বাড়ীর অন্য সদস্যরা মুচকি মুচকি হেসেছে।

অন্ততঃ তাদের ব্যঙ্গের হাত থেকে তো বেঁচেছে সুনন্দা।

বইএর জঞ্জালের হাত থেকে মুক্তি পেয়ে নেড়ী ভীমবেগে সংসারের কাজে ঝাঁপিয়ে পড়েছে।

তার এই সবই ভাল লাগে। বাড়ীর যত পিতলকাঁসার বাসন পেড়ে ফেলে তেঁতুল লেবু নুন দিয়ে

সোনার মত চকচকে করে ফেলতে লাগলো। কাঁচের ঘর সাজানোর জিনিষ আর জানালার কাঁচ

ওর হাতে পড়ে একটা নতুন মূর্তিই ধারণ করলো। বাড়ীর মহিলারা মুখে কিছু না বললেও বাড়ীর

পুরুষেরা – যারা সাতজন্মে বাড়ীর কোন খোঁজ রাখে না, তারাও এক কথায় প্রশংসায় গদগদ হয়ে উঠলো। কাজেই তখন থেকে নেড়ীর কদরও বাড়লো, আর হাতখরচ বলেও কিছু টাকা ধার্য হল।

এ জন্যে বাড়ীর ছোটরা মনে মনে এবং কিছু বড়রা মুখেই বিদ্রোহ শুরু করলো। তাদের কেন 'পকেটমানি' দেওয়া হবে না ? কিন্তু তাদের বাবা কাকারা বললেন যে, 'নেড়ী তো কাজ করে টাকা রোজগার করছে। তোমরা তো সারাদিন অকাজ করেই থাকো, তোমাদের কেন টাকা দেওয়া হবে।'

ছোটরা এসব যুক্তি বুঝতে নারাজ, তাদের মধ্যে একটা যুদ্ধং দেহী ভাব জেগে উঠলো। এ আরেক

ঝামেলা। কাজেই মায়েরা সব মিলে যুক্তি করে একটা মধ্যপন্থা স্থির করলেন যে বাড়ীর ছেলেমেয়েরা নিজেদের বিছানা তৈরী করবে, পড়ার টেবিল গোছাবে, স্কুলের সব টাস্ক নিজে নিজে করতে চেষ্টা

করবে, –তাহলে তাদের মাসে হাতখরচ বলে এত টাকা দেওয়া হবে। যাক, দুপক্ষই খুশী, মায়েরাও নিশ্চিন্ত।

ভালভাবে দিন কাটতে লাগলো। তবে মাঝে মাঝে হঠাৎ সবার ছোট মুনাই বলতে লাগলো

যে তার ছোট পেনসিল বক্স থেকে তার জমানো পয়সা কে নিয়ে নিয়েছে।

– কে আর নেবে ? তোমরা যা সব অলক্ষ্মী, নিজেই কোথায় ফেলেছো কিংবা স্কুলে কিছু খেয়েছো।

নিতান্ত সহানুভূতিহীন মন্তব্য। এমন সময়ে একদিন হঠাৎ উর্ম্মির ভীষণ পেটের অসুখ হল। তখন সকলে মিলে ছোটদের হাতে টাকাকড়ি দেবার বিরুদ্ধে আবার একজোট হয়ে দাঁড়ালেন। বাড়ীর ডাক্তার ডাঃ চ্যাটার্জি দেখেশুনে বললেন, বাইরে কোন কিছু খেয়ে হতে পারে। তাতে বাবা,

কাকাদের মনটা আরো নিশ্চিত হয়ে উঠলো। ছোটরা সবে একটু পয়সা কড়ির স্বাদ পাচ্ছিল,

তারা উর্ম্মির উপরে রেগে টং হয়ে উঠলো। নিশ্চয়ই স্কুলের গেটে হরগোবিন্দ্ র হজমী খেয়েছে।

ওটা খেয়ে আরো অনেকের পেট খারাপ হয়েছে- তাই তারা এড়িয়ে চলে। শেষে ওর জন্যেই

না তাদের ‘পকেটমানি’ বন্ধ হয় ! মায়েরা কিঞ্চিৎ সহানুভূতিশীলা তঁরা বলতে লাগলেন, আহা, বাড়ীতে খেলেও তো অসুখ করতে পারে, তাছাড়া মাঝে অতগুলো বিয়েবাদী গেল, তাই হয়ত ..।

সেবার তো ছোটদের ফাঁড়াটা কেটে গেল।

কিছুদিন যায়, বাড়ীতে লোক যাতায়াত লেগে থাকে, যাবার সময়ে ছোটদের হাতে যেমন

একটা দুটো চকচকে টাকা আসে, তেমনি নেড়ীকেও তারা বঞ্চিত করেন না। সবাই মাছ লজেন্স,

ঘুড়ি, পটকা, – কিনে দুদিনেই সব উড়িয়ে দেয়, নেড়ী কিন্তু খরচ না করে জমায়। এমনিতেই

সে যা পায় তা তার স্বপ্নের অতীত, হয়ত ভাবে পরে সে মা বাবা কিংবা ভাইদের সাহায্য করবে।

তবে তার মুখ্য সমর্থক সুনন্দা, নেড়ীর সম্পর্কে তার বাবা মাকেও টুকটাক পুরোনো জামাকাপড় দিতে থাকে। নেড়ীকে একটা টিনের বাক্স কিনে দিয়েছে, তাতে তার বাতিল করা শ্লেট পেন্সিল, বালি কাগজের খাতা, তলানি সর্বস্ব ক্রীমের বোতল, খালি সেন্টের শিশি আর একটা ছেঁড়া কার যেন বা রুমালের মধ্যে তার ধনসম্পত্তি অনেক খুচরো পয়সা আর খান কতক নোট সযত্নে লুকানো আছে। নেড়ীর মার লক্ষ্য আছে এই পয়সাগুলোর উপরে, তাই খাটের তলায় নেড়ি সেটা সযত্নে লুকিয়ে রাখে। মাঝেমাঝে নেড়ীর মা মেয়ের কাছে বসে নিজের পা নিজের হাতে টিপতে টিপতে

সংসারের টানাটানির কথা বলে কিছূ কিছু হাতাবার চেষ্টা করে। নেড়ী তখন নিজেকে বেশ একটা কেউকেটা ভেবে হয়ত বাক্সটা টেনে বার করে পেছন ফিরে আড়াল করে বসে তার থেকে সামান্য

কিছু বার করে দেয়। তখনকার মত নেড়ীর মা চলে যায়, কিন্তু তার লোভ আর তৃপ্ত হয় না। ভাবে তার বোকা মেয়েটা এই স্বচ্ছল সংসারে এলঢেলের মধ্যে বড় হচ্ছে, এটা ওটা হাতালে তো কেউ বুঝতেই পারতোনা। আর তারও একটু সুসার হতো। নাঃ, তার কথায় হবে না, ওর বাবাকে পাঠাতে হবে। মেয়েটা বাপের কথাই বেশী শোনে।

এদিকে নেড়ী বোকা না হলেও এবং এই সংসারের অঙ্গ হয়ে দীর্ঘকাল বাস করলেও বাবামার

সংসারের প্রতি তার টানটা বেশী থাকাই স্বাভাবিক। সে যখন তার নোংরা জামা পরা ভাই বোনদের দেখে, তখন তা নিজের প্রতি

নিশ্চয়ই দৃষ্টি যায়। তার মাজা কাঁসার মত রং, পরিপুষ্ট হাত পা – ভাবে, মার কথাগুলো শুনলে হয়ত ভাইবোনরাও একটু ভালো খেতো পরতো। তার বাবা এসে মাঝেমাঝেই কাঁদুনি গায়, মনটা আরো নরম হয়। মাসী বা মামীর কাছ থেকে বাবার জন্যে একটা পুরোনো কোট শীতের দিনে কিংবা আধপুরোনো ধুতি চেয়ে এনে সে বাবাকে তখনকার মত বিদায় করতো। শেষে তার বাবা বিড়ির জন্যে পয়সা চাওয়া শুরু করলো, কখনও ভাইবোনদের জন্যে বোঁদে কিনে নিয়ে যাবার ফরমাস আসতে লাগলো। আদৌ তারা মিষ্টিটা পেতো কিনা, তা নেড়ী কখনও ভেবে দেখেনি।

দিনে দিনে বাড়ীর ছেলেমেয়েরা বড় হচ্ছে। বড়কাকুর বড় মেয়ে চুমকিদিদির বিয়ে স্থির হয়েছে।

আর সবার মত নেড়ীও আহ্লাদে আটখানা। রোজ কেনাকাটার ধুম চলেছে। কনের জন্যে তো বটেই

বাড়ীর আর সবার জন্যে নতুন জামা কাপড় এলো, নেড়ীও বাদ গেলো না। সে পেলো একটা কমলা রঙের সিল্কের শাড়ী। সুনন্দা তাকে আড়ালে তার নিজের একটা নতুন শায়া একটু ছোট করে পরতে দিল। ব্লাউস এলো বাজারের কেনা তার মাপ মতো। জীবনে এত শৌখিন সাজের কথা সে ভাবতেও পারেনি। কাঁচের চুড়িওয়ালা ডেকে ছোট মেয়েরা যখন নানা রঙের চুড়ি কিনছে, তখন সেও তার মনের মত গোছাভরা চুড়ি কিনে আলাদা করে রাখলো, বিয়ের সাজের সঙ্গে পরবে বলে।

সারাবাড়ী আগেই রঙ করা হয়েছিল এখন নতুন আসবাব আর ফুলে পাতায় যেন টিভিতে তার দেখা সিনেমার মত লাগতে লাগলো। সে যে এই বাড়ীরই অঙ্গ একথা মনে করে নেড়ীর বুক গর্বে ফুলে উঠতে লাগলো। এমন সময়ে সে তার মাকে দেখতে পেলো, বাইরে বাগানের পাশে একটা কলতলায় আরো দুজন ঠিকে ঝিএর সাথে বসে বাড়ীর যত তুলে রাখা বড় বড় কাঁসা পেতল আর লোহার কড়াই ইত্যাদি মাজতে বসেছে। ময়লা কাপড় হাঁটুর কাছে তোলা, রোগা রোগা শির বার করা হাত আর পা। চুলগুলো উলো ঝুলো – বোঝা

যাচ্ছে সারা দিন সে একটার পরে আর একটা কাজই করে যাচ্ছে। রাঁধুনী গোবিন্দ এসে বলে গেল, তাড়াতাড়ি কাজ শেষ করে চা টা খেয়ে নিতে, সে আর আগলে বসে থাকতে পারবে না। তার আরও কাজ আছে। বাড়তি দুজন সাত তাড়াতাড়ি কাদামাটি মাখা হাত ধুয়ে নিতে, নেড়ীর মাও কনুই দিয়ে শাড়ী সামলে নিয়ে সাফসুফ হয়ে চা খেতে গেল। রান্নাঘরের দাওয়ায় কালো বিরাট একটা কেটলিভরা চা আর ঝুড়িভরা মোটামোটা ঠান্ডা আটার পুরী আর তেলেভাজা বোঁদে। হঠাৎ নেড়ীর মনে পড়ে গেল সে বিকেলে বাড়ীর সব ছেলেমেয়েদের সাথে সাদা গরম ফুলকো লুচি, আলুরদম আর মাছের চপ খেয়েছে। সঙ্গে চমচম। এতকাল পরে হঠাৎ তার চোখে জল চলে এলো। সে ভেবেছিল মার সাথে একটু কথা বলবে কিন্তু গলা শুকিয়ে গেল বলে আর কোন কথা না বলে চুপি চুপি পেছন ফিরে চলে আসছিল, ভেতরবাড়ীতে ঢোকার মুখে দেখলো তার বাবা যেন চুপি চুপি দাঁড়িয়ে আছে। নেড়ীকে দেখে সে হাতছানি দিয়ে ডাকলো। তার বাবার এবাড়ীতে আসা এমন কিছু নতুন কথা নয়, তাই এত চুপিচুপি ডাকার কারণ সে বুঝতে পারলো না। ভাবলো তার বাবা বোধহয় খেতে চায় –তাই বললো যে তার মা রান্নাবাড়ীতে চা খাচ্ছে, সেখানে যেতে। কিন্তু না, খাবার কথা নয়, তার বাবা যে কথা বললো শুনে কান গরম হয়ে উঠলো নেড়ীর। একথায় তার বক্তব্য– এই বিয়েবাড়ীতে তো রাশিরাশি সোনার গয়না, রূপার বাসন ছড়ানো আছে, তার কিছু কিছু ধীরে ধীরে যদি সে লুকিয়ে এনে তার বাবাকে দিতে পারে তো কেউ বুঝতেই পারবে না। বিয়ে বাড়ীতে তো কত জিনিষই হারায়, কারো মনে কোন সন্দেহ হবেই না। নেড়ী পাথরের মতো স্তব্ধ হয়ে দাঁড়িয়ে থাকলো। নেড়ীর বাবা বুঝতেই পারে না এর মধ্যে এত চিন্তার কি আছে ? সে এমন কি দেখিয়ে দিল যে তার ময়লা ধুতির কোঁচার কাছে একটা নোংরা থলিও গোঁজা আছে। কেউ সন্দেহই করবে না।

নেড়ী মাথা নেড়ে গটগট করে সোজা তার বাবাকে পেছন করে বেরিয়ে গেল। তার বাবার

কালো চোপসানো গাল দুটো জামার হাতা দিয়ে মুছতে মুছতে রান্নাবাড়ীতে তার মায়ের খোঁজে গেল। তার মা তখন চা টা খেয়ে

একটু তাজা হয়ে হাঁটুতে ভর দিয়ে উঠে দাঁড়াচ্ছে, তখন নেড়ীর বাবা সেখানে ঢুকলো। সব কথা শুনে নেড়ীর মার চোখ রাগে জ্বলে উঠলো, এতবড় সাহস ! আজই না হয় নেড়ী দিন পেয়েছে, তার মা যদি তাকে এবাড়ীতে না ছাড়তো, তাহলে সেও তো তার আধপেটা খাওয়া, শুকনো ভাইবোনদের মতই লোকের বাড়ী বাড়ী খেটে খেতো ! তার এটুকুও চিন্তা নেই আজ বাদে কাল কি হবে ? ওরা কি ওকে মাসমাইনে দেয়, যে ওদের বাড়ীর মেয়ের মতো আঁচল দুলিয়ে গায়ে হাওয়া লাগিয়ে ঘুরে বেড়ায়। তার বিয়ে কি এ বাড়ীর দাদা বৌদিরা দেবে ? রাগে গরগর করতে করতে সে নেড়ীর খোঁজে ভেতর বাড়ীতে ঢুকলো। ঢুকে দেখে যে বড়বৌদির বিছানায় রাশি করা বেনারসী শাড়ী, সবাই এর তার জন্যে বাছছে আর অন্যগুলোর খুঁত বার করছে। নেড়ীও আলনার পাশে দাঁড়িয়ে দাঁড়িয়ে দাঁত বার করে হেসে সারা। নেড়ীর মাকে দেখতে পেয়ে সুনন্দা বললে, 'তোমার কাজ হয়ে গেলে এখন ছুটি করো। কাল কিন্তু ভোর ভোর এসো। এখানেই খাবে আর সারাদিন থাকবে।' ছোটবৌ বললে, 'দাঁড়াও নেড়ীর মা, তোমাদের কাপড়গুলো দিয়ে দিই।' একটা কাপড়ের বান্ডিল সে তার হাতে তুলে দিল। বেশ ভারি। হাতে নিয়ে আর নেড়ীকে কিছু বলার সাহস তার আর হল না।

বাড়ীর প্রথম মেয়ের বিয়ে, সবাই একেবারে মেতে উঠেছে, নতুন কিছু করার জন্যে সবারই কিছু না কিছু বায়না। সিঁথিমৌর থেকে পায়ের পাঁয়জোর পর্যন্ত সবই তো হল, হঠাৎ তার মায়ের মনে হল যে মাথার একটা সোনার মুকুট হলে বেশ হয়। প্রথম প্রথম বাড়ীর কর্তারা খুব একটা উৎসাহ না দেখালেও শেষ পর্যন্ত মত না দিয়ে পারলেন না। তখন আর অর্ডার দিয়ে বানাবার সময় ছিল না বলে ছোট একটা দল, জনা তিনেক গিন্নি, নামীদামী গয়নার দোকানে রেডিমেট জিনিষ কিনতে বেরোলেন। সোনার মুকুট বিয়ের জন্য খুব একটা জরুরী জিনিষ নয় বলে পাওয়া কঠিন। আর পেলেও তার ডিজাইন ইত্যাদি মনের মত হয় না। অবশেষে পাওয়া গেল সেই নিধি। ওজন হালকা হলেও তারের কাজের জন্যে দেখতে খুব সুন্দর। সবারই পছন্দ হল। বরং কনে একটু খুঁতখুঁত করছিল যে, তাকে নাকি

গয়নার দোকানের 'ম্যানিকুইন' বলে মনে হবে ! তবে বড়দের তাড়া খেয়ে শেষটা তাকে চুপ করতে হল।

শেষে বিয়ের দিন এসে গেল। সবার সাথে সাজগোজ করে নেড়ীর ফটোও তোলা হল।

এদিনটা নেড়ীর কাছে যেন স্বপ্নের দিন ! এত আলো, এত ফুল, এত সুগন্ধ, এত দামী দামী শাড়ী আর গাদাগাদা সোনার গয়না আর রূপোর বাসন – সে কখনও জীবনেও দেখেনি।

আর তেমনি ভালো ভালো খাওয়া –! হঠাৎ হঠাৎ তার মনে পড়ে –তার যখন বিয়ে হবে,

তখন কি আর এমন ঘটা সে দেখবে ? তার ছোট্টবেলায় তাদের বস্তিতে একটা বিয়ে দেখেছিল, কার বিয়ে তা তার মনেও নেই। কিন্তু ক-ত অন্য রকম, মিটমিটে আলো, ছেঁড়া সতরঞ্জি, কনের গায়ে রূপো আর পেতলের গয়না। খাবারগুলোও ছিল তেমনি – তখন কিন্তু সেটাই তার কাছে দারুণ ভাল লেগেছিল। তার বিয়েও তো তাহলে তেমনি হবে, তার গালভাঙ্গা চোর বাবা আর খেটে খাওয়া মা, এর থেকে আর বেশী কি করতে পারবে ? তার বর তো এমন বিশাল গাড়ীর লাইন লাগিয়ে আসবে না, হয়ত সে হবে বদ্রি রিক্সাওয়ালা কিংবা সুখন দর্জি ! হঠাৎ কেন এই দুটোর কথা তার মনে হল তা সে জানে না। আলোয় ভরা চাঁদোয়ার পেছনে একা একা দাঁড়িয়ে হঠাৎ কেন যেন তার চোখদুটো জলে ভরে উঠলো।

পরদিন ভোর না হতেই বাসিবিয়ের র‍্যালা লাগলো। শেষে কনে সাজাতে সাজাতেই সব

কান্নার ধুয়ো তুললো। এত ভালো বিয়ের পরে চুমকি দিদি এত কাঁদে কেন তা নেড়ী বুঝতে পারলো না। আলতা, সিঁদুর, বেনারসী আর গয়নায় – মা দুর্গার মত সেজেও কেঁদে কেঁদে

চুমকির হিক্কা উঠে গেল। তখন আবার জল আনরে, মুখ মোছাওরে। শেষ মুহূর্তে চুমকি তার

তার বরের আর তার চেলির জোড় দুটো ফুলে ভরা বিছানায় খুলে রেখে বাথরুমে ঢুকলো।

বাইরে থেকে তখন তাড়ার ওপরে তাড়া, লগ্ন পেরিয়ে যাচ্ছে। জলে ভেজা ফোলা মুখ নিয়ে

চুমকি কোনমতে জোড় দুটো বিছানা থেকে তুলে নিয়েই তার বোনেদের সাথে বেরিয়ে গেল।

বাড়ীর বাইরে তখন আরেক কান্নাকাটির ঘটা। কনেবিদায় এই প্রথম দেখলো নেড়ী, বাবুদের ঘরে। তাদের ঘরে তো মেয়ে বিদায় না একটা দায় উদ্ধার। কেউ বাবা এত কান্নাকাটি করে না। এখারে সারা বাড়ী তো থৈ থৈ করছে লোকে আর হেলাফেলা করে রাখা দামী জিনিষে। কোথাও জল কাদা, কোথাও শুকনো ফুল আর পুজোর সরঞ্জাম, কোথাও আবার ছেড়ে ফেলা দামী দামী জামাকাপড়। একজন বয়স্ক মাসী তাকে ডেকে বললো, 'দাঁড়িয়ে আছিস কেন, যা সব গোছগাছ কর। আগে এই জলকাদা মোছ আর তারপর ঝাঁটপাট দে।' নেড়ী আবার তার সাজগোজ ছেড়ে আগের পরিচয়ে পৌঁছে গেছে।

জলের বালতি আর ন্যাতা নিয়ে প্রথমেই সে বারান্দার জলকাদাগুলো মুছলো। সবাই যেন এলিয়ে পড়েছে, এতদিনের এত পরিশ্রম ! তারপর নেড়ী ঝাঁটা বালতি নিয়ে গিয়ে ঢুকলো চুমকির ঘরে, সেটার অবস্থাই সব থেকে অগোছালো। বিছানায় শুকনো চটকানোফুল, দেরাজের ওপরে নানা উপহারের ছেঁড়া কাগজ, খালি গয়নার বাক্স – কি নেই। সে টান দিতেই বেডকাভারটা ফুলটুল সমেত নেমে এলো, সেটাকে মাটিতে বিছিয়ে তার ওপরে হাবিজাবি সব জড় করতে লাগলো। বালিশগুলো সাজাতে গিয়ে একটা কি যেন চকচকে গোল জিনিষ গড়াতে গড়াতে দেয়ালে গিয়ে ঠেকলো। হাতে তুলে সে দেখে দিদির বিয়ের একটা ভারি চুড়ি, কি সুন্দর পল কাটা, যেন আলো ঠিকরাচ্ছে। নেড়ী আকাশ থেকে পড়ে ! এটা কি করে এখানে আসতে পারে সে ভেবেই পায় না। সবাই তো চুমকিকে ঘিরে ধরে সাজালো এখানেই, তারা কি গুণেও দেখেনি ? এদিক ওদিক

তাকিয়ে দেখলো কেউ এদিকে নেই, আর দিদির বিয়ে তো ঘটা করে হয়েও গেছে। সে তাড়াতাড়ি চুড়িটা তার জামার বুকের মধ্যে ঢুকিয়ে রাখলো। সবাই যখন ভুলে গেছে, তখন এই জিনিষটা তারই বৈকি। এতদিন তার বাবা তাকে শিক্ষা দিতে গিয়ে হয়রাণ হয়েছে, এখন সে একটু একটু বুঝতে পারছে যে এদের কাছে পয়সার কোন দামই নেই, আর তারা চিরকাল এমনি হাঘরে হয়েই বাঁচবে।

এমন সময়ে বাইরে থেকে আওয়াজ এলো, 'ও ঘরে কেরে ?' সেই অচেনা মাসী অথবা

পিসি বললেন, 'আমিই তোদের ঝিয়ের মেয়েটকে ঘর পরিষ্কার করতে লাগিয়েছি।' তারপরে চাপা গলায় বললেন, 'হ্যাঁরে, কিছু চুরি টুরি করবে নাতো ?'

—'কি যে বল রাঙাদিদি, প্রায় জন্ম থেকে এই বাড়ীতে মানুষ, আর ও করবে চুরি ?'

—'তা বলা যায় নারে, রক্তের টান যাবে কোথায় ? ঐ তো কালো কালো রোগা রোগা একপাল

ছেলে মেয়ে নিয়ে খেতে এসেছিল নেড়ীর মা, তাদের মাঝে দেখে কেউ বলবে যে নেড়ী ওদের ঘরের মেয়ে ? সে হয়ত নিজে থেকে করবে না, কিন্তু —' তাঁর বক্তৃতা শেষ করার আগে মনে হল যে কেউ তাকে জোর করে চুপ করিয়ে দিল। নেড়ী তখন কাঠ হয়ে দাঁড়িয়ে। কথাগুলো তার শুনতে ভালো না লাগলেও তখনও তার বুকের মধ্যে সোনার খোঁচাটা বিঁধছিল। সত্যিই তো সে ঝিয়ের মেয়ে ! নিজেকে এই বাড়ীর বলে গর্ব করলেও লোকে তো জানে যে আসলে সে কে ! তবে কেন সে তার বাবা মা ভাইবোনদের জন্য একটু – চুরি কথাটা সে ভাবতেই পারল না, এবাড়ীর শিক্ষার একটা দাম আছে তো ? কিন্তু মনে মনে তার সত্যিকারের নিজের পরিবারের জন্যে অন্যায় কিছু করতে এখন বোধহয় আর তার বাধবে না। এতকাল তার বাবা মা যে পাখীপড়া করেছে, তার ফল যাবে কোথায় ? সে চুমকি দিদির বাইরের জানালার ধারে গিয়ে দাঁড়াল, এই দিকে একটা ছোট বারান্দাও আছে, এখানে চেয়ারে বসে চুমকি দিদি

কলেজের পড়া করতো। একদিকে তার ছেড়ে আসা সংসারের টান, অন্যদিকে তার এতদিনের ভালবাসা, বিশ্বাস আর শিক্ষা – দুই মিলে কেমন করে যেন কাঁদিয়ে দিল নেড়ীকে, সে নিজের আঁচলে মুখ চেপে হাউহাউ করে কাঁদতে লাগলো।

এদিকে কাজের জন্যে সর্বত্র নেড়ীর ডাক পড়েছে, সবাই তাকে নানা কাজে ডাকাডাকি করছে, কিন্তু তার কোন সাড়া নেই। শেষে খুঁজতে খুঁজতে এসে সবাই দেখে সে চুমকির

বারান্দার বেতের টেবিলে মুখ গুঁজে কেঁদে চলেছে।

–"ওরে ও, কাঁদিস কেন ?" একজন অল্পচেনা, তার বয়সী মেয়ে অবাক হয়ে বলে। দু'একজন করে তার পাশে এসে জোটে, সবাই অবাক। বাড়ীর লোকেদের কান্নাকাটির পাট মিটে গেছে কখন, আর এই পরস্বপর মেয়েটা কেন কেঁদে আকুল !

এমনসময়ে সুনন্দা বৌ এসে পড়ে। আর কেউ না বুঝলেও সে তো বোঝে যে সবাই নেড়িকে

ঝিয়ের মেয়ে মনে করে হেলা ফেলা করলেও তার শিকড়টা কখন যেন সত্যিই এই সংসারে বসে গেছে। তাছাড়া নয় নয় করেও তো নেড়ির বয়সও ১৮ পেরিয়েই গেছে। এবারে তো তো যত সামান্য ভাবে হলেও নেড়িরও বিয়ের একটা ব্যবস্থা করতে হবে। নাহলে সাতটা ছেলে মেয়ের বাপ মা কার না কার কাছ থেকে টাকা নিয়ে শেষে নেড়িকে না একরকম বেচেই দেয়। এমন কতই তো শোনা যায় ! সুনন্দা এসে নেড়ির মাথায় হাত রাখতেই হঠাৎ আচমকা সে সুনন্দাকে জড়িয়ে ধরে। সুনন্দা ধীরে ধীরে তার মাথায় হাত বুলিয়ে বলে, 'কিরে, কাঁদছিস কেন রে মা ?' নেড়ি কোন উত্তর দিতে পারেনা, কেবল ফুঁফিয়ে উঠতে থাকে। সুনন্দা চারপাশের মজা দেখার ভীড়টা সরিয়ে দেবার জন্য ছোট একটা ধমক দেয়। সঙ্গে সঙ্গে সব সরে যায়। সে তখন নেড়ীর পাশে বসে তার মাথায় হাত বুলিয়ে বোঝাতে থাকে যে বড় হলে সবাইকেই তো শ্বশুর বাড়ী যেতে হয়, ইত্যাদি। ধীরে ধীরে তার কান্না থেমে আসে।

এমন সময়ে বাড়ীর ল্যান্ড লাইনে একটা ফোন বাজে, কথা বন্ধ করে সুনন্দা শোনার চেষ্টা করে, কে এবং কি হল ? হঠাৎ একটা উত্তেজিত জনতা চুমকির ঘরের দিকে আসে। মেজ দেওর সুনন্দাকে দেখে বলে, "ভাল করে খুঁজে দেখ দেখি, চুমকির শ্বশুরবাড়ী থেকে ফোন এসেছিল য়ে ওর মাথার সোনার মুকুটটা পাওয়া যাচ্ছে না।"

–"সেকি ?" সুনন্দা ভয়ে একগা ঘেমে ওঠে, নতুন শ্বশুর বাড়ী,হাজার হোক। বলে," এই ঘরেই তো সাজালো ওকে সবাই মিলে, তখন তো মুকুটটা তো ওর খোঁপার ওপরেই দেখেছি আমরা।"

নেড়ি ভয়ে কাঠ হয়ে উঠে দাঁড়ায়। সেই তো ঘরটা পরিস্কার করতে এসেছিল। কিন্তু কই অত বড়, অতদামী মুকুটটা তো সে দেখেনি। বরং – কিন্তু সেটা আর এখন বলা যাবে না। সে দাঁড়িয়ে দাঁড়িয়ে কাঁপতে লাগলো, তার মুখ শুকিয়ে এতটুকু হয়ে গেছে। সবার জিজ্ঞাসার উত্তরে

সে কেবল মাথা নাড়তে লাগলো, সে মুকুটটা কোথাও দেখেনি। সবাই তবু তন্নতন্ন করে খুঁজতে লাগলো, বাথরুম, বিছানা, ড্রয়ার, বুককেস – কিন্তু কোথাও নেই। সবার দৃষ্টি নেড়ীর দিকে, কিন্তু অনেকেই বললো যে সে এই ঘর পরিষ্কার করতে এসে আর একবারও বাইরে যায়নি।

তাহলে সে নিয়ে থাকলেও কোথায় রাখবে ?

শেষে গোরখপুরের বড় পিসি কমলা এক ধমক দিলেন," সব জায়গা খোঁজ, সব না দেখে মিছিমিছি একটা নিরীহ মেয়েকে কেন দোষী ঠাউরাচ্ছিস তোরা ? যা এক একজন এক একটা

ঘর আলাদা করে দেখ। যা অলবড্যে বানিয়েছে তোদের মারা ! মুখে মুখে খাওয়া, হাতে হাতে কাপড়, যাবিতো পরের ঘরে সব, বুঝবি তখন ঠেলা।" ধমক খেয়ে মেয়েরা আর তাদের মায়েরা মুখ ভার করে খুঁজতে ছুটলো সব। কেবল সুনন্দা ঘর ছাড়লো না। চুমকির খাটের ছত্রিতে হেলান দিয়ে চুপকরে বসে থাকলো। তার দৃষ্টি জানালার বাইরে। ধীরে ধীরে নেড়ী এসে তাঁর পায়ে হাত দিয়ে

শুকনো গলায় বললো, ‘তুমি বিশ্বাস করো মামী, আমি নিইনি। আমি দেখিইনি

অতবড় সোনার মুকুটটা।” নিরাসক্ত গলায় বললো, ”আমি জানি তুই নিসনি। কিন্তু আমি ভুললেও দুনিয়া ভুলবেনা যে তুই বস্তির মেয়ে, আমার শিক্ষার কোন দামই থাকবেনা।’

তার গলাটা ভিজে ভারি হয়ে উঠলো। সারা বাড়ীতে একটা দমচাপা ভাব। নেই তো নেই কোথাও নেই। শেষে যখন পুলিশে খবর করার কথা উঠছে, তখন আবার একটা ফোন এলো নতুন বেহাই বাড়ী থেকে। 'পাওয়া গেছে, পাওয়া গেছে', বলে বাচ্চারা উল্লাসে চীৎকার করে উঠলো। সবাই জানতে চায় কোথায় পাওয়া গেল সেই সেই হারানিধি। তারা জানাল যে চুমকির তালপাকানো চেলির জোড়ের সঙ্গে জড়িয়ে ছিল, ভাগ্যিস কোথাও পড়ে টরে যায়নি। আবার হৈহৈ করে জেগে উঠলো বিয়ে বাড়ীর আসর। সেই সঙ্গে সবার মনে একটা গভীর লজ্জার অনুভূতি – নেড়ীকে দোষী ঠাউরানোর জন্যে। কমলা সবার ওপরে গলা তুলে বললেন যে, “তোমাদের লজ্জা হওয়া উচিত, একটা নিরপরাধ মেয়েকে দোষ দেবার আগে পাঁচবার ভেবে দেখবে ভবিষ্যতে। নিজের এম.এ. পাশ মেয়ে, নিজের জিনিষ সামলাতে পারে না, এমনিই শিক্ষা দিয়েছো তাকে। আয় মা আমার কাছে আয়।” বলে কাছে ডেকে প্রণামীর কাপড়ের ঢের থেকে একটা সুন্দর রঙিন শাড়ী নেড়ীর হাতে তুলে দিলেন। তখন জনে জনে তাদের আত্মগ্লানির জন্যে ছোট বড় উপহার দিতে লাগলো্।

কিন্তু তাতেও নেড়ীর নীচু মাথা উঁচু হলনা। তার বুকের জামার মাঝখানে গরম শিশার মত ফুটতে লাগলো সেই তখনও লোকের না জানা পলকাটা নতুন ভারি চুরি খানা ! কি বলবে সে এখন নিজেকে ?

****************************

# দামিনী

তার মামা তার নাম রেখেছিলেন দামিনী। বড় হবার পরে সবাই নাম শুনে আর তাকে দেখে হাসতো। দামিনী ? সে তো বিদ্যুতের নাম। ওর মধ্যে বিদ্যুতের সে আগুণ আর তেজ কোথায় ? একেবারেই ঠান্ডা, সব কিছু মেনে নেওয়া আলুভাতে মেয়ে, আর তার নামই কি না 'দামিনী'! সে কেবল জানতো লেখাপড়া করা, মা শেখাতেন ঘরের কাজ, শ্বশুরবাড়ী গিয়ে দরকার হবে। ভাইরা তাকে একরকম অবজ্ঞাই করতো, কোনরকম 'আউটডোর গেমে' তার শখ ছিল না, কেবল ভালবাসতো বই পড়তে আর ছবি আঁকতে। স্কুল কলেজে তেমন কিছু বন্ধুও ছিল না তার, কি করেই বা থাকবে, একা বন্ধুদের সঙ্গে সে সিনেমা দেখতে যেতে পারতো না, বাড়ীর অমত, ছেলেবন্ধু তো ছিলই না ! পরচর্চায়ও তার তেমন কোন আগ্রহ ছিল না। "কী বোরিং" ! এই ছিল তার সম্বন্ধে তার মেয়ে বন্ধুদের মত।

এইভাবেই বড় হয়েছিল দামিনী। লেখাপড়ায় ভাল, দেখতে মোটামুটি মন্দ না। তবে কোথায় যেন তার আত্মপ্রত্যয়ের অভাব ছিল। সবার অবজ্ঞা আর এড়িয়ে যাওয়াটা সে অন্তর থেকে বুঝতে পারতো না, এমন বোকা তো আর সে ছিল না। তবে সব কিছুই সয়ে যায়। তাই দামিনী আরও যেন গুটিয়ে যেতে লাগলো নিজের মধ্যে – শুঁয়োপোকার গুটির মত। মনের মধ্যে কত কথাই তাকে উতলা করতো কিন্তু কাকে বলবে সে ? ক্লাশের মেয়েরা যেখানে জটলা পাকাচ্ছে, কানাকানি করছে, সেখানে সে উপস্থিত হলে, সবাই সন্ত্রস্ত হতো, হঠাৎ চুপ করে যেতো। যেন কোন গুপ্তচর এসেছে ! তারপর থেকে সেও তাদের এড়িয়ে চলতে শিখলো। বরং ছেলেদের দল এগিয়ে আসতে চাইতো, অনেক সময়ে তারা কথাও বলতে চাইতো,

দেখতে সে যে ভালই ছিল, সেকথা তার মনেই আসতো না। মনে মনে ইচ্ছা হয়ত তারও ছিল। কিন্তু সেখানে তার নিজের মনের মধ্যেৃই বাধা। সঙ্গে সঙ্গে তার বাবা, মা, দাদা, কাকা, জ্যেঠু – সবার মুখ মনে পড়ে যেত। কাজেই সে কোন বাহানা করে ইচ্ছা থাকলেও সে পালিয়ে যেত। এইভাবে সে যেন সমাজে থেকেও একরকম অসামাজিক ভাবে সে মানুষ হয়ে উঠেছিল। বাইরে থেকে সবাই তাকে বিচার করতো, তার খোসাটা দেখে তার দাম কষতো, তার আসল সত্ত্বাটা ছিল সবার চোখের অগোচরে।

বিয়েটাও হল তার বাবা মার মতে, তাঁদেরই ইচ্ছায়। তার মতামত কেউ বিশেষ করে জানতেও চায়নি। আর তার মনেও হয়নি যে সেটা তার পক্ষে জরুরী ! লেখাপড়া শেষ করার

পরে সবারই বিয়ে হয়, তাই তারও হল। এর মধ্যে তার নিজের কোন মতামত থাকার কিছু যে থাকতে পারে, তা তার মনেও আসেনি। তার কাছের বন্ধুরা কিছুটা অবাক হয়েছিল। দূরের যারা, তারা মুখ বেঁকিয়ে বলেছিল যে ঐ আলুভাতে মেয়ের আর কি হবে ? সেটা অবশ্য তার কানে আসে নি। তবে দলবেঁধে তারা নেমন্তন্ন খেয়ে একটু হতাশ হয়েই বাড়ী ফিরেছিল। মনে মনে তারা ভাবতে বাধ্য হয়েছিল যে তাদের হতাশ করে দামিনীর বিয়েটা তাদের আশার অতিরিক্ত ভালই হয়েছিল। পাত্র রীতিমত দামী চাকরী করে, ঘরও তাদের আশার থেকে অনেকটাই উঁচুতেই। কাজেই তখন যাদের বয়ফ্রেন্ড ছিল, তারা তাদের গঞ্জনা দিতে শুরু করলো, জীবনে উন্নতি

করার জন্যে। সে বেচারারা সবে একসাথে পাশ করে বেরিয়েছে। বয়সও তাদের গার্লফ্রেন্ডদেরই সমতুল্য, এক্ষুনি একলাফে কিভাবে তারা একটা চমকদার চাকরী পেয়ে তাদের এবং তাদের পরিবারদের সন্তুষ্ট করতে পারে ? কাজেই এখান থেকে আলুভাতে দামিনীর সাথে তার অতীতের বন্ধুগোষ্ঠীর একটা বিরোধ দেখা যেতে শুরু হল।

তবে দামিনী তো আর তার বান্ধবীদের ভবিষ্যৎ দেখার জন্যে আর দেশে রইল না। সে

প্রথমে বরদায়, তারপরে বম্বে হয়ে শেষে দিল্লীতে এসে ঠেকলো। প্রথমে কলকাতায় বাড়ীর

সাথে প্রথমে খুবই যোগাযোগ ছিল। তার বাবা মাও প্রায়ই তাদের এসে বম্বের বাড়ীতে থেকে গেছেন। দামিনীর ছেলে ও মেয়েও জন্মায় বম্বেতেই। সে কলকাতায় যেতে চেয়েছিল, কিন্তু

তার স্বামীর মত ছিল না। স্বামীর মতই দামিনীর মত, তাই বাধ্য হয়ে তার মা এসে মেয়ের

কাছে ছিলেন মাসখানেক। যমজ ছেলেমেয়ে, বম্বের ডাক্তার ও হাসপাতালের উপরে অসীমের

অসীম বিশ্বাস। ভালভাবেই সব মিটে গেল। তবে ক্রমে ক্রমে কলকাতার পাট তার উঠে গেল।

পরপর দু'বছরে তার বাবা মা চলে গেলেন। আগে গেলেন মা, হার্টে। তার পর বছরে গেলেন

বাবা, গাড়ীর এ্যাকসিডেন্টে। তার পর থেকে দামিনী আর কলকাতা যেতেই চাইতো না।

কাকারা ছিলেন, বয়স হলেও জ্যেঠুও ছিলেন। ভাইরা সবাই যে যার চাকরী নিয়ে ছড়িয়ে

পড়েছে। তাদের সাথে দামিনীর মনের যোগও তেমন গড়ে ওঠেনি। কেবল যে মামা তার

নামকরণ করেছিরেন, তিনি তখনও ছিলেন। তবে তিনিও ছিলেন ছেলের কাছে ব্যাঙ্গালোরে।

কাজেই দামিনী যেন ঘরবন্দী হয়ে পড়লো।

তার স্বামীরও আবার ঘোরার চাকরী। দামিনী চাকরী করে না। তাহলে ছেলেমেয়েদের

দেখবে কে ? আর তার দরকারই বা কি ? কাজেই সে আঁকড়ে ধরলো তার ছেলেমেয়ে দুজনকে। তারা তখন সবে নার্সারী স্কুলে ঢুকেছে। তাদের ঘুমভাঙ্গানো থেকে স্কুলড্রেস পড়ে তৈরী হওয়া,

দুধ ডিম খাওয়া, টিফিন তৈরী করে দেওয়া – সব কাজ সে একা হাতে করতো। ব্যাগ গুছিয়ে নিয়ে তারা রামদীনের গাড়ী করে স্কুলে বেরিয়ে গেলে, তবে দামিনীর নিজের কাজের দিন শুরু হতো। রান্নার লোক আছে, আয়া আছে, মালী বাগান দেখে, সত্যি কথা বলতে কি রোজকার কোন কাজ দামিনীর হাতে নেই। আশেপাশের বাড়ীর মহিলারা তাকে কিটিপার্টির জন্যে ডাকলে সে ছোট বেলার অভ্যাস বশে সিঁটিয়ে যেত। লোকের সঙ্গ তার ভাল লাগে না। স্বামীর সঙ্গে পার্টিতে যেতে হয় বলে সে যায়। কিন্তু না যেতে হলে সে অন্তর থেকে খুশী হয়। শুরুতে অসীম বিরক্ত হতো, কিন্তু তার স্বভাবটা কিছুটা উদাসীণ বলে মেনে নিয়েছিল। বিশেষ করে সন্ধ্যেবেলা তার ছেলেমেয়েকে ফেলে দামিনী যে নাচতে যায় না, তার জন্যে সে মনে মনে দামিনীর প্রতি একটু যেন কৃতজ্ঞই ছিল।

তবে অসীমের বন্ধুদের বউদের কাছে দামিনীর এই ছেলেমেয়ে অন্তপ্রাণটা – আড়ালে হাসির খোরাকই যোগাত। দামিনীর কানেও উঠেছে, তবে ছোটবেলা থেকেই সে অন্যের কথাকে অগ্রাহ্য

করতে শিখে গিয়েছিল। তাই তার নতুন করে আর কিছু মনে হয়নি। তার জীবন তার জীবন,

এই নিয়ে অপরের মাথা ঘামানোর দরকার কি ? এই ছিল তার মনের ভাব। এই অতি সাধারণ আলুভাতে দামিনীর জীবনে যে নতুন কিছু ঘটতে পারে তা আর কে ভেবেছিল ! নামকরণের

সময়ে মামাই কি ভেবেছিলেন ?

সেদিন ছিল কোন একটা ছুটির দিন, বাচ্চারা বাড়ীতেই ছিল। অসীম যথারীতি বাড়ীর বাইরে। বাচ্চারা বাড়ীতে আছে বলে দামিনী তখন কিচেনে তাদের জন্যে কিছু কুকিজ বানাতে

শুরু করেছে। টিনু মীনা - দুজনেই বেসমেন্টে লেগো দিয়ে একজন ব্রিজ আর একজন বাড়ী বানাচ্ছিল। হাতে ময়দা ডিমে মাখামাখি, দামিনী মহাব্যস্ত রান্নাঘরে। তার রান্নার লোক গেছে

ছুটিতে, তাই কলকাতা থেকে আনা এক আনাড়ি অল্পবয়সী মেয়েকে দিয়ে কাজ চালাতে হচ্ছে তার। তাকেও সে সাময়িকভাবে সে ঘর থেকে বার করে দিয়েছে। এসব শৌখিন রান্না তার

একাই করতে ভালো লাগে। হঠাৎ দরজার ঘন্টি বাজলো, ওদের আয়া তাকে এসে বললো

কেউ তার সাথে দেখা করতে এসেছে।

কে আসতে পারে এই সময়ে ? এখানে সাধারণতঃ ফোনে কথা না বলে কেউ বাড়ী আসে না। তাও আবার এই অসময়ে ! নিশ্চয়ই কোন সাহায্য চাইতে এসেছে কেউ। কিন্তু বারে বারে সে বলে রেখেছে, অজানা কাউকে যেন দরজা খোলা না হয়। খুব বিরক্ত হয়ে ন্যাপকিনে হাত মুছে, সেই ময়দা মাখা হাতে মস্তবড় শেভিল্ডের ছুরি নিয়েই, যা দিয়ে সে প্যাটির ডো গুলো কাটছিল, হন্তদন্ত হয়ে সে বেরিয়ে এল। মেন ডোরের কাছে সিঁড়ি একদিকে বেসমেন্টে নেমে গেছে, অন্যদিকে দোতালায় উঠে গেছে। সেই জায়গায় বসে বিশাল লম্বা চওড়া একজন, কি বলবে সে তাকে

মহিলা ? মহিলার পোষাক তো বটেই, শাড়ী যখন পড়েছে, চওড়া গনগনে লিপস্টিক আর টিপপরা – কিন্তু পোষাক দেখেই কি একে মহিলা বলা যায় ! দামিনীকে দেখে সে উঠে দাঁড়ালো – তার থেকে একমাথা উঁচু, আর তেমনি পেশল দেহ ! দামিনী এক পা পিছিয়ে এল। এ কে ? কি চায় ?

লোকটা দেহের সাথে বেমানান সরু গলায় করুণ ভাবে বলতে লাগলো যে তাদের একজন

মারা গেছে, তাই সে সাহায্য চাইতে এসেছে। তখন দামিনীর মনে হল এ তাহলে নিশ্চয়ই একজন হিজরে। তাদের কেউ মারা গেলে তারা বাড়ী বাড়ী থেকে চাঁদা আদায় করে। এর কথা শুনতে

গিয়ে দামিনী দেখলো যে টিনু নীচে থেকে তার খেলনা হাতে সিঁড়ি দিয়ে কিছুটা উঠে এসেছে, মীনা উপরে খেলছিল, সেও একটা বই হাতে উপরের ল্যান্ডিংএ নেমে এসে দাঁড়ালো। দুজনেই অবাক হয়ে দামিনীকে বললো, 'মাম্মা .. ?' ওদের কণ্ঠস্বরে ঘাড় ঘুরিয়ে সেই লোকটা ওদের দুজনকে দেখে দামিনীর দিকে তাকালো। দামিনী সন্ত্রস্ত হয়ে দেখলো সেই মিনমিন করা গলা আর করুণ চোখে কুটিল লোভের একটা ঝিলিক খেলে গেল। দামিনীর শিরদাঁড়া বয়ে একটা বরফের স্রোত যেন নেমে গেল। এ যদি সাধারণ হিজরে না হয়, যদি ডাকাত বা লুঠেরা হয়, তাহলে তার বাচ্চাদের সে কিভাবে রক্ষা করবে ? একজন উপরে একজন নীচে, পাশেই সদর দরজা ভেজানো। এই মাঝদুপুরে পাড়ায় সবাই হয় অফিসে, নয়ত ঘুমোতে গিয়েছে। সে চীৎকার করলেও কেউ শুনতে পাবে না। আর যদি ডাকাতি করতে চায়, তাহলে তাদের যাবতীয় ধন সম্পত্তি তো লুঠে নিলেও করার কিছু নেই। সব থেকে সর্বনাশ, যদি তার বাচ্চাদের কিডন্যাপ করে ! এতসব চিন্তা কিন্তু আগুনের ঝলকের মত মুহূর্তে তার মাথার মধ্যে খেলে গেল। দামিনী যে নিজেও তার মধ্যত্রিশের সৌন্দর্যে লোভনীয় হতে পারে, তখন আর তার তা মনে হল না।

লোকটা কোন কথা না বলে তার দিকে এক পা এগোলো। কি যে প্রতিক্রিয়া হল দামিনীর

তা সে এখন আর বলতে পারবে না। মুহূর্তের মধ্যে সে হাতের লম্বা শানিত ছুরিটা উঁচিয়ে

চীৎকার করে সে তার দিকে এগোলো। বললো, 'তুমহারা ইতনা হিম্মত, ক্যায়সে অন্দর ঘুষা,

নিক্‌লো, আভি নিক্‌লো।' সেই সঙ্গে সে অনুপস্থিত বিষণ সিংএর নাম ধরে গলা ফাটিয়ে চীৎকার করতে লাগলো। পেছন থেকে কলকাতার আয়া সরু গলায়, 'ও দিদি, ও দিদি'.. করে সম্ভবতঃ তাকে মনে করিয়ে দিতে চেষ্টা করছিল যে বিষণ সিং আর এখন বাড়ীতে নেই। ভাগ্যগুণে তার গলা এমন শুকিয়ে গিয়েছিল যে আর বাকি কথাগুলো আর বেরোচ্ছিল না।

লোকটা দামিনীর আগুনঝরা চোখ আর হাতের শক্তমুঠিতে ধরা শানানো ছুরি দেখে এক পা এক পা করে দরজার দিকে পেছোতে লাগলো। সে যেমন পেছোচ্ছে, দামিনীও তেমনি তাকে প্রায় ধাওয়া করে এগোচ্ছে। দরজার বাইরে পা দেওয়া মাত্র লোকটার হুঁশ হল, এতো এখুনি দরজা বন্ধ করে দেবে। সঙ্গে সঙ্গে সে দরজার মধ্যে তার একটা চটিপরা পায়ের ডগা আর কাঁচের চুড়িপরা বাঁহাতের পাতাটা ঢুকিয়ে দিয়ে দরজা বন্ধ করাটা বন্ধ করে দিল। কিন্তু তখন দামিনীর বায়াল উঠে গেছে। লোকটা বাইরে থেকে ভীম বিক্রমে ঠেলছে, আর ভেতর থেকে দামিনী গায়ের জোরে দরজা বন্ধ করতে চাইছে। একটা হাত ভেতরে ফেঁসে থাকায় লোকটা ভালভাবে নিজের গায়ের জোর খাটাতে পারছে না। তখন তার ভালমানুষীর মূর্তি আর নেই। অকথ্য হিন্দী গালি যার অর্ধেকটাও মানে বোঝে না দামিনী, তা বাইরে থেকে উড়ে আসছে। ততক্ষণে তার ছেলেমেয়ে দুজনেই নেমে এসে তার পাশে দাঁড়িয়েছে। ওদের দিকে তাকিয়ে দামিনীর মনে একটা 'জোস' এসে গেল। ওদের বাঁচানো এখন তারই হাতে। তার জন্যে সে দরকার হলে মানুষ খুন করতেও রাজি। এমন সময়ে বাইরে থেকে বেশ বড় জোর একটা ধাক্কা এলো। বোঝা গেল যে লোকটা হাল ছাড়তে একবারেই রাজি নয়। চক্ষের পলকে দামিনী হাতের ছুরিটার পেছনটা দিয়ে শক্ত হাতে একটা আঘাত করলো দরজা আঁকড়ে ধরা সেই হাতটার ওপরে। ঝনঝন করে কতকগুলো ভাঙ্গা কাঁচের চুড়ি আর তার সাথে একটা ক্ষীণ রক্তের ধারা দরজার এপাশে ঝরে পড়লো। পর মুহূর্তেই দুর্বৃত্তের হাত আর পাটা সরে গেল দরজাটা থেকে। দুম করে দরজাটা বন্ধ করে কাঁপতে কাঁপতে সিঁড়ির উপরে বসে পড়লো দামিনী। তার চোখ দিয়ে তখন ঝরঝর করে জল পড়ছে। ছেলেমেয়ে দুজন তার দুপাশে বসে তাকে জড়িয়ে ধরলো। একটু সামলে নিয়ে চোখ মুছে দামিনী একশো নাম্বার ডায়াল করে পুলিশ ডাকলো। অতি অল্পক্ষণের মধ্যেই পুলিশের জিপসী হুটার বাজিয়ে হাজির।

পুলিশ দেখে দামিনী কখনও এত খুশী হয়নি। আবার তার চোখে জল এসে গেল। জিপসীতে দুজন পুলিশ অফিসার, একজন

বয়স্ক, অপরজন কিছুটা ইয়াং। সে তাদের দেখালো সদর দরজার সামনেই রক্তমাখা ভাঙ্গা কাঁচের চুড়িগুলো। ইয়াং অফিসার নীচু হয়ে একটা প্লাষ্টিকের এভিডেন্স ব্যাগে গ্লাভসপরা হাতে সেগুলো খুঁটে তুলতে লাগলো। দামিনী অবরুদ্ধ কণ্ঠে বলতে লাগলো যে সে রক্তপাত করতে চায়নি। কেবল তার এই কচি বাচ্চাদুটোর জন্যে–। তার গলা আবার আবেগে রুদ্ধ হয়ে গেল। বয়স্ক অফিসার বললেন যে সে কোন অন্যায় কাজ করেনি। নিজেকে বা নিজেদের আত্মরক্ষার জন্যে যদি মানুষ খুনও করতে হয়, আইনের চোখে তা কিন্তু অপরাধ নয়। বরং তুমি অসাধারণ উপস্থিত বুদ্ধির পরিচয় দিয়েছ। তুমি যদি আগে ওকে আক্রমণ না করতে তা হলে হয়ত আমাদের এখানে এসেও কোন লাভ হতো না। শুনে আবার দামিনী বাচ্চা দুজনকে বুকে জড়িয়ে ধরলো। দামিনী বসার ঘরে তাদের নিয়ে এসে বসালো। দুজনে আবার খুঁটিয়ে খুঁটিয়ে সব বারে বারে জানতে চাইল। এক একবার এক একটা নতুন কথা দামিনীর মনে পড়ে যাচ্ছে। সব শুনে বয়স্ক অফিসার বলেন যে মনে হয় অবশ্যই এ হিজরেই নয়, হিজরের বেশে কোন পুরুষমানুষ। হিজরেরা সময় বিশেষ ন্যুইসান্স বটে, কিন্তু তারা এমন মারাত্মক হয় না। ইয়াং অফিসার এসে বললো যে দরজার বাইরের হ্যান্ডেল থেকে ফিঙ্গার প্রিন্ট নেওয়া হয়েছে। ফোঁটা ফোঁটা রক্তের চিহ্ন রাস্তায় গিয়ে আর দেখা যাচ্ছে না। কাজেই তার কোন সঙ্গীসাথী নিশ্চয়ই ছিল যে বা যারা তাকে গাড়ী করে নিয়ে চম্পট দিয়েছে।

বয়স্ক ভদ্রলোক মুখ গম্ভীর করে সব শুনলেন, বললেন, এই পাড়াতেই গত একমাসের মধ্যে

তিনটে ইনসিডেন্ট হয়ে গেছে। একটা মার্ডার, একটা হাউস ব্রেকিং আর এই এ্যাটেম্পট্। শুনে

দামিনী শিউরে উঠলো।

– 'এই পাড়াতেই' ?

– 'হ্যাঁ, কিছুদূরে জি ব্লকে ঠিক একমাস আগে একজন বয়স্ক ভদ্রলোক একা বাড়ীতে ছিলেন।

তাঁর ফ্যামিলি তীর্থে গিয়েছিলেন। সকালে মায়ি এসে কাজ করতে গিয়ে দেখে দরজা খোলা

আর ভদ্রলোক বসার ঘরে চেয়ারে মৃত। ঘর তছনছ, দামী জিনিষ সব লুঠ হয়ে গেছে্। ঘরে

আলো জ্বলছিল, তাই মনে হয়, এই ঘটনাটা রাতেই ঘটেছিল'।

– 'আর হাউস ব্রেকিং' ? দামিনী রুদ্ধশ্বাসে জিজ্ঞাসা করে।

– 'সেটাও আর একটা ব্লকে'। কথা না বাড়িয়ে তিনি বলেন, আমরা এখানে পেট্রোল বাড়িয়ে দিচ্ছি। তবে তোমাদের এই ঘটনায় তুমি যে 'গাটস্' দেখিয়েছো, তা আমাদেরও খুব সাহায্য করবে। ব্লাড স্যাম্পল আর ফিঙ্গার প্রিন্ট পাওয়া গেছে। এখন তাদের খুঁজে বার করা হয়ত কঠিন হবে না। এর আগে পর্যন্ত ওরা খুব সাবধানে কাজ করেছে, কোন ক্লু আমরা পাইনি। তোমরা সাবধানে থেকো। কোন অজানা লোককে দরজা খুলো না। ওরা তোমাদের ওপরে আর একটা এ্যাটেম্পট্ নিতে পারে অবশ্য, তুমি তো একজন হাউস ওয়াইফ হয়ে ওদের নিমখুন করে দিয়েছো, এই অপমান ওরা সহজে মেনে নেবে না। তবে ভয় পেয়ো না। আমাদের একজন স্টাফ সাধারণ পোষাকে তোমাদের বাড়ীর ওপরে চব্বিশ ঘন্টা ওয়াচ করবে। অবশ্য আমাদেরও স্বার্থ আছে, যাতে আমরা ওদের সহজে ক্যাপচার করতে পারি।

এই কথাটা শুনে দামিনী একটু ভরসা পেলো। পরদিন তার স্বামী এসে সব শুনে একটু আশ্চর্য হয়ে নতুন দৃষ্টিতে দামিনীর দিকে চাইল। সঙ্গে সঙ্গে বাড়ীতে সি.সি টিভি এবং ক্যামেরা বসলো। পুলিশের উপরে বেশী ভরসা না করে একটা গার্ডও রাখা হল গেটে। অল্প কিছুদিনের মধ্যে পুরো গ্যাংটাই ধরা পড়ে গেলো পুলিশের হাতে। তাও আবার দামিনীর ছুরির কৃতিত্বেই। পাড়ার লোকে তার বাড়ী এসে তাদের 'বাধাই' দিতে লাগলো। দামিনীর বাপের বাড়ীর লোকে আর তার প্রায় ভুলে যাওয়া বন্ধুরা সবাই অবাক হয়ে গেল এসব শুনে। কেবল তার 'নাম-রাখা' মামা, ব্যাঙ্গালোর

থেকে মস্ত চিঠি লিখলেন। বললেন, 'দামিনী তো সর্বদাই মেঘের মধ্যেই থাকে। দরকার না

পড়লে সে চমকায় না। এখন সবাই বুঝলে তো, কেন আমি এই নাম রেখেছিলাম' !

***************************

# ভাড়া

‘ও মা, আমাকে দে না।’ ছোট্ট হাত বাড়িয়ে কমলার ছেলেটা কাঁদোকাঁদো সুরে বলে। রোজ সকালে খেতে বসে কমলার বুকটা চড়চড় করতে থাকে। ডাক্তার তাকে একেবারে খাবার- চার্ট বানিয়ে দিয়েছে। সেই অনুসারে তাকে খেতে হবে একবারে নির্দিষ্ট সময়ে এবং নির্দিষ্ট পরিমানে। তার সামনে তার স্বামী বড় থালায় ধরে দিয়ে গেছে ডিমসেদ্ধ, কলা, দু’খানা মাখন রুটি, আর বড় একগ্লাস গরম দুধ। রাতে ছেলেটা ঘুমিয়ে পড়ে, তখন খেতে কমলার অসুবিধা হয় না। কষ্ট হয়ত সর্বদাই হয়। দুপুরেও তার স্বামী কাজে গেলে লুকিয়ে ছেলেকে তার ভাগ থেকে মাছের টুকরো বা দই, সন্দেশ একটু করে খাওয়াতে পারে। তখন দেখার কেউ থাকে না। কিন্তু এই সকালে তার ছেলে কেবল একটু দুধ চিঁড়ে খেয়েছে, হয়ত পেটও ভরেনি, তার সামনে বসে – কিন্তু কোন উপায়ও নেই, তাকে পুরোটা না খাইয়ে প্রকাশ স্নান করতে যাবে না। ছেলেটাকে নিয়ে একটু বাইরে ঘুরে এলেও তো পারে। কিন্তু তা প্রকাশ যাবে না। তারই ভুল, ছেলেটার কান্নাকাটি দেখে আগে আগে সে ছেলেকে নিয়ে বাইরে ঘুরতে যেতো। তখন ফাঁক পেয়ে কমলা ডিমটা, কলাটা সরিয়ে ফেলতো। একদিন দেখেও ফেলেছিল প্রকাশ। সে কি রাগ তার। সে বলে বেইমানী করছে !

বেইমানী ? তার এই ছেলে আর যে ছেলে বা মেয়ে যে আসছে, তার মধ্যে এতটা তফাৎ কি করে করবে সে। মা হিসাবে তার কাছে তো দুজনেই সমান। কেবল টাকা দিয়ে কিনে ফেলেছে তার মাতৃস্নেহ ? মাঝেমাঝে কমলার ইচ্ছা করে তার অজাত এই সন্তানটাকে তার দেহ থেকে দূর করে দেয়। কিন্তু তা হয় না তাও সে জানে। টাকা

নিয়ে ফেলেছে প্রকাশ। অনেক টাকা। টাকার পরিমাণ সে জানায় নি কমলাকে। কি দরকার তার ? তাদের বাচ্চু আর তার পরে হাসপাতাল থেকে আনা এই এন.আর.আই. গুজরাটিদের বাচ্চাটা কি করে সমান হয় ? সে তো জন্মেই চলে যাবে আমেরিকায়। আর বাচ্চু এই একখানা ঘরের ভাড়া বাড়ীতেই জীবন কাটাবে।

কেরানী প্রকাশের মাইনে বড় কম, কিন্তু খাঁই কিছু কম নয়। এত সহজে যে এত টাকা রোজগার করা যায় তা তো সে আগে জানতোও না। আহা ! আগে জানলে এর মধ্যে আরো কোন না দুটো বাচ্চা সে কমলাকে দিয়ে পয়দা করিয়ে নিতে পারতো। এটাও অবশ্য তার ভাগ্যে জুটতো না। তার আরো দুই বন্ধু নিজেদের মধ্যে আলোচনা করছিল, ক্যান্টিনে চা খেতে খেতে শুনে ফেলেছিল প্রকাশ বিমল আর দীপেন্দুর কথাগুলো রাগের মাথায় চড়া হয়ে যাওয়াতেই তো সে শুনতে পেলো। বিমলের বাড়ীওয়ালার চেনা একজন বড়লোক এন.আর.আই. অল্পবয়সী ভালো স্বাস্থ্যওয়ালা বউ খুঁজছে। বিমল নিজের বউকে নিয়ে গিয়েছিল, কিন্তু তিনটে ছেলেমেয়ে হওয়া রক্তশূন্য রোগা কালো বউকে বলে তারা পছন্দ করেনি। দীপেন্দু একথা শুনে বিমলকে মহা গালাগাল করছিল। প্রথমে কিছুই বুঝতে পারেনি প্রকাশ। সে এসে ওদের টেবিলে বসেছিল, তাকে দেখে প্রথমে ওরা চুপ করে যায়। পরে কথায় কথায় সব বলে ফেলেছিল। তো তো করে প্রকাশ সব জানতে চায়। তিক্ত বিমল বলে 'এইতো প্রকাশ, তোর ঘরে তো ডগমগে বউ আছে, তাকেই ভাড়া খাটা না কেন ? অনেক টাকা মিলবে।'

–'ভাড়া ?' প্রকাশের মুখটা চুপসে যায়। দীপেন্দু রাগ করে টেবিল ছেড়ে উঠে পড়ে।

–'আরে, ভাড়া মানে কি আর সেই !' বিমল বুঝিয়ে বলে সেই গুজ্জুর বাঁজা বউএর বড়ই ছেলের শখ, কিন্তু তারা এ্যাডপ্টও করবে না। তাই তারা .. ব্যাপারটা বিমলের মত অল্প শিক্ষিতের কাছেও বোঝা ততটা সহজ নয়, বোঝানো আরো কঠিন। তবে সে বলে যে তার বউকে ডাক্তারে ছাড়া আর কেউ ছোঁবেও না। কাজেই চিন্তার

কোন কারণ নেই। গুজ্জুর বউও সেখানে থাকবে। শুনতে শুনতে প্রকাশের মাথায় ধাঁধাঁ করে রক্ত চড়ে গেল। টাকা রোজগার এত সহজ! তার চোখের সামনে একটা চকচকে নতুন স্কুটার, ছোট একটা ফ্রিজ, নতুন জামা প্যান্ট আর হ্যাঁ, কমলার নতুন শাড়ীও। হাজার হোক তার কল্যাণেই তো এই রোজগার হবে। কমলাকে যে তারা পছন্দ করবে, তাতে প্রকাশের কোন সন্দেহ নেই। বয়স মাত্র ছাব্বিশ বছর, ফর্সা রঙ, টাইট দোহারা চেহারা। তার বন্ধুরা সকলেই তাকে হিংসা করে তা সে জানে। তার কপালেও কি এই মেয়ে জুটতো ? নেহাৎ হঠাৎ কমলার বাবাটা মরে পথ পরিষ্কার করে দিয়েছিল। কমলার মামারা সস্তায় বিয়ে দিয়ে দিয়েছিল এই প্রকাশের সঙ্গে।

নানাভাবে বিমলের মন গলিয়ে ঠিকানাটা জোগাড় করেছিল প্রকাশ, সেই গুজ্জুদের। বিমলের না দিয়ে উপায়ও ছিল না। সে জানতো যে টাকার গন্ধ একবার যখন পেয়েছে,

তখন প্রকাশ দরকার হলে তার বাড়ীওয়ালার কাছেও গিয়ে হাজির হবে। তার থেকে ভালো মানুষ সেজে বরং প্রকাশের থেকে কিছু কমিশন আদায় করে নেওয়া ভালো।

মনে মনে আশায় আনন্দে টগবগ করলেও প্রকাশের মনে কিছুটা সন্দেহ তখনও ছিল

যে কমলা রাজি হবে কিনা। আর কমলার যে একটা চাপা জেদ আছে, তা সে এতদিনে ভালই বুঝেছে। তাই টাকার কথাটা সে তখন খুলে বলেনি। বরং করুণ গলায় বারে বারে বলেছিল সেই সন্তান পাগল বেচারী মায়ের কথাটাই। কমলা প্রথমে স্তম্ভিত হয়েছিল, তারপরে রাগ করেছিল, তারপরে অনেক কান্নাকাটি করে, শেষে নিমরাজি হয়েছিল। কারণ তার তো আর বাপের বাড়ীর জোর নেই, আর কি করতে পারে সে ?

প্রকাশ কমলাকে নিয়ে যাবার আগে সেই এন.আর.আই. ভদ্রলোককে আড়ালে টাকার কথাটা স্ত্রীর কাছ থেকে গোপন রাখার কথাটা বলে এসেছিল। তিনিও বুঝেছিলেন। তাতে

তাঁর কোন আপত্তি নেই, কাজটা হয়ে গেলেই হল। কমলাকে দেখে মিসেস প্যাটেল তো আহ্লাদে আটখানা। এত সুন্দর মেয়ে, তার বাচ্চা তো সুন্দর হবেই। কথা পাকা হয়ে গিয়েছিল। কমলাও চোখের সামনে এই সন্তানহীনা মহিলার চোখের জল দেখে আর আপত্তির কথা ভাবতে পারেনি। এইভাবে শুরু হয়েছিল।

কমলাকে মাত্র একরাত একটা নার্সিং হোমে থাকতে হয়েছিল। তাকে নার্ভাস দেখে বোধহয় ডাক্তারে ত কে সিডেটিভ দিয়েছিল, তাই পুরোটা সে বুঝতেও পারেনি। তার পরেও বারে বারে তাকে সেই নার্সিংহোমে গিয়ে নানা পরীক্ষা নিরীক্ষা করতে হয়েছে। তার পরে একদিন ডাক্তরেরা হাসিমুখে তার সামনেই প্যাটেল নামে সেই গুজরাটি ভদ্রলোক আর তার বউকে অভিনন্দন জানিয়েছিল। আর তখনই খুব খুশী মুখে মিসেস প্যাটেল তার মুখে দেশী ঘিয়ের লাড্ডু গুঁজে দিয়েছিল। কমলার কানে কানে সেই মহিলা যার নাম খুশবু, বলেছিল, 'আমার বেটাকে সামলে রেখো। তোমার যখন যা দরকার বলবে, লজ্জা করবে না।' আড়ালে নিয়ে গিয়ে নিশ্চয়ই অনেক টাকা দিয়েছিল প্রকাশকে। তা নাহলে প্রকাশের অত খুশী মুখ সে আর কখনও দেখেনি কমলা। তখনই ডাক্তারেরা তাকে তিনবেলা পুষ্টিকর খাবারের লিস্ট বানিয়ে দিয়ে সব বুঝিয়ে দিয়েছিল প্রকাশকে।

যাবার সময়ে প্যাটেল বারে বারে গম্ভীর স্বরে বরেছিল প্রকাশকে যেন এর কোন অন্যথা না হয়। এখন থেকে এই দায়িত্ব তারই। ছেলে বা মেয়ে যাই হোক না কেন তাকে তন্দুরস্ত্ হতেই হবে। এ সব খাবার যেন আর কাউকে ভাগ করে না দেওয়া হয় ! কাকে ভাগ দেবার কথা তারা ভাবতে পারে, তা বুঝতে কোন অসুবিধা হয়নি কমলার। তবে প্রকাশকে তো অনেক টাকাই দিয়েছে তারা, সেই টাকার থেকেও তার বাচ্চুকে সেই একই খাবার খাওয়াতে পারবে, কমলা তাই ভেবেছিল। কিন্তু কার্যকালে দেখা গেল যে প্রকাশ তা ভাবছে না।

প্রথমেই সে নিজের জন্য একটা স্কুটার কিনলো আর নিজের জন্যে নতুন জামা প্যান্ট। অবশ্য কমলাকেও একসেট সব নতুন

জামাকাপড় কিনে দিল, তবে বলে দিল যে যখন প্যাটেলদের সাথে দেখা হবে, তখনই যেন এগুলো সে পরে। রোজ রোজ এ গুলো পরে যেন সে নষ্ট না করে। 'আর বাচ্চু' ? অবাক হয়ে জিজ্ঞাসা করে কমলা। 'বাচ্চুর আবার কি ? গরীরের ছেলে গরীবের মতনই থাকবে, চাল খারাপ হলে পরে নিজেই কষ্ট পাবে।' কমলার স্তম্ভিত মুখ দেখে পরদিন বোধহয় ফুটপাথ থেকেই তার জন্যে একটা বাবা সুট কিনে এনেছিল প্রকাশ। একবার ধুতেই তার রঙ উঠে গেল। সে যাক গে, কিন্তু বাচ্চুর খাবারের আর কোনও বদল হলো না। বাড়ীতে অবশ্য প্রকাশও আগের মত একই খাবার খেত। কিন্তু কমলার মনে হতো সে বোধহয় বাইরে থেকে ভালমন্দ খেয়ে আসে, কারণ তার কাপড়ে মাংস পেঁয়াজের গন্ধ পাওয়া যেত। তা খাক, তবে ছেলের জন্যে কিছু ভাল খাবার আনতে তার কি ইচ্ছাও করে না ?

এখন এই ক'টা মাস কাটলে বাঁচে কমলা। মনে মনে সে ভাবে পরের ছেলের এই

বোঝা কবে তার জীবন থেকে নামবে ? নিজের ছেলেকে কোলে করারও তার অধিকার নেই। তাকে তার পছন্দমত খাবার খাওয়াবারও তার হক নেই। তবে ঘরের ভারি কাজ আর এখন তাকে করতে হয় না। প্রকাশ তার জন্যে একজন ঠিকে কাজের লোক রেখে দিয়েছে। অথচ বাচ্চু হবার আগে তো এসব কাজ সে নিজে হাতেই করেছে, তখন তো তার কিচ্ছু হয়নি। এবারে এত আতুপুতু কেন ? টাকা পেয়েছে বলে ? কমলা জানেনা যে প্রকাশ তার নাম

করে মাঝেমাঝেই মুম্বাইতে ফোন করে মোচড় দিয়ে প্যাটেলদের কাছ থেকে আরও টাকা

বার করে। আশায় আশায় প্যাটেলরা প্রকাশকে খুশী রাখার জন্যে আরো টাকা পাঠায়।

ভাবে তাদের ভাবি বাচ্চার কোন ক্ষতি না হয়ে যায়।

টাকার গন্ধ পেয়েছে প্রকাশ। এখন কেবল গন্ধ নয়, হাতেও পেয়েছে, অনেক টাকা !

সে অলস অথচ লোভী। কাজেই এই পন্থাটাই তার বড়ই মনোমত হয়েছে। তার বন্ধুরা বলে, 'চল একটা ব্যবসা ফাঁদি'। কিন্তু ব্যবসাতেও তো পরিশ্রম আছে। তার থেকে তার সুন্দরী যুবতী বউকে ভাড়া খাটানো অনেক সহজ ! তার বন্ধুদের অবশ্য চোখ টাটায়, সে বুঝতে পারে। দীপেন্দু তাকে এড়িয়ে চলে। বিমলকে সে অবশ্য কিছু কমিশন দিয়ে দিয়েছে। তবে সে আরো বেশী আশা করছিল তাই রাগে গজগজ করে। কিন্তু সে করবেই বা কি, তার বউই তো তাকে হতাশ করেছে !

এখনও হাতে আছে ছ'মাস। মনে মনে হিসেব করে প্রকাশ। 'কনসিভ' করার সঙ্গে

সঙ্গেই একলপ্তে অনেকগুলো টাকা তারা দিয়েছিল। তবে তারাও ব্যবসায়ী, হিসেবী মানুষ। তারা প্রকাশের চরিত্র বুঝে গেছে, তাই তার সঙ্গে মৌখিক কন্ট্রাক্ট করেছে মাসে মাসে ডাক্তারের কাছে চেকআপ হয়ে যাবার পরেই তারা পরের মাসের টাকা দেবে। ডাক্তারের সাথেও তাদের ভালোই যোগাযোগ আছে সে প্রকাশ ভালো করেই জানে। কমলার প্রতিমাসের রিপোর্ট, ওজন, সব তারা নিয়মিত পাঠাচ্ছে প্যাটেলদের। তাইই তো কমলার খাবার দিকে তাকে এত নজর রাখতে হচ্ছে। নাহলে আর কবে সে কমলার এত দেখভাল করেছে। তবে ঐ হারামজাদার বাচ্চা বাচ্চুটা মাঝেমধ্যে ভাগ বসাচ্ছে কমলার ভালমন্দ খাবারে তাও সে ভালই জানে। তবে সারাদিন তো পাহারা দেওয়াও তো তার পক্ষে সম্ভব নয়। অফিসটা তো এখনও আছে। সেটা ইচ্ছা করলেও সে ছাড়তে পারে না। কে জানে কোনবার যদি বউটা ছেলে হতে মরেই যায়, তবেই তো চিত্তির ! তবে বেশ শক্তপোক্ত আছে তার বৌ, এত সহজে মরবে না, তাও সে জানে। তাছাড়া এবারে তো আর সরকারী হাসপাতালে তার বৌ যাবে না। যাবে দামী নার্সিংহোমে। গর্বিতভাবে প্রকাশ ভাবে।

আর হাতে আছে তিনমাস, দিন গোনে প্রকাশ। তলে তলে অন্য পার্টির খোঁজখবর চালায়। তিনমাস বাদে তার এই আয়েসী রোজগার তো খতম হয়ে যাবে। তখন ? অবশ্য বাচ্চাটাকে তাদের হাতে তুলে

দিলেই আরো অনেকগুলো টাকা। আবার ঐ খুশবু ম্যাডাম বলেছে কমলাকে সোনার হার পরাবে। হাঃ, এই বস্তিতে আর সোনার হার পরে না। সে বেচে দেবে ? নাঃ, বরং কোথাও লুকিয়ে তুলে রেখে দেবে, কে জানে তার এই সুখের জীবন কবে আবার শেষ হয়ে যায়! আঃ ! মনে মনে সে প্ল্যান করতে থাকে ঐ টাকা দিয়ে কি কি করবে ? গতমাসে সে ডাক্তারনীকে জিজ্ঞেস করেছিল, অবশ্যই কমলার আড়ালে, যে আবার কতদিন বাদে কমলার বাচ্চা হওয়া সম্ভব। ডাক্তারনীও মাইরি, যেন কিছুই বোঝেনি, এমন একটা মুখ করেছিল ! তারপর গম্ভীর গলায় বলেছিল, 'আপনার তো একটা ছেলে আছেই আর কি দরকার ? ওকেই ভাল করে মানুষ করুন।' বোঝ।

এর আগে বিমলকে সে আবার ধরেছিল, সে রেগে বলেছিল, 'আমি কি দালাল ?

তোমার দরকার থাকে তুমিই খোঁজ খবর করনা কেন।' আজকাল তার কোন বন্ধুই তার

সঙ্গে ভালমুখে কথা বলে না। বাড়ী গেলেও কমলার ব্যাজার মুখ, তবু তাকে অন্ততঃ খাবার সময়ে বাড়ী থাকতে হয় কিংবা ছেলেটাকে নিয়ে বাড়ীর বাইরে বাইরে ঘুরতে হয়, যাতে ফাঁক পেয়ে কমলা তার পেয়ারের ছেলেকে ভালটা মন্দটা খাইয়ে না দেয়। তার কি একটা জ্বালা ! অবশ্য আজকাল তার একদল নতুন বন্ধু জুটেছে। তারা সন্ধ্যার ঝোঁকে তাকে একটা মদের ঠেকে নিয়ে যায়। দিশি মদ। তা হোক, তাতেই তার মনের অনেক জ্বালা মেটে। একদিন কমলা মুখে কাপড় দিয়ে গরগর করেছিল যে প্যাটেলের বৌ তাকে তার মোবাইল নম্বর দিয়ে গেছে। সে তাকে ফোন করে সব জানাবে। আরে, সে মদ খেলে কমলার ছেলের কি ক্ষতিটা হবে ? তবে তাও সে কিছুটা সামলে গেছে। কি দরকার, লোক জানাজানি হলে হয়ত আবার পার্টি আসা বন্ধই করে দেবে !

আর মোটে একমাস, এখন থেকেই খোঁজখবর না করলে তো আর চলে না। কিন্তু কিভাবে এদের খবর পাওয়া যায়, অল্পশিক্ষিত, নীচুতলার কেরানী প্রকাশ তার খবর জানে না। সেদিন বউকে

ডাক্তারের হাওলা করে দিয়ে বাইরের বারান্দায় বারান্দায় ছন্নের মত ঘুরছিল। হঠাৎ একটা নার্সিংহোমের একটা বেয়ারা শ্রেণীর লোক এসে তাকে ধরলো। এ কথা সে কথা বলে সে বললো যে তার জানা একটা পার্টি আছে, কি পার্টি ? অবাক হয়ে জিজ্ঞাসা করলো প্রকাশ। লোকটা ফিচেল হেসে বললো, সেদিন ডাক্তারের সাথে সে যে কথা বলছিল তা সে শুনেছে।

–'আপনার মিসেস তো ভাল মাল।' মাল কথাটা কট্ করে কানে লাগলো প্রকাশের। তবে এসব কথা কানে নিলে তারই ক্ষতি। দুজনে ক্যান্টিনে গিয়ে বসলো। লোকটা অনেক কিছু জানে বুঝলো প্রকাশ। আর জানবেই না কেন, হাসপাতালের সঙ্গেই তো তার কারবার। এ রকম লোককেই সে খুঁজছিল। প্রকাশের মন আহ্লাদে ভরে উঠলো। সে এককথায় তাকে কমিশনের কথাটাও বলে দিল, এ আবার হাতছাড়া না হয়ে যায় !

–'কমিশন আপনাকে দিতে হবে না। পার্টি যেমন আপনাকে দেবে তেমন আমাকেও দেবে।'

–'বাঃ, এত বড় ভালো কথা ! 'কবে, কোথায় তাদের সঙ্গে দেখা করা যায় ?' প্রকাশের যেন আর তর সয় না।

–'আরে মশায়, এ বোঝাটা খালাস হতে তো দিন। দুদিন জিরোক, আবার জেল্লা ফিরুক, নাইলে আবার দাম পাবেন কেন ?' লোকটার সোজা সাপটা কথা।

হ্যাঁ, সেটাও একটা কথা বটে। মনে মনে মেনে নেয় প্রকাশ। তবে লোকটাকে হাতছাড়া হতে দিতে চায় না সে। তাই তার নাম ধাম জিজ্ঞেস করে। কিন্তু সেও ঘোড়েল লোক,

বলে সে এখানেই কাজ করে বিকাশ বললেই লোকে চিনবে। তবে হ্যাঁ, উল্টোপাল্টা কাজ করলে বা তার নামে লাগালে কিন্তু –এই বলে সে কড়া চোখে তাকায় প্রকাশের দিকে।

প্রকাশ কেঁচো হয়ে যায়। বলে যে সে বিকাশদার ছোট ভাই। সে যা বলবে, তাই করতে

সে প্রস্তুত। ইত্যাদি। দুজনের মাঝে একটা সমঝোতা হয়ে যায়।

বাইরে এসে দেখে কমলা তার পেটের ভারে হাঁসফাঁস করতে করতে তাকেই খুঁজছে। ক্যান্টিনে চা খাচ্ছিল বলে তাকে বোঝায় প্রকাশ। পেছন ফিরে দেখে কোন ফাঁকে লোকটা ভেগে গেছে। যদি তাকে আর খুঁজে না পায়, এই ভেবে মনে মনে দুশ্চিন্তা করে প্রকাশ।

কিন্তু প্রকাশ জানে না যে তার যেমন ঐ টাউটকে দরকার, সেই টাউটেরও তেমনি গবেট পার্টির প্রয়োজন।

প্যাটেলরা খোঁজ রাখছিল ভালমত তা সে বুঝতে পারলো, যখন কমলা সময়ের কিছু আগেই আনচান করতে লাগলো। একটা ট্যাক্সি ডেকে তাকে তুলছে, তখন দেখা গেল

তাদের গলিতে ঢুকছে একটা বড় গাড়ি। তাতে প্যাটেল আর খুসবু ম্যাডাম আর একজন

কে। তারা কিভাবে খবর পেলো তা বুঝতে পারলো না অল্পবুদ্ধি প্রকাশ। কমলা নিজের

অবস্থা বুঝে ফোন করেছিল ডাক্তারকে, তখন ডাক্তারেই তাকে ভর্তি হবার জন্যে চলে

আসতে বলে। তারা কোন চান্স নিতে চায় না। প্রকাশ কেবল কমলার আনচান করাই দেখেছিল, ফোন করাটা আর দেখেনি। প্যাটেলরা এক সপ্তাহ আগে থেকে এসে বসে

আছে, তাও সে জানতো না। খুসবু কমলাকে নিয়ে তাদের গাড়ীতে তুলেছিল, প্যাটেল

বলেছিল প্রকাশকে সে যেন স্কুটারে করে চলে আসে, তারা ভর্তি করে দিচ্ছে কমলাকে।

চিন্তার কোন কারণই নেই। চিন্তার কোন কারণ থাকার কথাও নয়, বাচ্চুর সময়েও তো নর্মাল ডেলিভারি হয়েছিল কমলার। কিন্তু দেখা গেল প্যাটেলরা অন্যরকম ভাবছে। তারা দিচ্ছে

টাকা, কাজেই তাদের মতই মানতে হবে বৈকি। বাচ্চাকে তারা কোনরকম কষ্ট দিতে চায় না, তাই সুস্থ সবল কমলাকেও সিজারিয়ান করা হল। কমলা যখন অচেতন, তখন সদ্যজাত বাচ্চাকে খুসবুর হাতে তুলে দিল লেডি ডাক্তার। এবারে একটা ফুটফুটে মেয়ে হয়েছে।

মুখটা যেন একেবারে তার বাপ অচিন প্যাটেল বসানো।

কাগজপত্রে সই করে নার্সিংহোমের টাকাকড়ি মিটিয়ে প্যাটেল যখন বাইরে এল,

তখন পাশের দরজা দিয়ে একজন বেবী নার্সের কোলে শিশুকে দিয়ে খুসবু নিজের গাড়িতে

চড়ে বেরিয়ে গেছে। প্যাটেল বাইরে বেরিয়ে এসে প্রকাশের হাত ধরে তাকে অনেক ধন্যবাদ দিয়ে তার হাতে একটা মস্ত টাকার বান্ডিল তুলে দিল। আর আগে বলা কথাটা আবার তাকে বিশেষ করে মনে করিয়ে দিল যে সে যেন কোন কারণেই তাদের সাথে আর যোগাযোগের চেষ্টা না করে। তাদের রিস্তা এখানেই খতম। আর এসব কথা পাঁচকান করলে তারই ক্ষতি, তা যেন মনে রাখে।

সে কি আর জানে না প্রকাশ। তাও কেন যেন তার মনে হল বাচ্চাটা তার নিজের না হলেও কমলার তো বটে। সে তাকে একবারও চোখেও দেখবে না ? না। দৃঢ়ভাবে বললো প্যাটেল, ডাক্তারদেরও তাই মত। মা একবার তার সন্তানকে চোখে দেখলে আর মন থেকে ছাড়তে চাইবে না। তাই সে অচেতন থাকতে থাকতেই দুজনকে আলাদা করে নেওয়া হল। টাকা নিয়েছে প্রকাশ, অনেক টাকা, সে বাধ্য হয়ে চুপ করে থাকে। কিন্তু এই প্রথম তার

মনে হয় যে কমলার ওপরে বোধহয় বড়ই অবিচার করা হল ! বেচারা কমলা !

যখন কমলার চেতনা ফিরলো, তখন সে ব্যাকুলভাবে জানতে চাইলো যে তার কি হয়েছে, ছেলে না মেয়ে ? শিখিয়ে রাখা মাঝবয়সী নার্স অম্লান বদনে বলে দিল, একটা ছেলে হয়েছিল কিন্তু সে আর

বাঁচেনি। তার বাবাকে দেখিয়ে সৎকার করতে পাঠানো হয়েছে। আবার ছেলে ? আর সে বাঁচে নি ! কমলা যেন বিশ্বাসই করতে পারে না। এই কালও কি লাথিটাই না মারছিল, আর আজই .. ! সে বারে বারে প্রকাশকে ডাকে কিন্তু প্রকাশ কমলার সামনে আসতে চায় না। কমলা ভাবে যে ছেলের এই মৃত্যুই তাকে দূরে সরিয়ে দিয়েছে। কেঁদে কেঁদে কমলার দুর্বল শরীর যেন ভেঙ্গে পড়ে। সে অকারণে নিজেকেই যেন দোষী বলে মনে করতে থাকে। সে বোধহয় ঠিকভাবে যত্ন নিতে পারে নি, তার বাচ্চাটার। তারপর হঠাৎই তার মনে পড়ে যায়, তাহলে প্যাটেলরা ? তারা কি করবে ? অত টাকা দিয়েছে তারা ! শোকের বদলে তার বুকটা হঠাৎ যেন হিম হয়ে যায়। সর্বনাশ ! এবারে তাহলে প্রকাশ কি করবে ? তারা যদি এখন সব টাকা ফেরৎ চায়, তাহলে তারা কি করবে ? প্রকাশ তো সব টাকা খরচই করে ফেলেছে।এখন আর তার সাধ্য নেই সে টাকা ফেরৎ দেওয়া। তাই বোধহয় প্রকাশ তার সামনে আসতে চাইছে না !

মাঝবয়সী নার্সটার ডিউটি বোধহয় ওভার হয়ে গেছে, একটা ছেলেমানুষ নার্স এবারে তার কাছে। তার মুখে একটা করুণভাব। সদ্য ছেলেহারা মায়ের মুখ চেয়ে,কমলা ভাবে। নার্স মেয়েটা এই চাকরীতে নতুন, তার মনটা মুচড়ে ওঠে কমলার মুখ দেখে। কিন্তু তারও মুখ সীল করা, সে কেবল কমলার মাথায় হাত বুলিয়ে দেয়। অনেক পরে একসময়ে প্রকাশ ঘরে ঢোকে, কিন্তু কমলার চোখে চোখে চাইতে পারে না। তার মাথার কাছে খাট ধরে দাঁড়িয়ে থাকে। তাকে দেখে কমলা আবার হুহু করে কাঁদে। বলে, আমারই দোষে এই হল। প্রকাশ থতমত খায়, প্রথমটা সে বুঝতে পারে না। শেষে নার্সের দিকে চেয়ে বোঝে যে এর মধ্যে আরো কোন কথা আছে। তাই চুপ করে যায়। কমলা বারে বারে তার বিছানার সাদা চাদরের কোনা দিয়ে চোখ মোছে।

পরের দিন তাকে নার্সিং হোম থেকে ছুটি করিয়ে আনে প্রকাশ। এবারে তো নর্মাল ডেলিভারী নয়, সিজারিয়ান। কাজেই তার অনেক ফৈজৎ। ভারী কাজ করা তার নিষেধ। প্রকাশ আজকাল তার অনেক দেখা শোনা করে। সব থেকে অবাক কান্ড সে বাচ্চুর জন্যে ভাল

দেখে পোষাক আর খেলনাও এনে দিয়েছে। মাঝেমাঝে তার জন্যে আইসক্রীমও নিয়ে আসে। দেখে দেখে কমলার মনটা একটু শান্ত হয়। প্যাটেলদের জন্যে কমলার ভয়কে শান্ত করেছে প্রকাশ। বলেছে, ভাগ্যের মার, ওরা আর কি করবে ? প্যাটেলরা কিছু মনে করে নি। পরে আবার হয়ত তার শরীরটা একটু ভাল হলে .. ! শুনে কমলার বুকটা ধ্বক্ করে ওঠে, আবারও .. ! কিন্তু এখন আর তাই নিয়ে বেশী কথা বলে লাভ নেই, তাই চুপ করে যায়।

মোটামুটি শান্তিতে দিন চলছিল। আগের মতই গতানুগতিক, কোন উত্তেজনা নেই

আবার অশান্তিও নেই। কমলার পক্ষে তাই যথেষ্ট। তাও মাঝে মাঝে যে ছেলেটাকে সে এতদিন তার নিজের পেটে পালন করেছিল, তা পরের ছেলে জেনেও, তার জন্য বুকটা হু হু করে ওঠে। তখন সে বাচ্চুকে বুকে চেপে ধরে। প্রকাশ মনে হয় একটু বদলেছে। তার খুব খোঁজ খবর করে। তার খাওয়া দাওয়া খোঁজ খবর করে। মাছ, দুধ ডিম খাচ্ছে কিনা দেখে। দু একটা প্রসাধনও কিনে আনে। মাঝে মাঝে রঙিন ধনেখালি বা মিলের শাড়ি কিনে আনে। একদিন তো ছেলেসহ দুজনকে নিয়ে একটা সিনেমা দেখতেও গেল। কমলার মন আবার আনন্দে ভরে ওঠে। যাক, যা হবার তা হয়ে গেছে, তাদের জীবনটা আবার আগের খাতে ফিরে এসেছে,এই যথেষ্ট। এক বাচ্চুই তাদের কাছে যথেষ্ট। আর কোন ছেলেমেয়ে সে চায় না। সে জানে না যে সিনেমা দেখানোর নামে প্রকাশ তার বউকে দেখাতে এনেছিল। ঐ সিনেমা হলে বিকাশ তার এক পার্টিকে নিয়েই এসেছিল। ঠিক কথাই তো, আগে থেকে না দেখলে অত পয়সা ঢেলে তারা বাচ্চা বানাবে কেন ? প্রকাশ ভাবে সে নিজে হলেও তাই করতো ! এখন প্রকাশ আগের থেকে ঘুঘু হয়েছে। সে দরদাম করতে চায়। তার মনে হয় যে আগের পার্টি যা দিয়েছিল তা যথেষ্ট নয়। তাই এবারে কোনভাবে এগোবার আগে সে ভালভাবে সব বুঝে নেবে। কমলা বারে বারে এসব মানবে বলে তার কিন্তু মনে হচ্ছে না ! দেখা যাক।

পরদিন যখন সে বিকাশের সঙ্গে দেখা করতে যাবে ভাবছে, তখন বিকাশই তাকে ফোনে ডাকলো। দুজনে তারা একটা ঘুপচি চায়ের দোকানে গিয়ে বসলো। বিকাশের মুখ দেখে মনে হল যে সে বেশ খুশী খুশী। বললো যে পার্টির তার বউকে বলে খুব পছন্দ হয়েছে। এখন কবে কাজের কথা বলবে ইত্যাদি। প্রকাশ প্রথমেই টাকার কথাটা তুললো। বিকাশ বললো যে টাকাটা কোন ব্যাপারই নয়। প্রকাশ তো জানে না যে একটা নয়, সে দুটো পার্টিকে সঙ্গে নিয়ে গিয়েছিল। দুজনই মালদার। দেখা যাক কোনটাকে গাঁথা যায়। যদি একসাথে দুটোকেই গাঁথা যেত ! এইসব ভাবতে ভাবতে বিকাশ বললো, 'ভাল টাকা পাওয়া কিছু কঠিন নয়। তবে তারও রাস্তা আছে। তারা এক সাথে দু লাখ টাকা দিয়ে দেবে, মাসে মাসে নয়। তবে তাদের কথা কিন্তু অক্ষরে অক্ষরে মানতে হবে।

–'কি কথা, কি কথা ?' প্রকাশের জিভে জল এসে যায়। এত টাকা পেলে তো সে একটা ঝঞ্চউ বুথ খুলে বসতে পারে আর সঙ্গে জেরক্স মেশিন। তাতে পরিশ্রমও নেই অথচ টাকাও অঢেল।

–'দেখুন, আপনাকে বলেই বলছি, কিন্তু আপনার মিসেসকে বলতে পারবেন না।' চোখ গোল করে বললো বিকাশ।

–'আরে না না, কমলাকে কখনও বলি ! রাজি আমি ওকে করাবোই, কবে কোথায় নার্সিং হোমে ওকে নিয়ে যেতে হবে তাই বলুন।' প্রকাশের যেন আর তর সয় না।

টোপ গিলেছে, মনে মনে ভাবে বিকাশ। বলে, 'এবারে কিন্তু কোন নার্সিং হোমে নয়। যাবেন পুরীতে বা দীঘাতে বেড়াতে।'

– 'বেড়াতে ?' আকাশ থেকে পড়ে প্রকাশ। 'ওসব বেড়ানোর মত টাকা কড়ি আমার কাছে নেই কো। আর বেড়ানোর সাথে কি সম্বন্ধ ?'

ধীরে ধীরে বিকাশ বোঝায় তাকে। প্রথমে তো নার্সিং হোমে দেখাতে কমলাকে নিয়ে যেতে তো হবেই। তারাই বলে দেবে যে ঠিক কোন সময়টা কমলার সন্তান ধারণের সময়।

আর সেই সময়ে তারা যাবে বেড়াতে, সে যেখানেই হোক না কেন। পার্টিও সেখানে থাকবে। তারপর,'–

–'সেখানকার নার্সিং হোমে ?' অবাক হয়ে বলে প্রকাশ।

–'আরে, তখন থেকে নার্সিং হোম, নার্সিং হোম করছো কেন, তোমার ছেলে কি নার্সিংহোমে পয়দা হয়েছিল, না তোমার শোবার ঘরের বিছানায় ? আরে, ডাক্তারেও তো ইন্‌জেকশন করেই ঢোকাবে ! আর এই পার্টিও তো সেই ইনজেকশানই তো করবে। তবে ন্যাচারাল প্রসেসে, এতে তো সুখই সুখ –' চোখ নাচিয়ে একটা অশ্লীল ইঙ্গিত করে ফিচেল হাসি হাসে বিকাশ।

ভ্যাবলার মত তাকিয়ে থাকে প্রকাশ, তার মাথায় কিছু ঢোকে না। বিকাশ বোঝে যে এ কিছুই বোঝেনি। তাই সাবধানে সে বোঝাতে চেষ্টা করে যে একটা দামী হোটেলে তাদের থাকার ব্যবস্থা করবে সে। পাশাপাশি দুটো ঘর, মাঝে দরজা থাকবে। পার্টি অঢেল দামী মদের ব্যবস্থাও করবে। কমলাকে কিছু বলার দরকার নেই। তাকে মদের সাথে ঘুমের ওষুধ খাইয়ে তার বিছানায় প্রকাশের বদলে পার্টি এসে কমলার সাথে শোবে। আরে, ব্যাপারটা তো একই, নার্স যা করবে এও তাই করবে। মাঝের থেকে পার্টি একটু সুখ করে নেবে। একদিনে না হয় তো দুদিন, চাও তো তিনদিন। যত বেশীদিন হবে ততই তো পার্টির মজা। আর ততই তোমার বেশী টাকা।

আবার টাকার কথা ! প্রকাশের অসাড় মনে প্রতিবাদের সুরটা টাকার নামে জোঁকের মুখে নুনের মত কুঁকড়ে যায়। 'আর তার বউ ? সে জানবে না ?' স্তম্ভিত প্রকাশ কোনমতে বলে।

–'আরে গুলি মারো বউকে। বউ তো তখন ঘুমের ঘোরে থাকবে। সে অত বুঝবে কিভাবে ? আর বুঝলেও সুখটা কি তারই কম হবে ? পরে একদিন লোক দেখিয়ে বউকে নিয়ে চেনা নার্সিংহোমে ঘুরিয়ে আনবে। পার্টির বউএর তো বাচ্চা পাওয়া নিয়ে কথা, ফল তো একই

হবে, কিন্তু পার্টির মজাটা হবে দু'গুণ। তুমিও ডবল টাকা পাবে।' চায়ের টেবিল ছেড়ে উঠে দাঁড়ায় প্রকাশ। তার মাথা ঘুরছে। কমলাকে, তার কমলাকে সে এইভাবে সত্যি সত্যিই সে ভাড়া খাটাবে ? বিকাশ সবই বোঝে, কত পার্টিই তো সে দেখলো। সে হাত ধরে টেনে

বসায় প্রকাশকে। 'আরে বোস বোস। অত আপসেট হলে চলে ? বলছি তো তোমার বউ কিছুই বুঝতে পারবে না। সে তো তখন সত্যিই ঘুমের ঘোরে থাকবে। আর যদি বোঝেও তো সে ভাববে সেটা তুমিই।'

—'আর আমার ছেলেটা ? তাকে কোথায় রেখে আসবো ? বেড়াতে আসবো আর তাকে তো পড়শীর কাছে রেখে আসা যায় না।' প্রকাশের কথা শুনেই মনে মনে হাসলো বিকাশ যে

মাছে বঁড়শি গিলেছে।

—'সব ব্যবস্থা হবে, ভেবো না। একবার মনস্থির করে আমার হাতে ছেড়ে দাও, তারপর দেখো কেমন সব ব্যবস্থা করি।' চেয়ারে আয়েস করে হেলান দিয়ে বললো বিকাশ।

বাড়ী ফিরে এসেছে প্রকাশ। বারে বারে সে নতুন করে স্বাস্থ্যবতী কমলার দিকে চাইছে। সে যেন তার পুরোনো বউকে নতুন করে দেখছে। একবার তার মন বলছে, বিকাশকে ধমকে না বলে দেয়। পরক্ষণে দু'লাখ কিংবা তারও বেশী টাকার হাতছানি ! সারা জীবনেও সে এত টাকা একসাথে কখনও চোখে দেখতে পাবে না। কি করে সে ? তার এমন কোন বন্ধু নেই, যার সাথে সে পরামর্শ করে। যারা আছে, অর্থাৎ যাদের জন্যে সে এই পথের সন্ধান পেয়েছে, তাদের কাছে অন্ততঃ এই কথা ভেঙ্গে বলা যায় না। মস্ত একটা নিঃশ্বাস ফেলে প্রকাশ।

কমলা কাজের ফাঁকে ফাঁকে ঘুরে ঘুরে প্রকাশকে দেখে শেষে বলে, 'কি হল তোমার শরীর খারাপ ?'

—'নাঃ, শরীর কেন খারাপ হবে ?'

–'তবে অমন গুম হয়ে বসে আছো কেন ? অন্যদিন তো এ সময়ে বাড়ীও থাকো না।'

–'নাঃ, এমনি ভাবছি। বেড়াতে যাবে ?'

–'বেড়াতে ?' উলসে উঠে কমলা। 'কোথায় যাবে ? কতদিন ধরে ভাবছি, কিন্তু তোমাকে বলতে সাহস হচ্ছে না। কত খরচ .. !'

–'আরে, খরচ তো আছেই, কিন্তু এতদিনেও তো তোমার সাথে একটা 'হানিমুন' করা হল না।'

–'হানিমুন'? কমলার মুখটা লজ্জা আর আবেগে লাল হয়ে ওঠে। মুগ্ধ হয়ে দেখে প্রকাশ।

–'কিন্তু বাচ্চুর স্কুল ? সবে তো তাকে বড় স্কুলে ভর্তি করা হল, এখনই তাকে ছুটি করতে দেবে তারা ?'

–'আরে, বাচ্চুকে নিয়ে যাচ্ছে কে ? শুনেছো কোন হানিমুনে কেউ ছেলে মেয়ে নিয়ে যায় ?' সোজা সাপ্টা কথা প্রকাশের।

–'সেকি ? তাহলে তাকে কোথায় রেখে যাবো ? না না, এমন সময়ে তাহলে যাওয়া যাবে না। পরে কখনও নাহয় –' দ্বিধাভরে বলে কমলা।

–'সে হয় না। আমার টিকিট কাটা হয়ে গেছে। বাচ্চুকে ওর মাসীর বাড়ী ক'দিনের জন্যে রেখে যাও। ওর জন্যে ভালো ভালো খেলনা কিনে আনবো।' ঘোষণা করে প্রকাশ।

কমলার মুখ আশঙ্কায় শীর্ণ হয়ে যায়, কিন্তু বোঝে একবার প্রকাশ যা বলেছে তা সে করেই ছাড়বে। প্রকাশ যাকে 'মাসী' বলছে, সে কমলার নিজের বোন নয়, দূরসম্পর্কের মাসতুতো বোন। কাছাকাছি থাকে বলেই একটু ঘনিষ্টতা আছে। সেও গরীবঘরে পড়েছে। তবে লোক ভালো, কমলার সেবারের অসুখে খুব দেখা শোনা করেছে। বাচ্চুও তাকে খুব ভালোবাসে। তার কাছে ক'দিনের জন্যে হয়ত বাচ্চুকে রাখা যায়। তবে খরচ দিতে হবে।

সে কথাটাই বলে কমলা, খরচের কথাটা উড়িয়ে দেয় প্রকাশ, খরচের কে পরোয়া করে ? পকেট থেকে একতাড়া নোট বার করে সে বলে এখনই গিয়ে তার বোন রমার সাথে কথা

যেন সে কথা বলে আসে।

– 'আর বাচ্চু ? সে তো কান্নাকাটি করবে।' কমলার মন এখনও মানে না বাচ্চুকে ছেড়ে যেতে। সবাইতো ছেলেমেয়ে নিয়েই বেড়াতে যায়, প্রকাশের সবই যেন কেমন কেমন !

–'বাচ্চুকে আমি বোঝাবো, সে ভার আমার। তুমি তোমার বোনকে বোঝাও।' প্রকাশ ঘর ছেড়ে চলে যায়। কমলা বোঝে এটাই ফাইনাল, এর ওপরে তার কথা আর চলবে না।

***

তারা পুরী এসেছে। আসার আগে বাচ্চু কান্নাকাটি করেছিল। তবে প্রকাশ অনেক আদর করে অনেক কিছু কিনে আনবার প্রতিশ্রুতি দিয়ে ঠান্ডা করেছিল। তাছাড়া স্কুলের পড়াও ছিল, বাচ্চু লেখাপড়ায় ভালো, স্কুলে যেতে ভালোওবাসে, অন্য ছেলেমেয়েদের মত নয়। তাই বাধ্য হয়ে মেনে নিয়েছিল। আসার সময়ে কমলাও কান্নাকাটি করেছিল, এখন অগাধ নীল সমুদ্র দেখে শান্ত হয়েছে। তাছাড়া জগন্নাথ দেবের মন্দির তো আছেই। ক'জন এমন সুযোগ পায় !

তাদের হোটেলটা একেবারে নতুন, একেবারে সমুদ্রের ওপরে। ঘরগুলো ঝকঝকে বাথরুমটাই বা কি সুন্দর ! এত সুন্দর বাথরুমে সে আর কখনও স্নান করেনি, করবে তাও ভাবে নি। বাথটাব বলে যে একটা জিনিষ আছে, তা সে কখনও জানতো না। আহা, বাচ্চু এলে এখানে কি স্ফুর্তিটাই না করতো। এই বাথটাবেই সে সাঁতার কাটতো। কিন্তু এসব কথা বলা যে বারণ তা সে জানে। তাই মনে মনে সে ভাবে। তাদের ঘরের একদিকে দেয়ালে বাথরুম, অন্যদিকে আর একটা দরজা, কিন্তু সে টানাটানি করেও সে দরজা খুলতে পারলো না। কি আছে ওদিকে। প্রকাশকে জিজ্ঞেস করলে সে চোখ পাকিয়ে বললো, 'গাঁইয়া ! ওটা পাশের ঘরের দরজা। যদি কোন বেশীলোকের

পরিবার আসে তবে তারা একসঙ্গে দুটো ঘরই নেয়, তাই এই ব্যবস্থা। দরজা দুদিক থেকেই বন্ধ, চাবি দেওয়া, খামোখা ধাক্কাধাক্কি যেন সে না

করে !’

দুপুরে দুজনে সাঁতার কাটতে তারা গেল। সাঁতার না আরো কিছু ! সমুদ্রে স্নান আরকি। প্রকাশের শখ কত, সে আবার কমলার জন্যে সাঁতারের পোষাকও কিনে এনেছে। সে বলেছে যে সমুদ্রের ঢেউএ শাড়ী টেনে নিয়ে যায়, সে এক কেলেঙ্কারী অবস্থা হবে ! কিন্তু ঐ বেলেল্লা পোষাক পড়তে একেবারেই রাজী হয়নি কমলা। শেষে প্রকাশের কড়া চোখের দিকে চেয়ে ভয়ে ভয়ে পরে শেষে তার ওপরে শাড়ী জড়িয়ে সমুদ্রের ধারে গেল। বাপরে, কত লোক চারদিকে, তার মধ্যে অনেক মেয়েই তার মত বেলেল্লা পোষাক পরেই স্নান করছে। দেখে তার একটু শান্তি হল। প্রকাশ একজন নুলিয়া ধরলো। কারণ সে নিজেও সাঁতার জানে না। আর জানলেও এই প্রচন্ড ঢেউওয়ালা সমুদ্রে একা একা স্নান করা তার সাধ্যের বাইরে। একজন নুলিয়া দুজনকে স্নান করাতে পারবে না। তাই শেষে অনেক দরদস্তুর করে দুজনকেই ধরা হল। ঐ বিশাল বিশাল ঢেউ দেখে তো কমলার চক্ষুস্থির। বাপরে, ভাগ্যিস বাচ্চুকে তারা আনেনি। বাচ্চু থাকলে তাকে সামলানো কঠিন হতো। স্নানের আগে তীরে শাড়ীটা খুলে রেখে নুলিয়ার হাত ধরে সে জলে নামলো। সাঁতারের পোষাকে কমলাকে দেখে প্রকাশের চোখে আর পলক পড়ে না। তার সেই ঘরোয়া বউ যে এত সুন্দর সে আগে কখনও জানতো না ! শুধু সে নয় আশে পাশে অনেকেই তাকে চোখ দিয়ে যেন গিলছে। কমলার অন্যদিকে নজর নেই, সে কেবল ঐ বিশাল ঢেউগুলোর সঙ্গে মোকাবেলা করতে ব্যস্ত।

হঠাৎ প্রকাশের পেছনে কে যেন ফ্যাকফ্যাক করে হেসে উঠলো। চমকে পেছন ফিরে সে দেখলো সেই বিকাশ দাঁড়িয়ে। তার সঙ্গে চশমা পরা ভুঁড়িওয়ালা একজন অবাঙালী ভদ্রলোক। বিকাশ বললে প্রকাশকে, ‘তাহলে ঐ মাখন মাখন বউটিই আপনার সেই বউ ! বেড়ে

রঙঢং তো মশাই। সুইম সুটে তো একদম হিরোইন লাগছে। এই ব্যবসায়ে না এনে তো সিনেমা লাইনে তো চেষ্টা করতে পারতেন।'

তার কথা কেটে পাশের ভদ্রলোক হাত বাড়িয়ে প্রকাশের সাথে হ্যান্ডশেক করলেন। প্রকাশ একটু থতমত খেলো, কারণ হ্যান্ডশেক করাটা তার নিয়মিত অভ্যাসের মধ্যে পড়ে

না। ভদ্রলোক বললেন, 'খুব ভালো লাগলো দেখে। বিকাশবাবু যেমন বলেছিল তার থেকেও অনেক বেশী ভালো। আজ সন্ধ্যেবেলা আমরা একটু লাউঞ্জে বসবো। 'টার্মস্ এন্ড কন্ডিশান' আলোচনা করার জন্যে।' তারপর বিকাশকে বললেন যে 'আপনাকে এখন আর দরকার নেই। দরকার হলে ফোন করবো।' বিকাশ মনে হল একটু হতাশ হয়েই চলে গেল। তাকে এমন করে বাদ দিয়ে দেবার কথা সে আর ভাবে নি। তবে সাঁশালো পার্টি, আগেই অনেকগুলো টাকা সে নিয়ে রেখেছে। তাই মুখ গোমড়া করে বললো, 'তো স্যার, সন্ধ্যেবেলা কি আমি হোটেলে আসবো ?"

–'না। আপনার এখন আর আসার আর দরকার নেই, আপনার মোবাইল নম্বর তো আছে, দরকার মত ডেকে পাঠাবো।" এককথায় তাকে বিদায় করে দিলেন হিরোআনি সাহেব।

মনে মনে গালাগাল করতে করতে তার নিজের জন্যে বুক করা ছোট কমদামি হোটেলে

ফিরতে লাগলো বিকাশ। আগের বারেও ছিল একজন, সেও ছিল অবাঙালী, সে অবাঙালীই পছন্দ করে। টাকা দিতে তারা কঞ্জুষী করে না। সেবারে তাকে এমন করে বিদায় করে দেয়নি তারা। দুই বন্ধু ছিল। স্বামীটা মস্ত হারামী ছিল, ওরা যে যা বলেছে, তাতেই হ্যাঁ করেছিল সে। মেয়েটাকে কি যেন খাইয়েছিল ওরা, বাপরে, সে মেয়েটা তো যেন বাঘিনী হয়ে উঠেছিল। সারারাত দুই বন্ধু পালা করে মিলেও তাকে সামলাতে পারছিল না। আহা ! সে দৃশ্যটা মনে

পড়ে এখনও তাকে পাগল করে তোলে। তারা তো তাকে এমন করে দূর করে দেয়নি। বরং বলেছিল যে পাশের ঘরে আলো নিভিয়ে

দরজার ফাঁক দিয়ে সে দেখতে পারে। বরং একজন তো বলেইছিল যে লুকিয়ে কেউ দেখছে জানলে, তার বলে উত্তেজনা আরো বাড়ে ! এক একবার তো তার মনে হচ্ছিল যে সেও নেমে পড়ে। আরে, আসলে তো সে একটা দালাল, তার তো এসবে কোন হক নেই। কেবল চোখে দেখেই যা সুখ।

সন্ধ্যেবেলা জগন্নাথ মন্দির থেকে পূজো দিয়ে তারা ফিরেছে। বিকাশের ইচ্ছা ছিল পরের দিন যায় পূজো দিতে। আগে সব আলোচনা হয়ে যাক, তারপরে –। কিন্তু কমলার দারুণ ইচ্ছে, তাকে বাধা দিতেও পারলো না। আর কি অজুহাতেই বা বাধা দেবে ? কমলা নিজের ঘরে। বিকাশ বললে 'একটু ঘুরে আসি।' এই বলে সে হিরোআনি সাহেবের ঘরে গিয়ে ঢুকলো। সন্ধ্যে না হতেই সাহেব বোতল খুলে বসেছে। বিকাশকেও অফার করলেন তিনি। দামী স্কচ এর আগে আর কখনও চাখেনি বিকাশ। সে তো মোহিত হয়ে পড়লো। কাজু আর স্কচ ঢালাও হাতে ঢেলে চলেছেন হিরোআনি সাহেব। দিল খোলা হয়ে তাকে নিজের মনের কথা বলে চলেছেন। তিনি তাঁর নিজের স্ত্রীকে সত্যিই খুব ভালোবাসেন, তাঁকে ঠকানো তাঁর উদ্দেশ্য নয়। তাঁর তো নিজের ব্যবসা আছে, সময় এমনিই কেটে যায়। কিন্তু তাঁর স্ত্রী, বিশেষ করে তাঁর মা তাঁদের সন্তানের জন্যে ব্যাকুল। অথচ বারে বারে নানা ডাক্তারে বলেছে একই কথা তাঁর স্ত্রী লতার সন্তান ধারণের ক্ষমতা নেই। অন্যে হলে আরেকটা বিয়ে করতো বা ডিভোর্স দিত। কিন্তু তাঁর সে ইচ্ছা একেবারেই নেই। তার বদলে তিনি তাঁর নিজেরই সন্তান চান, তা অন্যের গর্ভে হলেও। ডাক্তারে বলেছিল যেমন নার্সিং হোমে হয় আরকি। কিন্তু তাঁর এক ডাক্তার বন্ধুর কাছে একটা সত্যি ঘটনা শুনেছিলেন যে কি করে স্পার্ম বদল হয়ে একজনের সন্তান অপরের কাছে চলে গিয়েছিল। তখন আর করার কিছু থাকে না। সেই শুনে থেকে তিনি খুবই আপসেট ছিলেন। তারপরে এই লোকটি তাঁকে এসে ধরলো, একটা খুব প্র্যাক্টিক্যাল পরামর্শ দিল। হাতে হাতে ফল আর ভুলভ্রান্তি হবারও কোন কারণ নেই। তবে এখনও তাঁর মনের মধ্যে খচখচ করছে। 'আপনার স্ত্রী তো প্রায় আমার মেয়েরই বয়সী, তাকে এইভাবে

এক্সপ্লয়েট করা'! মদ খাওয়া সত্ত্বেও হিরোআনি সাহেবের বিবেক তাঁকে শাসন করছে বোঝা গেল। তখন একটু ভয় পেয়ে গেল প্রকাশ তার মনে হল এইরে, এমন শাঁসালো পার্টি আর দু লাখ টাকা বুঝি হাত ছাড়া হয় ! সে বললে, 'ওসব কথা মনে ভাববেন না স্যার। আমার বউ, আমি যদি মন বানাতে পারি, তো আপনার আপত্তি কি ? আর এতো একটা মহান কাজ, একজন বাঁজা (এখানে সে মনে মনে জিভ কাটে ) একজন সন্তানহীনা মায়ের কোলে ছেলে তুলে দেওয়া !' তার চোখে একটা গভীর উদারতা ঘনিয়ে এল। 'হুঁ' – বলে নিঃশ্বাস ছাড়লেন হিরোয়ানি সাহেব।

রাতের খাবার কমলাকে নিয়ে ঘরেই খেল দুজনে। ভালোভালো খাবার দেখে ছেলের জন্যে আবার মন খারাপ হল কমলার। কিন্তু সে জানে এইসব কথা বললে প্রকাশ আবার ক্ষেপে যাবে। হাজার হোক এ তাদের 'হানিমুন' ! খাবার সঙ্গে তারা সুন্দর গেলাসে করে লাল টুকটুকে সরবৎ দিয়েছিল, একচুমুক খেয়েই গা গরম হয়ে গেল কমলার। সে প্রকাশের গা ঘেঁষে বসে জিজ্ঞাসা করলো, 'এটা কিসের সরবৎ গো ? বেশ খেতে।' মনে মনে হাসলো প্রকাশ। আরেকটার অর্ডার দিল। খাওয়া দাওয় শেষ করে কমলার মনে হল সে যেন আকাশে মেঘের ওপর দিয়ে উড়ছে। হালকা, খুশী খুশী ঘোর ঘোর। সে বিছানায় শুয়ে চোখ বুঁজে ফেললো। ভাবলো এইবারে প্রকাশ আসবে। কিন্তু প্রকাশ কি সব খুটখাট করছে, কমলা জড়ানো গলায় তাকে ডাকলো। প্রকাশ বললে, 'আসছি, হাতের কাজটা সেরে, ততক্ষণ তুমি কাপড় বদলে ফেল। ঘোরঘোর চোখে উঠে বসে কমলা দেখে যে প্রকাশের হাতে একটা গোলাপী রঙের সুন্দর সেমিজের মত জামা। তাকে এটা পড়তে হবে ? কেন ? কিন্তু তার চিন্তা শক্তি তখন ঢিলে হতে শুরু করেছে। সে কোনমতে কাপড় ছেড়ে জামাটা গায়ে গলালো, প্রকাশ তাকে ধরে রাখলো, নাহলে সে পড়েই যেত। প্রকাশ তাকে ধরে বিছানায় শুইয়ে আলো নিভিয়ে দিয়ে বললে, 'আসছি এক্ষুনি।'

কমলার চেতনা প্রায় নেই, তবু তার মনে হল প্রকাশ যেন কত মোটাসোটা হয়ে গেছে। দুহাতে তাকে জড়াতেও যেন সে পারছে না।

আর তার গায়ে কি সুন্দর একটা গন্ধ ! কি গন্ধ মেখেছে প্রকাশ ? রোজ কেন মাখে না ? রোজ তো তার গা থেকে বিড়ি আর সস্তা সিগারেটের চামসি গন্ধ পায়। কি সুন্দর ভাবে তাকে আদর করছে ! কত কিছু করছে, যা আগে কখনও

সে করেনি। ভীষণ ভালো লাগায় মন ভরে যায় কমলার। সে জড়িয়ে জড়িয়ে বলে, 'রোজ রোজ কেন এমন করো না। আহ্ ! কী ভালো লাগছে।' তার মুখ থেকে শীৎকার তীব্রতর হয়ে ওঠে।

পাশের ঘরের দরজার আড়ালে দাঁড়িয়ে রাগে আর উত্তেজনায় কাঁপে প্রকাশ। তারই সামনেই তার বউকে আর একজন উপভোগ করছে আর তাকে তাই দেখতে আর শুনতে

হচ্ছে ! আর তার বউ, ছেনাল, সে জেনেবুঝে আহ্লাদে, ভালোলাগায় আটখানা হয়ে একটা পরপুরুষকে জড়িয়ে ধরে শুয়ে আছে ! খানকি, তার বউটা খানকির বাড়া। সে ভুলে যায় যে কমলা কিছুই জানতে পারছে না, আর প্রকাশই তাকে জোর করে এই পথে চালান করেছে। কিন্তু এখন আর প্রকাশের আর কিছু করার নেই। তিনরাতের কন্ট্রাক্ট হয়েছে। হিরোয়ানি সাহেব কোন চান্স নিতে চান না। এর জন্যে একলাখ বেশী দিতেও তাঁর আপত্তি নেই। তবে এই মাসে আর কোনক্রমেই বউএর সাথে প্রকাশের শোয়া চলবে না। সেটাও ভাল করে বুঝিয়ে দিয়েছেন তিনি। ভোরবেলা উঠে দেখা গেল যে একটা রাতেই সাহেবের বিবেক ধুয়ে মুছে পরিষ্কার হয়ে গেছে। বললেন, 'বড় জব্বর মাল আপনার কম্‌লা। বহোৎ তীখা আর নমকিন। আপনার কপাল খুব ভালো যে এমন পার্টনার পেয়েছেন।' তাঁর কথার ভাঁজে মনে হল পারলে তিন রাতের বদলে পুরো মাসটাই কমলাকে তিনি রাখেন। প্রকাশের মনে রাগ গুমরে উঠলেও হাসতে হল। তার মনে হল আরো দুটো রাত তাকে এমনি যমযন্ত্রণা ভোগ করতে হবে !

পরের রাতে প্রকাশ দেখলে ভালমত জ্ঞান না থাকলেও কমলা যেন ক্রমে বাঘিনী হয়ে উঠছে। এত কালের চেনা কমলা যে কেবল চুপচাপ বিছানায় চিত হয়ে পড়ে থেকেছে, সেই কমলা নিজের

গরজেই যেন আক্রমণ করছে তার বিছানার সঙ্গীকে। সে যেন তার এতদিনের না পাওয়া পাওনা বুঝে নিতে চাইছে। আর সেই লোকটা মনে মনে একটা কুৎসিত গালাগাল করে প্রকাশ, সে নানা রকম কায়দা করে তার বউকে সুখ দেবার নাম করে নিজের কব্জায় আনতে চেষ্টা করছে। তার ইচ্ছা করতে লাগলো, দরজা খুলে ঢুকে এক লাথি মেরে ঐ সাদা ধবধবে ভুঁড়িওয়ালা আধবুড়ো লোকটাকে বিছানা থেকে ফেলে লাথি ঘুঁষি মেরে রক্তাক্ত করে ফেলে। কিন্তু পরক্ষণেই তার সামনে অতগুলো তাড়া তাড়া হাজার টাকার নোট নাচতে লাগলো। নাঃ, সে আর তা পারবে না। টাকা তার চাইই। তার জন্যে সে বউকে ভাড়া খাটাতেও তার দুঃখ নেই। তারপরে নিজের জন্যে একটা বেঁটে, কালো, কুঁজে, কুৎসিত

মেয়ে সে বিয়ে করে আনবে, যে শুধু থাকবে তার। আর কেউ তার দিকে চাইবেও না। এ করবে রোজগার, আর ও করবে প্রকাশকে খুশী। এই ভেবে প্রকাশ যেন মনে মনে একটু

শান্তি পেলো।

ভোরবেলা ঘোর কাটলে কমলা আবার আগের মতো। তার মনে কেবল গতরাতের সুখ। সে যেন আরো মোহিনী হয়ে উঠছে। শরীরের সুখ এমনই জিনিষ ! দিনের বেলা হিরোআনি সাহেব বিশেষ বাইরে বেরোন না, কখনও সখনও করিডোরে দেখা হয়ে গেলেও চেনেন না। প্রকাশ মনে মনে ভাবে শা– রাতের জন্যে এনার্জি জমিয়ে রাখছে ! তবে আর মাত্র একটা রাত, তারপরেই তার হাতে আসবে –আঃ ! ভেবেই প্রকাশের বিরস মনটা প্রসন্ন হয়ে ওঠে। সে মনে মনে কমলাকে তালাক দিয়ে রেখেছে। বাড়ী ফিরেই সে তার পছন্দমত মেয়ে খুঁজবে, আবার বিয়ে করবে সে, এই এঁটো বউকে সে আর ছোঁবেও না। তবে তাকে দূর করেও দেবে না।

তবে তাহলে তার জন্যে টাকা রোজগার করবে কে ?

আজকে শেষ রাত, প্রকাশের একটা স্বস্তির নিঃশ্বাস পড়ে। এর পরে আর ঐ ছেনালের সাথে তার ফারখৎ ! তবে তাদের ছেলেকে নিয়ে সে কি করবে ? না, ছেলেকে সে ছাড়বে না। ছেলে যখন হয়,

তখনও তো তার বউ ঘরোয়া বউই ছিল, কাজেই এই ছেলে তারই ছেলে, তাকে সে প্রাণ থাকতে ছাড়বে না। কমলা সারাদিনে গায়ে পড়ে কত কথা বলে, প্রকাশ তার কথার উত্তরও দেয় না। কমলার ছোঁয়া গায়ে লাগলেও ঘেন্নায় তার মন ভরে যায়। মনে মনে কমলা ভাবে, এ কেমন হানিমুন তাদের ! তবে রাত হলে প্রকাশ তার পাওনা সুদ সমেত মিটিয়ে দিচ্ছে, তাতেই সে খুশী। সারাদিন সে সমুদ্রের বালুচরায় ঝিনুক কুড়িয়ে আর শঙ্খের মালা কিনে কাটাচ্ছে। ছেলের জন্যে কি নেওয়া যায়। এখানে সুন্দর রঙকরা কাঠের

খেলনা পাওয়া যায়, আর লাল রঙের নানা আকারের লাঠি। ছেলে পেলে খুব খুশী হবে।

সে ভেবে রেখেছে যাবার আগে এখানকার খেলনা আর তার সংসারের জন্যে কাঁসার নানা আকারের বাসন পাওয়া যাচ্ছে সেগুলো একেবারে কিনে নিয়ে যাবে। এখন তো ভগবানের কৃপায় সংসারে একটু সুসার হয়েছে, এখন যদি সংসারের জন্যে একটু খরচ করে তাহলে নিশ্চয়ই প্রকাশ রাগ করবে না !

আজ শেষ রাত। প্রকাশ ভেবেছিল যে চড়া ঘুমের ওষুধ খেয়ে সে রাতটা ঘুমোবে। তাহলে এই যন্ত্রণাদায়ক দেখা আর শোনার হাত থেকে তো নিষ্কৃতি। কিন্তু ঘুমোতে গেলে তো শুতে হবে হিরোআনি সাহেবের ঘরের এই বিছানাতেই। যদি সে আবার সব কাজ শেষ করে এসে নিজের ঘরে ঢোকে ? তবে এই শেষ একটা রাত সে সহজে ছাড়বে না কমলাকে, সেটাও ঠিক। কাজেই জেগে থাকাই সে ঠিক করলো।

কেন যেন আজ রাতে তার মনে হতে লাগলো যে আজ হয় কমলাকে নেশার ওষুধ আজ কম দেওয়া হয়েছে, কিংবা খেতে খেতে তার অনেকটা অভ্যাস হয়ে গেছে। কমলা আজ যেন শরীরে অনেকটা অসাড় হলেও তার চেতনা যেন আগের তুলনায় বেশী। সে অন্ধকার ঘরেও দু'একবার জড়ানো গলায় জিজ্ঞাসা করলো 'তুমি কথা কেন বলছো না ? তুমি কে গো ?' ভাঙ্গা ভাঙ্গা শব্দ সব বোঝাও যায় না। শুনে প্রকাশের বুক জ্বলতে থাকে। সে অন্ধকার ঘরে দরজার পাশের

টেবিল থেকে হুইস্কির বোতলটা তুলে মুখে ঢালতে যায়। কিন্তু বেজায়গায় ধাক্কা লেগে ঝনঝন করে একটা কাঁচের ফুলদানি পড়ে নিস্তব্ধ ঘরে এমন আওয়াজ করলো যে প্রকাশের সব নেশা টুটে গেল। সে অন্ধকারে হাতড়ে হাতড়ে ভাঙ্গা ফুলদানীর খন্ডগুলো জড়ো করতে লাগলো। হঠাৎ আচমকা ঘরে আলো জ্বলে উঠতে দেখে হতভম্ব প্রকাশ বাসীফুল, ফুলদানীর জল আর ভাঙ্গা কাঁচের মধ্যে ভূতগ্রস্তের মত উঠে দাঁড়াল। সামনেই দেখে একটা ছাড়া শাড়ী আস্টেপৃষ্টে জড়িয়ে দাঁড়িয়ে আছে কমলা। তার চোখে কেমন যেন একটা দৃষ্টি.. কার চোখে

সে এমন দৃষ্টি দেখেছিল ? এখন তার মনে পড়ছে না। ..কার ..কার .. ওঃ, তাদের কলকাতার রাস্তায় সেই ছন্নছাড়া পাগলীটার চোখে ..। কিন্তু তার সাথে কমলার চোখে যে অপরিসীম ঘৃণা, এটা পাগলীটার চোখে ছিল না।

প্রকাশ উঠে দাঁড়িয়ে কিছূ বলতে গেল। কমলা সময় দিল না। সে এক ঝটকায় দরজা খুলে দৌড়ে চলে গেল বাইরে। প্রকাশ অন্যদিকে তাকিয়ে দেখে তার সামনে দাঁড়িয়ে অর্ধনগ্ন হিরোয়ানী সাহেব। সে পারলে বোধহয় এখন খুন করতে পারে প্রকাশকে। প্রকাশ কোন কথা না বলে খোলা দরজা দিয়ে ছুটলো যেখান দিয়ে কমলা বের হয়ে গেছে। কোনমতে কমলাকে ধরে এনে সে সমর্পণ করতে চায় তার হিরোয়ানি সাহেবের কব্জায়। দরকার হলে পাঁজাকোলে করে হলেও। নাহলে .. সে ভাবতে পারে না, মাত্র শতকরা পঁচিশভাগ টাকা সে হাতে পেয়েছে। এরপরে বাকি টাকা আর দেবে কি না হিরোআনী সাহেব কে জানে ! তাহলে তার জাতও গেল পেটও ভরলো না ! আর যে বউকে সে মনে মনে ফারখৎ দিয়েই রেখেছে, তাকে তার জানা শোনাতেই যদি কেউ –। তাতে তার আর কোন দুঃখ নেই, তার টাকা চাই, অনেক টাকা !

মাঝরাতের শুনশান বারান্দা, রিসেপশানেও কেউ নেই, এতরাতে তো আর এরকম জায়গায় কেউ আসে না। কেবল বাইরের বড় কাঁচের দরজাটা ভেতর থেকে বন্ধ থাকে।

কেউ আসতে চাইলে বাইরে তো চৌকিদার আছেই, তাছাড়া বেলও আছে বাজালেই কেউ

না কেউ চলেই আসবে। কিন্তু এখন দেখা গেল যে দরজাটা হাট করে খোলা। দেয়ালের ঘড়িটায় রাত সাড়ে তিনটে বাজে। প্রকাশ দরজার বাইরে এসে দাঁড়ালো। চৌকিদারের কোন চিহ্নই নেই। বাইরে ঘন অন্ধকার, কেবল সামনের সরু রাস্তার পাশের টিমটিমে আলোগুলো জ্বলছে। কোথায় গেল কমলা ? সে তো অজানাকে ভয় করতো, অন্ধকারকে ভয় করতো, আরশুলা, টিকটিকি, মাতাল, কিসে নয় ! চারিদিকেই তার কেবল ভয় আর ভয়। আর এই অন্ধকার রাতে একা একা সে কোথায় গেল ? দূরে সমুদ্রের ঢেউ ওঠা পড়ার গর্জন ভেসে আসছে।

এখান থেকে সমুদ্র কাছেই, তবে দোতালায় না উঠলে দেখা যায় না। যতদূর চোখ যায়, কাউকে দেখতে পেল না, কেবল ঘন অন্ধকার। কোথায় গেল কমলা ? তবে মাঝরাতে হোটেলের সদর দরজা খোলা দেখে মনে হল সে-ই দরজা খুলে বার হয়ে গেছে। নিজের ঘরে যাই করুক, প্রকাশের এমন সাহস নেই যে প্রকাশ্যে কমলার খোঁজখবর করে। পুলিশে খবর দেবার তো প্রশ্নই নেই। এটুকু সে জানে যে তাহলে তাকে বাকি জীবন তাকে কয়েদ খানাতেই কাটাতে হবে। সে একই সাথে কাপুরুষ, ভীরু আর লোভী। এখন আর দোতালায় উঠে হিরোআনী সাহেবের মুখোমুখী হবার মত সাহস তার নেই। কাজেই নীচের অফিসঘরের পাশের ছোট ঘরটায় সে হাঁটুর ওপরে হাত রেখে তার ওপরে মাথা রেখে ছন্নের মত বসে থাকলো।

ধীরে ধীরে আলো ফুটেছে। হোটেলও ক্রমে জেগে উঠেছে সে বুঝতে পারছে। সাফসাফাই চলেছে। রিসেপশানে গলার আওয়াজ। সে চোরের মত বাইরে বেরিয়ে এল। বাইরের তাজা সমুদ্রের হাওয়ায় কী শান্তি ! কোথায় গেল কমলা ? কোথায় সে তাকে খুঁজবে ? কি বলবে লোককে ? কেন সে এমন করে না বলে পালালো ? হাঁটতে হাঁটতে সে সমুদ্রের ধারে গেল।

তার স্থির বিশ্বাস, কমলা সমুদ্রের ধারেই গেছে। শেষে আত্মহত্যা তো করেনি ? ঠান্ডা হাওয়া সত্ত্বেও তার পিঠ দিয়ে ঠান্ডা ঘামের স্রোত নামতে লাগলো। বালির ওপর দিয়ে এদিক থেকে ওদিক পর্যন্ত কতবার যে সে চোখ দিয়ে খুঁজলো, কিন্তু তার কমলা রঙের সুন্দরী বউ কমলা কোথাও নেই। নুলিয়া বস্তির কাছে বুড়ো নুলিয়ারা কাঠি দিয়ে জাল বুনছে, তারা প্রকাশের দিকে প্রশ্নভরা চোখে তাকাচ্ছে। তাদের চোখ এড়িয়ে মাথা নীচু করে যেন পালিয়ে এল প্রকাশ। ওরা হয়ত জানে, ওরা হয়ত দেখেছে কিছু, কিন্তু কিভাবে তাদের কি জিজ্ঞাসা করবে, তা জানা নেই কেবল স্কুল পাশ করা কেরানী প্রকাশের কছে।

হঠাৎ তার মনে হল হয়ত কমলা আবার ফিরে গেছে হোটেলে। রাগের মাথায় ঘর ছেড়ে বার হয়েছিল ঠিকই। কিন্তু বাইরের জগতকে তার বড় ভয়, একা একা কোথায় যাবে সে ? এখানেই প্রকাশের শক্তি, তার বউ খুব একটা বুদ্ধিমতী তো নয়ই, তাছাড়া খুব কম লেখাপড়া করা কমলার কাছে প্রকাশের খাঁচাই একমাত্র আশ্রয়। ঠিক ! সে নিশ্চয়ই হোটেলেই ফিরে গেছে। খাঁচার পাখীকে দানাপানির লোভে আবার সেই খাঁচাতেই তো ফিরতে হবে !

পায়ে পায়ে হোটেলে ফেরে প্রকাশ। তার পরণে আগের রাতের মোচড়ানো পায়জামা আর আধময়লা পাঞ্জাবী। পায়ে তার ঘরে পরার রবারের চটি। এইসব হোটেলে এই পোষাকে কেউ ঘরের বাইরে বার হয় না। সে তাড়াতাড়ি লোকের চোখ এড়িয়ে দোতালায় উঠে গেল। আশ্চর্য, তাদের ঘরের দরজাটা খোলা। সে নিশ্চিত হয়ে নিশ্চিন্তে ঘরে ঢুকলো, তাহলে বোধহয় কমলা ফিরে এসেছে। কোথায় কমলা ? ঘর একদম খালি। বিছানা ওলটপালট, দুইঘরের মাঝের দরজাটা বন্ধ। তার সাহস হল না যে টেনে দেখে ওদিক থেকে বন্ধ কি না। তবে কি কমলা হিরোআনী সাহেবের সাথেই ..? কিন্তু বাইরে শব্দ শুনে উঠে দেখে হিরোআনী সাহেবের ঘর থেকে লাগেজ বার করছে বেয়ারারা। পেছনে পেছনে সুটবুট পরে হিরোআনী, মনে হচ্ছে হোটেল ছেড়ে বার হয়ে যাবার প্ল্যান করেছে। উন্মাদের মত তার পেছনে পেছনে ছুটলো প্রকাশ। তার একূলও গেল ওকূলও গেল ! তাকে দেখে হিরোআনী

থামলো, বেয়ারাকে বললো লাগেজ নীচে নিয়ে গিয়ে রাখতে, সে এখুনি আসছে।

প্রকাশের ঘরে ঢুকলো হিরোআনী। বললে, তার কাজ শেষ হয়ে গেছে, যদিও কাল রাতে প্রকাশের জন্যে অর্ধেকটা রাতই মাটি হয়ে গেছে, তবু তার প্রাপ্য টাকা সে মারতে চায় না। দুই রাতের পুরোটাকাই সে দেবে। তবে অর্ধেকটা এখন আর বাকিটা ডেলিভারীর পরে। কমলা এখন কোথায় তাও সে জানতে চাইলো না। কমলার কথাটা আলগোছে এড়িয়ে গেল প্রকাশও। আছে, রাগ করেছে, আসবে – জাতীয় কথা বলে সে টাকার জন্যে হাত পাতলো। ঘৃণাভরা চোখে তাকে দেখে তার হাতে টাকার বান্ডিল তুলে দিল হিরোআনি। বললো,একমাস পরে যদি খবর পাকা হয় তাহলে তাকে জানাতে। তখন আরেক কিস্তি দেবে সে। আর যদি না হয় – তাহলে ? প্রকাশ জোর গলায় বললে, চিন্তা না করতে, সে তার বউকে যে করেই হোক আর একবার সাহেবের মনোমত জায়গায় পৌঁছে দিয়ে আসবে। একবার যখন কমলা জেনেই গেছে, তখন আর লুকোচুরির কোন দরকার নেই। মনে হল হিরোয়ানী একটু খুশী হল। সে জানিয়ে দিল, তবে এরমধ্যে প্রকাশ যেন আর কারো কাছে তার বউকে না পাঠায়, এই কথাটা ভাল করে বুঝিয়ে দিল হিরোআনী। তার রাগ একটু পড়েছে, প্রকাশের বশ্যতায় সে খুশী। একঝলক তার বোধহয় মনেও হল যে এই প্রথমবারেই যদি ফল না হয় তো মন্দ কি, আর একবার.. এবারে সব জেনেশুনে পুরো হোঁসের মধ্যে যদি .. .. ! সে পেছন ফিরতেই প্রকাশের মনে একটা বস্তির গালাগাল ভেসে উঠলো। শা– এতদিন বলে এসেছিস যে মেয়ের বয়সী – আর তাকে নিয়ে কী ছেনালীই না করলি ? আবারও আসছে মাসে কব্জায় পাবার আশায় জিভটা লকলক করছে !

হিরোআনী সাহেব তো বেরিয়ে গেল, তার কাজ শেষ হয়ে গেছে। কিন্তু প্রকাশের সামনে একটা বিশাল কাজ, প্রথমে কমলাকে খুঁজে বার করা। অবশ্য যদি সে বেঁচে থাকে। নাহলে তো আরেক হয়রানী। কেন মরলো তার কারণই বা কি সে দেখাবে। আসল কারণ তো সে বলতে পারবে না। আর বানানোর মত বিদ্যাবুদ্ধিও তার

নেই। আর যদি বেঁচেও থাকে তবে সে এতঘন্টা গেল কোথায় সে ? সমুদ্রের ধারেও সে নেই। সে এবারে চুনে চুনে দেখে এসেছে। তাদের কোন জানাশোনাও কেউ নেই এখানে, তবে ? প্রকাশের চঞ্চলতা আর মুখের ভাব দেখে ম্যানেজার স্বয়ং এগিয়ে এলেন, কি তার সমস্যা জানতে চাইলেন। প্রকাশ দ্বিধা করে শেষে বললো যে মাঝরাতে তার স্ত্রী ঝগড়া করে ঘর ছেড়ে চলে গেছে। তাকে আর খুঁজে পাওয়া যাচ্ছে না। বলতে বলতে সে কেঁদে ফেললো। এ কান্না তার অভিনয় নয়। সে সত্যিই সে কমলাকে হারিয়ে দুর্দশাতে পড়েছে। কমলাকে ছেড়ে সে কি মুখে কলকাতা ফিরবে ? তার বাচ্চুকে কি বলবে ? পাড়াপ্রতিবেশী, বন্ধু বান্ধব যারা তার এই সব কান্ডকারখানা জানে তারা তো ভাববেই যে সে ভালো টাকা পেয়ে সে বেচে দিয়েছে তার সুন্দরী বউকে !

প্রথমটা ম্যানেজার স্বামীস্ত্রীর এই আপোসী ঝগড়াকে বিশেষ আমল দেয়নি। কিন্তু

বেলা বাড়ার সাথে সাথেই দুশ্চিন্তা বাড়তে লাগলো। প্রকাশ চায় না যে থানা পুলিশ হোক, ম্যানেজারও চায় না। তাতে তার হোটেলের দুর্নাম! কাজেই সে নিজেদের লোক মারফৎ

নানা সম্ভাব্য জায়গায় খোঁজ করা শুরু করলো। দিন শেষ হয়ে গেল কমলা ফিরলো না।

না, সমুদ্রে ডুবে মরারও কোন খবর আসেনি। সমুদ্র কিছু পুষে রাখে না কখনই, ফিরিয়ে

দেয় ! তবে ? অন্ধকার রাত্রে দোতালার বারান্দায় ঝাউগাছের ফাঁক দিয়ে নীল ফসফরাস

জ্বলা সমুদ্র দেখতে দেখতে প্রকাশ একলা দাঁড়িয়ে বাবে, কোথায় গেল সে, তার জীবনের একমাত্র লটারীর টিকিটটা ?

***************************

কমলা তখন একটা খুব পুরোনো হাতেগড়া ইঁটের দাঁত বারকরা ভাঙ্গা দেয়ালের একটা ঘরে ছেঁড়া মাদুরে বসে। থুতনীর ওপরে মাথা

রেখে সে কেবল বাচ্চুর কথাই ভাবছে। সে সমুদ্রের ধারে গিয়েও মরতে পারেনি এই বাচ্চুর জন্যেই। সূর্য ওঠার আগের মুহূর্তে একজন কোমরভাঙ্গা খুনখুনে বুড়ো ব্রাহ্মণ গামছা কাঁধে সমুদ্রে স্নানে এসেছিলেন। তাকে ঐভাবে বসে থাকতে দেখে হাত ধরে তুলেছিলেন। অনেক কথা জিজ্ঞাসা করেছিলেন, যার জবাব সে দিতে পারেনি। সে বলেছিল তার কেউ নেই। তিনি স্নানের শেষে কমলাকেও স্নান করিয়ে নিয়ে তাঁর এই ঝুপড়িতে এনে তুলেছিলেন। মন্দিরের ভোগ প্রসাদ তাকে দিয়েছিলেন খেতে। লালপাড় কোরা শাড়ী তাকে পরতে দেন। বোধহয় পূজোর জন্যে পাওয়া। সম্ভবতঃ ইনি এখানকার পুরোহিতদের কোন বুড়ো পুরোহিত। তবে তার জীবনের কোন খবর জানতে চান নি। তাঁরও বোধহয় আর কেউ নেই। এই ভাঙ্গাবাড়ীতে তিনি একা। একটা ছেঁড়া মাদুর পেতে কমলাকে শুতে দিয়ে তিনি দরজাটা ভেজিয়ে দিয়ে বেরিয়ে গেলেন। মন্দিরে সব খবরই আসে। সেখানে কোন মেয়ে বা বউ হারানোর খবর এসেছে কিনা, তাই জানতে তিনি গেলেন। তাঁর কোমর থেকে সামনে ঝুঁকে পড়েছে, পথ চলতে কষ্ট হয় কিন্তু এই কুড়িয়ে পাওয়া মেয়েটার কথা ভেবে তাঁকে মন্দিরে যেতেই হল, জয় দারুব্রহ্ম !

মন্দিরে পূজা অর্চনার সাথে সামাজিক জল্পনাও ঘটে থাকে, কিন্তু এই বরিষ্ঠ পুরোহিত কোন হারানো বা চুরি যাওয়া মেয়ের কথা জানতে পারলেন না। তবে এ মেয়ে এলো কোথা থেকে ? এই বৃদ্ধ বয়েসে একে নিয়ে তিনি কি করবেন ? আর এ মেয়ে তো নয়, আগুনের খাপরা ! তাঁর অবর্তমানে এ তো মহা বিপদে পড়বে। আর বহু জিজ্ঞাসায়ও সে নিজের সম্বন্ধে কিছু বলতে চায় না। বড় দুঃখ পেয়ে এসেছে বেচারী ! তিনদিন চারদিন কাটলো, সে সমুদ্রে স্নানও করতে যায় না। কাছেই একটা মিউনিসিপ্যালিটির কলতলায় চুপিচুপি গিয়ে একসময়ে চান করে আসে। আর খাওয়া তো মন্দিরের প্রসাদ। বাইরের হাওয়া সে গায়েও লাগাতে চায় না। একে নিয়ে তিনি এখন কি করেন ? অনেক ভেবে তিনি একদিন মেয়েটাকে বুঝিয়ে পড়িয়ে মন্দিরে নিয়ে গেলেন। লোক জানিতভাবে ওকে তিনি নিজের কাছে রাখতে চান। বল্লেন, এ তাঁর ভাঞ্জি, স্বামী নেয় না। এতদিন

কলকাতায় ছিল, ওড়িয়া শেখে নি। এখন আর চলাচলতি হয়না বলে ভাইএর মৃত্যুর পরে তাঁর কাছে থাকতে এসেছে। সবাই আগ্রহ করে এই অভাগা মেয়েটার কথা শুনলো। আহা, বামুনের মেয়ে, তাকে তো যে সে কাজ দেওয়া যায় না, রান্নাঘরের কাজে তার নিতান্ত অনিচ্ছা।তাই ভোগ মন্দিরের সাফ সাফাইএর কাজ তাকে দেওয়া হল। হাতে একটা কাজ পেয়ে সে খুব খুশী। সে জানে যে এতদিনে প্রকাশ আর পুরীতে নেই। থাকলেও সব জায়গা থাকতে ঐ নরকের কীটের আর এই মন্দিরে ঢোকার সাহস হবে না। এখানে সে অনেকটা নিরাপদ। আর বাচ্চু ? এখানে সে থমকে থামে, চোখ মোছে কোরা কাপড়ের আঁচলে। নাঃ, বাচ্চু ভাল থাক, তার এই অলক্ষুণে মা কাছে না থাকলেই তার মঙ্গল হবে। পেছনের কথা আর সে ভাবতে চায় না। সামনেই বা কি আছে ? হাতের কাজ করতে তার ভাল লাগে চিরকালই, কিন্তু তাকে কেউ শেখায়নি। অবকাশই বা ছিল কোথায় ? সে এখানে হাতের কাজ শিখবে। পিপলির রঙিন কাপড় কেটে জোড়া দিয়ে ছাতা বানাবে, কাঠের টুকরো কেটে খেলনা বানাবে, মাটি ছেনে মূর্তি বানাবে। সে আবার বাঁচবে নিজের মত করে। নিজের জীবনকে গড়ে তুলবে নিজের আনন্দে। পেছনে যা পড়ে আছে ত তার আগের জন্মের গ্লানি। এটা তার নতুন জন্ম। এটা তার নিজের, কেবল তার নিজের। পেছন দিকে ফিরে দেখে সে নীল সমুদ্রের অন্তহীন ঢেউ, তার ওপরে আলোছায়ার খেলা। এই সমুদ্র তাকে নতুন জন্ম দিয়েছে।

***

প্রকাশ দেশে ফিরে গেছে। পুলিশে খবর দেবার তার সাহস নেই। দীর্ঘদিন বিদেশে ছন্নের মত ঘুরে ঘুরে খোঁজারও তার সময় নেই, হোটেলভাড়া কে যোগাবে ? দেশ থেকে বাচ্চুর মাসী বাচ্চুর অসুখের খবর দিয়েছে। প্রকাশকে ফিরতেই হতো। হোটেলের ম্যানেজারের সাথে তার একটা গোপন বোঝাপড়া হয়েছে। কমলাকে দেখতে পেলেই সে প্রকাশকে সঙ্গে সঙ্গে জানাবে। কিন্তু ম্যানেজার মনে মনে জানে সে কি করবে। এসব সরেস মাল সহজে মেলে না। লোকটা হাতে পেয়েও এর মূল্য বুঝলো না। কাজেই মেয়েটাকে পেলে সে নিজের কাজেই লাগাবে। হোটেলের নাম চড়চড় করে উঠে

যাবে। তবে কমলার ভাগ্যে এর কোনটাই ঘটবে না। পান্ডাদের আশ্রিতকে কেড়ে নেওয়া অন্ততঃ পুরীর কোন হোটেলের ম্যানেজারের অথবা কলকাতার কেরাণীদের সাধ্য নয়। কাজেই কমলা এখন অন্ততঃ নিরাপদ।

***************************

# অল্প লইয়া থাকি তাই

রাতে বোধহয় কোন স্বপ্ন দেখে থাকবে, তাই খুব ভোরে ঘুম ভেঙ্গে রিমার। ঘুমভাঙ্গার পরে এখন আর স্বপ্নটা খুব ভাল মনে পড়ছে না, অনেকটা ছেঁড়া ছেঁড়া মেঘের মত। তখন খুব ভাল লাগছিল, কিন্তু এখন মনে করতে গিয়ে মনটা ভার হয়ে আসছে। এই বয়সে পেছন ফিরে তাকাতে অনেকেরই মন খারাপ হয়, আবার সামনে দেখারও তো তেমন কিছু থাকে না, তাই পেছনে তো দেখতেই হয়। এখন কি তাদের মত অনেকেরই চোখদুটো মাথার পেছন দিকে হয়ে গেছে ?

ভোরে উঠলে বাগানে বেড়াতে খুব ভাল লাগে রিমার। ভোরে ঠান্ডা শিরশিরে হাওয়াটা গায়ে লাগলে গায়ে কাঁটা দিয়ে ওঠে যদিও। হাউসকোটটা আর একটু শক্ত করে জড়িয়ে বাঁধে সে। এবারে গোলাপগুলো খুব ভালো হয়নি। আসলে, মালী থাকলেও নিজে তদারক না করলে কখনও গোলাপ ভালো হয় ? হয়না। অন্ততঃ সেই তার বিশ্বাস। এবারে সেপ্টেম্বরে তাকে একবার বাইরে যেতে হয়েছিল। সেই সময়ে মালী বোধহয় ঠিকমত প্রুনিং করে গাছগুলোর জাড় আলগা করে দেয়নি নিশ্চয়ই, আর দিলেও মনে হয় বেশী সময় রাখেনি। পরে খাদ দিয়ে অঢেল জল ঢালতে হয়, তাতেও মনে হয় কৃপণতা করেছিল। মালী সেই পুরোনোই, তবে তারও তো বয়স হয়েছে, তাই সুযোগ পেলেই ফাঁকি মারে ! কি আর করা ? তবে এইসব গোলাপ দেখার লোকই বা কই ? কেবল অভ্যাসের বশেই সে আর মালী মিলে ফুল ফুটিয়ে যাচ্ছে। আর ক'দিনই বা আছে – কে জানে ! এর পরে তার এই সাধের বাগানের কি হবে ?

এই ব্ল্যাকপ্রিন্স, ওফেলিয়া,আহা, কি সুন্দর সাদা পাপড়ি, কোরের কাছে গোলাপী। মার্কোপোলোটা আবার একেবারে কোমল

হলুদ রং, তার বড় প্রিয় ছিল, অযত্নে মরেই গেছে। অটাম সানসেটটাও হলুদ রং,এখন আর ভাল ফুল ধরে না। সে-ই যত্নের অভাব ! হলুদ গোলাপ তার বড় প্রিয় ছিল। একটা নিঃশ্বাস পড়ে রিমার। কত গোলাপই না সে লাগিয়েছিল তার বেশীর ভাগই আর নেই। ট্রপিক্যাল স্কাইস, বড় জমকালো রঙ ছিল, অরেঞ্জ আর পিচের মিশ্রনে, জেরি জেনিংসও সাদা, কমলা আর পিচের সংমিশ্রণে, এখন সে দুটোর একটাও আর নেই। বেবী টকটা এখনও আছে, যদিও তার নিজের বেবীরা কবে বড় হয়ে কে কোথায় চলে গেছে ! তার আঁটেসাটো কুঁড়ির মত ধবধবে সাদা ফুলগুলো তার নিজের সেই কবেকার ছোট্ট বেবীদের কথা মনে করায় ! ল্যাভেন্ডার ড্রিমের একটা ঝাড় সে বানিয়েছিল পাঁচিলের পাশে, অযত্নে কেমন যেন বুনো হয়ে গেছে। এসব দেখলে তার মনটা খারাপই হয়ে ওঠে। তার ইচ্ছা ছিল চার্লস দ্যগল লাগাবার, তার এক বন্ধুর বাড়ীতে দেখে বড় ভাল লেগেছিল। কোরের কাছে গাঢ় গোলাপী আর পাপড়িতে এসে হালকা গোলাপী হয়ে গেছে।

কিন্তু সেটা সে আর যোগাড়ই করতে পারে নি। এ্যাগনেস আর আলোহাও তাই – নামগুলো ভাল লেগেছিল, বর্ণনাটাও। কিন্তু তখন সংসারের কাজের চাপ এত বেড়েছিল যে আর সাহস করে উঠতে পারে নি। আর করলেও তো অন্যগুলোর অবস্থাই তো হতো !

'মেমসাব', খানসামা এসে ডাকে। রিমা ঘড়ি দেখে এখন তার ব্রেকফাস্টের সময়। ডাক্তারে বলে দিয়েছে, আজকাল আর আগের মত ইচ্ছামত যা-খুশী-করার দিন শেষ, এখন কেবল ডাক্তারের নির্দেশ আর দূর দেশে বসে থাকা ছেলেমেয়ের তদারক। তারা দূরে থাকলে কি হবে, বলতে গেলে রোজই কেউ না কেউ ফোন করে তার স্বাস্থ্য আর বাড়ীর খবর নেয়। হ্যাঁ তার ছেলেমেয়েকে দেখে তার বন্ধুবান্ধবীরা হয়ত মনে মনে হিংসা করে। ভাবে 'এত কেয়ারিং' ! সত্যিই কেয়ারিং,তবে আর একটু যদি কম হতো ! নিঃশ্বাসের সাথে রিমা ভাবে। তার এতকালের স্বাধীন জীবন সম্বিতের সাথেই যেন শেষ হয়ে গেছে। সম্বিত তাকে কোন বাঁধা ধরায় কখনও রাখে নি। তখন সে অবশ্য বুঝতে পারতো না। এখন বোঝে। তাই তখন কতই

না মান অভিমান করেছে। তা ধারণা হতো যে সম্বিত তাকে কেয়ারই করে না। তাই সে নিজের ইচ্ছামত থাকতে পারে। তাকে কাছে টানে না, তার কথা ভাবে না, কোন বাধা নিষেধ দেবার মত তা সময় বা চিন্তাই নেই। সংসারের যত ঝঞ্ঝাট তাকেই সামলাতে হতো। তার সাথে ছিল গ্রোইং ছেলেমেয়ের কত সব সমস্যা ! সম্বিত তাকে সাহায্যও করেনি, অবশ্য বাধাও কিছুতে দেয়নি। তাদের বন্ধুবান্ধব, তাদের কেরিয়ার, তাদের বিয়ে পর্যন্ত একা হাতে সামলেছে রিমা। সম্বিতের কাজ ছিল কেবল প্রয়োজনীয় অর্থ যোগানো। রিমা কখনও একটু পরামর্শ করার মত সামান্য সাহায্যও পেতো না তার কাছ থেকে। সর্বদা বলতো –'তুমি যা ভাল বোঝো –'! তখন সে রেগে যেতো, ভাবতো দায়িত্ব এড়াতে চায়, এখন বোঝে সে কত লাকি ছিল, কত স্বাধীন ! এখন সে সত্যিই একা !

'মেমসাব' – আবার ডাক আসে দরজার আড়াল থেকে। মেয়ে তার ব্যাকসিট ড্রাইভিং করার জন্য এই পুরোনো খানসামাকে লাগিয়ে রেখেছে। সে আবার টেলিফোনে নালিশও করে সময় মত খাওয়া দাওয়া ও ওষুধপত্র না খেলে। কাজেই বাধ্য হয়ে রকিং চেয়ারের আরাম থেকে উঠতে হল রিমাকে। সুগারের প্রব্লেম আছে তার, সময়মত না খেলে আবার সুগার 'ফল' করবে। অগত্যা উঠতে হল। সেই একঘেয়ে সিরিয়াল, আর পেঁপে, পেয়ারা, ভালো ফল খাবার দিন শেষ। মিষ্টির কথা তো বাদই দিতে হয় ! খাবার আগে এক প্রস্থ ওষুধ, খাবার পরে আরেক প্রস্থ। শেষ হল তার সকালের পালা।

আগে যখন সময় ছিল না, তখন সে ভাবতো, আহা, যখন সময় হবে, তখন কত বইই সে পড়তে পারবে, কত সেলাইএর কথাই মনে মনে জমিয়ে রেখেছিল। স্টোররুমে ইজেলটা বৃথাই পড়ে পড়ে ধূলো খাচ্ছে। চোখের দৃষ্টি যে তার খারাপ হয়েছে, তা নয়, কিন্তু সেই উদ্দাম বাঁচার ইচ্ছাটাই যেন মরে গেছে। এখন কেবল আরাম চেয়ারে বসে কেবল আগের বিগত দিনগুলোকে যেন ফিরে ফিরে বাঁচতে ইচ্ছা করে। তখন সে বোঝেনি যে সে কত সুখে ছিল ! তখন মনে হতো, কবে ছেলেমেয়েরা বড় হবে, কবে সে তার নিজের স্বাধীন জীবনটা ফিরে পাবে, যা খুশী তাই করতে পারবে। তখন মনে হতো তার

জীবনে যেন কোন স্বাধীনতাই নেই, সর্বদাই কর্তব্য আর সংসারের বোঝা। এখন যখন সেই সব বোঝা কাঁধ থেকে নেমে গেছে, তখন সেগুলোকেই বড় আকাঙ্ক্ষার জিনিষ বলে মনে হয়। জীবন বড় বিচিত্র!

বাইরে কোথায় বেল বাজলো। তার বাড়ীতে না পাশের বাড়ীতে ? বাগানে বসলে ঠিক বোঝা যায় না। দু'বাড়ীর বেল ঠিক একই সুরে বাজে। ওদের প্রতিবেশী শর্মাদের জীবনের ছাঁচও কতকটা যেন তাদের জীবনের ধারাই ধরেছে। অবশ্য ভাবতে গেলে আজকের দুনিয়ায় তাদের জেনারেশানের সবারই জীবন যেন একই ধারায় বয়ে চলেছে। আজকাল আর জয়েন্ট ফ্যামেলি কোথায় ? টেলিভিশানের সোপ অপেরা ছাড়া ! এখন কেবল সব বাড়ীতেই তাদের মত প্রৌঢ় আর প্রৌঢ়াদের রাজত্ব। আশেপাশের বাড়ীতেও আর ছোট ছেলেমেয়ের কান্না শোনা যায় না। তবে একবারে যে নেই তা নয়। তাদের মহল্লার কাছেই অপেক্ষাকৃত মধ্যবিত্ত ফ্ল্যাটবাড়ী আছে এক ঝাঁক। কখনও কখনও সেখানে গাড়ী নিয়ে হাঁটতে যান রিমা। মস্ত একটা খোলা পার্ক আছে সেখানে। বড় রাস্তা থেকে দূরে। সেখানে গাড়ীর থেকে স্কুটার,আর প্র্যামের ভীড় বেশী। কত কচিকাচা যে ছুটছে, বল নিয়ে এ ওকে তাড়া করছে, মাঝবয়সী মহিলারা হয়ত তাদের মাসী পিসি কি দিদা, তাদের তদারক করছে। বাচ্চাদের মায়েরা হয় অফিসে চাকরী করতে গেছে, নয়ত সংসারের কাজে ব্যস্ত। মাথার ওপরে পুরোনো অশথ গাছের ডালে ডালে পাখীর কূজন,গুল্মোর গাছের মেটে লাল ফুল ঝরে ঝরে মাটি ঢেকে রেখেছে। এটা শহর হয়েও যেন শহরের অংশ নয়। এখানে শহরের কোলাহল বড় একটা আসে না। কেবল বাচ্চাদের কচিগলার চীৎকার আর কান্না। রিমার তপ্ত মনটা যেন জুড়িয়ে যেত। সেই টানেই সে বারে বারে ঐ পার্কে, সত্যিকথা বলতে কি সেটা পার্কও নয়, একটা প্রায় জঙ্গুলে পোড়ো জমি মাত্র, সেখানে ফিরে ফিরে যেতেন। একদিন বেশ কয়েক মাস পরে বিদেশ থেকে ফিরে সেখানে আবার গিয়ে স্তম্ভিত। যেখানে বাচ্চারা খেলতো সেখানে ইঁটের স্তূপ, পাশের পার্কিংএ বালি আর সিমেন্ট গাদা করা। একদল মজুর আর তাদের নোংরা

ছেলেমেয়ে সেখানে রাজত্ব করছে। বড় বড় পিলার উঠে গেছে। বাড়ী উঠছে। এর পরে আর তিনি সেখানে যান নি। শহরে এখন বিল্ডারদেরই রাজত্ব ! শিশুদের খেলার মাঠের কথা আর কেউ ভাবে না।

চোখ বুঁজে রিমা ফিরে যায় আজ থেকে প্রায় চল্লিশ বছর আগের জীবনে। যখন তার বিয়েই হয়নি, তখন তারা ছিল জয়েন্ট ফ্যামেলিতে। মধ্য কলকাতার একটা মস্তবড় চৌমহলা বাড়ী। তখনই বোধহয় বাড়ীটার বয়স একশো বছর পেরিয়ে গিয়েছিল। তবে নিত্য মেরামতের দরুণ বেশ টনকো ছিল। বিরাট খোলামেলা চওড়া বারান্দা, মস্ত বড় বড় পাখী দেওয়া ফ্রেঞ্চ উইন্ড। দরজার মাথায় অর্ধচন্দ্রের আকারে লাল নীল রঙিন কাঁচের নক্সা, ঘরের মধ্যে বাইরের আলো কেমন রঙিন হয়ে মেঝেতে ছড়িয়ে পড়তো। তিনদিকে ইউশেপের দোতালা বাড়ী, চতুর্থদিকে বিশাল ঠাকুর দালান। সঙ্গে যেখানে দুর্গাপূজা থেকে বাঙালীদের সব পূজাই বোধহয় হতো। সেখানে ছিল পিসঠাকুমা, মিষ্টিপিসি, ছোট দিদুনদের রাজত্ব। সেখানে তাদের মত রাজ্যের ধূলোঘাঁটা কচিকাচাদের ঘেঁষতে দেওয়া হতো না।

এখানেই তাদের চার ভাইবোনের জন্ম। হয়ত তাদের বাবা কাকাদেরও জন্ম। তাদের বাবা কাকাদের খবর সে রাখে না। তবে নিজেদের ভাইবোনের বাইরেও ছিল তুতো ভাইবোনেরা, যাদের অনেকেই তার নিজের ভাইবোনদের থেকেও অনেক বেশী ঘনিষ্ট ছিল। আজ তাদের অনেকেই আর নেই, তবে এখনও দু'একজন রয়ে গেছে। তবে বয়সের ভারে সকলেই নুয়ে পড়েছে। ইচ্ছা থাকলেও আর দেখা হয় না। কি দ্রুত তার জীবনটা যেন কেটে গেল ! এই সেদিন বড় ছাদে চক দিয়ে দাগ দিয়ে এক্কাদোক্কা খেলেছে, সেফটিপিন ছুঁড়ে ছুঁড়ে। মা পিসিদের রোদে দেওয়া আমের, কুলের, তেঁতুলের আচার চুরি করে খেয়েছে। আর বন্ধুদের বাড়ী পাচারও করেছে। পরে খোঁজ পড়লে নিপাট ভালোমানুষের মত মুখ করে অবাক হয়েছে। সেটাই ছিল মজা, বড়দের ঠকানো। এখন সে নিজেই সেই সেরকম 'বড়', কিন্তু তাকে ঠকাবার মত কোন দুষ্টু ছেলেমানুষ

আশেপাশে নেই। সেই আচার, বড়ি, কাসুন্দীই কি আছে ? বাজারে হয়ত এখনও কিনতে পাওয়া যায়। কিন্তু মানুষের মুখের স্বাদ বদলে গেছে। তাদের পরের জেনারেশান ভালবাসে বিস্বাদ মোমো, জাপানী সুশি, চীনা ডাম্পলিং, – আগের যুগের সব স্বাদিষ্ট খাবারই অবসোলিট হয়ে গেছে। এই হয়ত জগতের নিয়ম।

রিমার তিন ছেলেমেয়ে। বিয়ের পরে সব মেয়েদেরই জগৎ বদলে যায়। বিশাল একটা একান্নবর্তী পরিবার থেকে এসে যখন সে স্বামীর সাথে বাসা বাঁধলো জয়পুরে। তার জীবনের সবকিছুই তখন থেকে বদলে গিয়েছিল। বিয়ের সাথে সাথেই তার বাচ্চা হওয়াতে বাইরের কোন কাজে যোগ দেবার সুযোগ তার হয়নি। তাদের বাপের বাড়ী ছিল বনেদী বাড়ী। টাকাকড়িও বোধহয় ছিল, কিন্তু তার খবর রাখার কোন দরকার তখন মনেও হয়নি। খুব ধূমধামে বিয়ে হয়েছিল। তখন বলা হতো, উঠতি ঘরে মেয়ে দেবে আর পড়তি ঘর থেকে মেয়ে আনবে। পড়তি ঘরে যাকে বলে সহবৎ, তা সহজেই রক্তে মিশে থাকে, শেখাবার দরকার হয় না। আর উঠতি ঘরে থাকে টাকা, যার অভাবে জীবন শূন্য। তার শ্বশুরবাড়ী ছিল অনেকটাই বিদেশী ভাবাপন্ন। শ্বশুর ছিলেন সম্পন্ন ব্যারিস্টার, শাশুড়ীও অনেকদিন লন্ডনে কাটিয়েছেন। তার স্বামীও স্কুল থেকেই বাড়ীর বাইরে। স্কুলের লেখাপড়া ডুন স্কুলে, তারপর থেকে সোজা আমেরিকার বষ্টন ইউনিভার্সিটিতে। কেন যে সে দেশে ফিরে এসেছিল তা তার জানা নেই। তবে দেশের বা বাবা মার প্রতি টানে যে নয়, তা সে বুঝতে পারতো। তবে বোধহয় তখন দেশে ফেরাটাই স্বাভাবিক বলে মনে করাহতো। বিয়ের পরে পরেই সম্বিত তাকে নিয়ে তাদেরই আলাদা একটা বাড়ীতে উঠেছিল। তাদের কাছে সেটাই ছিল স্বাভাবিক নিয়ম। সবারই তো একটা প্রাইভেসী আছে ! এখানে এসে এই কথাটা সে শিখেছিল “প্রাইভেসী”! এর আগে, মানে বিয়ের আগে এর কোন অর্থই জানতো না সে। সে দেখেছে সব ঘরই সবার আড্ডাঘর। কোথাও নতুন কেউ এলে তাকে ঘিরেই আড্ডা জমে উঠতো। রান্নাঘর থেকে ট্রে ভরে ভরে চা আসতো আর তার সাথে উত্তর কলকাতার বিখ্যাত কচুরী, আলুর চপ আর তেলে ভাজা। যার

ঘর তার কোন সুবিধা অসুবিধার কথা মনে আসতো না কারো, সম্ভবতঃ যার ঘর তারও নয়। বিয়ের পরে কত কিছু নতুন শিখলো সে। একটা নিঃশ্বাস পড়ে রিমার। টাকা ওয়ালা বাড়ী থেকে আরো ধনী বাড়ীতে পড়ে অর্থকষ্ট কখনও জানতে পারেনি সে। কিন্তু অর্থেও অভাবই কি সব ?

ক্রমে ক্রমে ছেলে মেয়েরা এসে তার মনের শূন্যতা অনেকখানি পুরিয়েছিল। তবু তার মনের কোণে সেই তাসের আড্ডা, চা, কচুরী তেলেভাজার স্মৃতিটা জ্বল জ্বল করতো। একবার সে গিয়েছিল তার এক শ্বশুরবাড়ীর আত্মীয়ের বাড়ী, জানালা দিয়ে পাশের বাড়ীর একটা জনবহুল ঘর তার চোখে পড়েছিল। ওদের বাড়ীর জানালার হাফ পর্দা পাখার হাওয়ায় উড়ছিল, সেখানে দেখেছিল মস্ত একটা জোড়া তক্তপোষে কতজন লোক, মাঝে তাস হাতে জনাচারেক আর তাদের ঘিরে মুড়ি তেলেভাজা খাওয়া উৎসাহী দর্শক। হঠাৎ কেন যেন তার মনটা আনচান করে উঠেছিল - যেন পূর্বজন্মের স্মৃতি ! অবশ্য তখনই তার ননদ এসে টেনে নিয়ে গিয়েছিল– বলেছিল, ‘আর বোলনা, এদিকের সব বাড়ী গুলোই তো কি সুন্দর মাল্টি স্টোরিজ হয়ে গেল, কিন্তু মাঝখানে কতকগুলো বাড়ী সেই আগের কালচারটাকেই ধরে রেখেছে। কি হৈ হল্লা যে করে !’

রিমার মনটা সেই হৈ হল্লার জন্যে বিষাদে ভরে গিয়েছিল। সেদিন রাত্রে ঘুমিয়ে ঘুমিয়েও সে তার বাপের বাড়ীর স্বপ্ন দেখেছিল। যে বাড়ী আজ আর কোথাও নেই। তার বাবা মার সাথে যোগাযোগ ক্রমে ক্ষীণ হয়ে এসেছিল। প্রথমে মা মারা যান, কোন কষ্ট না দিয়ে, নিজেও ভোগেননি, বাড়ীর কাউকেও ভোগাননি। পাশে শুয়েও বাবা বুঝতে পারেননি। শান্ত ঘুমন্ত নিথর দেহ। তখন রিমার দ্বিতীয় সন্তানের আসার কথা, তাই সে ছোটছেলেকে নিয়ে তার বাবার বাড়ী গিয়ে থাকতে পারেনি। প্রাইভেসী ! দু’বছরের ছেলে আর তার গভর্নেসকে নিয়ে বা ছেড়ে যেতেও মন চায়নি। মা যাবার ঠিক দুদিনের মাথায় দ্বিতীয় ছেলের জন্ম হল। ফলে কাজেও যাওয়া সম্ভব হল না। অবশ্য তার শ্বশুরবাড়ী সব কর্তব্যই পরিপাটি করে করেছিলেন– পরে সে জানতে পেরেছিল। স্নান করে ঘাটে ওঠার জন্য

সবার জন্য দামী জামাকাপড়, বাস্কেট বোঝাই দামী দামী ফল,মিষ্টি আরো কত কিছু। রিমার শ্বশুরবাড়ীর সাথে অন্য কোন ছেলেমেয়ের শ্বশুরবাড়ী পাল্লা দিতে পারেনি। পরে এই কথাটাই ঘুরে ফিরে তাকে শুনতে হয়েছে। কেবল সেই সদ্য মাতৃহারা মেয়েটা বুঝতে পারেনি –এতে পাল্লা পাল্লির কি আছে ? তার বাবাও আর কেন যেন বেশীদিন থাকলেন না। হার্টের অসুখ তো ছিলই,লোকে ভাবতো তিনিই আগে যাবেন। কিন্তু তিনি সিঁদুর, চন্দনে, লাল শাড়ীতে সাজিয়ে মাকে পাঠিয়ে দিয়ে শেষে নিজেও সঙ্গে চলে গেলেন।

তিন ভাই এর বড়জন ডাক্তার, সে আগেই ইউ. কে তে ছিল। সে আর ফেরেনি। মেজভাই আমেরিকায়,তারও ফেরার সম্ভাবনা কম। তৃতীয় ভাই ব্যাঙ্গালোরে, তার সাথেই কিছ যোগাযোগ এখনও আছে। রিমাদের সেই তেমহলা বাড়ীও আর নেই। জীর্ণ হবার অজুহাতে বিক্রী হয়ে সেখানে সবার জন্য এক একটা চমৎকার নতুন ফ্ল্যাট বানানো হয়েছে। রিমার মনের সেই আগের স্মৃতিটাই কেবল অমর হয়ে আছে। তারও আর সে বাড়ীতে যাবার ইচ্ছাটা মরে গেছে। আর যাবেই বা কার কাছে ? তার বড় দুইভাই তো বিদেশের মাটিতে গেড়ে বসে গেল, তার ওপরের দাদাকেই কেবল মনে পড়ে। ছুটিছাটাতে যদি সে আসে, তখন রিমা ছুটে যায় তার ছোটদার ফ্ল্যাটে। সেখানে সারা বছর বাড়ীটা আগলে রাখে ছোটদার বিধবা বড় শালী। তাই একদিকে যেমন বাড়ীটা ব্যবহারে পরিষ্কার থাকে, তেমনি রান্না আর ঝাড়পোছের জন্য জনা দুই লোক সারাবছর থাকে। তাই হঠাৎ এসে পড়লেও চিন্তা করতে হয় না। রিমার নিজের নামেও একটা ফ্ল্যাট আছে সেখানেই, কিন্তু শুরু থেকেই সে ভাড়া দিয়ে রেখেছে, তাই সেখানে আর তার যাবার মন করে না। আর দরকারই বা কি ? বরং দাদারা তাকে তাদের দেশে নিয়ে যাবার চেষ্টা করেছিল। বিশেষ করে সম্বিত যাবার পরে। কিন্তু রিমার মন মানেনি। সম্বিত থাকতে সে সারা পৃথিবী অনেকবার ঘুরেছে। কখনও সঙ্গে ছোট ছেলেমেয়েদেরও নিয়েছে। এখন আর কেন ? সে এখন একটা মানসিক ক্লান্তি বোধ করে, যা তার ছেলেমেয়েদের বলার কথা কখনও ভাবেনি। শুনলে হয়ত আবার একটা ডাক্তার যোগাড় করবার চেষ্টা করবে, যা সে

একেবারেই চায় না। সে জানে যে তার ফ্যামেলিতে হার্টের রোগ আছে, সেটা দুই দিকেই। যা তার বাবা মাকে টেনে নিয়ে গেল বয়স হবার আগেই। বলতে গেলে সে যেন তারই অপেক্ষাতেই আছে। একবার শয্যাধরা হলে কে তাকে দেখবে পেইড নার্স ছাড়া ? পূজা আর্চায় সে বিশ্বাস করে না। তবে ঈশ্বরে, মানে একটা বিশাল শক্তি যে আমাদের চালিত করছে তার উপরে একান্ত বিশ্বাস আছে। তাই না হলে এই বিশাল বাড়ীতে নামমাত্র পুরানো দু' একজন সাহায্যকারী অনুচরের ভরসায় সে একা থাকতে পারতো না। তার কাছে এই ফুলবাগানের ফুলগুলো আর বই আর গান নিয়ে তো বেশ চলেই তো যাচ্ছে। আগে অনেক বন্ধু ছিল, তাদের সঙ্গে চষে বেড়িয়েছে।এখন আর সে সব বন্ধুও নেই, যে দুএকজন ছিল, তারা তাদের ছেলেমেয়েদের তাড়নায় বিদেশবাসী। যখন তারা ফোন করে তখন তাদের কণ্ঠস্বর থেকে ফিরে আসার আকূতি উপচে পড়ে। কিন্তু ফেরা তো আর যায় না। জীবনের পথটা যে একমুখীন। নদী কি কখনও তার উৎসে ফিরতে পারে ?

রিমার মনটা আগেই ভার ছিল, এখন যেন আরো ব্যথিয়ে ওঠে। হঠাৎ তার ছেড়ে যাওয়া প্রিয় বন্ধুদেরকথা মনে পড়ে গলার কাছটা ব্যথা করতে থাকে। চন্দ্রানী, শিউলী, রত্নাবলী, আবীরা, কঙ্কনা, – কোথায় গেল তার সেইসব মনের কথার বন্ধুরা ? কত জলসা, কত থিয়েটার, কত সিনেমা, কত বিয়েবাড়ী, কত সেল, – কি করে সব একে একে হারিয়ে গেল। তারা যেন তার জীবনের 'জিগস পাজলের এক একটা টুকরো, তারা যাবার সময়ে রিমার জীবনের এক একটা খন্ডকে নিয়ে সরে পড়েছে। কেউ গেল ক্যান্সারে,কেউ এ্যক্সিডেন্টে, কেউ আবার আত্মহত্যা করলো, যার কারণ কেউ জানে না। একজন বিখ্যাত লেখক বলেছেন যে, যে আত্মহত্যা যে করে, সে ছাড়া আর কেউ কারণটা জানতে পারে না। হয়ত কথাটা সত্যই।

পিউ আর রণিতার স্বামী মারা গেলে তাদের ছেলে মেয়েরা তাদের ধরে নিয়ে গেল মেলবোর্ণ আর ক্যানাডায়। এখন পর্যন্ত তারাই যোগাযোগ রেখেছে। কিন্তু সেটা সুখের নয়। ওদের ফোন এলেই রিমার মনটা আরও ভারাক্রান্ত হয়ে ওঠে। মনে হয় খাঁচার পাখীর

পাখার ঝটপটানী যেন শুনতে পায় সে। তাই বিদেশে যাবার প্রস্তাব সে কখনই মনে আনেনি।

'মেমসাব'– চমক ভাঙলো পুরোনো খানসামা দেবিন্দরের স্বরে। এতক্ষণ যেন সে একটা ঘোরের মধ্যে ছিল। তাকিয়ে দেখলো সত্যিই জুলাই মাসের দীর্ঘ দিন কখন শেষ হয়ে গাছের ছায়ায় ঘোর ঘোর হয়ে এসেছে। অন্যদিন এ সময়ে সে আলোজ্বালা ড্রইংরুমে বসে হয় টিভিতে নিউজ দেখে নয়ত গান শোনে, বই একটা সর্বদা তার হাতেই থাকে। আজ কি হয়েছে, বারেবারে কেবল পেছন ফিরে দেখতে ইচ্ছা করছে। তবু অভ্যাসের বশে ড্রইংরুমে এসে ঢুকলো। সুন্দর করে সাজানো ড্রইংরুম, অনেকটা তার ছোট মেয়ের আবদারে কত খরচই করতে হয়েছে। বিদেশে গেলেই কাট গ্লাসের শো পিস, তাছাড়া দেশ বিদেশের কত যে দামী দামী মেমেন্টো কিনে এনেছে, এখন সে সব অর্থহীন মনে হয়। তখন হয়ত তার মনে আশা ছিল ঐ যার উৎসাহে এসব কিনে ঘর সাজাচ্ছে, সে যেন এখানে ফিরে এসেই তার ভার তুলে নেবে। মানুষ কত বোকা হয়! নিজের মনের সাধ পুরাতেই – যাকগে, যে যেখানে আছে সে ভালো থাকুক। রিমা মাঝেমাঝে নিজেই অবাক হয় সে নিজে কত উদাসীণ হয়ে পড়েছে ! আগে নতুন শাড়ী আর নতুন ডিজাইনের গয়না দেখলেই উতলা হয়ে উঠতো ! হয় নিজের জন্য, নয়ত নিজের একমাত্র মেয়ের নাম করে কিনে ফেলতে। ভাবতো এখন না হয় বিয়ের সময়ে সে পড়বে। তা তার বিয়েই হল আমেরিকায়, প্রথমে চার্চে, তারপর মায়ের মুখ চেয়ে একটা ভজকট ইন্ডিয়ান বিয়ের প্রহসন আর ডিনার ও ডান্স। একটা মোটে মেয়ের বিয়ে বলে যে স্বপ্ন ছিল তা আর পূর্ণ হল না। যাকগে, ওরা সুখে থাকুক আরকি চাই ? সেইসব গয়না পচছে গোটা চারপাঁচ ব্যাংকের লকারে। তাতে ছেলের বৌদের ভাগও আলাদা করে রাখা আছে। অবশ্য দু'ছেলে একজনও এখন বিয়ে করেনি। আজকাল নিজের নিজের জীবন, তাতে মাথা গলাতে যাওয়াই অনুচিত।

মাঝে মাঝে মনেহয় অন্তত: কথা বলারও কেউ থাকতো ! তাও নেই। আসলে পুরানো বন্ধু ছাড়া আর কাউকে মনের কথা বলা যায়না, বোধহয় উচিতও নয়। তার মনের দুর্বলতার খবর সে কাউকে দিতে চায় না। তার মনে হয় যে সে যেন অনাবৃতভাবে জনসভায়

এসে পড়েছে। এতখানি বয়সে এসে সে বুঝতে পেরেছে যে 'জেলাসি' জিনিষটা কি মারাত্মক ! বাইরে থেকে কেউ বুঝবে না যে তার প্রতি কারো কোন হিংসা আছে, এমনিতে গলায় গলায় ভাব, কিন্তু কুড়ে কুড়ে মনের ভেতর থেকে নানান গোপন তথ্য বার করার চেষ্টা করবে। যদি নিজের মনের ওপর কোন কন্ট্রোল না থাকে, তাহলে অনেকেই হুড়হুড় করে নিজের লুকিয়ে রাখা ব্যথাবেদনা অন্যের সাথে শেয়ার করতে চায়। কম বয়সে সেও অনেক ফাঁদে পড়ে সেও তা করেছিল, আর পরে তার জন্য অনেক যন্ত্রণা ভোগ করতে হয়েছিল। তাই এখন তার মনটা অনেক শক্ত হয়ে গেছে। যেমন কথায় কথায় তার চোখে জলও আসে না, তেমনি মেকি সহানুভূতি পাবার জন্য সে উদগ্রীবও হয়ে থাকে না। অবশ্য তার জন্য অনেক ভুল বোঝাবুঝিও হয়েছে। লোকে তাকে স্নব বলে তা সে জানে, আর সত্যি কথা কি সেটা নেহাৎ মিথ্যাও নয়। অপছন্দের লোক হলেও তার সাথে গলাগলি করতে হবে তার মানে কি ? টাকা কড়ি থাকা না থাকাটা বড় কথা নয়, বড় কথা রুচির মিল।

সামনে টিভি চলে, হাতের বইএর পাতা উল্টে যায় অন্যমনস্কভাবে, তার খবরও শোনা হয় না, বইও পড়া হয় না। সামান্য শব্দে চেয়ে দেখে ট্রলিতে করে তার ডিনার নিয়ে এসেছে দেবিন্দর। আজকাল আর একা একা ডাইনিং টেবিলে যেতে ইচ্ছা করে না তার। কতটুকুই বা খায় সে, তাও আবার নিরামিষ। সম্বিতের মৃত্যুর সাথে নিরামিষের কোন সম্পর্ক নেই। বরাবরই সে নিরামিষ পছন্দ করে। তার ওপরে আজকাল সুগার আর হার্টের রোগ। সে ট্রলির দিকে তাকায় একটা টমেটো সুপ,তার সাথে দু'পিস গার্লিক ব্রেড। এক বোল সব সিদ্ধ গাজর, ব্রকোলি,ইত্যাদি, সঙ্গে তাজা শসা আর মূলো কাটা। শেষপাতে একফালি পুডিং। শেষপাতে কথাটা তার ছোটবেলার স্মৃতির সাথে মিশে গেছে। তখন শেষপাতে মিষ্টিটা ছিল মাষ্ট। এর জন্যে আর টেবিলে যাওয়া কেন ?

টিভিতে কি যে হচ্ছে, তা এবার চোখ তুলে দেখলো, কিন্তু আগুপাছু না দেখে এই সব সিরিয়ালের কোন কিছু বোঝা সম্ভবই নয়। তাই চ্যানেল বদলে একটা নিউজ দেখতে চাইল, আজ কেন যেন তার

খাবার ইচ্ছাই নেই। মাঝে থেকে দেবিন্দরকে বসে থাকতে হবে। তাই তাকে বলে দিল, "তুমি খেয়ে চলে যাও। আমি একটু পরে খেয়ে নেবো। কিছুটা দ্বিধা করে অনেকটা অনিচ্ছার সাথেই সে চলে গেল। আজ কেন যেন রিমার খাবার ইচ্ছাটাই নেই। এটা অবশ্য মাঝে মাঝেই হয়, সম্ভবতঃ চাপা একটা একটা এসিডিটি হচ্ছে। হতেই পারে তার 'ফিজিক্যাল একটিভিটি' তো একবারেই নেই ! ডাক্তারে বারে বারে বলেছে, একটু একটু পায়ে হাঁটতে,শুধু খাওয়াদাওয়া কন্ট্রোল করে কোন স্থায়ী লাভ নেই। কিন্তু রিমার আজকাল মনে হয় কি লাভ আরও দীর্ঘ জীবনে ? 'লুক ফরোয়ার্ড' করার মত তো আজ আর কেউ নেই, কিছু নেই! আগে তার হাতের মুঠো বড় শক্ত ছিল, সবটাতেই তালাচাবি, হিসাব নিকেশ,মনে হতো এসব কিছু তার তত্ত্বাবধানে, মুঠো আলগা করলেই যাদের পাওনা, তারা বঞ্চিত হবে। এখন আর তা মনে হয় না। এসব যেন তার বোঝা এখন, কেউ তো আর তার হিসাব নিতে আসছে না !

দোরের কাছে দেবিন্দর দাঁড়িয়ে আছে। তারও তো বয়স হয়েছে, বিশ্রাম প্রয়োজন। তাই রিমা তাকে ছুটি করে দিল। বললো, "তুমি এখন শুতে যাও, একটু বাদে আমি ঠিক খেয়ে নেবো।"

নিতান্ত অপ্রসন্ন ভাবে দেবিন্দর পর্দা ছেড়ে চলে গেল। হাঁফ ছেড়ে বাঁচলো যেন রিমা। বাপরে, চারিদিকে সব গুপ্তচর যেন তাকে পাহারা দিচ্ছে ! নিজের মনেই সে হাসে, এত করে কি কেউ কাউকে কোনদিন আটকে রাখতে পেরেছে ? মা তো কি ভাল গেলেন। কাউকে কষ্ট না দিয়ে, সম্ভবতঃ নিজেও বেশী কষ্ট না পেয়ে –! তার কি এমন ভাগ্য হবে ? তারপর হঠাৎ সে নিজেকেই ধমকায়, কি কেবল যাওয়া আর যাওয়া ! কোথায় যাওয়া, কার কাছে, কেমন সে দেশ – কেউ তো এসে বলতে পারেনি। একটা বাউল গানে আছে, পিদিমের আলো ফুঁ দিয়ে নিভিয়ে দিলে আলোটা কোথায় যায় ? তেমনি কি এই যাওয়া ? একবারে না হয়ে যাওয়া ? না। তার থেকে আমাদের এই পুর্নজন্ম থিয়োরিটাই ভাল। হয়ত আর এই সেট বাবা, মা, ভাইবোনদের সাথে দেখা হবে না। নাই বা হল। গতজন্মের কথাটাই কি তার এখন এই জন্মে মনে আছে ?

সে দেয়ালের ঘড়ির দিকে চায়, দশটা বেজে গেছে। এইসময়ে সে কখন খাওয়া দাওয়া সেরে, বেডরুমে দরজা বন্ধ করে ঘুমের ওষুধটা মুখে দিয়ে একটা বই নিয়ে বিছানায় শুয়ে পড়ে। আজ কি হয়েছে, তার এই আরামের চেয়ারটা ছেড়ে যেন উঠতেই ইচ্ছা করছে না। তার ওপরে কেমন একটা বিষাদ আর ক্লান্তি তাকে ঘিরে ধরছে। বোধহয় ঘুম পেয়েছে। চোখদুটো বন্ধ হয়ে আসছে, অসাড় ! এত ঘুম ? ঘুম তার হাতে ধরা নয়। রোজ ওষুধ না খেলে তার ঘুম হয় না। তাই দুপুরের আরামের ঘুমটা সে বাদ দিয়েছে। যদি তাতে একটু বেশী ঘুমতে পারে। আর আজ ওষুধ না খেয়েও তার গা ভারি হয়ে আসছে। খাবার না খেলে রাতের ওষুধও খেতে পারবে না। অনেক দিন যেন মেয়ের সাথে কথা বলা হয়নি, সে ট্যুরে ছিল। একটু কথা বলে তারপর ঠান্ডা সুপটা কোনমতে গিলে নিয়ে ওষূধ গুলো তাকে খেতে হবে। তবেই বিছানাতে যেতে পারবে। রিমা হাতটা তুলে সামনের টেবিলে রাখা মোবাইলটা তুলতে চেষ্টা করলো। মনে হল হাতে কোন জোর নেই। মনের জোরে মোবাইলটা তুলে নিল।

পরদিন সকালে ড্রইংরুমের পরদা সরাতে এসে থমকে যায় দেবিন্দর। এখনও আলো জ্বলছে,

ঢুকে দেখে ট্রলি ভরা খাবার তেমনি পড়ে। মেমসাব, ডাকতে গিয়ে দেখে তার প্রিয় হেলানো চেয়ারে বসে মেমসাব। হাতে তার মোবাইলটা। সে স্থির হয়ে দাঁড়িয়ে থাকলো। সে এ বাড়ীর দফাদার পুরানো নোকর। এ রকম চলে যাওয়া সে আগেও দেখেছে। তাই ডাক্তার বাবুকে ডাকার আগে সে বেবীকে ফোন করলো আমেরিকায়। মাঝে মাঝে তাকে বেবী ফোন করে তার মার খবর জানতে চাইতো। আবার তাকেও মাঝে মাঝে নালিশ করতে হতো মেমসাবের কথা না শোনার জন্যে।

কাজেই আগে বেবীকে না বলে সে কি করে সে নিজের মর্জিমত কাজ করবে ? ওপাশে রিং শোনা গেল।

***************************

# আজব ক্যামেরা

রোহিতের একটা ক্যামেরার বড় শখ। কিন্তু সে নিতান্তই মধ্যবিত্ত পরিবারের ছেলে, অতিকষ্টে পড়তে এসেছে ইউরোপে। তাও ভাগ্যবলে স্কলারশিপ পেয়েছে বলেই। নাহলে নৈহাটীর মত একটা মফঃস্বল শহরের নিম্নমধ্যবিত্ত ছেলের পক্ষে বিদেশে পড়তে আসা তো আকাশ কুসুম ছিল। তা তার বোধহয় ভাগ্যেই এটা ছিল, তাই সম্ভব হল। ছোটবেলা থেকেই তার লেখাপড়ায় মাথা আর আগ্রহ দুইই খুব ছিল। তার স্কুলের মাস্টারমশাই বিনয়বাবু তাকে বরাবর গাইড করে এসেছেন। তার বাবার সাধ্য ছিল না এ বিষয়ে কোন পরামর্শ দেবার। সাধারণ ডাকঘরের পোষ্টমাস্টার তিনি, বাইরের জগৎ সম্পর্কে তাঁর জ্ঞান ঐ ডাক টিকিটের মধ্যেই সীমাবদ্ধ। সেই রোহিত পড়তে এসেছে জার্মানীতে। একে একবারে নতুন পরিবেশ, ভাষাও নতুন, পরিবেশ, খাদ্য, বন্ধুবান্ধব – সবই নতুন। সারাক্ষণ তার মন যেন পালাই পালাই করে। কত সময়ে সে ভেবেছে, কালই সে যা সামান্য সঞ্চয় আছে, তাই দিয়ে দেশের টিকিট কিনে সে পালিয়ে যায় তার চেনা জগতে। কিন্তু পরক্ষণেই তার মাষ্টারমশাই বিনয়বাবুর কথা মনে পড়ে, তিনি বলেছিলেন, 'রোহিত, তুমি কিন্তু ব্রিজ পুড়িয়ে রওনা দিচ্ছ, মনে কর যেন, যুদ্ধে যাচ্ছ। আর যুদ্ধে কখনও শত্রুদের পিঠ দেখাবে না। ভাল করে লড়াই দাও। মনে রেখো আমরা সবাই

তোমার সঙ্গে আছি। আমাদের যেন হতাশ কোরো না। অনেক উজ্জ্বল ভবিষ্যৎ তোমার জন্যে অপেক্ষা করে আছে।'

যেই এ সব কথা তার মনে পড়ে, তখনই তার জেদ চড়ে যায়, আর হতাশা ক্ষীণ হয়ে পড়ে। কাজেই মন খারাপ হলেই সে পড়ার বই নিয়ে বসে যায়। হয় জার্মাণ ভাষাটা আরো ভাল করে শেখে, নাহয় টেক্সট্ বই বার করে। ভাল তাকে করতেই হবে।সে তার মাষ্টারমশাইকে হতাশ করতে পারবে না। আর্থিক সঙ্কটের জন্যে সে শহরে থাকার থেকে শহরের বেশ কিছু দূরে একটা গ্রামে থাকাই স্থির করেছে। অবশ্য এখানে গ্রাম বললেও এটা তাদের নৈহাটী তো দূরের কথা, কলকাতা শহরের থেকেও অনেক বেশী উন্নত। তবে বেশ কিছুক্ষণ তাকে ট্রেনে করে যাতায়াত করতে হয়। স্টুডেন্ট হিসাবে সে অনেক সস্তায় মান্থলি টিকিট কিনতে পেরেছে। তাই যাতায়াতের টাকাটা গায়ে লাগে না। এই ব্যবস্থা তার একজন ভারতীয় সহপাঠী করে দিয়েছে বলে সে তার প্রতি কৃতজ্ঞ। তার ভিলেজটা এই রেলের একদম শেষ প্রান্তে। অনেকটা সময় লাগে। তাই যাতায়াতের সময়টা সে হয় নিজের পড়া নিয়ে, নয়তো প্রাকৃতিক শোভা দেখে কাটায়। যেমন পরিচ্ছন্ন, তেমনি সবুজ দেশ, দেখে দেখে যেন তার আশ্ আর মেটে না।

ছোটবেলা থেকেই তার একটা ক্যামেরার বড় শখ। কে আর তাকে ক্যামেরা কিনে দেবে ?

স্কুলের বইপত্র আর জামাকাপড় কিনতেই তার বাবার পকেট ফর্সা। তাদের পাড়ার নতুন জামাই শোভনদা তাঁর নতুন জাপানী ক্যামেরা এনে তাদের সবাইকে তাক লাগিয়ে দিয়েছিল। তার আগে ডিজিট্যাল ক্যামেরা সে কখনও দেখেনি। ছবি তোলার সঙ্গে সঙ্গে সেটা কেমন হল তা দেখা যায় !

তারও হাত নিশপিশ করছিল ছবি তোলার জন্যে। একদিন নিরিবিলিতে বসে সে শোভনদার কাছে ক্যামেরার ভালমন্দ, গুণাগুণ শুনলো বসে বসে। দু' একটা ছবিও তাকে তুলতে দিয়েছিল শোভনদা। এমন একজন চেলা পেয়ে শোভনদাও খুশী। সেই থেকেই তার আগ্রহটা আরো বেড়ে গিয়েছিল।

কিন্তু পরের ক্যামেরায় ছবি তোলা আর নিজের একটা ক্যামেরা থাকা, এ' দুটোতে তো আকাশ পাতাল তফাৎ। কিন্তু তার পক্ষে যে এমন চিন্তা করাও উচিত নয়, তা সে ভালোই বুঝতো। হাজার হোক ছেলে তো আর সে বোকা নয়।

মাঝে লেখাপড়ার চাপে এসব কথা তার মাথা থেকে বার হয়ে গিয়েছিল। কিন্তু এখন এই রোজ রোজ ট্রেনে চড়ে তার বাড়ী থেকে কলেজে যেতে যেতে এই সব সুন্দর দৃশ্য দেখে আবার তার মনে হয়, আহা ! এই সুন্দর দৃশ্যগুলো যদি সে ক্যামেরায় ধরে রাখতে পারতো। যদি ছবি তুলে তার প্রিন্ট তার মা, বোনদের কাছে পাঠাতে পারতো ! তারা দেখতে পেতো সে কোথায় আছে, কেমন আছে।

কিন্তু এখন তার কাছে এমন কোন বাড়তি টাকা থাকে না যে তার শখ পুরো করবে ! বরং সে চায় কিছু টাকা জমাতে পারলে বরং সে পড়া শেষ করে যাবার আগে কতকগুলো দেশ ঘুরে বেড়িয়ে যেতে পারবে। তাছাড়া তার বাড়ীর জন্যেও তো কিছু শখের জিনিষ কিনতে হবে। তার বাবা, মা, ভাই বোনেরা তো এসব কিছুই দেখেনি। তার ভাগ্যে যখন এত সৌভাগ্য জুটেছে, তখন তা তার ভাগ করে নেওয়াই উচিত।

দীর্ঘ পাল্লার ট্রেনযাত্রা। কত লোক উঠছে, নামছে। রোহিতের দেখতে বড় ভালো লাগে। ভাবে ঐ

যে মোটা মত মহিলা মাথায় একটা টুপিপরা, পা দুটো মোটা মোটা, হাতে একটা ভারি ব্যাগ, হ্যান্ডেল ধরে ট্রেনে উঠে কাছের একটা সিটে বসে একটু একটু হাঁফাতে লাগলেন। বোধহয় তাঁর হাঁপানীর রোগ আছে, কিংবা ব্যাগটা খুব ভারি। রোহিতের মনে হল ওর বড় মাসীরই বয়সী হবেন তিনি। বড়মাসী সংসারের কাজে এখনও খুব দড়ো, কিন্তু তাঁকে এমন করে বাইরের কাজ নিজে হাতে করতে হয় না্। ছেলেমেয়ে নাতি নাতনী কেউ না কেউ বাইরের কাজটা মিটিয়ে দেয়। ওঁর কি কেউ নেই ? থাকলেও সে শুনেছে এখানে ছেলেমেয়েরা বড় হলে ঘর ছেড়ে অন্যত্র চলে যায়। তখন নিজেকে দেখতে হয় নিজেকেই। এ সব ভাবতে ভাবতেই মহিলার নিজের স্টেশন চলে এলো, তিনি আবার তেমনি হাঁপাতে হাঁপাতেই

নেমে চলে গেলেন। আগে আগে রোহিত ভারতবর্ষের ভদ্রতা করে বয়স্কদের সাহায্যের হাত বাড়াতে চাইতো, কিন্তু ভাষা না বুঝলেও এখন সে বুঝেছে যে সেটা ওঁরা ভালভাবে নেন না। হয়ত ভেবেছেন যে বুড়ো বলে, অক্ষম বলে দয়া করছে এই বিদেশী ছেলেটা ! এর পর থেকে সে আর আগ বাড়িয়ে সাহায্য করার চেষ্টা করে না। এরপরে একসাথে দু'তিনজন উঠলো। একজনের কোলে একটা ছোট শিশু, সঙ্গে একটা ভাঁজ করা প্র্যাম। একজন বৃদ্ধ, প্রায় কুঁজো হয়ে গেছেন, হাতে একটা মোটা লাঠি, কাঁধে একটা ঝোলা।

এরা কে কি ভাবে? কেমন তাদের জীবন যাত্রা ? কল্পনা করার চেষ্টা করে রোহিত। মনে হয় যখন এরা অল্পবয়সী ছিল, তখন তাদের কেমন দেখতে ছিল, কি তাদের প্রফেশান ছিল, এখন তাদের আত্মীয় স্বজন সব কোথায় গেল, কেন তারা এমন একলা জীবনের ভার টেনে চলেছে ? যদি বিপদে আপদে পড়ে তবে কে তাদের দেখতে আসবে ? এখানকার সমাজব্যবস্থা, পরিবার, সরকারের সাথে ব্যক্তির নিরাপত্তার সম্পর্ক কিছুই তার জানা নেই। সে কেবল নিজের ব্যক্তিগত পরিবেশের সাথে এদের মেলাবার চেষ্টা করে হতাশ হয়। তার বাবার অসুখের সময়ে তার মামারা, ছোটকাকা, প্রতিবেশী অতুলকাকু – কি রকম দিন রাত এক করে সেবা করেছিলেন, এমনকি টাকাও দিয়েছিলেন, তা সে কখনও ভুলবে না। এখানের সিস্টেমটা কি সেই রকম নয় ? এই সব ভাবতে ভাবতে ট্রেনের গতির তালে তার ঘুম আসতে থাকে। তার আবার অত ভোরে উঠে নিজের হাতে সব কাজ করে ব্রেকফাস্ট বানিয়ে খেয়ে তবে রওনা হওয়া। দেশে থাকতে মার হাতেই তার সব কিছু ছিল, নিজের খাবার বানানো, নিজের জামাকাপড় কাচা, কিছুই তার অভ্যাস নেই। এখানে মেশিনে কাপড় কাচা যায়, কিন্তু তাতে কম হলেও তো পয়সা লাগে, তাই সে দোকান থেকে ডিটারজেন্ট এনে নিজে হাতে কাপড় কাচে আর এসব জামা কাপড়ে তেমন ইস্ত্রিও লাগে না সেটাই বাঁচোয়া !

আবার একটা বড় স্টেশনে ট্রেন থামলো, এই সব জার্মান নামের উচ্চারণ তার এখনও ভালমত আসে না। তবে দেখলে চিনতে পারে। যে ক'জন যাত্রী ছিল তারা লাইন করে নেমে গেল। উঠলো কেবল

একজন। একেবারে দূরের কোনে বসে মাথার টুপিটা খুলে সিটের উপরে রাখলো। হাতে তার একটা নিউজ পেপার আর একটা চামড়ার কেসের ক্যামেরা। ক্যামেরাটা সিটের উপরে রেখে সে মন দিয়ে পেপার খুলে পড়তে লাগলো। আবার রোহিতের চোখটা ঘুমে জড়িয়ে এলো। রাত জেগে পড়া করার ফল এইই হয়।

একসময়ে তার ট্রেনের একটা ঝটকায় ঘুম ভেঙ্গে গেল। তাড়তাড়ি ঘড়ি দেখলো। এখানে একবারে ঘড়ির তালে ট্রেন চলে। পাছে তার নিজের স্টেশনটা না পিছলে বেরিয়ে যায়। নাঃ, এখনও অন্ততঃ মিনিট পঞ্চাশ লাগবে। আবার তার চোখ ঢুলে আসছে। গাড়ীর একমাত্র যাত্রীটাও নেই, কোনও স্টেশনে বেরিয়ে গেছে। কিন্তু যেখানে সে বসেছিল সেখানে কি যেন একটা পড়ে আছে। ভাল করে সে দেখে সেই ক্যামেরাটা। ক্যামেরা ফেলে চলে গেছে, কেমনতরো লোক সে ? রোহিত চলন্ত কামরা থেকে গলা বার করে দেখে দুরন্ত বেগে ট্রেন ছুটেছে। কত আগে বা কোন স্টেশানে সে নেমে গেছে কে জানে। ভয়ে ভয়ে সে তার নিজের ব্যাগটা নিয়ে তার সিটের দিকে এগিয়ে গেল। সে যদি একটু হাতে করে দেখে তাতে তো কারো কোন ক্ষতি নেই। সে তো আর চুরি করছে না। চামড়ায় মোড়া ভারি কেস। বোতাম খুলে দেখলো, একটা চকচকে পালিশ করা কালো একটা ক্যামেরা। ভীষণ ভারি। চোরের মত সে কেস থেকে ক্যামেরাটা বার করে দেখলো –মনে মনে বললো 'ভীষণ দামী'। আবার সে চারদিকে চেয়ে দেখে, যেন কেউ তার পেছন থেকে লক্ষ্য করছে। দুরন্ত গতিতে চলা এই গাড়ীতে কারও নজর দেবার সম্ভাবনা মাত্রও নেই। তাও তার ভয় ভয় ভাবটা কাটে না।

শেষে ভয় কাটিয়ে একঝটকায় ক্যামেরাটা বার করে ভালোভাবে উল্টেপাল্টে দেখে। প্রায় নতুন ক্যামেরাটা, কিন্তু তার গায়ে যা সব ইনস্ট্রাশন ছিল তা সবই জার্মান ভাষায় লেখা। সদ্য এদেশে আসা আনাড়ি ছেলের কাছে তার মানে উদ্ধার করা বেশ কঠিন। তাছাড়া তার দরকারই বা কি ? সে তো আর এটা অধিকার করছে না ! তবু মনের মধ্যে একটা লোভ গজিয়ে উঠতে লাগলো – দেখি না একবার ট্রায়াল দিয়ে। কেউ তো দেখতে পাচ্ছে না। নাড়া চাড়া করতে করতে

হঠাৎ ক্যামেরাটা অন হয়ে গেল। তার চৌকো দেখার উইন্ড দিয়ে সে বাইরের রঙ বাহারী পিকচার পোষ্টকার্ডের মত ছবি দেখতে লাগলো। ওপরের দিকে একটা গোল বোতাম আছে সেটাই বোধহয় সাটার। টিপবে একবার ? কে আর জানতে পারছে ? কিন্তু নাঃ, যার ক্যামেরা, সে যখন হাতে পাবে, তখন তো দেখবে তার অজান্তে অন্য কেউ ছবি তুলে রেখেছে। দেখলেই বা, সে তো আর জানবে না যে কে সেটা নাড়া চাড়া করেছিল। ছবি তোলার অদম্য লোভে পড়ে সে বাইরে দিকে চেয়ে বোতামটা টিপে দিল। ক্লিক শব্দে তার চোখের সামনে সেই ছবিটা জ্বলজ্বল করে উঠতে লাগলো। আঃ ! কি সুন্দর।

আহা যদি এই ক্যামেরাটা তার হতো, তাহলে তার গেঁয়ো বাবা, মা, বোনকে এই সুন্দর, উন্নত দেশটা দেখাতে পারতো। কিন্তু তা তো আর হয় না। আর যাই হোক সে চোর নয়। লোভী হয়ত, কিন্তু তার কারণ আলাদা –! ভাবতে ভাবতে ট্রেনটার গতি কমে এলো, সামনেই আর একটা স্টেশন। সে তাড়াতাড়ি ক্যামেরা তার কেসে পুরে একটু দূরে গিয়ে বসলো। কিন্তু এই স্টেশনে আর কোন লোক উঠলো না তার কামরায়। গাড়ী ছাড়তেই আবার সে সেই ক্যামেরাটার কাছে গিয়ে বসলো, এবারে তার লোভ দুর্দম হয়ে উঠেছে। সে যদি এটাকে ফেলে রেখে চলে যায়। তাহলে এরপরে যে কেউ এসে সেটাকে অধিকার করতে পারে। তবে সে কেন নয় ? আবার বাবা মার শিক্ষা মনে পড়তে লাগলো, যে "পরের জিনিষ না বলে নিলে পাপ হয়" – তবে সে এখন কি করে ? এমন সময়ে তার স্টেশন এসে গেল এইখানে তাকে নামতেই হবে। এদিক ওদিক তাকিয়ে সে এক ঝটকায় তার ব্যাকপ্যাকের চেনখুলে তার মধ্যে ক্যামেরাটা কেসশুদ্ধ ভরে ফেল্লো। এর পরে যা হয় তা হবে!

রোজকার মতো সে কলেজে গেল, ক্লাশ করলো, কিন্তু তার সবটা মন পড়ে আছে সেই তার ব্যাকপ্যাকের নীচের দিকে রাখা ক্যামেরাটার দিকেই। ক্লাশ শেষে বাড়ী ফেরার পথে অদম্য ইচ্ছা থাকলেও সে আর ক্যামেরাটায় হাত দিতে পারলো না। ফেরার পথে ট্রেনে ভীড় অনেক বেশী, কে বলতে পারে যে তার মধ্যে ক্যামেরার মালিক হঠাৎ এসে উপস্থিত হবে কি না ! তাহলে তো সে হাতে নাতে

ধরা পড়বে – আর বিদেশে পড়তে আসার বদলে তাকে যেতে হবে হাজতে। এমন কি পুলিশের প্রশ্নের উত্তরও সে দিতে পারবে না, ভাষা না জানার জন্যে।

ঘরে ফিরতে ফিরতে তার প্রায় অন্ধকার হয়ে গেল। দেশে হলে এই রাত নটাতে রাতই হয়ে যায়। কিন্তু বিচিত্র এই দেশে এখনও বেশ আলো থাকে, বিশেষ করে এই গরমকালে। আজ শনিবার, সে মনে মনে ভাবলো, কাল তো আর কোথাও যাবার নেই, একটা সস্তায় সাইকেল ভাড়া করে সে ভিলেজের বাইরে একবার ঘুরে আসবে। নিজে হাতে স্যান্ডউইচ বানিয়ে নেবে, তাতে আর বাইরে খাবার কেনার খরচ হবে না। আর ব্যাকপ্যাকের মধ্যে তার নতুন ক্যামেরাটা নিয়ে সুন্দর দেশের সুন্দর ছবি সব তুলবে, মনের সাধে। ক্যামেরায় কি কি লেখা আছে, তা ভাষার অন্তরালে থাকায় বুঝতে না পারলেও আন্দাজে টেপাটিপি করে কাজ চালিয়ে দিতে পাররে। ছেলে তো আর সে বোকা নয় !

সেই মতই যখন সে সাইকেল নিয়ে বেরোলো, তখন ঘরের মধ্যে অন্ধকার হলেও, বাইরে তখনও বেশ আলো আছে। একটানা প্যাডল্ করে একটা নিরালা ক্যানেলের ধারে সে এসে বসলো। ওঃ !

একেবারে সত্যিই যেন পিকচার পোষ্টকার্ডের ছবি! সামনের জমিটা ঢালু হয়ে ক্রমে জলে গিয়ে মিশেছে। আকাশের ছায়া পড়ে জলটা একবারে কমলা আর নীলে রঙিন হয়ে উঠেছে। তার ওপারে দিগন্ত বিস্তৃত চষাক্ষেত, এখনও কিছু লাগানো হয়নি। দূরে একপাশে একটা কাঠের বাড়ী, কোন লোক আছে বলে মনে হয় না, হয়ত এই ক্ষেতের যন্ত্রপাতি থাকে। তার পাশে বড় বড় গোল গোল পাশ বালিশের মত কি কতকগুলো ছড়ানো আছে। মনে হল তার দেশে চাষ শেষ হলে যেমন খড়ের গাদা করে, হয়ত তেমনি কিছু। কিন্তু এগুলো বেশ সুন্দর করে গোল করে রাখা আছে। সে ভাবলো, এই ছবিটা আগে তুলে ফেলি। দেশে নিয়ে গেলে বেশ নূতনত্ব হবে। তার তখন আর মনেই নেই যে পরের এই ধার করা ক্যামেরাটার ফসল সে দেশে কিভাবে নিয়ে যাবে ? রোহিতের আর কোন চিন্তা নেই, কেবল ছবি

তুলতে হবে। এদিক ওদিক ঘুরিয়ে সে সাটার টিপছে, আর ক্যামেরায় দেখছে, কেমন দেখতে লাগছে। রঙিন ছবির মোহে তার অন্য কোন চিন্তা নেই। ক্যামেরা যারই হোক যেন তার হাতের গুণেই এমন সব অপূর্ব ছবি সে তুলতে পারছে। এদিকে ক্রমে অন্ধকার হয়ে আসছে। সে তাড়াতাড়ি ক্যামেরাটা ব্যাগে ভরে, এদিক ওদিক ঘুরে দেখে আর কেউ তাকে দেখলো কিনা। কিন্তু এদেশে জনসংখ্যাই এত কম যে সন্ধ্যার আগে ক্যানেলের ধারে আর কে থাকবে ? সাইকেলে উঠতে গিয়ে সে ওপরে দেখে অবাক হয়ে গেল, একটানা দিগন্তের মধ্যে থেকে কে যেন খাবলা খাবলা কেটে তুলে নিয়েছে, সেখানে কেবল সাদাটে চারকোনা মত খালি ! এটা কি হল ? রোহিতের মাথা কি কাজ করছে না ? সে কি ভুল দেখছে। হয়ত সন্ধ্যার অন্ধকারে সে স্পষ্ট করে কিছু দেখতে পারছেনা। কিন্তু তাই বা কি করে হয় ? মাঠের মাঝে ঐ কাঠের বাড়ীটা তো এখান থেকে পরিস্কার দেখা যাচ্ছিল, সেটা কি করে উড়ে গেল ? আর ঐ গোল গোল পাশ বালিশ গুলো ? না, আশ্চর্য ! চারপাঁচটার মধ্যে মাত্র দেড়খানা পড়ে আছে। বাকিগুলো এই সামান্য সময়ের মধ্যে গেল কোথায় ? এ কি ভুতুড়ে দেশে এসে পড়েছে সে ! আর নয়, এক্ষুনি তাকে তার ডেরায় ফিরতে হবে। সে প্রাণপণে সাইকেল চালিয়ে ঠান্ডার মধ্যে ঘামতে ঘামতে ঘরে পৌঁছলো।

পরদিন তার প্ল্যান মত স্যান্ডুইচের প্যাকেট আর জলের বোতল নিয়ে সে সাইকেলে চড়লো। সবে ভোর হয়েছে, তারপরে আবার রবিবারের ভোর, কারো তেমন বাইরের কাজের চাপ নেই। কাজেই বাইরে বিশেষ কোন লোকজনকে দেখা যাচ্ছে না। এবারে সে আর জলের দিকে গেল না। তার মনে হচ্ছিল যে তখনও যদি সে দেখে যে মাঠের মধ্যে আর ক্ষেতের আশপাশ থেকে কেউ খাবলা খাবলা চারকোনা চুরি করে তুলে নিয়েছে, তখন যদি তাকে ধরে ? যদি বলে তোমারই এই কাজ, যদি বলে তোমার ক্যামেরা চেক করে দেখি ? তাহলে কি করবে সে ? পরক্ষণেই তার মনে হল, ছি ছি , কি ছেলেমানুষী তার ! তাই কি কখনও হয় ? তবে কি সে যাবে দেখতে সত্যিই মাঠের মাঝখান থেকে খাবলা খাবলা উঠে চলে এসেছে কিনা ? হঠাৎ তার হাসি পেয়ে গেল। তাই কখনো হয় ? কি দেখতে কি দেখেছে সন্ধ্যার অন্ধকারে ! ততক্ষণে

প্যাডল্ করতে করতে সে চলে এসেছে অনেকখানি পাহাড় আর জঙ্গলের কাছাকাছি, এখানে ততক্ষণে দিনের আলোয় অতি সুন্দর শোভায় ছেয়ে গেছে পথখানি। কাজেই সে সেই পথেই সে এগিয়ে গিয়ে একটা ছোট টিলার কাছে সাইকেলটা দাঁড় করালো। কি ঘন কালো গাঢ় সবুজ গাছগাছালীতে ঢেকে গেছে এই টিলাটা। তাদের দেশে সে এত ঘন সবুজ রঙ সে আগে সে দেখেনি। কিংবা হয়ত আছে, সে আর কতটুকু দেখতে পেয়েছে ? বেড়ানো বলতে একবার কেবল পুরী গিয়েছিল তাও বাবার অসুখে মার মানত ছিল সেই কারণে। সে যাকগে, তার মনে হল আর দেরী না করে তাড়াতাড়ি কতকগুলো ছবি তুলে তাকে এবারে ফিরতে হবে। অনেকখানি চলে এসেছে। বাড়ীতে তার অনেক কাজও পড়ে আছে, উইকএন্ডে কাপড়কাচা, রান্না করে রাখা, ঘরদোর পরিষ্কার করা, গারবেজ ফেলে আসা, কতকাজই তো সারতে হয়। সে একা থাকে, শখ করে নয়, এই অজ গাঁয়ে শহর থেকে এত দূরে আর কোন সঙ্গী থাকতে রাজি হয়নি তাই। তাতে অবশ্য তার খরচ একটু বেশী পড়ার কথা, কিন্তু শহর থেকে এতদূরে বলে আর সে নিজে রান্না, কাপড়কাচা করে কৃচ্ছসাধন করে বলে খরচ তার অনেকটা কমই হয়। তাছাড়া তার দেশ দেখার, নতুনকে জানার এত ইচ্ছাটা এই যাওয়া আসার কষ্টের মধ্যে দিয়ে পুরণ হয়ে যায়। হঠাৎ সে নিজের মনে হেসে ফেললো, আর এই ক্যামেরাটা তার ফাউ। ঘরে অন্য কেউ থাকলে কি এভাবে তার এতকালের ইচ্ছা কাজে ফলতো ? কোথায় পেলো, কে দিল, কেন দিল থেকে হয়ত পুলিশ থানায় পৌঁছে যেতো ! তার পরেই তার মনের মধ্যে একটা অপরাধবোধ আবার জেগে উঠলো। কি হবে, যদি কেউ জানতে পারে ? কাজেই ফটাফট কতকগুলো ছবি তুলে কেউ আসার আগেই আবার নিজের ঘরে পৌঁছতে পারলে সে বাঁচে। যা মনে এলো, এলোমেলো ছবি তুলে বুঝলো যে তার খুব খিদে পেয়ে গেছে। কাজেই আগে তার খাওয়া দরকার। ব্যাকপ্যাক খুলে গবগব করে সবগুলো স্যান্ডউইচ আর জল খেয়ে অবশেষে তার শান্তি হল। এবারে যাওয়া যেতে পারে। বাড়ী গিয়ে নিরিবিলিতে সে খুঁটিয়ে তার তোলা ছবিগুলো দেখবে এখন। নানা চিন্তায় এত দেরী হয়ে গেল।

সাইকেলে উঠে প্যাড্‌ল্‌ করতে গিয়ে হঠাৎ তার হাড় যেন হিম হয়ে গেল, চারপাশে ওগুলো কি ? আগে তো সে অমন অবস্থা দেখেনি ! রাস্তার পাশে, পাহাড়ের ওপর দিকে, জঙ্গলের মধ্যে ওগুলো

কি ? সর্বনাশ !! কেউ যেন বুলডোজার দিয়ে খানিকটা খানিকটা অংশ কুড়িয়ে তুলে নিয়ে চলে গেছে! তাদের পাড়ায় বেআইনিভাবে বানানো বাড়ী যেমন গুঁড়িয়ে দিয়েছিল অনেকদিন আগে, অনেকটা সেই রকম। তক্ষুনি তার মনে পড়লো কাল সন্ধ্যের কথাটা। সে তবে তো সন্ধ্যার ঝোঁকে ভুল দেখেনি সে। কোনদিকে না তাকিয়ে ক্যামেরা খুলে পরীক্ষা করার কথা না ভেবে সে প্রাণপনে প্যাডল্‌ করতে লাগলো। তার ছটফটানিতে তার সাইকেলের মুখটা ঘুরে গিয়ে হঠাৎ একটা পথের পাশের পাথরে টক্কর লেগে সে সব সমেত রাস্তার উপরে ছিটকে পড়লো।

উঃ! মাথায় জোর লেগেছে। উঠে বসে মাথায় হাত দিতেই তার নজর পড়লো তার আশপাশের ওপরে। আরে, সে তো এখনও ট্রেনেরই মধ্যেই, ঐ তো তার সামনের সিটে সেই ক্যামেরাটা তেমনি পড়ে আছে। আর ট্রেনটা দেখি থেমেছে তারি স্টেশনে। আর কোনদিকে না তাকিয়ে ঐ সর্বনেশে ক্যামেরার হাত থেকে রক্ষা পেয়ে সে দৌড়ে নেমে গেল। এটা বড় স্টেশন, তাই বেশিক্ষণ থামে।

ভ্যাগিস ! ততক্ষণে অন্য যাত্রীরা লাইন করে উঠতে লেগেছে।

**************************

# "উন্মীলন"

মর, মর, খালভরা, তুকে মশানধারে দিয়ে আসি ।"– ভাঙ্গাগলায় চীৎকার করতে করতে বামা একখানা চেলাকাঠ নিয়ে ভবেশের পেছনে পেছনে ছুটে গেল ।

ভবেশের চোদ্দ পনেরো বছরের দেহখানা নতুন স্প্রিংএর মত রান্নাঘরের দাওয়া থেকে লাফ দিয়ে তীর বেগে খিড়কী দোর দিয়ে ঝোপের আড়ালে হারিয়ে যায় ।

খিড়কীর ভাঙ্গা দরজা পর্যন্ত ধাওয়া করে চ্যালাকাঠখানা রাগ করে পেয়ারা তলায় ছুঁড়েফেলে গজগজ করে নিজের ভাষায় কি বলতে বলতে বামা ফের রান্নাঘরে ঢুকে পড়ে । বামার চিল চীৎকারে সোনালী পশ্চিমের বারান্দা থেকে ছুটে এসেছিল । ডানহাতে তখনও তার একটা কাঠ পেনসিল । বারান্দায় উপুড় হয়ে বসে সে এতক্ষণ হাতের লেখা মকস করছিল । বাবা, মা, দাদা রিক্সা করে রবিবারের হাটে গেছে বাবু লাইনে । কাল তার জ্বর হয়েছিল বলে আর তাকে নিয়ে যায়নি । জ্বর হলে হাটে যাওয়া যায়না , 'বিন্ধ্যাপরবে' যাওয়া যায়না, ইচ্ছামত খাবার খাওয়া যায়না । কিন্তু হাতের লেখা লেখা যায়, নামতা মুখস্থ করা যায় ! সোনালীর বড়বড় চোখদুটো ডবডবে হয়ে ওঠে। কিন্তু সে কেন মান খুইয়ে এসব কথা বলবে ? তাই একমনে উপুড় হয়ে সে এতক্ষণ ধরে হাতের লেখা লিখেছে ।

কলকাতায় থাকতে তার টাইফয়েড হয়েছিল, সে বলে তখন যায় যায় হয়েছিল । ভাল হবার পরে হাওয়াবদলের জন্যে দিন পনেরো হল এদেশে এসেছে । এখন তার বেশ ক্ষিদে হচ্ছে । আগের থেকে বলে স্বাস্থ্যও ফিরেছে । কিন্তু এতদিন লেখাপড়া না করে সে

প্রায় সবই ভুলতে বসেছে । কাজেই আবার নতুন করে সব শিখতে হচ্ছে ।

ধলভূমের এই গাঁয়ে জল বলে খুব ভালো । খাবারদাবার টাটকা আর সস্তা । তার বাবার এক বন্ধু এই বাড়ীটা ঠিক করে দিয়েছেন। মস্তবড় বাড়ীটা – কতকগুলো ভাগ করে ভাড়া দেওয়া। তাদের অংশে মস্ত টানা চওড়া বারান্দা আছে একটা পশ্চিম দিকে। তারসঙ্গে পরপর তিনখানা বড়বড় ঘর । পেছনদিকে রান্নাঘর আর একটা ছোট বারান্দা । সেখান থেকে নামলেই উঠোন । উঠোনে মস্ত একটা পেয়ারাগাছ আছে

এখন অবশ্য পেয়ারা ধরেনি। সেই গাছতলায় একটা গরু বাঁধা থাকে । সেটা বাড়ী ওয়ালার । বেলা পড়ে এলে ঝিকিমিকি আলো পেয়ারাপাতার ছাঁকনি দিয়ে উঠোনের কাঁচা মাটিতে নকসা বোনে । দূরে কোথাও একটানা ঘুঘু ডাকে আর ডাকে ! পুরোনোবাড়ীর মোটা মোটা দেয়ালের কোন খোপে পায়রা গুড়্গুড় গুড়্গুড় আওয়াজ তোলে । একটা ছোট্ট পোকা সারাক্ষণ একটানা গুনগুন শব্দ করেই যায় – সোনালীর মনে হঠাৎ কেমন একটা ভাব জাগে। গলার কাছে কেমন ব্যথা ব্যথা করে। নামতার বই কোলে করে বড় বারান্দার মোটা থামটার ছোট্ট খাঁজে তার প্রিয় কোনটিতে এসে বসে। সামনের মাঠ ক্রমে ঢালু হয়ে ধানক্ষেতে মিশেছে । একদিন সে কৈলাসীর হাত ধরে মাঠের ওপর দিয়ে অনেকটা হেঁটে গিয়েছিল । তার ফ্রকের ঝালর লেগে ধানের নুয়ে পড়া সোনারঙা শিষের গোছাগুলো ঝুনঝুন করে বাজছিল। ধানের পাতাগুলোতে কি ধার, তার পায়ে কত জায়গায় ছড়েও গিয়েছিল। শেষে সে আর হাঁটতে পারেনি – কৈলাসী তাকে কোলে করে ফেরত এনে মার কাছে কী বকুনিটাই না খেয়েছিল ! অবশ্য তারপরে একটু জ্বর মত হয়েছিল পায়ের ব্যথা । তাই তার বাবামা আর আজকে হাটে নিয়ে গেলেন না। দাদা বলেছিল হাটে মোরগ লড়াই দেখাবে – তাও দেখা হল না।

পেনসিলের গোড়াটা চুষতে চুষতে সোনালী এসবই ভাবছিল । বামা রান্নাঘরে ঢুকে গেলে সে সেও ফিরে এসে তার মাদুরে বসলো । গোটা অক্ষরে মার লিখে দেওয়া হাতের লেখা লিখতে লাগলো –

"বিপদে মোরে রক্ষা করো এ নহে " – বামা রান্নাঘরে ঢুকে গালে হাত দিয়ে পিঁড়িতে বসে ভাবছিল। পাঁচটা বড়বড় মাছ ভাজা করে রেখে গেছে মা। এখন ফিরে এসে যখন দেখবে তিনটে পড়ে আছে তখন সে কি জবাব দেবে ! বেড়ালের ঘাড়ে দোষ দেওয়া যেত, কিন্তু দিদিমনি তো নিজের চোখেই দেখে গেল।এখন ঐ খালভরাকে সামনে পেলে ..! মিছে কতা বুলবোনাই , মা অ্যানেক দেয়, পুরান কাপড়, বাবুর কোট, গায়ের চাদর । তার সাথে নিমকহারামী ধম্মে সবে কেনে! মরদটো যদি থাকতো ..– মোটা পুরানো কাপড়ের কোনায় বারে বারে চোখ মোছে বামা।

বাপ মাকে দেখে নাই বামা । হুঁশ পড়েছিল খিস্টানদের গিজ্জাতলায় । সেখানে ফাদার বাপা বলে তাকে পেলেছিল। লিখাই পড়াই ভি করাইনছিল। কিন্তু ডাগর হতেই মন পুড়ছিল বিশাই টুডুর তরে। বিশাই বজ্জাত ছিল। কিন্তুক কালা পাথরের লাখান চ্যাওড়া ছাতি,আর বিন্ধ্যা পরবে কি তার জয় জোকার ! বামার মনটা সোনাই নদীর হড়পা বানের মত ফুলছিল। ফাদারবাপা সমঝেছিল। তখনই তাকে এক বাংগালী দিকুর ঘরে খাওয়া পরা কামে লাগা করাইনছিল। বামা সিখানে বহুত দিন ছিল। বাংলা বোলি সে শিখানেই শিখলো। শেষে তার শাদী হল লাখন মুন্ডার সাথে। দু দুটো ছেইলে ফেইলে লাখন চইলে গেল। জাত সাপে কাটলো গ, হায় মা ! এখন ছেইলে দুটো পালবার লেইগে ঘরগিরস্তি ছেইড়ে লোকের দোরে দোরে। এখন আর ফাদার বাপা নাই, গিজ্জাতলায় বাতি ভি জ্বলেনা, পেয়ার হয়না। রাক্তিরে হুড়ার ডাকে।

বামার ছেইলে দুটার শৌকিন নাম দিছিল সেই বাংগালী দিকু মনিব – নরেশ আর ভবেশ । বামার বড় সাধ ছিল অরা লিখাই পড়াই করবেক, ইষ্টিশানমাষ্টার হবেক। কিন্তু কপাল দেখ, দোনো বেটা ইস্কুল পালাইকরি ডাংগুলি খেলে, কাত্তি খেলে। শেষে বাবু লাইনের

এক বাবুকে ধরাকরা করে নরাকে তামার কারখানায় ঢুকাইনছে । কিন্তু ভবা হারামজাদা বামার সঙ্গ ছাড়েনা। আজকাল চুরি করে, দিনভর খাই খাই। বামা পিটাই করলে রাতে ঘরকেও আসেনা। হায় গ,আজতক, কেউ বুলবেক নাই যে বামা চোর। সেই বামার আপন বেটা চোর হয়! বামা আবার চোখ মোছে ।

বাইরে পশ্চিমের বারান্দায় শরতের রোদ ঝিমিয়ে এসেছে। মোটা মোটা থামের লম্বা লম্বা ছায়া দেয়াল ছুঁয়েছে। দূরে কালাঝোড় পাহাড়ের মাথায় সূর্য ঢলেছে। খাতা পেনসিল কোলে নিয়ে সোনালী তার রোগশীর্ণ পা দুটি বারান্দা থেকে ঝুলিয়ে সব কটি ইন্দ্রিয় দিয়ে যেন আশেপাশের শব্দ, দৃশ্য, গন্ধ শুষে নিতে থাকে। টিলার মাথায় তাদের বাড়ী। তারপর হঠাৎ এবড়ো খেবড়ো পথটা নেমে গেছে ধানক্ষেতের মধ্যে। ধানক্ষেত চলে গেছে অনেক দূর পর্যন্ত । তারপরে সোনাই নদীর খাত একটু একটু দেখা যায় । নদীর খাতে বড়বড় কালো পাথরের স্তুপ। জল দেখা যায়না, জল অনেক নীচে। নদীর ওপারে মাঠটা আবার ওপরে উঠে গেছে। ওদিকে বলে একটা তামার খনি আছে। অনেকদূরে। তার দেখতে খুব ইচ্ছা করে,সে কখনও খনি দেখেনি। কিন্তু হাটেই তাকে নিয়ে গেলনা তার মা বাবা, আর তাকে খনি দেখাতে তাদের বয়েই গেছে । সেই খনি থেকে তারে ঝোলানো বালতির মত ঝুড়ি করে মাটি পাথর দুলতে দুলতে একদিক থেকে আর একদিকে চলে যায়। এখান থেকে সচল ফুটকির মত মনে হয় । সোনালী বসে বসে গোনে দশ, এগারো, বারো– । ওদিকে ছোট ছোট পাহাড় আছে বামা বলে ডুংরী। সেখানে বলে শঙ্খচূড় সাপ আছে। সোনাই নদীতে বলে কোথায় চোরাবালি আছে। এই নদীর বালিতে বলে সোনা পাওয়া যায়। সেই সোনা ছাঁকতে গিয়ে বলে কতজন চোরাবালিতে ডুবে মরেছে। বামা সময় পেলে সোনালীর কাছে বসে নিজের পাদুটো টিপতে টিপতে কত গল্প করে। সে একদিন নদীতে যাবে। চোরাবালি দেখতে তার বড় ইচ্ছা করে। কিন্তু কে তাকে নিয়ে যাবে! কয়েকদিন আগে বাবা,মা দাদার সঙ্গে সে রিক্সা করে অনেকটা দূরে গিয়ে নদীর ধারে গিয়েছিল। সেখান থেকে সহজেই নদীর বালিতে নামা চলে । সোনার হাঁটতে কষ্ট হবেনা বলে অতদূরে

যাওয়া। সোনালী দেখেছিল বালিগুলোও তার নামের মত সোনালী। কেমন সোনা চিকচিকে । জলটা গেরুয়া,বড় বড় কালো পাথরে ভরা, আর কি স্রোতের ডাক। সে জলে নামেনি । জানে নামতে চাইলেই, হাজার বিধিনিষেধ । দাদা কিন্তু জুতো মোজা খুলে রেখে বাবার হাত ধরে জল পার হয়ে একটা বড় পাথরে গিয়ে চড়েছিল তারপর হাত নেড়ে কি ডাকাডাকি 'সোনা' 'সোনা' বলে। সোনা তার দিকে একদম তাকায়নি । একদম সে শুনতেও পায়নি। সে একমনে বালি দিয়ে ঘর বানিয়েছিল। সোনার নাকি একটুতেই ঠান্ডা লেগে জ্বর হতে পারে । এতই যদি ভয় তাহলে সঙ্গে আনা কেন ? কলকাতায় জ্যেঠুদের কাছে রেখে এলেই হতো !

তাই ফেরার সময় সেদিন সে দাদার সঙ্গে এক রিকশায় চড়ে মুখ গোঁজ করে মার সঙ্গে বসেছি । বাবা কিন্তু ঠিকই বুঝেছিল,তাই পঞ্চুর দোকান থেকে নরম গরম ক্ষীরের প্যাঁড়া আনলেন। যেটা সোনালী খেতে খুব ভালোবাসে। কিন্তু তাও আবার রাত্রিবেলা মা তাকে মাত্র দুটোই দিল। দাদা কিন্তু নানাছুতোয় বারেবারে রান্নাঘরে ঢুকে খেয়ে এসেছে। সে দেখেছে । তবে সোনা তো আর দাদার মত পেটুক না।

এই যে ওরা হাটে গেল কই সোনার জন্যে কারো মন খারাপ হলো ? মোটেই না ।

এখুনি সন্ধ্যা হয়ে যাবে ঘরে ঘরে লণ্ঠন জ্বালবে বামা। এইসময়টা সোনার মনটা বড় খারাপ লাগে। দিনটা কেমন সুন্দর আলো ঝলমলে। ভোর হওয়ামাত্র –সারাদিন কতকী হতে পারে ভেবে মনটা ভালোলাগায় ভরে ওঠে । কিন্তু যেই দিন শেষ হয়ে সূর্য পাহাড়ের আড়ালে চলে যায় বাগানের বাইরে ঐ মস্ত গাছটার ডালপালাগুলো কেমন কালো কালো ভয়ের মত দেখায়– তখন সোনার মনটা একদৌড়ে ইলেকট্রিক জ্বলা

কলকাতায় ফিরে যেতে চায়। তখন তার লণ্ঠনের আলোয় দেয়ালে মস্ত মস্ত ছায়ানড়া ধলভূমগড় আর একদম ভালো লাগে না। অবশ্য একেবারেই কি লাগেনা ! রাত্তির হলে চৌকির ওপর কম্বলের

তলায় বসে বাবার মুখে ভীষণ সব ভূতের গল্পগুলো তার যেমন ভয় করে তেমনি ভালোও লাগে। মনে হয় পিঠের কাছে কে যেন, কি যেন ..!

তারপর রাত আরো বাড়লে রান্নাগরের পাশের বড়ঘরটায় আসন পেতে বসে বড়বড় থালায় লাল ঢেঁকিছাঁটা চালের মিষ্টি মিষ্টি ভাত,গাওয়া ঘি আর মূলো, বেগুন,কুমড়ো আলুসেদ্ধ, দিয়ে খেতে যে কি ভালো লাগে। সেইসঙ্গে ইকমিক কুকারে রান্না সোঁদা সোঁদা গন্ধওয়ালা মাংসের ষ্টু । কলকাতায় তার একদম খিদে হতো না । এখানে পেটভরে খেয়েও এটাওটা খেতে ইচ্ছা করে ।

দূর থেকে একটা দেহাতী গানের সুর আর কাঠের বাজনার আওয়াজ আসছে বাড়ীর পেছনের বড়রাস্তা থেকে। আসলে ওদিকটাই বাড়ীর সদর দরজা । তার বাবা পাহাড় দেখা যায় বলে এই পেছনের অংশটা ভাড়া নিয়েছেন। বাড়ীটা ঘুরে ছোট ছেলেদের একটা দল ওদের বারান্দার নীচে এসে দাঁড়ালো। গরীব, ছেঁড়াকাপড়পরা নানাবয়সী একদল ছেলে । তাদের হাতে কিসের তৈরী যেন একটা পুতুল না বাঁদর, সোনালী বুঝে উঠতে পারেনা । বারান্দায় সোনালীকে বসে থাকতে দেখে দুটো ছেলে মাটিতে হাঁটু গেড়ে বসে পড়ে । তারপর ঐ পুতুলটাকে নাচাতে নাচাতে তারস্বরে গান ধরে –

“এ ডালকে বাঁদরী ও ডালকে যায়,
ডালে ডালে বাঁদরী পিয়ালপাকা খায় ।”

কি অদ্ভুত গান ! সোনা এর মানে বুঝে উঠতে পারেনা । এই গানের তালে তালে অন্য ছেলেগুলো মাটিতে কাঠের টুকরো ঠুকে ঠুকে মরীয়া হয়ে মাথা নেড়ে নেড়ে তাল দিতে থাকে ।

এতক্ষণ একা বসে বসে সোনার মনটা বড্ড খারাপ লাগছিল। কিন্তু ওদের দেখে, ওদের মজার গান আর রকমসকম দেখে তার ভীষণ হাসি পেতে লাগলো। কিন্তু ওদের গান শেষ হবার আগেই বামা রান্নাঘর থেকে গরগর করতে করতে বেরিয়ে এল । বামার বকাবকির ভাষা না বুঝলেও সেযে ছেলেগুলোকে ভাগিয়ে দিতে চায় সেটা সোনা

স্পষ্ট বুঝতে পারলো। ছেলেগুলোও নাছোড় – তারা যাবেনা । সোনাকে

দেখিয়ে বলছে– বাড়ীতে কেউ নেই কি রকম, এই বিটি ছেল্যা তো আছে। আবার তারা একই গান একঘেয়ে সুরে পুতুল নাচিয়ে গেয়ে যেতে লাগলো। তাদের মরীয়া হাবভাব দেখে সোনার মন ভালো হয়ে গেল । বেশ হয়েছে দাদাটা হাটে গেছে! দেখতে পেলো না। হাট থেকে ফিরে যখন হাটের গল্প করবে, তখন সোনাও ভালো করে বুঝিয়ে দেবে সে বাড়ী বসেই কত মজার কান্ড দেখেছে। সে বামার আঁচল ধরে আবদার করতে লাগলো "ও বামাসী , ওদের একটু চাল দাওনা গো ।"

বামা গজগজ করতে করতে একটা পৈলা করে খানিকটা চাল এনে চড়া গলায় ছেলেদের কি যেন বলে চালটা ঢেলে দিল ওদের ছেঁড়া কাপড়ে। এত বকুনি খেয়েও একটু চাল পেয়েই তারা কি খুশী । পুতুলটাকে বগলদাবা করে দৌড়ে চলে গেল ।

বামা তখন সোনালীকে নিয়ে পড়লো। বিকেল গড়িয়ে গেল,সে চুল বাঁধেনি, কাপড় ছাড়েনি, দুধ,মুড়ি, কলা খায়নি। মা এসে তাদের দুজনেরই মজা দেখাবে। সোনালীর অবাক লাগে, বামা যখন তাদের সাথে কথা বলে তখন ভালই বাংলা বলে কিন্তু এদেশী লোকের সাথে কেমন ওদের ভাষাতেই কথা বলে। সোনালীর বলে একটা ইংরাজী শিখতেই কত কষ্ট, আর বামা দেখ কেমন দুটো ভাষা শিখে গেছে ।

খাতা বই তুলে রেখে সোনা সুন্দর একটা স্কার্ট পরে একটা হালকা গরমজামা গায়ে দেয়। বামা চূল আঁচড়ে দুটো বেনী বেঁধে লাল রিবন দিয়ে ফুল করে দেয় । যদিও বামার উল্টো করে বাঁধা বেনী সোনার পছন্দ হয়না – তবু সে কিছু বলেনা । তার কেমন যেন আবছা ভাবে মনে হয় এই মোটা ময়লা কাপড়পরা রোগা বউটা বড় দুঃখী,ওর ছেলেটা রান্নাঘরের পাশে ঘুরঘুর করলেই বামা হাতা খুন্তি যা হাতের কাছে পায় নিয়ে তাড়া করে । সোনারা দুই ভাইবোন ভাল করে খেতেই চায়না । একটু ভাল করে খেলে মার মুখটা কেমন আলো আলো হয়ে ওঠে । আর বামার ছেলে যদি নিজে নিয়ে খায়,

তাহলে বামা কেন যে অমন ক্ষেপে ওঠে সোনা তা ভেবেই পায়না। আবার এই বামাই রাতে যখন একটা বড় কানা উঁচু থালায় উঁচু করে ভাত তরকারী বেড়ে একটা গামছা দিয়ে ঢেকে, ভবেশের হাতে একটা লণ্ঠন দিয়ে ঘরে চলে যায়, তখন তার মুখেও কেমন একটা মা মা ভাব ফোটে । একই মানুষ এক এক সময় এক এক রকম! বামা চিনুনী থেকে ওঠা চুলগুলো ছাড়াতে ছাড়াতে যখন উঠে দাঁড়ায়, তখন তার আঁচল ধরে সোনা জিজ্ঞেস করে "বামা মাসী, খালভরা কাকে বলে ?"

বামা লজ্জা পায় । সে বোঝে, ভবাকে যে গাল দিয়েছে, মেয়েটা মন দিয়ে শুনেছে। বড় ভালো মিয়াটা, কেমন মিঠাবুলি বলে । সে বলে,"উসব কথা শুনেনা মা, খারাব কত ।"

–"তাহলে তোমার ছেলেকে ওসব কথা বললে কেন বামা মাসী ?"

বামা বিছানা গোছাতে গোছাতে ভাবে 'হামার কপাল রে বিটি। মুখে বলে "বজ্জাতি করে ।"

এমন সময় বাইরে প্যাঁক প্যাঁক করে সাইকেল রিক্সার হর্ন বেজে ওঠে । তখন সোনালী একদৌড়ে বারান্দায় । বারান্দার সিঁড়ির কাছে নাজিরের রিক্সা থেকে বাবা দাদা সব বড়বড় থলে করে শাক সবজীর বাজার নামাতে ব্যস্ত । মা একগা ঘেমে সিঁড়ির পাশে চটি খুলে ভেতরে ঢোকেন। লালধূলোতে পা আর চটি লাল হয়ে গেছে ।

দাদার হাতে একটা ছোটখাঁচায় একটা সবুজ রঙের টিয়েপাখী। ক'দিন আগে সোনা একটা টিয়েপাখী ধরার জন্যে উঠোনে দৌড়াদৌড়ি করেছিল । কিন্তু পেরে ওঠে নি। দেখ, সেই কথা মনে করে দাদা ঠিক তার জন্যে টিয়েপাখী কিনে এনেছে । কিন্তু এজন্যে সোনার চোখে কেন জল আসে কে জানে! সে একদৌড়ে পালিয়ে পেছনের বারান্দায় চলে যায়। সেখানে ছায়া পড়ে এসেছে । পেয়ারাগাছের তলা ঘোর ঘোর। সোনাকে যখন সঙ্গে নিয়ে যায়নি,তখন কারো আনা জিনিষ সে নেবেনা ।কিচ্ছু চায়না সে দেখে নিও তোমরা ।

—"কিরে পাগলী, এখানে একা একা দাঁড়িয়ে আছিস ! দেখ গিয়ে তোর জন্যে তোর দাদা আর বাবা কত কিছু কিনে এনেছে । মুখ ভার কেন ? জ্বর আসেনি তো? হালকা ভাবে কপালে হাত ছুঁইয়ে মা তাড়াতাড়ি হাত পা ধুয়ে রান্নাঘরে ঢুকলেন — বাজার হাট গুছিয়ে তুলতে । সদ্য ধরানো উনুনে চা করে বামা ।

আড়চোখে সোনা চেয়ে চেয়ে দেখে — বাবা আর দাদা তাকে খুঁজতে খুঁজতে এসে ধরে নিয়ে যা । ঘরের মধ্যে মেঝেতে টিয়েপাখীর খাঁচাটা, পাশে খেলনা বাটি,পুতুল সব সাজানো । লাল টুকটুকে পোড়া মাটির হাঁড়ি, কড়াই, উনুন, আর ছোট্ট লোহার হাতা, খুন্তি, ঝাঁঝরি দেখে রাগের মধ্যেও সোনা হেসে ফেলে । আর একবার হেসে ফেল্লে তো আর রাগ করা যায়না । ছুট্টে গিয়ে বাবার কোলে মুখ গুঁজে সে উপুড় হয়ে পড়ে। বাবার কাছে আদর আবদার সব সারা হলে মার ডাকে ফের রান্নাঘরে যেতে হয়্ তিনজনকেই । দুধের বাটি আর গরম পান্তুয়া এগিয়ে দিয়ে মা রান্নার জোগাড়ে লেগে যান । এখানে আবার ঝপ করে রাত হয়ে যায় । ইলেকট্রিক আলোতে অভ্যস্থ চোখ লণ্ঠনের ম্লান আলোতে সব কাজ করতে পারে না । তাই তিনি সন্ধ্যা হবার আগেই রান্নার ব্যবস্থা করে কুকারে খাবার চাপিয়ে অবসর হন । তিনি বামাকে ডেকে বললেন—"ঐ ছোট থলিটাতে একটা ইলিশ মাছ আছে দেখ, ওটা ভালো করে ধুয়ে কেটে কুটে নুন হলুদ মাখিয়ে দে । এখানকার ইলিশের স্বাদই আলাদা, কলকাতার মত না ।" তারপর মনে পড়তে বলেন ,হ্যাঁরে বামা, ওবেলার কটা ভাজা মাছ আছে না ? " থলিটা তুলতে বামা নীচু হয়েছিল,— সোনার মনে হল বামার মুখটা যেন কেমন হয়ে গেল । মা কিন্তু কিছুই লক্ষ্য করেননি , তিনি বলে চললেন, "ওগুলো তুই বাড়ী নিয়ে যাস। ভবেশকে ভালো করে রেঁধে দিস। আজ বরং তাড়াতাড়িই চলে যা। আমি আজ কেবল খিচুড়ী আর মাছভাজাই রাঁধবো। আজ বড় ধকল গেছে , হেঁটে হেঁটে আর পায়ের পদার্থ নেই । অতবড় হাটের এমুড়ো থেকে সে মুড়ো বাপে ব্যাটায় কেবল জিনিষই দেখে বেড়াচ্ছে ।" আরও অনেক কিছু বলতে বলতে মা চাল ডাল সবজী তোলাতুলি নিয়ে ব্যস্ত হয়ে পড়লেন । সোনা লক্ষ্য করলো —যে বামার মুখটা কেমন আলো আলো হয়ে

উঠলো। হঠাৎ সোনার অতটুকু অপরিনত মনে হল যে বামারা খুব গরীব। ছেলেকে ইচ্ছামত খেতে দিতে পারেনা। চুরি করে খেলে মারে। কিন্তু ভালো খাবার কদাচিৎ খাওয়াতে পারলে ওর মনটা কত খুশী হয়।

উনুনে খিচুড়ী চাপিয়ে সোনার মা তখন শোবার ঘরে কি কাজে গেছেন,বামা কোটা ইলিশ মাছগুলোকে নুন হলুদ মাখিয়ে উনুনের ধারে পেতলের থালা দিয়ে ঢাকা দিয়ে রাখে । তারপর ওবেলার ভাজা মাছগুলো একটা পুরনো এ্যালুমিনিয়মের বাটিতে ঢেকে নিয়ে বারান্দায় আসে । বারান্দার কোনায় শালপাতায় মোড়া কি একটা যেন, মাছের বাটিটা তার পাশে রেখে বামা শোবার ঘরে মাকে বলে আসতে যায় । সেইফাঁকে শালপাতা ফাঁক করে সোনা দেখে তাতে কিসব মাছের নাড়িভুঁড়ির মত–যেগুলো মাছকাটার সময় সবাই ফেলে দেয় । ওর দাদা কৌতুহলী হয়ে জিজ্ঞাসা করে "কি দেখছিস রে ? কি আছে ওতে ?"এমনসময় বামা বেরিয়ে এসে হঠাৎ ওদের দেখে একটু লজ্জা পায়। বলে–"ওতে মাছের আঁত আছে, দাদাবাবু ।"

–"মাছের আঁত কি গো বামামাসী, এ মা, এতো এতো মাছের নাড়িভুঁড়ি এতো ফেলে দেয়!" সোনা সবিস্ময়ে বলে, "ও দিয়ে তুমি কি করবে ?"

বামার মুখে কেমন একটা কষ্টের হাসি ফোটে, বলে –"কলাপাতায় মোড়া করে মাছের আঁতপোড়া করে খাই গ , আমরা গরীব নোক" ।

ভাইবোনে একটু চোখ তাকাতাকি করে দুজনেই একসঙ্গে বলে 'তুমি একটু দাঁড়াও বামামাসী ।" দুজনে দৌড়ে রান্নাঘরে ঢোকে । আটামাখার কানাউঁচু থালাটায় কৌটো করে মাটির হাঁড়ি থেকে চাল বার করে ঢালে। হাট থেকে কিনে আনা তেলচকচকে কালো কালো বেগুনগুলোর একটা বড় বেগুন, কতকগুলো কুঁদরী,আলু, পেঁয়াজ,দিয়ে দুজনে একটা সিধে সাজায় । তাদের মা যেমন ভোরবেলাকার বোষ্টম বাবাজীর জন্যে যেমন মাঝে মাঝে সিধে সাজিয়ে দেয়। দুজনে ভালো করে থালাটা পর্যবেক্ষণ করে, তারপরে

হাট থেকে আনা বড় বড় পান্তুয়া দুটো করে শালপাতার খালা করে চালের ওপর রাখে । বলে –“বামা মাসী, আজ তুমি ভালো করে রান্নাকরে খেয়ো ।” সোনা বলে, “ভবেশদাদাকে মাছ রান্না করে দিও কিন্তু।”

শোবার ঘরের আড়াল থেকে ওদের বাবা মা ছেলেমেয়ের কান্ড দেখে হাসছিলেন, এখন বামার মুখে দ্বিধা, সংশয়, কষ্ট আর লোভের ছাপ দেখে ওদের মা বাইরে বেরিয়ে এসে সোনার মাথায় স্নেহের হাত দিয়ে বল্লেন ,

'যা বামা, ছেলেমেয়েরা ভালোবেসে দিচ্ছে,ঘরে নিয়ে যা । ছেলেটাকে আজ ভালো করে খাওয়াস । আহা বাপহারা ছেলেটা। বড়টা তো তবু তামার কারখানায় ভালোই থাকে। ছোটটা তো মার বকুনি খেতে খেতেই গেল । ”

বামার রোদেপোড়া চোখে আর জল আজকাল আসেনা । মনে মনে বলে,“হেই চাঁদবোঙা, ভালো রেখো গ ছানাটারে, বিটিছানাটারে। আহা,ভালো রেখ গ। ”

থালার ওপর মাছের বাটি চাপিয়ে পেয়ারাতলার অন্ধকার দিয়ে উঠোন মাড়িয়ে খিড়কীর দোরে থামে বামা। একবার পিছন ফিরে চায়। দেখে রান্নাঘরের থামের পাশে রান্নাঘরের কুপির কাঁপাকাঁপা আলোয় তিনজন দাঁড়িয়ে আছে । বাইরে গাব ভেরেন্ডার ঝোপে ভরা পায়েচলার পথ দিয়ে চলতে চলতে বামা ভাবে, ‘ অত গালমন্দ খেইয়েছে ভবাটা, আজ ঘরকে আসবে তো ! ’

# “আনন্দ সংবাদ”

টেলিগ্রামটা যখন এসে পৌঁছলো, তখন বিমলাদেবী বাড়ীতে একা । বুড়ি সুবালাও গেছে মেয়ের বাড়ী, নাতির অসুখের খবর পেয়ে। কাল ফিরবে। বিদেশী টেলিগ্রামটা পেয়ে হঠাৎ হকচকিয়ে গিয়েই মনে হল নিশ্চয়ই শুভর খবর। কাগজটায় কাঁপা কাঁপা হাতে সই করে খামখানা খোলবার আগে একবার তাকিয়ে নিলেন – তাকের ওপরে সাজানো তাঁর ইষ্টদেবীর পটের দিকে। খুলেই আনন্দের তীব্র আবেগে তাঁর বুকখানা যেন খানখান হয়ে গেল। তাঁর শুভ, তাঁর সেই ছোট্ট শুভ আজ এত ভাল ফল করেছে ! এত ভাল !

চশমা খুলে ঝাপসা চোখে চাইলেন দেয়ালে ঝোলানো স্বামীর ছবির দিকে । যার আজ - জানবার কথা, সে কোথায় ?

ছেলের সংসার । ছেলেও আজ কতদিন হ'ল বিদেশে। এখন কেবল সারা বাড়ীতে বিমলা দেবী

আর কাজের লোক সুবালা। তা সেও আজ নেই। কাকে তিনি আজ এই আনন্দসংবাদ দেন ?

এ যে একা সহ্য করার ক্ষমতা তাঁর নেই ।

আত্মীয় পরিজন আছে সবাই। কিন্তু বড় দূরে দূরে, কালেভদ্রে দেখা হয়। বাতের রোগী বিমলাাদেবীর সিঁড়ি ভেঙ্গে ওঠানামার সাধ্য নেই। তাই কেবল টেলিফোনই ভরসা। মনে পড়াতে হাঁপিয়ে এসে ফোনটা তুললেন। ভাগ্য ভাল ডায়াল টোন আছে, যা বেশীর ভাগ দিনই থাকে না ।

কাকে আগে করা যায় – মনে মনে হাতড়াতে থাকেন বিমলাদেবী। তারপর মনে হল ছোট দেওর। হাজার হোক ছেলের আপনজন, ছেলের কাকারই জানার অধিকার আগে। ডায়াল করে অধীর আগ্রহে অপেক্ষা করছেন, ফোন তুললো ছোট দেওর নিজে। বৌদির গলা পেয়ে সে তাড়াতাড়ি বললো –" কার কাছে খবর পেলে? এখন একটু ভাল আছে। চিন্তার কারণ নেই , ডাক্তারে বলছে ক্রাইসিস কেটে গেছে।"

সে কি কার কি হয়েছে ? বিমলা দেবী যে কিছুই জানেন না । তাঁকে কেউ জানায় না, হয়ত অপ্রয়োজণীয় বোধে । কিন্তু কার কি হ'ল, সরাসরি কিভাবে জিজ্ঞাসা করা যায় ! কয়েক মুহূর্ত আড়ষ্টভাবে অপেক্ষা করে বললেন –"কি হয়েছিল "?

-- "কি আর ! রোজ যা ঘটছে বাসে ! নিত্য যা ভীড়। কতদিন থেকে ছোটকুকে বলছি, বরং একটা বাইক কিনে নে। অমন ঝুলে ঝুলে যাসনি। " যাক, কপালে যা দুর্ভোগ ছিল তা তো হল। তাও তো অল্পের উপর দিয়ে গেছে বলতে হবে। গত দুদিন ধরে যা কাটছে! আজ এইমাত্র হাসপাতাল থেকে ফিরছি । রমা – তো, বুঝতেই পারছো ! আমারও সারাদিন হাসপাতাল আর বাড়ী।"

আন্তরিক সহানুভূতি কণ্ঠে ফোটানো কঠিন। বড় কৃত্রিম বলে মনে হয়। চোখের ভাষায় তা সহজেই বোঝানো যায়। কিন্তু টেলিফোনে তো তা সম্ভব নয়। তাই আশ্বাস আর আশীর্বাদ জানিয়ে ফোন ছাড়লেন বিমলাদেবী। এখানে শুভর খবর দেবার প্রশ্নই ওঠেনা।

বসে বসে খানিকটা দম নিলেন। আর একবার টেলিগ্রামটা উল্টেপাল্টে পড়লেন।গালের সঙ্গে চেপে ধরে যেন শুভর স্পর্শই অনুভব করতে চাইলেন । হঠাৎ মনে হল নিজের একমাত্র ছোটভাই অরুনেশের কথা। আবার ফোন করলেন। ধরলো অরুনেশের বউ কুন্দ। ধরেই বললো "ও মেজদি, তোমরা সব ভালো ? কিছু মনে কোরো না আজ এখানে একটা অফিসের পার্টি আছে অনেক লোকজন এসে গেছে। আরো এখন আসতে বাকি। কাল বরং তোমাকে ফোন

করবো কেমন?” মিষ্টি করে কথাগুলো বলে উত্তর দেবার আগেই ফোন নামিয়ে রাখার শব্দ পাওয়া গেল।

রিসিভারটা কান থেকে নামিয়ে অদ্ভূত দৃষ্টিতে তার দিকে চেয়ে থাকলেন বিমলা দেবী।

তারপর নামিয়ে রেখে হেলানো চেয়ারে বসে চুপ করে চেয়ে রইলেন বাইরে। বাইরে অন্ধকার ঘনিয়ে এসেছে। ঘরে ফেরা পাখীর ডাক আর শোনা যায়না। পার্ক থেকে ফেরা ছেলের দলের হৈচৈও আর নেই । পাশের বাড়ীর কোন মেয়ে হারমোনিয়ামের সাথে গলা সাধছে। ভাবলেন শুভ এখন কি করছে ? বন্ধুদের সাথে হৈচৈ করছে ? না তার মার কথা ভাবছে? কিংবা হয়ত কাজের জায়গায় কাজে ব্যস্ত। তাঁর ছেলের মত ছেলে আছে ক'জনের? ভাবতে গিয়ে হঠাৎ মনে পড়লো সুনন্দার কথা । তাঁর ছোট্ট বেলার বন্ধু । তাকে অন্ততঃ বলা যায়। আপনার থেকে পর ভালো ।

ফোন তুলেই সুনন্দা এমন ঝাঁঝিয়ে ‘হ্যালো’ বললো, তাতেই বোঝা গেল তার মেজাজের পারা বেশ ওপরে উঠে আছে । হাই প্রেসারের রোগী , সামান্য কারণে রেগে থাকাই তার স্বভাব ।

– “কি হলো , কার সঙ্গে এতক্ষণ ঝগড়া করছিলি ? কর্তা নাকি?”

– “কর্তা ! হুঁঃ, তাহলে তো আর দুঃখ ছিল কোথায় ! সে মুখে তো আর বাক্যি নেই । সারা সংসারের ঝক্কি সব আমার । ভেবে দেখ, রতনের মা দিনের ওপর দিন কামাই করছে । না খবর না পত্র। আজ তার ছেলের অসুখ, কাল বরের,পরশু শাশুড়ীর, তার পরদিন তার নিজের। কত আর সহ্য করা যায় বল ? এতদিন শাসিয়ে শাসিয়ে গতকাল কেবল বলেছি তোমার মাইনে কাটবো দুদিনের। ওমা, অমনি নাক ঘুরিয়ে কাজে জবাব দিয়ে সোজা চলে গেল। গেলি তো গেলি একটা লোক দিয়ে যা। আমার অসুখ, এতদিনের লোক, সে তা জানে না ! ” ক্ষোভ, তিক্ততা, হতাশা আক্ষেপ – সবে মিলে সুনন্দার গলা পর্দায় পর্দায় চড়তে লাগলো।

তাড়াতাড়ি অন্য লোক দেখে দেবার প্রতিশ্রুতি দিয়ে বিমলাদেবী ফোন ছাড়লেন। নিঃশ্বাস পড়ে। বারবার তিনবার -- থাক আর নয়।

রাত হয়। বিছানায় একা বিমলাদেবী বালিশে মুখ ঘষে ঘষে অস্ফুটস্বরে বলেন :

"শুনছো, তুমি শুনছো , তুমি কি শুনতে পাচ্ছো ? তোমার শুভ যে খুউব ভালো করে পাশ করেছে। তার যে কত নাম হয়েছে দেশ বিদেশে। তোমার সেই আদরের শুভ যে কত বড় হয়েছে। কেউ যে শুনতে চাইলো না। তুমি শোনো, তুমি অন্ততঃ শোনো। তোমার শুভ"-বিমলাদেবীর গলার স্বরটা ফুঁপিয়ে উঠে থেমে গেল, পিঠটা কেবল কেঁপে কেঁপে উঠতে লাগলো। জানালা দিয়ে রাতের বাতাস এসে নেটের মশারী ফুলেফুলে উঠছে কেবল। দেয়ালে ক্যালেন্ডারের পাতা ফরফর করে উড়ছে।

# সুলতান

হঠাৎ একটা টেলিফোন এলো। ফোন তুলে কথা বলতে বলতে ওর মুখটা যেন কেমন হয়ে গেল। অফিসের কত রকম কথাই তো থাকে, আমি আর গরজ করিনি। ঘন্টাকতক বাদে খেতে বসে ও বললে, ‘সুলতানকে তোমার মনে আছে ?’

—‘কোন সুলতান ? সত্যিকারের সুলতান, না নামেই সুলতান ?’ ইয়ার্কি মেরে জিজ্ঞাসা করলাম।

ওর মুখে কিন্তু হাসি ফুটলো না, একটু চুপ করে থেকে বললো, ‘তোমার সাথে তো বেশ দোস্তি ছিল, মনে নেই ? আমাদের মিডল্ ইস্ট অফিসের ?’

এবারে মনে পড়লো। ওর সাথে ওখানে গেলে একটা ওমানী তরুণ অনেক সময়ে আমাকে গাড়ীতে করে এখানে ওখানে বিশেষ করে শপিংএর জন্যে পৌঁছে দিত। সে ছিল অফিসবয় কাম ড্রাইভার। বেশ সরল আর বিদেশঘেঁষা ছিল ছেলেটা। নিজেদের দেশের মত ‘ডিসডাসা’ পরা পছন্দ করতো না। বেশীরভাগই পরতো জিনস আর টিসার্ট। তাই স্থানীয় ভীড়ের মধ্যে ওকে খুঁজে বার করতে আমার সুবিধাই হতো। কোন ডিপার্টমেন্টাল স্টোরে গেলে সর্বদা গেটের কাছে হাজির থাকতো, জানতো যে স্থানীয় ভাষা তো আমি জানি না, যদি কোন মুশকিল হয়। মালপত্র টানাটানি, লোকের সাথে কথা বলা, এসবে ওর ওপরে সর্বদা নির্ভর করতাম।

কোন কোন সময়ে গাড়ীতে বসলেই সে নিজের নানা দুঃখের ঝুলি উজাড় করে নিয়ে বসতো।

তার মাইনে বাড়ছে না, তাই সে বিয়েও করতে পারছে না। ওদেশে বিয়ে করতে গেলে সর্বদা মেয়ের বাবাকে যথেষ্ট টাকা দিতে হয়। ফলে যদিও আইনতঃ তারা অনায়াসে একাধিক বিয়ে করতে পারে, কিন্তু আসলে টাকা জোগাড় করে একটা বিয়ে করতে করতেই বয়স প্রায় গড়িয়ে যায়।তাছাড়া তার মার চিকিৎসার জন্যে বিদেশে যেতে হবে তারও টাকা নেই। সর্বদাই তার টাকার চিন্তা। যদিও তাকে বাইরে থেকে দেখে মহা স্ফূর্তিবাজ হালকা মেজাজের ছেলে বলে মনে হতো। আমার নিজের ছেলেও ছিল সেই বয়সেরই, তাই তার কথা মন দিয়ে শুনতাম। ভাবতাম, বেচারা, নিজের বিয়ের ভাবনা নিজেকেই ভাবতে হচ্ছে ! আর আমার ছেলেকে দেখো, আমরা সেধে মরে গেলেও সে কথাটা সে কানেই তোলে না।

আর একবার যখন ওদেশে গেলাম শুনলাম একটি ভারতীয় মেয়ের সঙ্গে সে প্রেম করছে। সে মেয়েটি তার পরিবারের সাথে ভারতের হায়দ্রাবাদ থেকে ওদেশে কাজের সূত্রে এসে প্রায় স্থায়ীভাবে বাস করছে। ধর্মে অবশ্য বাধে না, কারণ সেও মুসলিম। কিন্তু মেয়ের বাবার ভীষণ রকম আপত্তি এদেশের ছেলের সাথে বিয়ে দেবার। আপত্তির কারণ বুঝলাম না, তবে ভাষা, চালচলন আর হয়ত জাত বিশেষেরও তফাৎ থাকতে পারে। ওদের মধ্যেও শুনলাম যে জাতের উঁচু নীচু নিয়ে কথা চলে। তাছাড়া আর্থিক দেনাপাওনা নিয়েও মনোমালিন্য আছে। তাই নিয়ে টানাপোড়েন চলেছে। শুনলাম, এই পর্যন্ত, তা নিয়ে মাথা ঘামাবার কোন কারণ দেখিনি। বেশীদিন থাকা হয় না, ফলে ছেঁড়া ছেঁড়া খবর কানে আসে, অন্য সব খবরের সাথে। একবার শুনলাম সুলতান শেষ পর্যন্ত সেই মেয়েটাকেই বিয়ে করেছে। দুই বাবার অমত থাকা সত্বেও। ফলে এখন সে আলাদা সংসার করেছে, তার আরও টাকার দরকার তাই শেষ পর্যন্ত তাকে নতুন আর একটা চাকরী খুঁজে বার করতে হয়েছে। এদেশে ড্রাইভারদের সাধারণতঃ দুটো শিফট্ এ কাজ করতে হয়। দিনের শিফটএর থেকে রাতের শিফটএ টাকা অনেক বেশী, আবার দুর্ঘটনার সম্ভাবনাও অনেক বেশী। পাহাড়ী দেশ, এঁকেবেঁকে রাস্তা গেছে, একদিকে বিশাল উঁচু কালো পাথরের পাহাড়, যেখানে মাটির লেশমাত্রও নেই তাই

ঘাসও গজায় না। অন্য দিকে গভীর খাদ, নীচে ধারালো পাথর মুখ ব্যদন করে আছে। দিনের বেলাই ওসব পথে যেতেই গা ছমছম করে, তা রাত বিরেতে ! এ পথে গাড়ীর যাতায়াতও অনেক কম। জনসংখ্যাই এখানে এত কম, তাছাড়া শহরেও পায়ে হাঁটা মানুষ প্রায় দেখতেই পাওয়া যায় না।

এই টাকার প্রয়োজনটা আরও বেশী হয়ে উঠেছে সেই নতুন বৌয়ের সন্তান সম্ভবনাতে। তার তো কোন পক্ষের বাবার কাছ থেকে সাহায্যের আশ্বাস না থাকাতে, সুলতানকে বাধ্য হয়ে আর একটা নতুন চাকরী নিতে হয়েছে। ওর কাছে তো সহজ চাকরী বলতে ড্রাইভারী। দিনের টা তো ছিলই, শুনলাম যে রাতেও একটা পার্ট টাইম জব নিয়েছিল। রাতের কাজে টাকা অনেক বেশী, তবে বিপদও অনেক বেশী। কিন্তু টাকাটা তো তার চাইই, নাহলে আর কিভাবে তার আদরিণী আর তার সম্ভাব্য শিশুকে ভরণ পোষণ করবে ? তাই তাকে নিজের জীবন বাজি রেখে এই হারজিতের পাশা খেলেছিল। সেদিন ওর অফিসের খবর শুনে তাই ওর মুখের অবস্থা ওরকম হয়ে গিয়েছিল।

অনুমান করলাম যে অফিসের কাউকে এয়ারপোর্টে ছেড়ে দিয়ে, ফেরার সময়ে হয়ত ক্লান্তিতে ঘুমিয়ে পড়ে থাকবে সুলতান, গাড়ী চালাতে চালাতেই। আর তার ফল যা হবার তা বোঝাই যায়।

আর এই এ্যাক্সিডেন্টের খবর পেতে পেতে সকাল তো হতেই হবে। অতরাতে ঐ নির্জন রাস্তায় লোকে কি করে জানবে যে একটা দুর্ঘটনা ঘটেছে ! যতক্ষণে জানাজানি হবে, ততক্ষণে সব শেষ। হয়ত হয়েছিল তাইই। কে বলতে পারে !

সব শোনার পরে মনটা এমন দমে গেল, বলার নয়। শেষবার যখন তার চালানো গাড়ীতে যখন এসেছিলাম, তখন চলতি গাড়ীতে মেয়েটির ফোন এসেছিল। সে চলতি গাড়ীতেই 'হ্যান্ড ফ্রি মোডে' তার ফিঁয়াসের সাথে টেলিফোনে কথা বলছিল। আমি তখন আতঙ্কিত হয়ে বলেছিলাম যে চলতি গাড়ীতে ফোনে কথা না বলতে। শুনে সুলতান হেসে তার ফোনটা আমার হাতে দিয়ে বলেছিল তার

ফিঁয়াসের সাথে একটু কথা বলতে। ইচ্ছা না থাকলেও বাধ্য হয়ে রাজি হতে হয়েছিলাম। জুলেখা কলকল করে হিন্দীতে কথাবলা একটা 'বাবলি' মেয়ে, সম্ভবতঃ কিশোরীই। কত তার আশা, ভবিষ্যতের কল্পনা, কত তার স্বপ্ন, সুলতান তার স্বপ্নের রাজপুত্র যেন। কোন বাবা মাই এই প্রেমের জোয়ারের কাছে হার মানতে বাধ্য না হয় ! তার মধ্যেই আমাকে দু'চার কলি বম্বেমুভির গানও গেয়ে শুনিয়ে দিয়েছিল। কোন নওজোয়ানের কাছে এত প্রেমকে অগ্রাহ্য করা সম্ভব হয় ? সুলতানও তাকে ছাড়া বাঁচতে পারবে না বলে বাড়ীর অমতে নিকা করে নিয়েছিল। কথাতেই বলে যে 'মিঞা বিবি রাজি তো কেয়া করে কাজী ?'

বহুদিন ও তল্লাটে যাওয়া হয়নি, তাই ওখানকার খবর রাখতাম না। সুলতানের বিয়ের খবর আর কে আমাকে দেবে ? এমন কি জরুরী সংবাদ ? তবে তার মৃত্যুটা নয়। তাই জানতে পারলাম।

বহুক্ষণ ঝিম ধরে বসে থাকলাম। হাসিখুশী প্রাণবন্ত আমার ছেলের বয়সী ছেলেটার কথা মন থেকে দূর করতে পারলাম না। এখন কি হবে তার আদরিনী আর তার শিশু সন্তানের ? ওদের সমাজে

মেয়েটির আবার বিয়ে তো সহজেই হতে পারে, এমনকি সন্তান সহও। তার বাবাও নিশ্চয়ই তাইই চাইবে। কিন্তু জুলেখা কি তাকে মন থেকে মেনে নিতে পারবে ? সে যতই বড়লোক বা যোগ্য হোক, সে তো পরিবার আর সমাজের সাথে লড়াই করে জেতা সুলতান হবে না !

*************************

# সব ঠিক ছিল

'–উঃ ! তোমার বাতিক নিয়ে আর পারি না। সেই বিয়ের পর থেকেই..। কি যে শাশুড়ী ঠাকরুণ শিক্ষা দিয়ে গেছেন। কি না, তাঁর ছেলে অসুস্থ ! কৈ. খাবার বেলা তো তো কিছু অসুখ দেখিনা ? ভাজাভুজি, মাছ, মাংস, মিষ্টি – যা আমরা খেলে সহ্য করতে পারি না। সবই তো তিনি খেয়ে ওড়াচ্ছেন। রোববারে রোববারে তাসের আড্ডায় গিয়ে ভানুদের বাড়ী পকোড়া আর আলুর চপ তো দিনের পর দিন খেয়ে আসছো, তা একটা চোঁয়া ঢেকুরও তো উঠতে দেখলাম না কখনো। তবু ..' গজগজ করে আপন মনে মৃণালিনী। মুখের ওপরে

খাওয়ার খোঁটা দিতে বাধে, তাই নিজের মনে বলে যতটা পারে নিজের রাগটা মেটায়।

অতীশের কিন্তু সর্বদা নিজের শরীর নিয়ে অভিযোগ লেগেই আছে। কখনও বুকে ব্যথা,

কখনও পেটে। কখনও মাথা ঘোরা, কখনও কোমরে ব্যথা –মোটকথা তাঁর শরীরে সর্বদাই একটা না একটা অস্বস্তি যেন লেগেই থাকে। মেয়ে শর্বরী বলে এটা তাঁর 'এ্যাটেনশান' পাবার জন্যে ..! তখন মেয়েকে ধমক দিলেও মাঝে মাঝে কথাটা যে মৃণালিনীরও মনে হয় না, তা নয়। ছেলে ব্যাঙ্গালোরে ডাক্তারী পড়ছে। সে এলেই এই সব আরো বেড়ে যায়। ছেলে নানাভাবে নিজেই পরীক্ষা করেছে, রক্ত পরীক্ষা করিয়েছে। সামান্য অম্বলের সমস্যা ছাড়া আর কিছু ধরা পড়েনি। সে যাবার সময়ে প্যান্টডেক জাতীয় কিছু ওযুধ দিয়ে আর খাবার ধরাকাট করতে বলে হস্টেলে ফেরৎ চলে যায়। কিন্তু অতীশের আর অভিযোগ যায়ই না। মৃণালিনীর বিশ্বাস অফিসে বা অফিস ফেরৎ নিশ্চয়ই তিনি কোন ভাজাভুজি খেয়ে আসেন। বাড়ীতে তো আর

আজকাল তেমন সুবিধা হয় না। অথচ এসব দিকে অতীশের টানটা তিনি ভালই জানেন। তাই আজকাল তিনি হাল ছেড়ে দিয়ে বসে আছেন। বেশী হা হুতাশ আর বিলাপ করলেই ঘর ছেড়ে বার হয়ে যান। তাতে বরং কাজ হচ্ছে দেখা গেল।

কিন্তু একদিন ব্যাপারটা হালকা হাসি ঠাট্টা থেকে গুরুতর হয়ে উঠলো। অফিসের লোকে

অতীশ বাবুকে গাড়ী করে বাড়ীতে নিয়ে এল। তিনি বলে অফিসের বাথরুমে মাথা ঘুরে পড়ে গিয়েছিলেন। অফিসের ডাক্তার দেখেছেন। তাঁর মতে একটা 'থরো চেক আপ' করা দরকার।

হয়ত ভেতরে ভেতরে কোন রোগ লুকিয়ে আছে, যেটা সাধারণ 'চেকআপ' থেকে ধরা পড়ছে না। সেদিনই মৃণালিনী ভয় পেলেন, সেই সাথে লজ্জাও পেলেন। কিছু একটা করা দরকার, কিন্তু এদিকে আবার ছেলের ফাইনাল ইয়ার শেষ হতে চলেছে। এই সময়ে আর তাকে তিনি বলতে চান না। শুনলেই ছেলে ব্যাঙ্গালোর থেকে ছুটে আসবে। পড়া নষ্ট, এ্যাটেনডেন্স নিয়েও ঝামেলা হতে পারে। অতীশবাবুকে বিছানায় শুইয়ে নিজেদের বাড়ীর ডাক্তার ডাঃ ব্যানার্জিকে ফোনে খবর দিলেন, সেই সাথে নিজের ছোটভাই মঞ্জীমকেও বললেন এখুণি চলে আসতে।

ডাঃ ব্যানার্জি ঘুরিয়ে ফিরিয়ে আবার সব দেখলেন, ই.সি.জি. করলেন। বি.পি.টা একটু হাই, তবে তাও মারাত্মক কিছু নয়। ই.সি.জি. অবশ্য ঠিকই আছে। তবু তাঁর মতে পরদিন সকালে এ্যাপোলে তে ভর্তি করে একটা 'থরো চেক আপ' করাই ভাল। মনে হল মুখে না বললেও অতীশ বাবুও তাতে সায় আছে। তিনি যেন মনে মনে বেশ একটু খুশীই হয়েছেন ঘটনাটা ঘটাতে পেরে। বাড়ীতে তো কেউ তাঁর অসুখকে পাত্তা দেয় না। অসুখের কথা তুললেই তো মিনুর মুখ ব্যাজার হয়ে যায়। হয় তাঁকে খাওয়ার খোঁটা দেয়, নয়ত তো মেজাজ ভাল থাকলে হেসে গা পাতলা করে উঠে যায়। অথচ তিনি বেশ বুঝতে পারেন যে ভেতরে ভেতরে একটা কঠিন অসুখ তাঁর ঘনিয়ে আসছে। হয় ক্যান্সার, নয় লিউকোমিয়া, নয়ত ব্রেন টিউমার

আর নেহাৎই যদি কমের উপর দিয়ে যায় তো হার্ট এ্যাটাক তো নিশ্চিতই। খুব ভালো হয়, যদি মারাত্মক কিছু ধরা পড়ে, তাহলে তাঁর ঐ আহ্লাদে বৌ আর হবু ডাক্তার ছেলে জব্দ হয়। তেমন কিছু হলে যে তিনি নিজেই জব্দ হবেন, সে কথাটা আর তাঁর মনে থাকে না। এদের জব্দ করার কথা মনে করে মনে মনে প্ল্যান ভাঁজেন।

সোমবারে মৃণালিনী আর মঞ্জীম দুজনে মিলে অতীশকে নিয়ে এ্যাপলোতে যান। মনে মনে গভীর উদ্‌বেগ থাকলেও মুখে মৃণালিনী প্রকাশ করেন না। একটু বাপু বাছা করলেই তো আরো পেয়ে বসবে। বলতে গেলে অর্ধেকটা দিনই চলে গেল ব্লাডটেস্ট আর নানানখান াটেস্ট করতে। মাঝখানে আবার ওখানের ক্যান্টিনেই খাইয়ে নিতে হল, সকাল থেকে না-খাওয়া হয়ে আছে। তার দু'ঘন্টা পরে আবার সুগারের আরেকটা টেস্ট। তারপরে ট্রেডমিল আরো কত কী ! সব শেষ হতে হতে প্রায় বেলা তিনটে বেজে গেল। মৃণালিনীর শরীর আর বয় না। বাড়ী এসে তিনিই শুয়ে পড়ার মত অবস্থা, আর যার এত টেস্ট হলো, তার কী হাসি হাসি

মুখ ! কী যেন একটা রাজ্য জয় করে এসেছেন ! এখন দেখা যাক কী বেরোয় ! মঙ্গলবার বাদ দিয়ে বুধবারে সব রিপোর্ট একসাথে দেবে। এখন এই দুটো দিনই মনে মনে কি হয়,

কি হয় চিন্তা।

ওমা, মঙ্গলবার সকাল হতেই দেখা গেল শেখর ব্যাঙ্গালোর থেকে এসে হাজির। কি করে

খবর পেলি ? মৃণালিনী অবাক হয়ে যায়। উৎপলের ঘনিষ্ঠ বন্ধু শেখরের বাবা আবার এ্যাপলোর ডাক্তার, তার কাছ থেকে খবর পেয়ে ভোরের ফ্লাইটেই উৎপল চলে এসেছে। হবু ডাক্তার উৎপল আসায় তার মা অনেকটা নিশ্চিন্ত হলেও তার চিন্তা এই সময়ে ক্লাশ কামাই করে আবার ছেলের কোন ক্ষতি না হয় ! দক্ষিণ ভারতের আবার সবই তো উদ্ভট, তাছাড়া মনে মনে তারা আবার উত্তর ভারতের লোকেদের দেখতে পারে না। যদিও মুখে তা কখনও স্বীকার করবে না। যাইহোক, এসে যখন পড়েইছে, তখন মৃণালিনীর ছুটি।

আগামীকাল বাবাকে নিয়ে ছেলে নিজেই যাবে এ্যাপোলোতে। মঞ্জীমও বাঁচে, কত আর ছুটি নেওয়া যায় অফিস থেকে।

সকাল হতেই বাপ আর ছেলে খেয়েদেয়ে বেরিয়ে গেল। মৃণালিনী মনে মনে মানত করলেন যে সব ভাল বেরোলে মন্দিরে পুজো দেবেন। মন্দিরে যাবার পথে ঊষসীর সঙ্গে দেখা। সেও চলেছে পূজো দিতে। ওর আবার একটু ধর্ম ধর্ম বাই আছে। শনি মঙ্গলবার, উপস কাপাস, এদিনে নিরামিষ, ওদিনে ফল জল – এই সব করতে আছে। ওসব আবার মৃণালিনীর পোষায় না। তবে মাঝেমধ্যে মন্দিরে গেলে বা পুজো দিলে ভালোই লাগে। ঊষসীর হাতেও পুজোর থালা, সে মিনুকে দেখে খুব খুশী। অনেকদিন দেখা হয়নি, রাস্তায় দাঁড়িয়েই দুজনে নানা কথা হল। অতীশের হসপিটালে যাবার কথা শুনে ঊষা খুবই চিন্তিত হল। বললো – মিনু পুজো দিতে এসেছে, খুব ভালো করেছে। আজকাল লোকে এসব মানে না, ঊষার তা একেবারেই ভালো লাগে না। আরে ভগবানের কাছে একটু মাথা নোয়াবি না তো কার কাছে নোয়াবি ? একটু বেশী কথা বলার স্বভাব ঊষার, মিনু দেখলো দেরী হয়ে যাচ্ছে। সে-ই তাড়া দিয়ে আবার মন্দিরের দিকে হাঁটা দিল।

মন্দিরটা বহুকালের, তবে সম্প্রতি কেউ টাকা দিয়ে মেরামত করিয়ে দিয়েছে। পাঁচিলের বাইরে একটা বিরাট বট গাছ। তার ঝুরি নেমেছে চারদিকে। সন্ধ্যেবেলা এখানে এলে গা ছমছম করে মিনুর। তবে এখন তো দিনের বেলা আর সঙ্গে ঊষাও আছে। জুতো খুলে মন্দিরে ঢোকার আগে ঊষাই আবিষ্কার করলো যে সেই বটগাছের তলায় একজন সন্ন্যাসী বসে। ওর আবার হাত দেখানোর বাইও আছে। সে তো উলসে উঠলো বললো যে পুজোটা দিয়ে একবার 'বাবা'র সাথে কথা বলে যাবে। পুজো তো দেওয়া হল, প্রণাম, চন্নামিত্ত ইত্যাদি শেষ হলে বেরিয়েই ঊষা একেবারে সন্ন্যাসীর সামনে গিয়ে বসে পড়লো। ভক্তিভরে প্রণাম করে তার নানা সমস্যার কথা বলে হাত দেখাতে চাইলো। তিনি বললেন যে তিনি হাত দেখেন না। ঊষাও ছাড়বার পাত্র নয়, শেষে উপায় নেই দেখে 'বাবা' বললেন যে ঊষা এবং তার পরিবারের সব ঠিক আছে, চিন্তার কোন কারণ নেই।

তিনি উষার কপালে কি একটা চটচটে কালো রঙের টিকা লাগিয়ে দিলেন। প্রণাম করে খুশী হয়ে উষা উঠে পড়লো। তারপর ইঙ্গিতে মিনুকে বললো তার ভবিষ্যৎটাও জানবার জন্যে। ইচ্ছা না থাকলেও বাধ্য হয়ে মিনু হাতের থালা রেখে তাঁকে প্রণাম করলো, জিজ্ঞেস করলো যে তার স্বামীর শরীর স্বাস্থ্য সম্বন্ধে নানা কথা। 'বাবা' তার কপালের দিকে একদৃষ্টে চেয়ে থাকলেন। মিনুর যেন মনে হতে লাগলো যে তার কপাল ফুঁড়ে যেন তার অন্তরের কথা কেউ পড়ে নিচ্ছে। বড়ই অস্বস্তি লাগছিল। কিন্তু একবার যখন সামনে গিয়ে পড়েছে, তখন তো আর উঠে পড়া যায় না। সন্ন্যাসী তার কপালের দিকে কিছুক্ষণ তাকিয়ে শেষে হিন্দীতে বললেন যে তোমাকে কিছু বলবো না। বলেই থলি ঝুলি নিয়ে উঠে সোজা হাঁটা দিলেন। দুজনেই ভ্যাবলার মত অবাক হয়ে তাকিয়ে রইল। শেষে উষা রেগে গিয়ে বললো, 'এ আবার কেমন ধারা ব্যবহার ? আমাকে বললো আর তোকে বলতেই উঠে চলে গেল !' তারপরে একটু ভেবে বললো, 'বোধহয় এরা একবারে একজনের বেশী কাউকে বলে না। টাকাকড়ি তো নিলেনই না !' দুজনে বাড়ী ফিরতে লাগলো, কিন্তু মিনুর মনটা কেমন যেন ছমছম করতে লাগলো। বারেবারে তার মনে কেমন একটা অশুভ অনুভূতি হতে লাগলো, তার মনে হতে লাগলো

যেন তাকে এড়াতেই সন্ন্যাসী তাড়াতাড়ি উঠে পড়লেন। যদিও কোন যুক্তি নেই, তবু তার মনটা ভার হয়ে গেল।

অতীশরা বেরিয়েছে কোন ভোরে এখন বেলা গড়িয়ে গেল, এখনও ফেরে না কেন ? হসপিট্যালে মোবাইলটা সাইলেন্ট করে রাখবে বলেই গিয়েছিল ছেলে। ঠিক আছে, তবে তাদের তো উচিত ছিল মিনুকে একটা খবর দেওয়া। তবে উচিত কাজ আর ওরা ক'টা করে ?

****************************

মোটামুটি জরুরী সব টেষ্ট করা হয়ে গেছে। যেহেতু উৎপল নিজেই প্রায় ডাক্তার, তাই সব ডাক্তারের কাছেই সে বেশ পাত্তা পায়। স্ক্যান ট্যান করার সময়ে সেও ভেতরে গিয়ে মোটামুটি বুঝে আসে,

রিপোর্ট পরে পেলেও চলবে। নাঃ, কোথাও কোন বড়সড় গোলমাল নেই। কোন গ্রোথ বা ম্যালিগনেন্সির তো কথাই ওঠে না। ব্লাড টেস্ট তো তিনমাস আগেও এসে করিয়ে রেখে গিয়েছিল। তখনও সবই ঠিক ছিল। তিনমাসে আর কত তফাৎ হবে ? তাও এবারে সবই করা হল। উৎপল মনে মনে বুঝছিল যে এটা তার বাবার অসুখ অসুখ বাতিক, তাও প্রমাণ রেখে যেতে চায়, নাহলে তার বেচারা মায়েরই প্রাণ যেতে বসেছে। কথায় কথায় অসুখের ধমকি ! আসলে বয়স তো প্রায় সত্তরের কাছে, এখন খাবার দাবার একটু হালকা হওয়া দরকার। কিন্তু তার বাবার আবার গরগরে তেল ঝাল মশলা না হলে মেজাজ খারাপ হয়। আগে যা হয়েছে, হয়েছে। এখন তো ক্রমে হজমের গোলমাল হতেই পারে – তবে সেটা তার বাবা বুঝতে চান না। একসময়ে আলাদা বসে মাকে আর বাবাকে বোঝাতে হবে। আগামীকাল সব রিপোর্ট পাওয়া যাবে, তার আগে ডাঃ প্রসন্নকে ভেতরের ব্যাপারটা বুঝিয়ে বলবে, যাতে তিনিও তার বাবাকে 'ফুড হ্যাবিটটা' চেঞ্জ করতে বলেন।

দুজনে বেলা গড়িয়ে বাড়ী ফিরে এলো। এতক্ষণে মিনু যেন ধড়ে প্রাণ এলো। কত কীই না সে ভাবছিল ! বাব্বাঃ ! কত রকম কুচিন্তাই মাথায় আসে ! বিশেষ করে ঐ সন্ন্যাসীটা তো তার মাথাই খারাপ করে দিয়েছিল। সন্ন্যাসীটা হয় পাগল, নাহয় মতলববাজ। মনে মনে তাকে গালাগাল দিতে লাগলো মিনু তার এতক্ষণের দুশ্চিন্তার জন্যে।

হাতমুখ ধুয়ে খেতে বসে বাবা আর ছেলে দুজনেই অবাক। অতীশ অবাক যে মিনু বেছে

বেছে তার পছন্দের সব কিছু রান্না বসে বসে করেছে বা করিয়েছে। আগে তো এসব খেতে

চাইলে মিনুই খড়্গহস্ত হয়ে উঠতো ! নারকোল দিয়ে পোস্তবাটার বড়া ( যতসব ভাজাভুজি খাওয়া, এতেই তো পেটের গন্ডগোল হয় !), ইলিশমাছ ভাজা (ঐ একই ), সর্ষে ইলিশ

( এইসব রসেবশে খাওয়া তো শাশুড়ী ঠাকরুণই শিখিয়েছেন, এতে অম্বল হবে নাতো কিসে হবে ? ), চালতার অম্বল (চালতা তো

একটা এঁদো ফল, তার থেকে টমেটো বা কাঁচা আম তো কত ভাল, কিন্তু তাতো তার পছন্দ হবে না !), শেষপাতে দোকানের চাপবাঁধা লাল দই। অতীশের খাওয়াটা একটু বেশীই হয়ে গেল। সে আরো অবাক হল যে তার বেশী খাওয়া নিয়ে মিনু একদমই টুকলো না। বরং তার মুখ দেখে মনে হল যে সে খুব তৃপ্তিই পাচ্ছে অতীশের খাওয়া দেখে।

মুখ ধুয়ে তোয়ালেতে হাত মুছতে মুছতে সে বললে, 'কি ? ফাঁসির খাওয়া খাওয়ালে

নাকি গো?'

–'ছি ছি কি যে বলনা গো। খোকাই তো ফোনে বললে যে তোমার সব ঠিক আছে, তাই ভাবলাম, কতদিন তো জোর করে কত কিছু খেতে দিই নি। রোজই নানরকম স্টু আর মশলাছাড়া রান্না, ..এদিকে তুমি ভালবাসো এইসবই, তাই ভাবলাম ..!'

–'ভাল করেছো, ভাল করেছো, আজ অনেকদিন বাদে খেয়ে বড় তৃপ্তি পেলাম।' এই বলে স্ত্রীর মাথায় হাতটা রেখে অতীশ ঘরে চলে গেল। ওদের খাওয়া শেষ হলে মিনুও খেয়ে নিল। এখনও এই বয়সেও ওদের না খাইয়ে নিজে খেতে তার মন চায় না। তার কেবলই মনে হতে থাকে যে ওদের খাওয়াটা দেখা হল না। হয়ত ভাল করে খেলও না ইত্যাদি। সব কাজ শেষ করে সে যখন শোবার ঘরে গেল, তখন অতীশ প্রায় আধো ঘুমে। তখন আর কোন কথা বলে ক্লান্ত অতীশকে জাগাতে তার মন চাইল না। অতীশের গায়ে ঢাকা দিয়ে সে নিজেও শুয়ে পড়লো। হঠাৎ মনে পড়লো সকালে দেখা ঐ ভীষণ সন্ন্যাসীর কথাটা। হঠাৎ তার গাটা ছমছম করে উঠলো। পরক্ষণেই নিজেই নিজেকে বোঝালো যে সবই তো ঠিক আছে, তার ছেলেই নিশ্চিন্ত, সে কেন মিছিমিছি চিন্তা করে মরে ! একটা নিঃশ্বাস ফেলে সেও ঘুমিয়ে পড়লো।

পরদিন ভোরে তেমন তাড়া ছিল না। আজ তো আর কোন টেস্ট নেই, কেবল জানা ফলটাই পাকাপাকিভাবে জানা। তবু বাপব্যাটা দুজনকে তাড়াতাড়ি ব্রেকফাস্ট দিয়ে দিল। উৎপল খেয়ে

উঠে বললো আজ আর তার বাবার যাবার কোন দরকার নেই। রিপোর্টগুলো সে একাই নিয়ে আসবে। অতীশ হাঁ হাঁ করে উঠলো, বললো যে আজ মনোজ ড্রাইভার আসবে না, উৎপলের এখনও পাকা লাইসেন্স মেলে নি। ওকে একা গাড়ী চালিয়ে যেতে দিতে সে রাজী নয়। বাপে ব্যাটায় অনেক কথা কাটাকাটি হল। শেষে মাঝে পড়ে মিনুকেই বলতে হল যে 'খোকা বাবা, সঙ্গে নিয়ে যা। নাহলে চিন্তা করে করে আমার মাথা ধরিয়ে দেবে।' নারাজ হলেও ব্যাজার মুখে রাজী হল উৎপল। দশটা না বাজতে না বাজতেই দুজনে রওনা হয়ে গেল। নিশ্চিন্ত হয়ে মিনু ঘরের কাজে লাগলো।

উৎপল ভেবেছিল যে রিপোর্ট পেতে আর কতক্ষণ লাগবে ! কিন্তু কার্যতঃ দেখা গেল যে এক ডেস্ক থেকে আরেক ডেস্কে .. কম তো টেস্ট করা হয়নি ! কোথাও ডাক্তারের সাইন করা হয়নি, তো কোথাও টেকনিশিয়ান আসেনি। এক্সরে, ব্লাডটেস্ট, আলট্রাসাউন্ড, ইকো কার্ডিওগ্রাফ, সিটি এ্যাঞ্জিও, .. ছোটবড় আরো কত কি ? তারপরে সবার কাছে থেকে জানা রিপোর্টটা ঠিক আছে কি না। এই করতে করতে দুটো বেজে গেল। দু' দুবার মিনুর ফোন এসে গেছে। সাইলেন্ট করা থাকলেও ভাইব্রেশানে বুঝতে পেরে তুলেছে। সে রেঁধেবেড়ে বসে আছে, অতীশের পিত্তি পড়বে বলে চিন্তা করছে। বিরক্ত হয়ে উৎপল বললো, 'এইজন্যেই তো বলেছিলাম, তুমি সঙ্গে এসো না,আমিই তো সব গুছিয়ে নিয়ে যেতে পারতাম। তোমার সঙ্গে আসার কোন দরকার ছিল না। মিছিমিছি ..!' সে আর কথা শেষ করে না। তবে চোখের কোনে দেখে যে অতীশও ক্লান্ত হয়ে পড়েছে, একবার এই ফ্লোর, আরেকবার ঐ ফ্লোর করে।

এবারে উৎপলের মায়া হল সে বললে, 'এই তো আমার হয়ে গেছে, তুমি বরং গাড়ীর চাবিটা নিয়ে গাড়ীটা খোল। আমি আসছি।' তারপরে ডেকে বললে, 'এ,সি.টা চালিয়ে দিও, এই রোদে গাড়ীটা যা গরম হয়ে থাকবে।' চাবি হাতে অতীশ বেরিয়ে এলো, সত্যিই রাস্তার ওপারে গাড়ীটা একেবারে রোদেই দাঁড় করানো। তখন ছায়ায় পার্কিং পাওয়া যায়নি। বাপরে যা তেতে থাকবে, এই ভাবতে ভাবতে রাস্তা পার হয়ে গাড়ীর দরজা খুললো সে।

উৎপল ততক্ষণে নানা সাইজের একগাদা মেডিক্যাল রেকর্ড আর ফিল্ম নিয়ে সব একসাথে দু' হাতে ধরে মনে মনে বিরক্ত হয়ে ভাবছে কেন একটা বড় দেখে প্লাস্টিক ব্যাগ নিয়ে এলো না। তাহলে আর এই এতগুলোকে সামলে ..! তবে তার মনে একটা বিরাট মুক্তির আনন্দ। বাবার এই নিত্যদিনের অসুখ অসুখ শুনতে শুনতে ক্রমে তার মনেও নতুন শেখা নানা জানা আর অজানা রোগের আশঙ্কা জেগে উঠতো। মারও শুকনো মুখ তার মনে ভাসতো, ছেলে হয়েও, তার ওপরে ডাক্তার ছেলে হয়েও এর কোন সুরাহা করতে পারছে না বলে।

এতদিনে সব সম্ভাব্য টেস্ট রেজাল্ট নিয়ে সে নিশ্চিন্ত মনে বেরিয়েছে। সব ঠিক আছে, কোন শারীরিক অসুখ নেই। একটু এ্যাসিডিটি, যা সে নিজেই বুঝেছিল তাই, আর কিছু নয়। এখন সে মাকে সর্বদা ভয়ে ভয়ে থাকা থেকে মুক্তি দিতে পারবে। হসপিট্যালের বাইরে এসে সে দেখলো তার বাবা রাস্তার ওপারে গাড়ীর দরজা খুলছে। হাত ফসকে বেরিয়ে যেতে চাওয়া কাগজপত্রগুলো সামলে চাইতেই সে নিজের চোখকে যেন বিশ্বাস করতে পারলো না। তার চোখের সামনে যেন একটা রূপালী ঝলক খেলে গেল, একটা ছোট স্পিডিং কার চকিতে রাস্তার বাঁকে মিলিয়ে গেল। আর তার বাবা ..তার বাবা রাস্ড়ায় দু'বার গড়িয়ে থেমে গেল। উৎপল হাতের কাগজপত্র একটানে ছুঁড়ে ফেলে ছুটে গেল। চোখবন্ধ, কোথাও কোন কাটা ছেঁড়া, রক্তপাত নেই। উৎপল পাল্‌স দেখলো, রিস্টে কোন পাল্‌স নেই, কণ্ঠার কাছে, নাঃ সেখানেও কোন স্পন্দন নেই। তার অসম্পূর্ণ ডাক্তারী বিদ্যা কাজ করছে না। কোথাও কোন ইনজুরি নেই.. তবু .. !. চোখ তুলে সে দেখলো তার চারপাশে ক্রমে ক্রমে ভীড় জমছে। ভীড়ের মধ্যে থেকেই কে একজন সামনের হসপিট্যাল থেকে লোক ডেকেছে। তারা স্ট্রেচার নিয়ে এলো। অবশের মত রাস্তার ধারে ছড়িয়ে ছিটিয়ে থাকা রিপোর্টগুলো সে কুড়িয়ে

নিয়ে স্ট্রেচারের পেছনে পেছনে আবার হসপিট্যালে ঢুকলো।

এমার্জেন্সীতে দুজন ডাক্তার তক্ষুনি এসে পরীক্ষা শুরু করলো। এ ওর মুখে চেয়ে শেষে উৎপলকে করুণ চোখে চেয়ে বললে, ‘ ব্রট ডেড !’

উৎপলের বুক পকেটে ভাইব্রেটারে থাকা তার মার ফোন বারে বারে বাজছে। ফোনটা হাতে করে উৎপল ভাবলো, ‘সবই তো ঠিক ছিল ’!

***************************

www.ingramcontent.com/pod-product-compliance
Lightning Source LLC
LaVergne TN
LVHW071359071026
849558LV00061B/210

* 9 7 8 9 3 5 6 2 8 6 3 4 4 *

Prof. Dr. Andreas Hackethal lehrt und forscht an der Goethe-Universität Frankfurt und am Leibniz-Institut SAFE. Für seine praxisnahe und engagierte Wissensvermittlung erhielt er zahlreiche Lehrpreise und wurde als *Deutschlands Professor des Jahres* ausgezeichnet. Er ist gefragter Experte in den Medien und berät Politik und Finanzaufsicht.